U0504762

本书为国家社会科学基金项目(编号：15BZW146)成果

国家社科基金丛书
GUOJIA SHEKE JIJIN CONGSHU

中国土地革命文学叙事研究

Research on Literary Narrative of
Chinese Land Revolution

阎浩岗　著

人民出版社

目　　录

绪　　论

本书所谓"土地革命"，是指 20 世纪由中国共产党领导的为摧毁中国乡村延续数千年的封建土地所有制、平均地权与乡村财富、解放并发动贫苦农民、彻底改变乡村社会结构而进行的革命运动。主要包括北伐时期的打倒土豪劣绅、土地革命时期的"打土豪分田地"、抗日战争时期的减租减息和1946—1952 年间的土地改革。所谓"土地革命叙事"，则主要指有关土地革命的文学叙事文本；但出于互文研究需要，也会将历史叙事文本及社会文本作参照。

茅盾 1928 年 1 月发表于《小说月报》第 19 卷第 1 号上的《动摇》大概是最早涉及 20 世纪中国土地革命的文学叙事文本。此后，左翼文学、解放区文学、1949—1976 年间的社会主义文学又有许多相关名作。这些作品大多突出农民与地主的阶级对立，作者站在党性和贫苦农民立场，肯定土地革命的必然性、必要性和正义性。其中有些文本将地主塑造为恶霸，贫苦农民则代表正义一方。如此艺术处理，是由文学直接为无产阶级政治服务的文艺观念或文艺政策所决定的。但也有一些文本带有一定复杂性，其客观描述透射出某些主流意识形态以外的信息。与此同时，由于不同的意识形态观念和政治立场，港澳台地区也出现了与之价值取向相反的土地革命书写。

进入 1980 年代以后，历史学、社会学界对 1946—1952 年间土地改革运动的研究评价开始出现不同声音。文学创作界也陆续出现被称作"新历史小说"的质疑、解构或颠覆前述正统土地革命叙事①的作品。这些作品熔断了"地主"与"恶霸"概念之间的有意焊接,其所塑造的老实地主、无辜地主乃至君子型地主的形象给人印象深刻;地主和贫雇农的关系也不再是尖锐对立,有的甚至情同兄弟。土改积极分子中流氓地痞型人物被有意凸显。在《暴风骤雨》类土改小说中被淡化或遮蔽的土改暴力场面被大肆渲染。这类作品主旨未必在于正面、全面地描述和评价土地革命运动本身,但暗含对土地革命特别是土改运动的质疑,乃至否定。本书目的不在于全面评价这些不同时期、不同地域作品的总体思想艺术成就或特点,而在于考察它们对土地革命这一历史事件的不同表述、不同理解和不同态度。

一、新时期以来的土地革命叙事研究

与同时期创作相应,1980 年代以前对土地革命叙事的研究,大陆学者多是肯定其歌颂党、歌颂农民革命或土地改革的积极意义,在此前提下分析其人物形象、艺术特色,或指出其艺术上的不足;对其思想倾向的批评或批判,也多着眼于其同情地富或小资产阶级的倾向,以及所歌颂对象的路线错误等。这与当时历史学研究中对土地革命必然性、合理性的肯定是一致的。从 1980 年代中期出现"新历史小说"开始,文学批评、文学研究界出现另外一种声音。此后的研究论著虽也偶见对"新历史小说"的思想倾向、艺术处理持否定意见者,但大多肯定其探索。对正统土地革命叙事文本的质疑,与这种肯定正相一致。

1992 年,刘再复、林岗《中国现代小说的政治式写作——从〈春蚕〉到〈太

---

① 即与正史历史观及价值立场一致的土地革命叙事,主要指周立波《暴风骤雨》和丁玲《太阳照在桑干河上》。而本书认为这两部小说是有质的区别的,前者属于"典范土地革命叙事",后者则属于"非典范土地革命叙事"。详见后文。

阳照在桑干河上〉》和唐小兵《暴力的辩证法——重读〈暴风骤雨〉》两篇论文在香港《二十一世纪》该年度6月号同时发表,开启对正统土改小说"再解读"之先河。自那时起,对正统土地革命叙事予以反思重评的研究,多集中于"土改题材"这一领域。陈思和《土改中的小说与小说中的土改——六十年文学话土改》①一文给相关研究者颇多启发,影响也较大。刘、林的论文主要批评丁玲描述土改暴力场面时缺乏人性关怀,唐文揭示《暴风骤雨》中体制化语言对农民语言的剥夺利用,陈文探究土改叙事未出现杰作的原因,认为其根本在于作家面对如何描写暴力行为时处境尴尬。

2005年以后,关于土改文学叙事的博士、硕士论文陆续出现。这些论文各有侧重、各有创见,但除北大鲁太光《当代小说中的土地问题——以"土改小说"和"合作化小说"为中心》外,大多倾向于肯定"新历史小说",而对正统土改叙事的真实性和文学价值予以质疑。在"后革命"语境中,鲁文显得有些另类,它激情洋溢地为正统土改叙事辩护,从历史学、社会学等角度揭示土改运动发生的必然性和暴力行为产生的深层根源,力图"摆脱'新时期'以来单一的意识形态视野",②重估正统土改小说的艺术价值和社会价值。

相关期刊论文的情况与学位论文情况类似。值得注意的是,秦林芳虽也站在启蒙现代性立场批判正统土改叙事中的意识形态说教成分,但又肯定丁玲相关作品中潜在的人文精神及启蒙思想。贺仲明则用"重与轻"分别概括两类土改小说的差异,对其各自的价值和偏颇予以分析。张均通过对《暴风骤雨》史实的考释,既揭示了周立波小说对共产党、农民和地主之间复杂关系的"改写",又指出这种艺术处理有利于特定年代"弱者的反抗"的认同建构;

---

① 《南京大学学报》2010年第4期。
② 鲁太光:《当代小说中的土地问题——以"土改小说"和"合作化小说"为中心》,博士学位论文,北京大学,2013年。

同时还指出旨在解构小说原作的同名纪录片①"也存在难以为人注意的对于权势者罪恶与底层不幸的大面积'遮蔽'",②小说与电影运用的是同样的"记忆/遗忘"的叙事机制。

近年来将同样涉及 1940 年代以前土地革命的《红旗谱》和《白鹿原》等加以比较,质疑前者真实性而对后者予以褒扬的论著亦时有所见,其论证逻辑与对新旧两种土改叙事的评价类似。

文学创作和文学研究界对正统土地革命叙事的质疑、解构和颠覆,一方面有新时期思想解放的背景,另一方面也与近年海内外历史学、社会学相关研究成果同步,或受其启发。与改革开放前中共党史、中国革命史研究一致肯定革命性土改的必要性和合理性不同,杨奎松质疑关于土改前中国乡村"10%的地主富农占有大约 80%的土地"的流行说法,认为当时中国土地集中程度并没那么严重,中国绝大多数的地主是小地主。他特别关注土改中和土改后地主及其家属子女的命运。张佩国指出,在有关中国土地革命的研究中,存在着"革命"与"现代化"叙事的两难。黄道炫的专著《张力与限界:中央苏区的革命(1933—1934)》凭借大量一手资料及"不预设前提"的研究方法,力图还原那段大家未知其详的历史。海外研究方面,美国弗里曼等人的《中国乡村,社会主义国家》认为土地改革并未解放农民,却使"最具报复心理的人成为村里的新掌权者";黄宗智《中国革命中的农村阶级斗争——从土改到文革时期的表达性现实与客观性现实》一文指出官方建构的关于土改的"表达性现实"与"客观性现实"之间,既有其一致性,也存在着严重背离。他认为这种背离主要源于将宏观结构分析转化为每个村庄的微观社会行动。在黄宗智启发下,近年来许多国内历史学、社会学研究者致力于对土改时期的中国乡村作微观研究。此外,詹姆斯·C.斯科特的著作《农民的道义经济学》及《弱者的武器》

---

① 指蒋樾、段锦川 2005 年出品的纪录片《暴风骤雨》。
② 张均:《革命、叙事与当代文艺的内在问题——小说〈暴风骤雨〉和纪录电影〈暴风骤雨〉对读札记》,《学术研究》2012 年第 6 期。

对国内学者也有重要影响。有人专门探讨了民国时期的乡村租佃与借贷关系、普通地主的实际生活水平等。历史学者们还根据历史档案,特别研究了以往被避讳或淡化的土改中农民的过火暴力行为。

可见,对 20 世纪中国土地革命及相关文学叙事的认识和评价,是当前文学和史学界共同关注的热点问题。它涉及作家和研究者本人的切身体验和历史观念、价值立场。不论文学叙述、文学研究,还是历史叙述、历史研究,既存在着改革开放之前和之后的历时态差异,也存在当下共时态的立场观点对立。在后革命年代讨论革命事件,一方面距离的拉开使我们客观认识历史具有了态度上的可能,另一方面又需要我们尊重历史、对历史给予同情的理解。毫无疑问,在今天看来,正统土地革命叙事局限性非常明显,但它们并非铁板一块;它们的产生自有其必然性与合理性。这些需要予以具体而客观的分析。"新历史小说"别开生面,给读者提供了认识历史的新角度,其人性关怀体现了文学之真谛;但它亦有其局限性和意识形态性,例如,有些作品有意美化地主,无视或忽略了地主凭借土地所有权及财富对贫苦农民客观上存在的剥削,因而没有表现出土地革命发生的必然性与合理性。它们可以作为正统土地革命叙事的修正和补充,却不能完全取代后者,更不宜作为彻底否定后者的理由。

近年国内外相关研究成果在各自特定的研究领域对 20 世纪中国土地革命叙事研究有所推进,但还存在着如下问题:

其一,对于正统土地革命叙事与"新历史小说"的真实性问题,某些成果存在着"非此即彼"的思维定式。

其二,缺乏以文本细读为基础的综合研究。虽然有些论著承认不同类型土地革命叙事其各自的真实性或合理性,但尚未见将其予以综合研究、作具体细致互文解读的专著出现。对新时期以前的相关文本分析,大多集中于《暴风骤雨》《太阳照在桑干河上》等少数篇目,另外一些各有其特色的文本被忽略;有些研究者未细读文本,仅凭总体印象或原有"定论"把握作品,其成果存在着对作品细节误述、人物张冠李戴等现象。

其三，持不同立场者往往选取对支撑自己观点有利的文本或史实，而回避对相异、相反文本或史实的分析，彼此之间缺乏在同一层面上的交锋。例如，为正统土地革命叙事的真实合理性辩护者，不去关注并回答质疑者提出的关于地主及其家属子女的命运问题、过火暴力行为的危害性问题；而新时期正统历史叙事解构者又无视贫苦农民作为弱者进行反抗的合理性，以及"革命"方式选择的特定历史背景和历史理由。

其四，相关成果多集中于狭义土改叙事的研究，将视野上溯扩展至此前各时期土地革命叙事文本者较少；即使有少数成果，也仅限于思想内涵阐释、人物形象与艺术特色分析，未能结合相关历史档案予以考辨、进行文本细读，未能对相关焦点问题予以探究解析。

本书拟在已有研究成果基础上，对产生于各个历史时期、持不同历史观念和价值立场的相关文学叙事文本予以综合考察，解析其各自的真理性与视角性；同时利用相关档案文献与历史文本，就相关焦点问题对这些作品进行互文解读，力图尽最大可能靠近历史本相；同时对产生于不同历史时期的相关文学文本的相关叙述予以更为全面、客观、公正的评价。

二、从一面之词到"多面之词"

面对各执一词、针锋相对、莫衷一是的土地革命书写与土地革命叙事研究，德国社会学家 M.舍勒最早提出、卡尔·曼海姆正式创立的知识社会学理论提出的观点，给我们带来一种新的学术视野。知识社会学认为，一切人文社科知识其实都是特定主体视角的产物，而特定视角取决于主体的特定社会境况和个人境况。因此，不同主体对于同一客体看法有所不同是正常现象、必然现象。要达到认识的客观性、迫近客观真理，必须不断扩大或变换视角。我们据此重新认识中国现当代文学研究与文学史写作中的不同观点、不同价值取向，会产生更具包容性也更为客观的态度，从而得出新的结论。产生于法国的互文性理论主张将产生于不同时期的文本置于同一平面中使之展开平等对话，而且将文学文本与历史文本、社会文本都纳入考察研究的范围，这正可作为将知识社会学新视野用于文学研究的有效而可操作的方法。

反思几十年来中国现当代文学研究和中国现当代文学史写作，可以发现，每个历史节点的创新或每次文学史的"重写"，都有一种"翻鏊子"现象。我们不可否认这种"翻鏊子"产生的必然性及其积极意义，因为"逆向思维"是创新思维的特点之一，"反着说"也是做学问的基本方法之一。在不同历史发展阶段，出现方向不同的"反着说"或"反着写"，也体现了事物否定之否定螺旋式发展的规律。然而，笔者在这里却要指出：迄今为止，当新的历史阶段到来之际，人们在以否定过去阶段主导倾向的方式寻求突破创新时，往往容易陷入误区，就是认为前一阶段完全错误荒谬、毫无道理，只有到了自己所处阶段真理才被发现，甚至将自己或现今时代的理论观点当作近乎终极真理的东西。

近些年出现的涉及土改的文学叙事文本及其相关评论，都呈现出意识形态"去蔽"或解构的激情。它们的思路基本延续的是马克思主义的意识形态批判思维，即，竭力揭示意识形态对历史和现实"真实"的有意识遮蔽、歪曲或虚构。这些从事去蔽或解构的作家、批评家，其"发现"的亢奋之情溢于言表，他们似乎在说：事实的真相原来在这里，它终于被我们找到了！原有的叙述都只是虚假意识形态的产物！

"意识形态"是个涵义复杂的概念。近几十年来，在中国大陆受过中等以上教育的人，多是在中性意义上理解这一概念，因为我们的教科书和有关辞典对"意识形态"的界定是：

> 系统地、自觉地、直接地反映社会经济形态和政治制度的思想体系，是社会意识诸形式中构成观念上层建筑的部分。在阶级社会中，意识形态具有阶级性，集中体现一定阶级的利益和要求。①

---

① 《中国大百科全书·哲学》，中国大百科全书出版社1987年版，第1097页。

在这一阐释体系中，"意识形态"又被分为"奴隶主意识形态"、"封建主意识形态"、"资产阶级意识形态"和"无产阶级意识形态"。其中，前三种意识形态代表的是剥削阶级的利益，对被剥削阶级具有欺骗、愚弄和奴役的作用；而"无产阶级意识形态"被认为"是人类历史上最科学、最进步的意识形态。"① 这就是说，与其他各种意识形态相比，"无产阶级意识形态"是个例外，它是现实的真实反映，具有科学性。

我们知道，当初马克思是在否定意义上使用"意识形态"概念的，意在揭露作为统治阶级思想的资产阶级意识形态虽宣称其代表全体人民利益，实际却只代表资产阶级利益，因而具有虚假性、欺骗性，是对现实社会关系的歪曲反映。马克思认为，即使在资产阶级尚属"革命阶级"时，也不例外：

> 每一个企图取代旧统治阶级的新阶级，为了达到自己的目的不得不把自己的利益说成是社会全体成员的共同利益，就是说，这在观念上的表达就是：赋予自己的思想以普遍性的形式，把它们描绘成唯一合乎理性的、有普遍意义的思想。②

值得注意的是，这段话里的"新阶级"虽然指的是资产阶级，但从逻辑上说，这里所谓"新阶级"既然所指范围囊括"每一个"，那么它就也应包括试图推翻资产阶级统治的无产阶级。

马克思不会将自己的学说称作"意识形态"，但也不曾说它是科学。恩格斯开始将马克思的学说视为科学，列宁则将马克思主义称作"无产阶级意识形态"，并将原本内涵冲突的两个概念连在一起，称之为"科学"的"意识形态"，从而实现了"意识形态"概念的中性化。同时列宁又指出，所谓"无产阶级意识形态"并非无产阶级即工人阶级所固有，它需要由具有社会主义思想的知识分子从外部灌输给他们。"无产阶级意识形态"并未宣称自己代表"社会全体成员"的共同利益，而宣称自己代表的是"最广大人民"的利益。

---

① 《中国大百科全书·哲学》，中国大百科全书出版社1987年版，第1098页。
② 《马克思恩格斯选集》第1卷，人民出版社2012年版，第180页。

　　卡尔·曼海姆在马克思提出的"社会存在决定社会意识"命题的基础上，进一步指出，所有的人文社科知识或观点都具有意识形态性，都是特定"视角"的产物，都要受到知识或观点持有者自身生存条件及所处社会状况的制约，因而都有其片面性，不存在例外。而另一方面，"视角"不等于错误，"片面性"中又含有某种真理性、合理性。按这一理论，我们前面所说的"无产阶级意识形态"其实也是特定视角的产物，也会受到特定社会状况制约，因而也具有一切意识形态所共有的意识形态性；在承认无产阶级意识形态合理性、真理性的同时，不能否认其他意识形态就其自身视角和社会状况而言的合理性、真理性。当然，也不能否认其他意识形态的视角性、片面性。曼海姆将自己这一理论称作"知识社会学"。

　　知识社会学并未像某些人所理解的那样导致真理观的相对主义。它解决问题的思路，即更全面、更客观真理的获得，是通过视角扩大、视角综合。这正如我们从空间观看某一物体，具体的个人总是要从特定位置、特定角度来看，看到的总是物体某一侧面的图像，而非全貌；我们虽不能说某个人看到的是全貌，却也不能因此说他看到的都是虚假图景。要想了解物体全貌，需要从不同角度看，将不同角度的视景综合起来。综合可以抵消偏见，同时，它又是一个需要不断进行的过程：

　　　　每一次综合都通过对自己时代的力量和观点的总结而为下一次综合铺平了道路……每一种综合都试图得到比前一种综合更宽广的视角，后来的综合都吸收了先前的综合的成果。①

　　笔者认为，这与辩证唯物主义关于相对真理和绝对真理关系的论述，其精神是相通的：无数相对真理的总和构成绝对真理；生活于特定时空的具体人能把握的都是相对真理，即绝对真理的某些因子。

　　以知识社会学观点看，周立波的小说《暴风骤雨》是"土改"叙事中"无产

---

① ［德］卡尔·曼海姆：《意识形态与乌托邦》，姚仁权译，中国社会科学出版社 2009 年版，第 144 页。

阶级意识形态"最典型的体现者;与它同时出现的丁玲所作《太阳照在桑干河上》则除体现"无产阶级意识形态"之外,还含有其他价值体系的因子;梁斌在"文化大革命"期间写作的《翻身记事》,也加进了"无产阶级意识形态"之外的东西;1950年代陈纪滢《荻村传》、姜贵《旋风》和张爱玲的《秧歌》《赤地之恋》,以及改革开放之后中国大陆出现的某些涉及土改的作品,则与"无产阶级意识形态"无关。对这些作品中的具体意识形态内涵,它们各自的真理性和视角性、片面性的分析,有助于更准确、客观、公正地理解它们,有利于树立多元包容的意识,弥合社会裂隙。

如果说每种土地革命叙事文本都表达了自己的"一面之词",那么本书试图通过以知识社会学的视野对之进行视角综合、以互文性方法使这众多不同文本就焦点问题进行相互"对话",让各种不同视角的所见与意见尽情讲述,来倾听"多面之词",以尽可能地接近事实本相。

三、土地革命叙事的基本类型

总览各种有关中国土地革命的文学叙事文本,笔者认为可分为三种基本类型,即"典范土地革命叙事"、"非典范土地革命叙事"和"反典范土地革命叙事"。

1.典范土地革命叙事

所谓"典范土地革命叙事",是指直接以艺术形象表现"无产阶级革命意识形态"、宣传土地革命必要性和正义性的文学叙事作品。其基本特征是:1)作品中地主皆集恶霸与基层官僚于一身,或与官府勾结,流氓成性,公然违反日常伦理。2)贫苦农民大多品德高尚,人穷志不穷。3)充分展示贫富之间的尖锐对立、矛盾不可调和;农民与地主之间武装冲突不可避免,革命暴力代表民意,大快人心。这类作品直接配合党的实际工作,起到宣传鼓动作用;在中国共产党取得领导权之后，它又具有思想动员与行动示范作用，被以行政的方式大力传播推广，故称"典范"。"典范土地革命叙事"对现实生活作了"本质化"处理，即，按照无产阶级革命意识形态，将被认为不符合社会现实本质方面的内容摒除或改写，凸显和强化体现"本质"的东西。所有人物均按其所属阶级本质归位，即使是日常生活细节，也要向"本质"靠拢。

"典范土地革命叙事"采取的是阶级革命视角，遵循的是暴力革命伦理。

目前，质疑曾长期占据社会文化、文艺创作、文学研究和文学史写作主流的阶级视角，呼吁恢复五四启蒙现代性视角，仍是文学研究及文学创作领域的主导倾向。而以知识社会学观点看，阶级视角是特定社会历史情境的产物，这一视角自有其洞见与文化贡献，同时也造成认识上的某些遮蔽，带来一些误区或盲点，甚至对社会实践造成过重大负面影响。对此我们应予以具体剖析，避免简单化肯定或否定。对启蒙现代性视角亦应作如是观。

五四文学以启蒙现代性视角反思几千年的中国传统文化和文学，促成人的发现特别是"个人"的发现，彻底解构了虽曾遭个别质疑而基本被认为理所当然、天经地义的封建伦理秩序，其革命或革新意义毋庸置疑。但进入 1920 年代中期之后，启蒙现代性思维面临理论与实践的双重困境：民国社会政治混乱黑暗，使得相当一部分曾笃信这一价值系统的社会精英只好另寻出路；无政府主义可操作性的缺乏，也使政党政治的必要性获得认可；20 世纪 20 年代末 30 年代初世界范围的经济危机，促使"阶级革命"思想日益占据主流。这是体现阶级话语的"革命文学"取代启蒙现代性话语结晶的"文学革命"的内在逻辑。

"阶级"是对人群的一种抽象，正如"民族"、"性别"、"城乡身份"是对人群的抽象一样。阶级视角确是观察和概括人群共性的有效视角，社会经济地位确实会对人的立场观点产生重要影响。对人群进行阶级分析，可以从理论上解释以往难以说清的社会现象、社会问题及文学现象、文学问题。1930 年代左翼文学、1940 年代解放区文学及 1950—1970 年代的社会主义文学，都自觉采取阶级视角观察社会与文学。但它们之间的一些重要差别,迄今为止被重视不够。1930 年代左翼文学对阶级视角的接受不是以对五四文学的否定而是以对后者的发展、超越方式实现的。所以,蒋光慈、洪灵菲的小说仍带有明显的五四情调。1942 年毛泽东《在延安文艺座谈会上的讲话》发表以前的解放区文学仍是五四启蒙话语与阶级革命话语并存。讲话发表以后,在解放区,阶级革命话语成为压倒性力量,彻底"收编"了五四话语;个性启蒙话语即使尚未寂灭,也已"转入地下"。从社会层面说,之所以会发生这一转变,皆出于"阶级暴力革命"的需要,即组织社会力量武装夺取政权的需要。

在 20 世纪的中国,阶级视角实即无产阶级暴力革命视角。这一视角对中国现当代文学的最大贡献,是推出一种独特的"工农兵文学"。

即使单就文学本身而言,毛泽东的讲话也确实带来一场真正意义的新的文学革命。如果说五四新文化运动和文学革命的最大贡献是"人"的发现,那么解放区文学及其以后的社会主义文学的最大贡献是"工农兵"的发现。这后一种贡献有三重涵义:其一是以工农兵为主人公,其二是以工农兵的眼睛观物,表现工农兵的思想感情,其三是反映工农兵的利益诉求。考察文学创作的实际,第一点毫无疑义,第二点是部分实现,第三点从理论上说成立而实践上有时存有争议。1942 年以后的解放区文学以及 1949—1976 年间的中国大陆文学中,工农兵形象占据文艺舞台中心是众所周知的事实。这期间确实出现了工人、农民或士兵出身的作家,纯知识分子出身的作家也尝试体验工农兵的感情。不论其创作达到怎样高度,这些创作确实给数千年的文学史增添了前所未有的新质。工农兵文学的首要宗旨当然是服务于政治,但赵树理、丁玲等作家也在一定程度上关注了农民本身的利益。尽管工农兵文学有其不足,但其单纯明朗的风格自有一种无可取代的审美魅力,曾经感染陶冶过几代读者,是文学史上不可忽视的一道风景。

无产阶级暴力革命视角同时意味着一种独特的阶级伦理和暴力革命伦理,而这一伦理价值立场、价值观念是使相关文学作品如今受到质疑或争议的最主要原因。它是"无产阶级革命意识形态"的伦理体现。按照"无产阶级革命意识形态",整个社会划分为不同的阶级;在社会主义时代以前,有剥削阶级和被剥削阶级之分,其中剥削阶级凭借自己对生产资料(土地、厂房、机器设备、工具、原料等)的占有而占有被剥削阶级的劳动,这是不公平、不合理的,因而必须加以改变;由于剥削阶级不会自动放弃自己的已有利益,被剥削阶级必须以暴力革命的方式"剥夺剥夺者",因而没收剥削阶级的财产合理合法;在剥削阶级进行暴力反抗时,革命阶级对之进行暴力镇压也合理合法。这是一种不同于日常伦理的"革命伦理",它与"战争伦理"类似,所遵循的逻辑是"你不杀他,他就会杀你"、"对敌人的仁慈,就是对人民的残忍"、"不是东风压倒西风,就是西风压倒东风";当搏战双方杀红眼时,误杀误伤有时也难以避免。暴力革命思维是一种战争思维。战争行为的双方首先考虑的问题是战争胜负,而非敌对阵营中个别官兵的个人品质。在战争形势下,某些人一旦被判定为"敌人",就必须战胜或消灭之;人道主义、同情心和怜悯心只适用于"人民",而不适用于正在与"人民"对垒中的"敌人"。

周立波的《暴风骤雨》是站在阶级革命立场描述土改运动的范本,它直接而充分地体现了当时的主流意识形态,即中国共产党当时关于土改的一系列方针政策、指导思想、价值体系。周立波直言不讳自己写作时把宣传党的政策放在首位,把用小说"教育和鼓舞广大的革命群众"①当作自己的职责。他要"再现"的现实,是"作者站在无产阶级立场上站在党性和阶级性的观点上所看到的一切真实之上的现实"②。说《暴风骤雨》所写的土改"更近于中共理想中的'真实'"③是没有问题的。

周立波没有完全照录他参加并领导东北土改时的所见所闻,他按照主流

---

① 周立波:《〈暴风骤雨〉的写作经过》,《中国青年报》1952 年 4 月 18 日。

② 周立波:《现在想到的几点——〈暴风骤雨〉下卷的创作情形》,《生活报》1949 年 6 月 21 日。

③ 李建欣:《文艺的真实与生活的真实——试谈小说〈暴风骤雨〉和同名纪录片》,《南方论刊》2008 年第 11 期。

意识形态的要求在反映现实时有所取舍,这也是从作品发表伊始他就承认的。他这样做时理直气壮,并不遮遮掩掩,是因他有自己充分的理由、有自己的价值立场和逻辑。他不认为这样做是对现实有所"歪曲",因为他认为自己舍弃的东西不代表事物的本质方面,表现出来不符合党的利益,因而也不符合最广大人民群众的利益。

在《暴风骤雨》之前,1928 年末出版的华汉中篇小说《暗夜》、叶紫 1933 年发表的短篇小说《丰收》、贺敬之等人 1945 年完成的歌剧《白毛女》以及李季1946 年发表的叙事长诗《王贵与李香香》亦属此类作品。只是《暗夜》与《丰收》并非发表于中国共产党掌握政权的区域,它们虽具备了"典范土地革命叙事"的基本特征,但不可能作为范本大力推广,故传播面有限。自《白毛女》之后,此类作品艺术性提高,又有行政体系的强力助推,传播影响面空前。《白毛女》与《红色娘子军》《闪闪的红星》及《杜鹃山》等在当年家喻户晓,普及到文盲。

2. 非典范土地革命叙事

由于各种主客观原因,并非所有左翼文学及解放区文学、新中国前三十年文学中的土地革命书写都能达到"典范土地革命叙事"的要求。这些相关作品的作者虽然都理论上认同并在创作中尽量贯彻无产阶级革命意识形态,但他们个人经历与感受、体验、思考中与之不尽一致的某些东西仍然在作品的具体艺术描写乃至作品的整体艺术构思之中浮现出来。与《暴风骤雨》同样著名的《太阳照在桑干河上》就属这种情况。本书将这类作品称作"非典范土地革命叙事"。

《太阳照在桑干河上》虽与《暴风骤雨》差不多同时诞生,并与后者同获斯大林文学奖,而且获奖等级更高,但出版前后却被党的重要领导人批评为有"地富思想"。这是因为丁玲并未无条件全盘接受"无产阶级革命意识形态",人道主义及日常伦理思维仍然是其创作思维中的重要成分。《太阳照在桑干河上》的阶级立场还不是特别明确，即，没有将地主阶级的一切人物都视为不必给予任何同情、只应进行无情打击的"敌人"。作品里面的头号反派钱文贵也并非韩老六、黄世仁式恶霸地主——单以占有土地财产论，他其实只能算中农或富农。丁玲实际是把他塑造成了一个善于通过营构社会关系为己谋利的特殊乡村人物。而占有土地财产更多的李子俊、顾涌、侯殿魁及江世荣等均非恶霸，其中顾涌全凭勤俭起家。总之，按《太阳照在桑干河上》的叙事逻辑，人的品性善恶与占有财富多少、与其政治身份没有必然联系。① 梁斌秘密写作于"文化大革命"后期的《翻身记事》与《太阳照在桑干河上》不乏呼应之处，它甚至比《太阳照在桑干河上》更多一些"无产阶级革命意识形态"以外的信息。他的名作《红旗谱》虽位列"红色经典"，却也属于"非典范土地革命叙事"。丁玲、梁斌选择与周立波不同的写法，与他们本人出身的家庭环境与亲身经历和体验有密切关系。丁玲和梁斌土改叙事体现出的意识形态视角，可以看作"无产阶级革命意识形态"与五四启蒙现代性思想及个人生命体验互相妥协、革命伦理与日常伦理纠结交融的产物。但其叙事价值立场的主调是"无产阶级革命意识形态"。

　　"典范土地革命叙事"形成之前的乡村叙事，以及与"典范土地革命叙事"同时的其他类型乡村叙事，保留诸多原生态讯息，形成对"典范土地革命叙事"特征的反衬。茅盾虽是左翼文学奠基者之一，他的土地革命书写却并非"典范土地革命叙事"，"非典范"特征非常明显。蒋光慈一直被与华汉归为一类，但他的《咆哮了的土地》（又名《田野的风》）与华汉的《暗夜》艺术处理上有重要差异；张天翼、蒋牧良等左翼作家的相关书写也有诸多不同于"典范土地革命叙事"之处。这些显示了"典范土地革命叙事"的最终形成有一个过程，也有其复杂性。阮章竞不同时期不同文本中土改书写的变化，以个案方式显示了"典范土地革命叙事"演进与形成的轨迹。述及土地革命或具体的土

---

① 虽然在当时不可能直接写富人之"善"与穷人之"恶"。

改运动的众多解放区作家,有些一直保持其非典范性,例如赵树理、孙犁;有些努力向"典范"靠拢,却终未达到"典范"要求,其有关作品逐渐被读者和文学史遗忘,例如王希坚、马加、陈学昭和王西彦;另有作家因有意凸显"非典范"因素而被批评,被迫检讨,例如秦兆阳。

3. 反典范土地革命叙事

《暴风骤雨》《太阳照在桑干河上》面世后影响范围很广。在大陆(内地)土改结束之前和结束不久,台湾和香港也出现了涉及大陆(内地)土地革命包括土改运动的文学叙事文本。其中最著名的,是陈纪滢的《荻村传》、姜贵的《旋风》及张爱玲的《赤地之恋》和《秧歌》。由于意识形态原因,这些作品采取与"典范土地革命叙事"相反的立场,即,站在革命与土改中被斗争、被冲击的地主和富农的立场,为之鸣冤叫屈,对土改干部和积极分子有意丑化。本书将这类作品称为"反典范土地革命叙事"。由于不了解生活真实,这几部小说对土改运动的细节描写颇多失实之处,有些地方写得相当夸张荒唐。然而,这些作品也并非没有可取之处。站在今天历史高度,在摒除其政治偏见之后,亦可发现作品中不乏精彩段落,应对之做具体分析,既依据可靠史料与严密逻辑指出其艺术描写的荒谬失实之处,又肯定其片面真实与客观艺术成就。

进入历史新时期之后,还陆续出现诸多被称作"新历史小说"的文学叙事文本,其中有一些涉及土改运动。它们采取的价值立场与叙事角度也迥异于"典范土地革命叙事",并有别于"非典范土地革命叙事"。例如,更多关注土改中对被镇压地主的暴力行为,关注地富子女的命运,熔断"地主"与"恶霸"两个概念之间的焊接,塑造出无辜地主、善人地主甚至圣人地主的形象;对土改干部与积极分子形象的塑造,则在写正派厚道者之外,更凸显其中混入的流氓恶棍。因此,这类作品也归入"反典范土地革命叙事"。只是需要指出,它们与港台的"反典范土地革命叙事"有本质差别,主要差别在于:大陆(内地)的这些作家都公开拥护中国共产党的领导,有些还是中共党员;他们的土改书写既写了"好人"地主,也没有回避地主中确有恶霸、有品质恶劣者;既写了流氓型干部或积极分子,也塑造了党的领导者与农会干部的正面形象;既写到了土改暴力,也写到地主"还乡团"令人发指的暴行。这些产生于不同具体语境中的"新历史小说"之间,又有一些重要差异,例如莫言、严歌苓基本采取与"典范土地革命叙事""反着写"的策略,而赵德发的土改叙事态度相对辩证,陈忠实的态度则表现得含混与矛盾。因此,对这些文本也需要通过细读而进行具体深入的剖析。

全书将以文本细读为前提,参照相关史料文献,围绕一些焦点问题,对上述三类文本中的土地革命叙事进行互文性解析。

上编

典范土地革命叙事

第一章 "典范土地革命叙事"的
叙事策略

如前所述,"典范土地革命叙事"是指直接以艺术形象表现"无产阶级革命意识形态"、宣传土地革命必要性和正义性的文学叙事作品。这类作品直接配合党的实际工作,起到宣传鼓动作用;在中国共产党取得领导权之后,它又具有思想动员与行动示范作用。

为此,"典范土地革命叙事"采用了独特的叙事策略。这些叙事策略在完成其历史使命的同时,也曾带来一些负面影响。因此,在新时期以后的相关叙事文本中被有意解构和颠覆。笔者认为,在揭示这一叙事类型局限性的同时,也不宜无视或完全否认其历史与现实的合理性。本章拟对这种叙事类型及其策略予以具体解析,以期对之给予更为客观、尽量公正的评价。

一、佃债户生存绝境设置与
"催租逼债"情节模式

并非所有左翼革命作家涉及土地革命的作品都属"典范土地革命叙事","典范土地革命叙事"的最终形成及成熟也有一个过程。最早具备"典范土地革命叙事"特征的作品,是华汉(阳翰笙)发表于1928年的中篇小说

《暗夜》。① 而同样被视为左翼文学或革命文学代表且比它知名度更大、被认为艺术上更成熟一些的蒋光慈的长篇小说《咆哮了的土地》,却与《暗夜》及后来各例"典范土地革命叙事"文本具有诸多不尽相同之处。这种不同首先就在于,《暗夜》一开始就为主人公老罗伯一家设置了一个生死抉择的极端处境,而蒋作却不然。老罗伯家是田主(地主)王大兴家的佃户。由于遭受天灾,佃户们希望田主减租,而田主不仅不肯减,还不断催促,交晚了还被威胁送镇上拘押。如果不交租,老罗伯家粮食虽少,仍可支撑半年;如果交了,全家就会饿死。老罗伯想向身为富农的本家九叔叔寻主意,九叔叔却只说一些无关痛痒的话。于是,老罗伯就只剩下暴力抗租、造反拼命一条路了:"干吧! 干吧! 干也是死,不干也是死,干呢,还可以从死里求生呀!"这句话与《史记·陈涉世家》里"今亡亦死,举大计亦死。等死,死国可乎"的境况如出一辙。而在《咆哮了的土地》里,革命到来之前,小山村里的农民虽然困窘压抑,生活却是宁静的。不只老年人不解为什么要革命,即使是对此感到欢娱兴奋的青年人,也仅仅是出于好奇、出于对别样生活的向往,包括对城市生活的憧憬。总之,革命并非生死抉择极端处境下的产物,而是外部输入的东西。所以,革命者李杰和张进德才需苦口婆心对农民们进行革命意识的启蒙。而叶紫发表于1933 年的短篇小说《丰收》,在主人公处境设置方面与华汉《暗夜》一致:曹云普一家勉强度过去岁的荒年,而在粮食丰收的今年,在交过捐税和田租之后,家里却不仅颗粒无存,还欠下三担三斗五升多的捐款,被勒令三天之内亲自送到局里去,不然,官府就要派兵来抓人——眼见得曹家是没法继续生活了。真正产生空前巨大社会影响的"典范土地革命叙事",是1945 年在延安首次公演的歌剧《白毛女》。剧中杨家的处境,较之上述罗家和曹家有过之而无不及:除了交不起租子还不起债,还中了地主家暗算,杨白劳被逼自杀,喜儿先是被抢、后是被奸。这样,生死攸关之外又多了血海深仇。面世稍晚于《白毛

① 1930 年作为《地泉》三部曲的第一部由上海平凡书局出版时改名为《深入》。

女》的李季的长篇叙事诗《王贵与李香香》,可以看作白毛女故事基本范型的重述或复制。我们可把它理解为将《白毛女》里男女主人公的地位作了易位,即聚焦点从女主人公换成了男主人公:王贵与地主崔二爷除了杀父之仇,又加抢妻之恨,他要想过正常人的生活,也只剩下革命一条路。新婚之夜他对香香说的话是点题之句:"不是闹革命穷人翻不了身,不是闹革命咱俩也结不了婚!"

"催租逼债"是"典范土地革命叙事"常用的情节模式。《暗夜》《丰收》《白毛女》和《王贵与李香香》都采用了这一情节模式。这是因为,"典范土地革命叙事"都是直接而充分体现无产阶级革命意识形态的作品,是中共中央文件精神的形象化演绎,而中国共产党认为地租和高利贷是民国时期地主剥削农民的最主要方式。中国共产党领导人是在对湖南、江西和广东等地农村进行调查研究的基础上,得出的相关结论。他们认为,民国时期中国农村的封建剥削较之以往更趋严重,且有了新的情况。1927 年 11 月中共中央临时政治局扩大会议提请各级党组织及一般同志讨论的《中国共产党土地问题党纲草案》谈及当时中国农村封建剥削状况时指出:

> 地主对于佃农无限制的剥削,一般而论,都已经达到空前未有的程度……除出这种习惯上旧式的剥削方式以外,新式的租佃关系也在发展起来。地主竭力在设法使永佃权变成定期的租佃制度,而且力求其为短期的租佃。旧式以谷物交租的方法,以及每年看收成交租的习惯,都渐渐的变成新的方法。铁租(每年不论丰歉,佃农须交一定的租额)的办法已经很广泛……佃农一定要替地主送礼,有种种奇怪的名目,还需请地主或收租人吃喝等等。佃农欠债之后,便要替地主当奴隶(广东、山东),卖男卖女还欠租,不能还租的佃农须要坐监牢(广东、浙江等省),土豪民团可以任意毒刑拷打佃农,或者是因为不能交租,或者是因为其他的原因。①

---

① 《中国共产党重要文献汇编(第12卷)》(一九二七年十月——一九二七年十二月),人民出版社 2022 年版,第 248 页。

毛泽东1930年5月的《寻乌调查》谈及"剥削状况"时，列举的就是"地租剥削"、"高利剥削"和"税捐剥削"三类。他的调查非常具体细致，其中特别说到债主逼债的情况：

> "嫁姑娘卖奶子，都要还埃。"这是寻乌的习惯话。债主们对那种"可恶的顽皮农民"逼债，逼到九曲三河气愤不过的时候，往往是这样说的。读者们，这不是我过甚其词，故意描写寻乌剥削阶级的罪恶的话，所有我的调查都很谨慎，都没有过分的话。我就是历来疑心别人的记载上面写着"卖妻鬻子"的话未必确实的，所以我这回特别下细问了寻乌的农民，看到底有这种事情没有？细问的结果，那天是三个人开调查会，他们三个村子里都有这种事。①

1933年，毛泽东在《怎样分析农村阶级》中再次指出："地主剥削的方式，主要地是收取地租，此外或兼放债，或兼雇工，或兼营工商业。但对农民剥削地租是地主剥削的主要的方式。"②以"催租逼债"作为主要情节发展动力的《暗夜》《丰收》《王贵与李香香》和《白毛女》四部作品，前三部的故事发生地点分别是广东、湖南和陕北。③据历史和社会学界的学者研究，上述三个地区确实都属于封建租佃关系比较普遍、地租剥削比较严重的地区。④在平时，由于农民没有了永佃权，缺乏土地的佃农为佃到土地，"上策是得到一个不惹麻

---

① 毛泽东:《寻乌调查》,《毛泽东文集》第1卷,人民出版社1993年版,第215页。
② 毛泽东:《怎样分析农村阶级》,《毛泽东选集》第1卷,人民出版社1991年版,第127页。
③ 《暗夜》小说文本对故事发生地域的交代并不明确,但据《阳翰笙传略》和《阳翰笙生平年表》,《地泉》三部曲是1927年10月作者在广东海丰县农运干部家养病时从群众那里听说彭湃领导当地农运的故事后积累的素材,同年11月在松江农村构思而成。参见潘光武编:《阳翰笙研究资料》,中国戏剧出版社1992年版,第5、22页。《丰收》则明显是写作者家乡湖南的事,因为叶紫在发表该作的《无名文艺》创刊号的《编辑日记》中说:"云普叔是我自己的亲表叔","为了纪念这可怜的老表叔,和年轻英勇的表弟,这篇东西终于被我流着眼泪的写了出来。"《王贵与李香香》则在诗的开首便明确标示了故事发生地在陕北三边。
④ 参见秦晖、金雁:《田园诗与狂想曲:关中模式与前近代社会的再认识》,语文出版社2010年版,第44—45页。

烦的佃户的好名声"①,会按时如约交租。租佃纠纷一般发生在灾荒之年。法国学者吕西安·比昂科对民国时期南京档案馆的资料研究发现,当时浙江佃户与地主之间"最为频繁发生的冲突与地租的数额或地租的押金有关;歉收时,地主不是增加地租(例如,因为地主自己的赋税增加了),就是拒绝降低地租(或者是拒绝降低到佃户所要求的数额)。"②可见,三部作品所写"催租逼债"故事并非没有任何现实依据的向壁虚构,它们自有其真实性。

不过,除《丰收》及其续集《火》,另外几部"典范土地革命叙事"的催租逼债故事并非都有现实生活原型,或者即使有一定原型,作者也作了根本性的改动。《暗夜》虽有彭湃领导的海陆丰农运素材基础,但作品故事却只是根据传闻从观念出发进行的虚构。③《白毛女》的作者明言他们的创作根据的是"老百姓的口头创作","因为传说这故事的人很多,所以其说就不一了",④而且故事中地主的"催租逼债"只是其获取女色的借口。《王贵与李香香》的故事,则与其原型相去甚远:生活中,李香香的原型叫张青,出身破落地主家庭;王贵的原型则有两个:一是给张青的四爷爷家放羊并与张青青梅竹马的方秉秀(小名方贵),一是来自外乡、公开身份为长工的地下党员林孔山。结局是张青跟了林孔山,方秉秀终身未娶。地主崔二爷的原型是来自比利时的天主教堂神父沙智林。这沙神父确属恶霸,但并无催租逼债、强抢民女之事。⑤ 李季的叙事诗应是仿照"白毛女"式故事创作改编的产物。

----

① 费正清、费维恺:《剑桥中华民国史(下卷)》,刘敬坤等译,中国社会科学出版社 1994 年版,第 319 页。

② 费正清、费维恺:《剑桥中华民国史(下卷)》,刘敬坤等译,中国社会科学出版社 1994 年版,第 317 页。

③ 早在 1923 年的 3 月 3 日,彭湃就在海丰的新年同乐会上为农民们自编、自导、自演了话剧《二斗租》。见蔡洛等:《彭湃传》,人民出版社 1986 年版,第 58 页。

④ 贺敬之:《〈白毛女〉的创作与演出》(1946 年 3 月 31 日),《白毛女》,人民文学出版社 1954 年版,第 218 页。

⑤ 姬晓东:《70 年后,再说王贵与李香香——写在音乐电影〈王贵与李香香〉拍摄前》,《陕西日报》2013 年 8 月 26 日第 11 版。

同为"典范土地革命叙事",《暴风骤雨》没再采用"催租逼债"情节模式。这首先是因东北地区土地广阔肥沃,1940 年代中期又无重大自然灾害,佃农、雇农虽也贫苦(有的甚至贫如"赵光腚"),但尚能维持最低限度的生存。所以,《暴风骤雨》写地主之恶,多写个别恶霸地主利用职权指派劳工、年终赖账,或普通地主日常生活中的刻薄。另外,由于 1940 年代的土改是在解放区展开的,"催租逼债"失去了现实的可能,即使写到,也只是借助回忆,并不强化表现。

在"典范土地革命叙事"出现之前的乡土小说、与"典范土地革命叙事"同时的非左翼乡土题材小说以及与之同为左翼文学的"非典范土地革命叙事"中,很少见到这种"催租逼债"情节模式,或者即使有,也以另一种面貌出现:潘垂统的《讨债》①写的是生计无着的穷人去向富户讨旧债不成,台静农《蚯蚓们》②写的是灾荒之年穷人们联合起来向地主借贷,地主不肯借;蹇先艾《乡间的悲剧》③所写地主和佃户的关系则比较和谐。蒋牧良的《集成四公》④写高利贷者集成四公为人吝啬刻薄,债户蔚林寡妇不能按期还债,他就强行夺走了她养的猪,还一脚将试图阻拦的寡妇踢翻在地下。但是,与"典范土地革命叙事"里花天酒地且有官府庇护的债主不同,集成四公本人生活极其俭朴吝啬;为了积聚钱财,他不只对债户,对自己的家人也很刻薄无情,发现儿子赌博,他就将其赶出家门;土匪和债户哄抢他家,他也无可奈何。

在地租剥削和高利贷剥削存在的地方,若遇佃户或债户无力按数、按期交租还债,地主、债主催交催还应是常见之事,因此,即使是新时期以后出现的意在"修正"或颠覆"典范土地革命叙事"的作品,例如严歌苓《第九个寡妇》及赵德发《缱绻与决绝》,对此也有表现。在地主、债主占据资源、掌握主动的制度下,若恰逢灾荒之年,个别品质恶劣又刻薄无情的地主、债主逼死人命或逼

---

① 《小说月报》第 15 卷第 2 号。
② 《莽原》1927 年第 2 卷第 20 期。
③ 《文学》1934 年第 3 号。
④ 《文季月刊》1936 年第 2 卷第 1 期。

得债户、佃户铤而走险的现象很有可能发生。但是,这种使人走投无路、铤而走险的极端事件,却未必属于常态。因为在现实生活中,如果地主或债主不是身兼官僚或土匪,这样做的后果是地主、债主自身的安全也受到威胁,除非他自身也处于不得不如此的极端困境之中。虽然"催租逼债"事件的发生一般是在灾荒歉收之年,或情况特殊的"丰收成灾"之年,"典范土地革命叙事"却将灾荒背景放在其次——或予以淡化,或付之阙如;另外,与地租和高利贷剥削往往同时发生而且更重、更具根源性的官府捐税剥削,也不被突出表现。这皆出于当时党的策略考虑。吕西安·比昂科发现:

> 在中华人民共和国所记载的非共产党的农民活动中,抗租是个受到重视的范畴,因为它最能表现被剥削者反对剥削者的斗争。抗租有时被单独提及,有时领先于文献根据更充分,但在社会性上却较不纯的抗税范畴,在档案馆和汇编中具有相当重要的地位,这一事实导向夸大佃农的反抗。①

因为捐税不只针对贫雇农,也针对地主富农,而且往往是土地越多负担的捐税越多越重(尽管有权势的地主可以向农民转嫁部分负担)。若将捐税问题置于地租和高利贷之前,就会涉及地主和官府之间的矛盾冲突,使得官民冲突冲淡了阶级冲突。

二、农民贫困归因的单一化与
作品主题内涵的单纯化

除了突出表现地租和高利贷剥削,"典范土地革命叙事"的另外一个特征,是主题内涵的高度单纯化。首先是农民贫困归因的单一化,即认为农民的贫困都是地主剥削的结果。它认为地主的地租或高利贷剥削是农民致贫的最

---

① 费正清、费维恺:《剑桥中华民国史(下卷)》,刘敬坤等译,中国社会科学出版社 1994 年版,第 313 页。

主要原因,即使不是唯一原因。

《暗夜》开始一章老罗伯与罗妈妈的对话,就将这一点点出。罗妈妈本来将自家困境归咎于天,老罗伯却纠正她,说不是天,是人,是田主导致他们一家现在的绝境。他认为:

> 过去的一切艰难和现在的一切困苦,都是他那田主人厚赐他的。假如没有他,在过去他绝对不会那么的困穷,在现在他也绝对不会这样的冻饿,就在将来,那他更可以丰衣足食的①过活。

为了凸显这一点,作品还排除了农民懒惰或无能的因素,让老罗伯夸他的儿子罗大"多么的能干、多么的勤快"。

《丰收》侧面写到了"去年"的水灾,但正面重点写的是"今年"的"丰收成灾",即,在粮食丰收之后,谷价飞跌而百物昂贵,导致农民"丰收简直比常年还要来得窘困些了"。本来,粮食贱,正缺吃少粮的农民们可以不卖,像云普叔说的那样自己留着吃。但是,曹云普一家最后还是免不了饿死的威胁:曹家收获粮食 150 担左右,却要交何八爷家租谷(包括利息)103.5 担多,交李三爹家约 30 担,交陈老爷的堤局 10 担左右,此外还有"剿共"捐、救国捐、团防捐 14.3 担。将全部收获都交走,自己家颗粒无存,反欠粮食。从上交数量看,官府捐税所占份额固然很重,但地租及其利息占绝大部分。作品虽未明言,却通过具体描述显示:何八爷、李三爹的地租率高,贷粮的利息也高,地租、高利贷和苛捐杂税是导致曹云普一家丰收之年却一无所剩的根源。佃户已无维持生存的最基本口粮,地主却仍不肯减租,终于激起民变,闹出人命。

若将《丰收》与同样写 1930 年代初"丰收成灾"故事的茅盾及其他作家的作品对比,"典范土地革命叙事"对农民致贫原因解释的单一化就一目了然。茅盾小说以国际国内全局视野认识"丰收成灾"现象的社会根源,并不仅仅将其归咎于土地制度,也不仅仅归咎于地主的个人品德。它认为农业破产、农民

---

① 华汉:《暗夜》,创造社出版部 1928 年版,第 10 页。

贫困化只是近年之事,因而并非封建土地制度的直接结果,外国资本的入侵才是其主因。《春蚕》和《秋收》写的是自耕农,不是佃农,所以不存在"催租逼债"问题。吴组缃与茅盾一样更多看重社会经济因素,他写农村破产、农民贫困的小说重在写人物心理,写经济因素导致的乡村败落和人性异变。例如,《天下太平》虽极写乡村败落、村民贫困之惨状,却将主因归于外国资本、天灾和兵匪,而非地主或老板的剥削。王统照《山雨》的主题也是农村破产,按这部长篇小说所写,造成当时乡村破败毁灭的,也是兵匪战乱,以及官府派下的苛捐杂税。作品表现的主要矛盾,是官民矛盾和兵匪与百姓的矛盾,而非阶级矛盾;作为村中曾经的首户兼村长的陈大爷为保护乡亲而被兵匪打伤,最终丧命,是正面人物。作品里的反面人物是搜刮民财、作威作福的地方官吴练长。总之,在这部作品中,"地主"与"官府"和"兵匪"是分开的,甚至是对立的。

上述作品没有像"典范土地革命叙事"那样突出描写地租和高利贷剥削之繁重,这并非意味着这两个问题就真的不严重,意味着"典范土地革命叙事"这方面的描写是杜撰。事实是,在中国共产党领导土地革命之前,中国农民没有阶级意识;佃农、贫农们虽然也深感地租和高利贷负担之重,但他们一方面认为这些是合法的、天经地义的,另一方面更担心自己佃不到土地、借不到贷款或粮食。对这一问题有专门研究且持较中立客观态度的吕西安·比昂科发现:"在受剥削的佃户中间,阶级意识和团结不如希望承佃的人之间的竞争那样普遍,那样充满感情。""除某些战斗性强的文学作品(此处应是指本书所谓'典范土地革命叙事'——引者注)外,人们几乎没有发现过专门指向贪婪放债人的协力一致的运动。"在贫民需要借款借粮以渡饥荒时,借者和贷者也会发生矛盾冲突,"拥有存款却拒绝借出的邻居受到攻击或甚至被杀死"的事虽也曾发生,但"对冷酷无情的债权人所采取的最为流行的报复方法之一是在他的门前自杀。"①那时若发生群体性骚乱,也主要是针对官府,而非地主

① 费正清、费维恺:《剑桥中华民国史(下卷)》,刘敬坤等译,中国社会科学出版社1994年版,第319、320页。

和高利贷者：

> 我们将首先考虑的骚乱的共同之处是骚乱指向政府当局（文职的或军人的）的地方代表，而不是——很少例外——指向富人本身。因而这些骚乱更接近于传统形式的抗税骚动，而不是共产党人所要求和鼓动的社会斗争（反对地主和放债人）；后者一般说来分布不广，也就是说，在共产党人自己插手以前是这样。①

然而，吕西安·比昂科也承认，在灾荒之年因无力交租而自杀的事件有不少："两家上海报纸在 1922—1931 年间所记载的 197 起涉及佃户的案件中（见前），7 起是佃户在无力交租的绝望中自杀。"②

在官民之间因繁重的苛捐杂税而产生的矛盾以及防范土匪的斗争中，地主和农民的利益有其一致性，所以王统照《山雨》与陈忠实《白鹿原》的有关描写是真实的；但是，说有些地主与官府勾结压榨农民，也并不假。我们的主流意识形态话语常说的国民党政府代表地主和资产阶级的利益，总体上说是符合实际的。不能否认，南京国民政府也曾有过土地改革的设想，但从未真正付诸实施；也有地方政府曾想保护佃农利益（例如浙江省的国民党代表在南京政权初期的做法），但最后失败了，因为政府的捐税主要还是要靠地主收上来的地租支撑，如果实行减租，地主们就会威胁：地租收的少了，无法履行交税的义务。于是政府还是首先满足地主的请求。

"典范土地革命叙事"出现之前及之后的其他作家们之所以很少写到租佃纠纷，大概是因这些小说的故事发生地区租佃关系不是特别普遍，或租佃纠纷并不特别突出。农民与地主的矛盾，往往表现在其他方面，比如有权势的地主利用职权转嫁捐税负担到农民头上、抓农民的壮丁或劳工；普通地主与农民

---

① 费正清、费维恺：《剑桥中华民国史（下卷）》，刘敬坤等译，中国社会科学出版社 1994 年版，第 329—330 页。

② 费正清、费维恺：《剑桥中华民国史（下卷）》，刘敬坤等译，中国社会科学出版社 1994 年版，第 344 页。

的矛盾则一般起因于地主为人的刻薄。例如写河北农村土改的丁玲《太阳照在桑干河上》虽提了一句钱文贵"他们家里就没有种什么地,他们是靠租子生活",但所写钱文贵恶行主要是他平时怎么算计人、欺负人;侯殿魁将土地佃给侯忠全种,租子多少没有硬性要求,为笼络安抚侯忠全,"侯殿魁总让他欠着点租子,还给他们几件破烂衣服";侯忠全所租房子则不要钱。所以,佃户侯忠全过着吃不饱也饿不死的生活,土改前他家并未处于绝境。梁斌《翻身记事》所写地主和农民之间的关系与《太阳照在桑干河上》有些类似。而他以写阶级斗争著名的《红旗谱》则丝毫未涉及租佃纠纷,写到严志和借冯兰池的高利贷,也是重在写其遇到儿子下狱的特殊变故而去请求借贷,借贷不成而卖掉"宝地",并未写冯主动去放贷或逼债。与此形成对比,《王贵与李香香》将生活原型中并不存在的租佃纠纷(崔二爷催租打死王贵的父亲)作为矛盾起因,使得王贵家破人亡的原因清清楚楚归到地主崔二爷那里。这一思路与《白毛女》如出一辙。两部作品这样写,不仅突出了阶级矛盾的尖锐性,将"阶级仇恨"与两个男人之间的情爱冲突(崔二爷与王贵、黄世仁与王大春)挂钩,也使得作品更有戏剧性,更能吸引读者或观众。

这样,"典范土地革命叙事"作品的主题内涵就极其单纯明了:地主及地主阶级是贫苦农民的天生仇人,他们是农民生活贫困、陷入生存绝境的罪魁祸首;不闹革命或搞土改,农民就不能翻身,就总会面临妻离子散、家破人亡的危机,永远不可能过上幸福生活。

三、地主形象的恶霸化与贫民形象的高尚化

"典范土地革命叙事"里的地主,几乎都是恶霸地主。① 这些恶霸地主有四个特点:

---

① 《暴风骤雨》写了非恶霸型的地主杜善人和唐抓子,但他俩并非主要角色,且与恶霸韩老六沆瀣一气。

1)冷酷无情。他们催租逼债时,全不顾及佃户、债户的家庭困境,甚至不顾其死活。他们明白,自己的富裕快乐是建立在对穷人的压榨剥夺上,用黄世仁的话说是"杀不了穷汉,当不了富汉"。佃户、债户无论如何苦苦哀求,都不能打动他们铁硬的心肠。

2)仗势欺人。这些恶霸地主都与官府勾结,或者自己就身兼保长、甲长、村长之类。《暗夜》里,"官厅是保护田主的,军警是听田主驱使的";《丰收》中,何八爷在县太爷那里能说上话,和堤局的陈局长平起平坐,可以让团丁抓不听话的农民;《白毛女》中,黄世仁和县长是朋友,他们黄家就是衙门;《王贵与李香香》里的崔二爷和《暴风骤雨》里的韩老六更是随意吊打农民,或唆使人抓农民住监牢、做苦役。

3)流氓成性。如果说这类地主的冷酷是出于其自私天性,那么他们的流氓行为已经超出普通人的伦理底线。《暗夜》中的王大兴和钱文泰这方面尚不突出,《丰收》和《火》里何八爷吃了揭不开锅的曹家倾力为他准备的"打租宴"却丝毫不肯减租,还兔子专吃窝边草,霸占着自己亲随高瓜子的老婆,已显出流氓相;《王贵与李香香》里崔二爷、《白毛女》中黄世仁的见色起意、强霸民女则是十足的流氓行为;而《暴风骤雨》里的韩老六完全像黑社会老大,身上有十几条人命。

4)花天酒地。在"典范土地革命叙事"里,无论灾年丰年,地主的物质享受都丝毫不受影响:就在老罗伯一家为缺乏口粮而绝望时,王大兴和钱文泰却在吃酒宴、抽鸦片;何八爷、李三爹越是荒年越借机放高利贷,大发横财;崔二爷、黄世仁是一样的花花公子,黄世仁上场的第一句唱词就是"花天酒地辞旧岁",他将女人视为"墙上的泥坯","扒了一层又一层"。

翻阅中国古代和现代文学史,这类恶霸地主形象虽并非没有(例如《水浒传》里有毛太公之流),但那些作品中却不乏勤俭(悭吝)地主、老实(窝囊)地主乃至善良(仁义)地主的形象。在"典范土地革命叙事"出现之前,鲁迅《阿Q正传》里的赵太爷虽然有些霸道,却并无流氓行为;赵家生活俭朴,过日子精打细算,对人对己都很"抠门儿"——连晚上照明用的蜡烛和灯油都是在不得不用时才用。黎锦明《冯九先生的谷》中的冯九,也是个葛朗台或泼留希金式的悭吝至极、舍命不舍财的乡下土财主。他住的是"高不满七尺宽不到两亩的茅屋",家里都是"三腿桌,缺口碗,补丁裤,穿眼鞋";"他的儿侄妇是从前外镇两个贤淑的村姑,说好媒后多不用嫁装也不用排场成礼,用一顶破竹篷轿接来就罢";他自己不好色,鳏居三十年不娶;他要求儿孙在他死后丧事从简,"抬到土洞里一埋就是"。他家的孩子也与他一起从事一定的田间劳动。王鲁彦《许是不至于罢》中的王阿虞与政治权力的关系并不密切;由于其本人性格较宽厚,他不仅不欺负穷人,反而不敢得罪乡里。与华汉和叶紫的"典范土地革命叙事"同一时期出现的作品中,茅盾《春蚕》里的城居地主小陈老爷与农民老通宝家是世交,他也肯帮老通宝的忙;《子夜》里的吴老太爷是过于古板的正人君子,冯云卿也非恶霸。《微波》写出了地主的无奈:教育公债摊派、米价下跌等因素使地主李先生"收了租来完粮,据说一亩田倒要赔贴半块钱"。柔石《为奴隶的母亲》中,秀才地主"确是一个温良和善的人",穷汉典妻给他是自愿而非强迫。而与李季、贺敬之同为解放区代表性作家的赵树理,其《地板》里的地主王老三是开明士绅,王老四也是个老实地主。丁玲《太阳照在桑干河上》中的侯殿魁为人也算厚道,而李子俊则是典型的"窝囊地主"。与这些作品对比,"典范土地革命叙事"在地主形象塑造上的特点一目了然。

与地主形象恶霸化、流氓化相应,"典范土地革命叙事"里贫苦农民的形象则被有意美化或洁化。1920 年代的乡土小说既写一些农民忠厚老实,也写在生活重压下农民的愚昧麻木,或扭曲变形,其中不乏阿 Q、阿长[①]这样带有流氓无产者特征的形象。他们有的赌博,[②]有的偷窃,[③]在可怜的同时,又有其可恶、可恨之处。与"典范土地革命叙事"同写 1930 年代初期乡村危机的

① 王鲁彦小说《阿长贼骨头》主人公。

② 如许杰《赌徒吉顺》中的吉顺。

③ 如蹇先艾《水葬》中的骆毛及王鲁彦《阿长贼骨头》中的阿长。

吴组缃小说《樊家铺》还写了贫困所导致的人伦亲情的泯灭。这类作品中没有明显的"正面人物"与"反面人物"之分。与此不同,"典范土地革命叙事"以人物的阶级立场划界,贫苦农民一般是正面人物,地主一律是反面人物。与地主都"为富不仁"形成对照的是,作为正面人物的贫雇农都是人穷志不穷、心地善良、富于爱心,"穷不帮穷谁照应,两棵苦瓜一根藤",①穷人之间互相帮助,充满阶级友爱。个别有毛病的穷人,要么原来出身就是地主,是破落户,例如《暴风骤雨》里的韩长脖;要么就是被阶级敌人拉拢所致,例如《暴风骤雨》里的杨老疙瘩。华汉《暗夜》与蒋光慈《咆哮了的土地》同为书写土地革命斗争的左翼文学代表作,但后者中尚有癞痢头和小抖乱这样的流氓无产者,作品还写贫佃农吴长兴欺负老婆、李木匠勾引人妻、刘二麻子酒后差点成了强奸犯、刘二麻子与吴长兴互相看不顺眼;而在《暗夜》里,老罗伯虽然自己濒临绝境,路遇逃荒的饥妇人还试图援助,援助不成还心存歉疚。《丰收》和《王贵与李香香》及《白毛女》里的穷哥们都是一条心,李香香父女、杨白劳父女都不像王鲁彦《野火》里菊香父亲那样嫌贫爱富、一心攀高枝,而专爱"心灵美"的穷汉。《暴风骤雨》里赵玉林夫妇和郭全海都是克己奉公的模范,白玉山也并非真正的懒汉;老孙头虽然有点小心眼,但心地善良,有正义感。

　　"典范土地革命叙事"在情节设置上让农民除了暴力抗争别无生路,将农民贫困的原因主要归咎于地主剥削,将地主形象恶霸流氓化,这一切都是为了凸显农民与地主之间不可调和的利益对立,为了发动针对地主阶级的阶级斗争。把奋起反抗的贫苦农民作为正面人物塑造,也是为形成"正反对立"式的戏剧化冲突,给读者或观众留下深刻而鲜明的印象。说到底,都是为充分发挥文艺作品的宣传鼓动作用,直接推动土地革命或土地改革运动的发展。因为这类作品的预设读者或观众,正是文化程度不高、看惯善恶分明戏曲的农民大众和普通士兵。

---

　　①　样板戏《红灯记》中李奶奶的唱词。

与其他类型作品不同，"典范土地革命叙事"是直接而无条件地为中国共产党特定历史阶段的战略目标服务的。不论作家本人还是中国共产党的领导人对此从不讳言。它是中国共产党社会动员工作的重要组成部分。华汉在谈自己的创作、批评别人的创作时，就强调"作品中的阶级的战斗任务"，强调"正确的路线"的重要性，①他同意法捷耶夫的观点，认为普罗革命作家与旧现实主义作家不同的地方在于"自觉的为着改变这个世界的事业而服务"②。作为向中共七大献礼之作，《白毛女》后来被作为推动土改运动的最重要形象宣传材料，于土地改革运动全面展开前夕，在解放区各地频频上演，以激起农民和革命战士对地主的仇恨。中共中央指示各解放区：

> 为了拥护当前的群众运动，各地报纸应尽量揭露汉奸、恶霸、豪绅的罪恶，申诉农民的冤苦。各地报纸应多找类如《白毛女》这样的故事，不断予以登载……在文艺界中亦应鼓励《白毛女》之类的创作。③

后来出现的《暴风骤雨》和《太阳照在桑干河上》等作品，里面就直接写到《白毛女》所产生的社会影响：《暴风骤雨》第一章就写"工作队的年轻人们唱着《白毛女》里的歌曲"，《太阳照在桑干河上》虽未直接提《白毛女》，但小说第四章"大姑娘又讲起一个戏的内容来了。这是她最近去平安镇看的。这戏里说一个佃户的女儿怎样受主家少爷的欺负，父亲被逼死了，自己当丫头去还债"，分明就是指这部著名歌剧。周立波写《暴风骤雨》之前，先"研究中央和东北局的文件，追忆松江省委召开的县书联席会议以及好多次的区村干部会议"④，按此选择和剪裁素材，构思作品；小说出版后，又"成为许多土改干部的

---

① 华汉：《〈地泉〉重版自序》，潘光武编：《阳翰笙研究资料》，中国戏剧出版社 1992 年版，第 247、248 页。

② 华汉：《谈谈我的创作经验》，潘光武编：《阳翰笙研究资料》，中国戏剧出版社 1992 年版，第 252 页。

③ 《中共中央关于暂不在报纸上宣传解放区土地改革的指示（1946 年 5 月 13 日）》，中央档案馆：《解放战争时期土地改革文件选辑》，中共中央党校出版社 1981 年版，第 10 页。

④ 周立波：《现在想到的几点——〈暴风骤雨〉下卷的创作情形》，李华盛、胡光凡编：《周立波研究资料》，知识产权出版社 2010 年版，第 249 页。

行囊必备"①。《白毛女》里的黄世仁与《暴风骤雨》里的韩老六后来与《高玉宝》里的周扒皮、《红色娘子军》里的南霸天一起,成为对当代中国影响最大的"恶霸地主"艺术形象。"文化大革命"时期涉及土地革命或土地改革的文学艺术作品,基本都遵循了"典范土地革命叙事"的原则。

与"典范土地革命叙事"并行的,还有其他左翼作家、革命作家的同类题材创作,但那些作品在叙事策略方面呈现出与"典范土地革命叙事"不同的面貌,我们可以将其称作"非典范土地革命叙事"。而张爱玲在香港创作的《赤地之恋》及中国内地改革开放之后的土改题材作品,其叙事策略与"典范土地革命叙事"不仅迥然有别,甚至截然相反,我们可以将其称为"反典范土地革命叙事"。对于"典范土地革命叙事"与"非典范土地革命叙事"之间的区别,例如华汉与茅盾、吴组缃等人的相关作品,周立波与丁玲、梁斌和孙犁等人作品的重要区别,目前学界还认识不足,许多人往往将其混为一谈。

四、"典范土地革命叙事"的
艺术真实与伦理正义

近些年来,文学批评和文学史研究界有一种倾向,认为只有"反土地革命叙事"所描述的土地革命或土地改革是真实的,其他两类都是不真实的,甚至也是没有文学价值、艺术价值的。笔者认为这种看法并不完全符合实际。虽然"典范土地革命叙事"制造的"表达性现实"与中国村庄阶级结构的"客观性现实"②存在差异,但就此类作品所涉及的特定时空而言,它们有自己的真实性。如前所述,历史学、社会学的研究成果告诉我们,民国时期虽然"关中无地主"、华北等地大地主很少,在广东、湖南和陕北租佃关系却确实比较普遍,

---

① 杨义:《中国现代小说史(下)》,人民出版社 1998 年版,第 629—630 页。
② 黄宗智语。见[美]黄宗智:《中国革命中的农村阶级斗争——从土改到文革时期的表达性现实与客观性现实》,《中国乡村研究》第 2 辑,商务印书馆 2003 年版,第 66—95 页。

地主对农民的地租剥削确实非常严重(土地收获分配时地主与佃户五五开最普遍,有的地方则达三七开,即地主占七、佃农占三);虽然在缺乏官方信贷机构的情况下高利贷者应了借债者的急需,但借贷双方地位的不平等、债主利用资源制定的霸王条款,例如"驴打滚"利率,确实常常使债务愈益难以还清,使债户倾家荡产,或沦为债奴。遇到灾荒之年,这种情况就更加严重。持中立立场的《剑桥中华民国史》认为,在中共领导土地革命之前,乡村中就存在农民自发的抗租斗争,存在佃户债户自杀事件。如果是"典范土地革命叙事"有可质疑、可商榷之处,那就是它把局部地区的现实当作中国农村所有地区的现实,而且将造成农民贫困破产的多种原因简单归结为地主剥削一种,宣扬"地主都是坏人"的观念,其塑造的恶霸地主形象给读者或观众造成一种心理暗示,似乎地主都是恶霸。

另一方面,"典范土地革命叙事"自有其哲学、政治、伦理和美学的依据。哲学依据,就是对现象和本质、主要矛盾和次要矛盾、主流和支流、一般与个别、手段和目的关系的理解;政治依据,就是对终极目标与具体策略关系的理解;伦理依据,就是与日常伦理有所区别的革命伦理;美学依据,就是革命现实主义的"典型"论。认为,旧中国农村的主要矛盾,是地主阶级和农民阶级之间的矛盾,其他是次要矛盾;个别地主可能并不凶恶,甚至有开明士绅,但催租逼债的恶霸地主形象更能体现地主阶级对农民残酷经济剥削和政治压迫的本质、更具有典型性;土地革命或土地改革斗争中免不了暴力,免不了杀人放火,但革命暴力的目的是最终消灭暴力,暴力是手段,解放农民、解放中国、解放全人类是目的;如果社会制度是黑暗腐败、压抑人民的,就要用革命手段予以推翻,而在推翻旧制度的革命年代,革命者遵循的是革命伦理,革命者的行为不能完全用日常伦理来衡量:在革命与反革命双方进行你死我活的搏斗时,对敌人的仁慈就是对人民的残忍。革命起来之后,必然泥沙俱下,有时过火行为在所难免,会伴随一些副作用,但总体看前景是光明的,是对绝大多数人有利的。为了大多数人的利益,作为具体个人的少数人有必要作出牺牲(有的是作为革命"副作用"被迫牺牲,主动牺牲的则被视为革命英雄)。苏俄作家帕斯捷尔纳克的《日瓦戈医生》中,尤里·日瓦戈曾把革命比作外科手术。其实,这个比喻早在1914年的中国就有了——有位署名"玄中"的作者在《民国》杂志发表的《革命与暴政》一文中指出:

> 革命者,政治上最后之救济作用也。苟苛政之积恶不稔,人民之疾苦未极,国事之前途犹有一线之希望者,孰乐决然而出之于革命?革命者,吾人不得已而用之者也。譬之积毒于身,而为痈疽经时既久,不施切割,则将不治。当此之时,非不知切割之痛楚,然且断断为之而无疑者,何则? 所损者小,而所利者大也。革命亦救国之峻剂也。奋一往无前之气。以刷清政治之积弊,而为根本之改良,振起痿痹之人心,挽回危殆之国运,其责任之巨既如是,于此而犹责其行事之过激者,此亦文织之论也。①

可见,这种观点并非中国的"典范土地革命叙事"所独有,也非直到1920年代末才产生。

然而,"典范土地革命叙事"渲染地主债主"催租逼债"故事、有意将"地主"与"恶霸"概念焊接一起,确实是中外文学史上的首创。笔者以为,斯洛文尼亚哲学家斯拉沃热·齐泽克对"主观暴力"与"客观暴力"的区分,对我们研究"典范土地革命叙事"的这一叙事策略具有启发意义。何谓"客观暴力"?齐泽克认为"客观暴力"是一种系统暴力:

> 在这里,暴力指的是系统的先天暴力:不单是直接的物理暴力,还包括更含蓄的压迫形式,这些压迫维持着统治和剥削关系,当中包括了暴力威胁……我们不能再将这种暴力归咎于任何具体个人和他们的"邪恶"意图,它是一种纯粹"客观的"、系统的、匿名的暴力。②

---

① 玄中:《革命与暴政》,《民国》1914年第1卷第2期,第85—86页。
② [斯洛文尼亚]斯拉沃热·齐泽克:《暴力:六个侧面的反思》,唐健、张嘉荣译,中国法制出版社2012年版,第10、13页。

与此相对的"主观暴力"当然是指个体有意实施的、与其个人品质相关的暴力行为。他举了一个例子:被苏联政府驱逐出境的知识分子尼克莱·洛斯基是一个诚恳善良的人,他关心穷人并尝试使俄罗斯的生活变得更文明。他和他的家人没有主观邪恶。如果说那些驱逐他的人对他实施的暴力是"主观暴力",那么他们一家习以为常的舒适生活是建立在对那些被剥削、被压迫者的"客观暴力"基础之上的。而地主阶级对农民阶级的经济剥削和政治压迫,其实更多是延续千年的"客观暴力"。具体到作为生命个体的地主,只有遇到品质恶劣者,这种"客观暴力"才与"主观暴力"相伴。旧中国的普通农民大多朴实善良而又保守苟安、因循守旧,他们虽然生活得极其贫苦,但若非濒临绝境,他们不会打破日常生活而进行暴力反抗;遇到绝境时的自发反抗又成不了气候,不会从根本上消除"客观暴力"。为唤起农民、动员农民积极参与到根本改变中国乡村土地制度、生产关系和社会结构的暴力革命中来,土地革命或土地改革的发起者便利用文艺作品,将不易为人察觉或认清的"客观暴力"具象化为"主观暴力",将地主形象恶霸化,以与其阶级的压迫、剥削"本质"相符合。他们首先要让农民明确:地主都是他们的敌人,日常意义上的人道主义不适用于地主。"典范土地革命叙事"的叙事策略正是为适应发起大规模有组织的土地革命或土地改革运动的需要。许多当年亲身参与土地改革运动的人回忆当年经历时,所反映的情形大致类似。例如,1951 年作为北京师范大学外语系大四学生参加了江西兴国土改的万慧芬在其回忆录《亲历土地改革》中写道:

> 在土改中发动和教育群众是很困难的事。有时农民群众因长期受地主压迫,产生了一些糊涂思想,比如认为,"是地主养活了农民,因为地主把土地租给农民,因此农民有田种,收获了粮食,才能有饭吃"。[①]

---

① 万慧芬:《亲历土地改革》,中共党史出版社 2014 年版,第 39 页。

这还是在曾受过土地革命战争洗礼的革命老区。可见宣传动员工作之必要、任务之繁重。

"典范土地革命叙事"在推动土地革命、土地改革方面发挥了不可取代的重要积极作用。它为那些因缺乏土地而遭受客观暴力和主观暴力的农民发声，这在文学史上还不曾有过。当然，它的一些叙事策略也产生了一些消极影响，这些消极面在"后革命"年代尤其引起人们注意。新时期以来的文学创作和学术研究界更多揭示和纠正了"典范土地革命叙事"的一些偏颇，比如将"地主"与"恶霸"概念有意焊接，给人以"地主皆恶霸"、"地主人品都很坏"的印象。自张炜《古船》和陈忠实《白鹿原》以来，大量的土改题材作品塑造了作为正面人物的地主及其子女的形象，有些作品则对"典范土地革命叙事"中的正反面人物作了对调或颠倒。这类作品我们可称之为"反土地革命叙事"。然而，某些"反土地革命叙事"也有其偏颇，就是否认了恶霸型地主的存在、否认了地主作为阶级剥削压迫农民的事实。开明绅士、善良地主固然不少，但中国古代就有"为富不仁"之说，因为财富作为一种资源，有可能给人带来权势，对底层无权无势者构成剥削或压迫，这种事理逻辑即使在今天也不难理解。土改亲历者的回忆中，也有大量反映他们实际接触到的关于恶霸地主劣迹或暴行的事例。对于曾在历史上产生过积极作用的"典范土地革命叙事"，我们站在今天高度反思其局限性和负面作用很有必要，但也不能反过来完全无视其特定的真实性与合理性。我们即使批判地研究历史事件，也需要进入"历史现场"，了解其特定的哲学的、政治的、伦理的和美学的逻辑依据。

第二章 "典范土地革命叙事"接受与传播的内外机理

"典范土地革命叙事"无疑是从观念或理论出发的创作。这类作品的作者虽也有一定感性经验,但这些感性经验多被观念或理论进行了框范或"修正"。另一方面,除了《暗夜》这样萌芽阶段的探索之作,这类作品并不乏可读性、不乏艺术的感染力,有些还很受普通读者或观众欢迎。它们的广泛传播固然有政治权力的强力推动因素,但其被树为"典范",也与自身的必要特质密不可分:它们适应了工农兵读者或观众建立在特定道德伦理观念与审美习惯基础上的接受心理。另一方面,新时期以后它们被逆反、被颠覆,也是因读者的接受心理起了变化。关于个别"典范土地革命叙事"接受与传播的外在机制,已有相关研究成果,但从历时态角度梳理这种机制演变情况的论著尚不多见;而其内在机理,也有必要予以具体剖析和研究。

一、《暗夜》与《丰收》:萌芽探索
阶段接受效果一般

虽然1926年初版的蒋光慈的中篇小说《少年漂泊者》中已出现了"催租逼债"情节模式,作品里的地主刘老太爷也是个恶霸型人物,但故事时间和写作时间都在中国共产党独立领导的土地革命之前,因此,最早具备"典范土地革命叙事"特征的,应该是华汉(阳翰笙)1928年出版的中篇小说《暗夜》。

华汉这部中篇小说于1928年12月由创造社出版部出版。1930年10月,《暗夜》被当局查禁,在改名为《深入》后,与另外两部中篇小说《转换》《复兴》一起,以《地泉》的书名出版,1932年7月又由上海湖风书局重版。关于当时读者的接受情况,我们今天并不能完全从其出版及再版次数判断,因为左翼书刊的出版发行主要是将其作为宣传鼓动材料,有些是秘密印行,①并不全由读者和市场决定,尽管它也会对读者有一定考虑(例如提倡大众化)。我们也无法得知它每一版的具体印数。蒋光慈小说的一度畅销应属特例。

虽然没有读者反映的实证材料,我们还是可以通过两种途径推测该作的接受效果:一是我们今天阅读该作时的审美感受,二是当时特殊读者——批评家的评论文章。笔者读了这篇小说,感觉其故事情节太像政治的直接图解——灾荒之年,地主和官府勾结,逼得佃户走投无路,只有在党的领导下走武装革命之路。这个主题本来自有其意义和价值,而且在后来的土地革命叙事中不断被重复,但是,它没有通过真实而有鲜明性格的人物、细腻生动的细节描写来吸引人、打动人,对于武装斗争的表现又比较简单。茅盾对这方面的批评一针见血。他首先判定包括《暗夜》(《深入》)在内的《地泉》三部曲是失败之作,进而指出其失败的原因:除了思想内容方面的"缺乏社会现象全面的非片面的认识",就是艺术表现方面"缺乏感情地去影响读者的艺术手腕"②。郑伯奇也认为《地泉》是概念化之作,兼有早期普罗文学"革命遗事的平面描写"与"革命理论的拟人描写"③的两种倾向。两位党员作家、批评家的观点

① 参见潘光武编:《阳翰笙研究资料》,中国戏剧出版社1992年版,第28页。
② 茅盾:《〈地泉〉读后感》,《茅盾全集》第19卷,人民文学出版社1991年版,第332页。
③ 郑伯奇:《〈地泉〉序》,潘光武编:《阳翰笙研究资料》,中国戏剧出版社1992年版,第329页。

与茅盾、郑伯奇有所不同,有些方面甚至截然相反:易嘉(瞿秋白)也断言该作失败,认为《地泉》是"'不应当这么样写'的标本",①着眼点却主要是思想观念问题;他批评《地泉》的描写不"现实"(不真实),不是从实感经验出发,而是从阶级斗争的理论出发。例如,他批评《暗夜》中关于雇工张老七与雇主九叔叔之间关系的描写,认为写雇主因为雇工干活勤快"心里便很爱他,时常都想找些可以挣钱的事来给他做",这不是"现实的社会现象"、"一般的现象";即或有,也"或许是一个偶然的例外"②。同样,钱杏邨对早期普罗文学的批评也是着眼于其"小资产阶级"倾向。由此出发,他肯定《地泉》虽写到了幻灭动摇现象,却没有像茅盾一样"犯这一种错误",并建议华汉对"从一九二七年开始到一九三〇年这一时期的政治路线,批判的说明一回"③。瞿秋白和钱杏邨并非不懂文学、不懂艺术,例如瞿秋白指出《暗夜》中老罗伯的语言不符合其身份、文字是"五四式的假白话",人物描写过于理想化、情节不合事理逻辑;钱杏邨反对将革命英雄完美化。但是,瞿秋白不允许写雇主与雇工相互依存乃至相对和谐的一面,钱杏邨反对蒋光慈对白俄贵族客观流露出某种同情,若从文学艺术内涵丰富性本身而非从宣传鼓动效果说,这样的批评属于对作家的误导或苛评。瞿秋白、钱杏邨这种主张,正与茅盾对社会现象"全面的非片面的认识"的主张相反。这里尤其需要指出的是,以蒋光慈为代表的"革命加恋爱"小说之所以"风行一时"、"不胫而走",一是因它合乎当时青年革命者的现实状况,二是因它不只为宣传鼓动,其"才子佳人英雄儿女的倾向"④考虑了都市读者的阅读心理。事实上,后来的"典范土地革命叙事"也加进了传统通

---

① 易嘉(瞿秋白):《革命的浪漫谛克——〈地泉〉序》,潘光武编:《阳翰笙研究资料》,中国戏剧出版社1992年版,第324页。
② 易嘉(瞿秋白):《革命的浪漫谛克——〈地泉〉序》,潘光武编:《阳翰笙研究资料》,中国戏剧出版社1992年版,第325页。
③ 钱杏邨:《〈地泉〉序》,潘光武编:《阳翰笙研究资料》,中国戏剧出版社1992年版,第339页。
④ 钱杏邨:《〈地泉〉序》,潘光武编:《阳翰笙研究资料》,中国戏剧出版社1992年版,第337页。

俗文学的某些成分,其被大众广泛接受,不能说与此无关。包括《暗夜》在内的《地泉》没有太多普通读者,与其缺乏对读者大众心理的顾念不无关系。

叶紫《丰收》的传播与接受情况与华汉《地泉》有所不同。借用影视领域术语,如果说《地泉》是既不(被批评家)"叫好"也不"叫座"(被普通读者欢迎),那么,《丰收》是一问世便被大部分作家或批评家"叫好",而在对普通读者的"叫座"方面,则可说是差强人意。这一状况与叶紫本人的个人境况及创作追求有关。

说到"叫好",它首先得到了茅盾的充分肯定:小说发表不久,茅盾在《几种纯文艺的刊物》一文中,就表示要"郑重推荐《丰收》","因为此篇的描写点最为广阔;在二万数千言中,它展开了农事的全场面,老农的落后意识和青年农民的前进意识,'谷贱伤农'以及地主的剥削,苛捐杂税的压迫",是"精心结构的佳作"。① 结合茅盾给《地泉》所写序言,可以看出,茅盾坚持了他一贯的艺术主张,就是要全面认识社会、揭示现实的丰富复杂性,并讲究感染读者的"艺术手腕"。1935 年 1 月,当包括短篇《丰收》及其续篇《火》在内的小说集《丰收》出版时,鲁迅专门为之作序。与其他批评家一样,鲁迅看重的也是叶紫个人经历的独特性和《丰收》题材及艺术描写的独到之处:他认为青年叶紫的经历"抵得太平天下的顺民的一世纪的经历"②,"谁也做不出一点这样的小说来"③。署名"小雪"的评论者也称赞叶紫"丰富的农村生活经验",说"作者对于农村生活,真是熟习得很"④。凌冰在肯定其"地方色彩之活跃"、"情节逼真而动人"之外,指出《丰收》"绝不观念地引导农民接受革命,而是十分谨严的由自然的需要上展开他们行动必然的步骤"⑤,可谓切中肯綮。由于与

① 茅盾:《几种纯文艺的刊物》,《文学》第 1 卷第 3 号(1933 年 9 月 1 日)。
② 鲁迅:《叶紫作〈丰收〉序》,《鲁迅全集》第 6 卷,人民文学出版社 1981 年版,第 220 页。
③ 鲁迅:《致叶紫(1935 年 12 月 22 日)》,《鲁迅全集》第 13 卷,人民文学出版社 1981 年版,第 276 页。
④ 小雪:《读书琐记》,《申报·自由谈》1933 年 11 月 8 日。
⑤ 凌冰:《〈丰收〉与〈火〉》,《现代》第 4 卷第 2 期(1933 年 12 月)。

《暗夜》之类土地革命题材小说相比《丰收》对农民的描写更贴近,叶紫去世后一些评论者甚至称其为"农民作家"或"农民出身的作家"。①

然而,叶紫并非"农民作家",甚至也不能算是"农民出身"。他6岁就到兰溪镇读小学,12岁到长沙读中学及美术学校,大革命时期到武汉的中央军事政治学校分校学习。"马日事变"后,经过一段在长江中下游城乡的流亡生活,又辗转来上海定居。他的父亲余达才先是串乡卖布,后任马迹塘镇团防局长。他会武功的二叔余寅宾是他父亲的保镖。带领全家投入革命的小叔余璜则是知识分子出身,曾执教于私塾。所以,叶紫自称"一个小官吏家中的独生娇子"②。评论界认为他是"农民作家",说他熟悉农村生活,其实是相对于当时其他大部分普罗文学作家而言:毕竟叶紫家与农民有千丝万缕的关系,《丰收》的故事取材于他表叔家的遭遇。对于别人推重他的生活经验,他既是自谦又是清醒地申明,他的生活经验"并不见得有怎样'了不得'呢"③。不过,由于全家因革命而被杀或被通缉者多,他是"革命"的当事人,写土地革命题材作品时怀有浓烈的复仇情感,这是其他同类作家所没有的。而也正因此,刘西渭(李健吾)与众不同地批评叶紫笔下的农夫和革命者"却并不因而多所真实。这是情人眼里的西施,然而仅仅是些影子,缺乏深致的心理存在";批评他写作时的"盛怒,沉郁"、"不能够平静","主宰是政治的意向"。④

然而,与华汉等人不同,叶紫既坚持创作上"不违反自家的意志和不脱离艺术领域",也考虑或顾及作品的读者接受和商业效果。这因他一方面受鲁迅影响极深,另一方面又需要靠写作维持全家的生存需要。叶紫作品在当时

---

① 1939年10月24日《救亡日报》"作家书简"栏刊发消息,标题是《农民作家叶紫逝世》;1939年10月30日《救亡日报》发表新波文章《一幕人间真实的戏剧——悼叶紫》,文中称叶紫"是一个农民出身的作家"。

② 叶紫:《我怎样与文学发生关系》,叶雪芬编:《叶紫研究资料》,知识产权出版社2010年版,第50页。

③ 叶紫:《我为什么不多写》,《漫画和生活》第1卷第3期(1936年1月20日)。

④ 刘西渭:《叶紫的小说》,叶雪芬编:《叶紫研究资料》,知识产权出版社2010年版,第171页。

有一定销路而又不似蒋光慈作品那样畅销,当与他创作上的这一特点相关。

我们且看一下小说集《丰收》的印行情况。该书1935年3月是"非法"自费出版发行的,初版本所署"容光书局"之名称,其实是他用友人李容光的名字自拟的。书由内山书店义务帮忙寄售。鲁迅在同月29日写给曹聚仁的信中,提到"作者正在苦于无人知道,因而没有消路"。① 6月7日,他在致萧军的信中又说:"《丰收》才去算过不久,现在卖得很少。"②7月30日鲁迅复叶紫的信中仍说"小说销去不多"③。情况好转是在1936年上半年:1936年3月再版,5月三版,8月四版。不过,虽然半年之内重版三次,但可以推测,印数和发行并不很多,因为1936年10月6日叶紫患病住院时,仍缺乏医药费和生活费,不得不让妻子向鲁迅求援。据任钧回忆,1936年冬天以后叶紫家的生活费来源一是"出售《丰收》的所得",二是"朋友们的接济"。④ 这种状况其实一直延续到叶紫病逝。叶紫并非没有考虑过编辑或书商、出版商的要求。编辑根据自己对当时上海一般市民读者阅读趣味的了解,要求他写爱情小说或"农村小说",还有人建议他"写游记,军队生活,妇女生活,或者和学生生活有关之类的小说",且内容上不能"那个"(触犯政治忌讳)。他尝试写爱情小说、妇女生活和学生生活之类的小说,都不成功;写关于农村的小说,朋友又认为太长,书商不肯出;写关于军队生活的,编辑认为写得太"那个"。他愤怒于"不能按照自己的意志和心情写作"、不能写自己想写的"'血'和'泪'的惨痛的生命史"。⑤ 作品不多、销量不大,严重影响了他的生活,使其常陷于困窘。

---

① 鲁迅:《致曹聚仁(1935年3月29日)》,《鲁迅全集》第13卷,人民文学出版社1981年版,第96页。"消路"今写作"销路"——引者注。

② 鲁迅:《致萧军(1935年6月7日)》,《鲁迅全集》第13卷,人民文学出版社1981年版,第146页。

③ 鲁迅:《致叶紫(1935年7月30日)》,《鲁迅全集》第13卷,人民文学出版社1981年版,第181—182页。

④ 任钧:《忆叶紫——略记他在上海时的一段生活》,《文学月报》第1卷第6期(1940年6月15日)。

⑤ 叶紫:《我为什么不多写》,《漫画和生活》第1卷第3期(1936年1月20日)。

他也本想多写一点,但毕竟不肯超越自己的经验,不肯违反自己的意志、违反艺术规律。

二、《白毛女》:政治诉求与
艺术传播的成功统一

孟悦曾指出:"说起 20 世纪以来在大陆的城市乡村、各行各业、男女老少中流传最久、知名最广的那些经典革命故事,第一个就要算《白毛女》。"①究竟是"第一"还是"第二"或"第三",笔者并无量化统计资料。但若说《白毛女》故事家喻户晓,则可谓此言非虚。不过需要指出,这种传播广度固然首先要归功于歌剧《白毛女》,而同名故事片和芭蕾舞剧及其舞台艺术片,也功不可没。

先说歌剧,当年诸多在延安及其他解放区的当事人的回忆,可为凭证。在延安,该剧 1945 年 4 月为中共"七大"代表首演大获成功,接着连续演出三十多场。"当时在延安的干部、战士和群众大多看过演出,不少人连看数场,还有群众特地从安塞、甘泉赶来观看。"②随后,原剧组与晋察冀"抗敌剧社"联合重新排演,于 1946 年 1 月在河北张家口公演。据孟远统计:

《白毛女》自 1946 年 1 月在"人民剧院"上演以来,一直到 2 月中旬抗敌剧社另有任务才结束。不过,很快就又以华北联大文工团的名义再度公演,从 2 月 15 日持续到 3 月下旬,而且创造了三天演出 6 场的最高纪录。当时的"人民剧院"有 800 多个席位,几乎场场座无虚席。③

不只张家口本市居民踊跃观看,"许多人慕名专程乘坐火车或大车从宣

---

① 孟悦:《〈白毛女〉演变的启示——兼论延安文艺的历史多质性》,唐小兵编:《再解读:大众文艺与意识形态(增订版)》,北京大学出版社 2007 年版,第 52 页。
② 刘震:《左翼文化在四十年代延安的展开:以歌剧〈白毛女〉的诞生为例》,《左翼文学运动的兴起与上海新书业(1928—1930)》,人民文学出版社 2008 年版,第 227 页。
③ 孟远:《歌剧〈白毛女〉研究》,博士学位论文,中国人民大学,2005 年,第 107 页。

化、下花园、张北等地赶来,以一饱眼福。"①1946年6月,鲁艺拆分成四个演出团体抵达哈尔滨,此后,"从哈尔滨到佳木斯,从长春到沈阳,从九台到刁翎,从牡丹江到南满,演遍了黑土地上的每一座城市和村落。"②除了陕北、华北和东北解放区,其他新老解放区各部队文工团与地方剧团纷纷模仿复制,他们还加进地方特色(唱腔与道白)。作专项调研的孟远感叹:"如果仔细统计《白毛女》于什么时间,在哪些地方,一共演出过多少场,将是一个无法完成的任务。因为它的演出已经普及到统计数字将是没有意义的行为的程度了。"③笔者以为,这堪与"文化大革命"期间"样板戏"的演出和传播相媲美。这部歌剧的影响不止于解放区,观众也不限于工农兵和普通市民:在国民党统治下的北平,北京大学的学生于1947年以《年关》为名演出了该剧的第一幕;在英国统治下的香港,"建国剧艺社"、"中原剧艺社"和"新音乐社"联合,于1948年5月29日在九龙普庆大戏院首演。接着又连演3场,场场爆满:

> 排队买票的人群把九龙普庆大戏院都围成了个圈。有的甚至从澳门、新加坡等地赶来。有的还带着行李在剧院门口过夜,就为了能买到一张《白毛女》的剧票。当时演出盛况,可以说是轰动了香港。④

一些外籍人士也观看演出并给予高度评价。中英学会秘书长那夫预言:"像这样的戏,可以在伦敦演几个月。"⑤后来虽然没去英国演出,但新中国成立后,包括《白毛女》剧组在内的"中国青年文工团"遍访欧洲9个国家,足迹遍及152个大小城市,在海外刮起一股《白毛女》旋风。除了剧场演出,《白毛女》剧本发行量也相当可观:人民文学出版社的版本出到第12版时,印数已达十多万册。根据歌剧改编的同名电影故事片,则又使得这一故事的传播呈

---

① 孟远:《歌剧〈白毛女〉研究》,博士学位论文,中国人民大学,2005年,第108页。
② 孟远:《歌剧〈白毛女〉研究》,博士学位论文,中国人民大学,2005年,第108页。
③ 孟远:《歌剧〈白毛女〉研究》,博士学位论文,中国人民大学,2005年,第110页。
④ 李露玲:《回忆歌剧〈白毛女〉在香港的演出》,《人民音乐》1981年第5期。
⑤ 孟远:《歌剧〈白毛女〉研究》,博士学位论文,中国人民大学,2005年,第116页。

几何级数增长：在国内，1951 年中秋节全国 25 个城市共 155 家影院同时上映，"据统计，一天的观众竟达 47.8 万余人。"① "国内首轮观众更是高达 600 余万人。"② "当时全国人口约 5 亿，按观看人数统计，平均每人都进入影院观看过此片，所以毫不夸张地说，《白毛女》创造了中国电影史以来的票房最高纪录！"③ 如果说全国人民都看过故事片《白毛女》，或许夸张了些；而在该剧被改编成芭蕾舞剧并拍成舞台艺术片、于"文化大革命"期间上映后，说《白毛女》故事家喻户晓、妇孺皆知，就确确实实了。故事片《白毛女》也走出国门，先后在 30 多个国家或地区上映。这次超越意识形态阈限，引起西方世界的关注和肯定。在日本，"从 1952 年 9 月 13 日起，在三个月的时间内，电影《白毛女》在全国各地总共放映 277 次，观众达 18993 人。" "从 1952 年秋天到 1955 年 6 月，在日本观看电影《白毛女》的观众达 200 万人。"④ 日本松山芭蕾舞团最早将其改编为芭蕾舞剧。

《白毛女》有如此罕见的传播规模与范围，政治权力的有意识推动（即葛兰西所谓"文化领导权"的力量）、文化权威的推荐宣传以及成功的文化运作当然起了重要作用。但是，任何一部作品能获得成功，其自身具备的因素是前提条件，否则无法解释：为什么单单是这一部作品获得成功，而非其他。政治权力选择了它，固然因为它合乎特定阶段政治宣传与文化建构的要求，但除此之外，还因它自身因素所决定的易于被接受、被广泛传播的特性。事实上，《白毛女》的演出效果非常强烈，这方面有许多当事人的生动回忆。关于八路军战士被剧情深深吸引、高度投入，以至于模糊了艺术与生活的界限，误把扮演黄世仁的演员陈强当作恶霸流氓地主黄世仁、几乎将其枪杀的故事，已广为人知。歌剧将黄世仁的结局改为枪毙，既是中共中央（主要是毛泽东）的要

---

① 宋杰：《导演王滨与电影〈白毛女〉》，《电影艺术》2004 年第 6 期。
② 袁成亮、袁翠：《从歌剧到舞剧：〈白毛女〉的变迁》，《党史纵览》2005 年第 6 期。
③ 刘澍：《中国电影幕后故事》，新华出版社 2005 年版，第 130 页。
④ ［日］山田晃三：《〈白毛女〉在日本》，文化艺术出版社 2007 年版，第 110、111 页。

求,也是多次观看该剧的观众们的强烈愿望。毛泽东主张枪毙黄世仁,这既喻示着中共土地政策将要发生重大变化,亦因毛泽东也是一个看戏易投入、易被打动的观众。① 在东北,"演出时常常出现舞台和生活相混淆的场面:台上演员泣不成声,台下观众怒不可遏,振臂高呼。"②这说明该剧的广泛传播主要是因其自身的艺术感染力,而非政治权力强制接受的结果。在相关政治权力范围以外的香港和国外,该剧的剧场效果也是分外强烈。有人描述该剧在欧洲演出时的剧场情景:

> 当金碧辉煌的剧院只剩下两盏孤独的射灯,追随着杨白劳衰老
> 的身影踯躅于卤缸与喜儿之间的时候,一千三百个座位上的观众,几
> 乎是气屏息窒,任何声息都被逐出了剧场……妇女们掏出了心爱的
> 手绢,男子们紧锁愤慨的浓眉。剧情紧紧地携带着观众。③

歌剧的演出效果与音乐、美术及演员表演因素分不开,但剧本是一剧之本,在"象征时代"到来之前,观众被故事、被剧情吸引并打动是主要的。同名电影的成功也主要取决于故事。我们这里且抛开"文化领导权"及音乐、表演和美术因素,看看这部作品及其衍生品(改编本)的故事是靠什么产生如此强烈的接受效果和传播效应。

孟悦曾提到,除了政治话语对其主题思想的塑造,该作还遵从了"具有民间文艺形态的叙事惯例","以一个民间日常伦理秩序的道德逻辑作为情节的结构原则","激活了与这个伦理秩序下的道德逻辑密切相关的叙述审美原则"。④ 然而,笔者对"民间日常伦理秩序的道德逻辑"与"民间文艺形态的叙

---

① 毛泽东的身边卫士曾回忆,毛泽东晚年在观看《白蛇传》及电影《难忘的战斗》时曾流泪乃至失声。

② 孟远:《歌剧〈白毛女〉研究》,博士学位论文,中国人民大学,2005年,第109页。

③ 雪立:《中国青年文工团在柏林》,文化部党史资料征集工作委员会编:《当我们再次相聚:中国青年文工团出访9国一年记》,文化艺术出版社2004年版,第246—247页。

④ 孟悦:《〈白毛女〉演变的启示——兼论延安文艺的历史多质性》,唐小兵编:《再解读:大众文艺与意识形态(增订版)》,北京大学出版社2007年版,第55、56页。

事惯例"或"叙述审美原则"另有看法。

笔者认为,《白毛女》故事获得良好接受和传播效果的主要原因,是它继承了某些中国文化与文学传统,很好适应并满足了中国读者或观众道德与审美的心理需求。主要包括:

第一,"苦戏传统"。中国虽然没有古希腊意义上的悲剧传统,但自元明以来即有表现主人公冤屈或悲惨遭遇,以苦情引人怜悯、激发共鸣同情的审美效果的"苦戏"传统。元明戏剧中最著名的"苦戏"有《窦娥冤》《琵琶记》等。东北二人转中也有一些苦情段子。《白毛女》之后,属于"苦戏"的戏曲还有《秦香莲》,电影有《一江春水向东流》等。这类作品剧场效果一般都很强烈。对弱者、对落难之人的怜悯同情之心乃善良人类所共有,这也是一种超越国界的感情。前述《白毛女》演出过程中引发的强烈观众反应,主要便是由于观众对贫苦无告、陷于绝境的杨白劳和喜儿父女悲惨不幸遭遇的深切同情。

第二,"革命加恋爱"因素。"革命加恋爱"虽是此前流行于大城市的一种小说故事模式,并曾受到过左翼批评家的否定批评,但不可否认,从图书市场营销角度看,它却是给作品引来更多读者的重要因素。蒋光慈小说的畅销,与这一因素是分不开的。实际上,"太阳社"之外的茅盾、巴金和丁玲的一些作品也含有"革命加恋爱"因素。这一故事模式的流行,不只因为读者,它其实也是客观现实的反映:当年革命和恋爱都主要是青年的行为,它们都与激情相关,都伴随着美好的憧憬与愿望。不仅城市青年、知识分子参与革命常常与恋爱相伴,青年农民在革命活动中也获得了以往封闭单调农耕生活所没有的恋爱机会,或者,恋爱也可能是他们或她们参加革命的原因。后来的许多革命历史题材作品其实都有"革命加恋爱"因素,并以其吸引着青年读者。例如《王贵与李香香》《新儿女英雄传》《红旗谱》《青春之歌》《野火春风斗古城》《林海雪原》等。虽然歌剧没有将大春与喜儿的爱情故事当作主线,但他们的爱情关系是明确的。故事片则将其更突出些,并给他们一个终成眷属的"大团圆"结局。同名芭蕾舞剧虽将其尽量淡化乃至试图抹掉,"山洞重逢"一场还是带上了爱情意味。

第三，"除霸侠义故事"传统。自《水浒传》产生以来，鲁达除霸、武松醉打蒋门神的故事一直脍炙人口。后来侠义小说成为图书市场上最受欢迎的文学样式之一。影视产生以后，则又有大量同类题材的武侠电影或电视剧。"除暴安良"是给读者或观众带来审美娱乐的一种故事类型，不仅中国有，外国也有侠盗罗宾汉和义侠佐罗的故事。除霸故事的特点，一是要表现并渲染恶霸之恶、无辜弱者之苦，二是要有比恶霸更强大的正面力量铲除恶霸，从而大快人心。《白毛女》将黄世仁塑造成一个十足的恶霸流氓，而以大春为代表的共产党八路军就扮演了除暴安良的"侠客"。歌剧初稿中黄世仁没被枪毙引起观众强烈不满，观众要求修改，正是出于对除霸故事的接受心理期待。《白毛女》不是西方意义上的悲剧，它"善有善报、恶有恶报"的结局既合乎中国"苦戏"传统，也合乎除霸故事传统。

《白毛女》接受和传播的巨大成功、政治宣传功能与艺术接受效果的高度一致，鼓舞了革命作家，从而宣告了"典范土地革命叙事"走向成熟。紧接着问世的叙事长诗《王贵与李香香》实际是复制了这一模式，只是将主人公由女性换成了男性、文体由戏剧换成了诗歌。

三、《暴风骤雨》：上部和下部接受
效果的反差及其原因

在所有土改题材小说中，《暴风骤雨》大概是接受和传播范围最广的一部。除了小说原著本身发行量很大，根据原著改编的其他艺术样式，例如电影、评书、连环画等，又将小说的影响扩大好多倍。特别是拍摄完成于1961年的同名故事片，它在1960年代首次发行放映，"文化大革命"结束、被解禁之后，其放映传播范围更广：除了在城市影院放映，农村露天电影已很普及。连环画主要有新美术出版社1954年6月初版、鲁弘改编、刘锡永和夏书玉绘画的版本,天津美术出版社 1966 年 3 月初版、赵侃改编、傅洪生绘画的版本,辽宁美术出版社 1981 年 4 月初版、吴虹改编、林钧相绘画的版本,上海人民美术出版社 1981 年 11 月初版、杨根相改编、施大畏绘画的版本,以及中国电影出版社 1962 年 5 月初版的电影剧照版。这些连环画都在不同时期再版或重印多次,发行量极大。评书是袁阔成演播的,共 37 回。虽然《太阳照在桑干河上》所获斯大林文学奖的等级比《暴风骤雨》高,但它远没有《暴风骤雨》这样的传播规模或范围,不仅没有被改编为电影或戏剧,据此改编的同名连环画也仅有上海人民美术出版社 2004 年 12 月初版、摩夫改编、红叶(董洪元)绘画的一种,而且发行范围很小,从画风看应是 1950 年代的画稿,而 21 世纪初的这一版也很快买不到,以致旧书网上以高价拍卖。这当然与作者丁玲于 1955 年即被从政治上打倒、1979 年才在文学上复出、1984 年才正式恢复名誉有关。但是,从 1948 年小说初版到 1955 年毕竟有七年时间,1979 年之后到 1980 年代中期连环画的高峰期尚未过去,新时期之初对文学名作的改编一度也很兴盛,而直到 1991 年,它才首次被改编成电视剧,却又是很少人看到、很少人知道,现在已较难找到。这就肯定不单纯是政治的原因了。笔者认为,这与《太阳照在桑干河上》小说原著的通俗性、故事性、娱乐性不及《暴风骤雨》有关。此外,土改题材的长篇小说还有多种,例如王希坚的《地覆天翻记》①、马加的《江山村十日》②、陈学昭的《土地》③、王西彦的《春回地暖》④、梁斌的《翻身记事》⑤等,但如今这些作品即使是专治中国现当代文学的学者也很少人知其名,更遑论普通读者。所以,《暴风骤雨》的接受和传播值得研究。

《暴风骤雨》有两部,而实际上传播广泛的,是其第一部(或称上部)。其第二部(或称下部)在被改编时,除了袁阔成的评书和上海人民美术版连环

---

① 上海新华书店 1949 年 8 月初版。
② 群益出版社 1949 年 10 月初版,新文艺出版社 1954 年 1 月重印。
③ 人民文学出版社 1953 年 2 月初版。
④ 作家出版社 1963 年 6 月初版。
⑤ 人民文学出版社 1978 年 1 月初版。

画,大多是被删除、省略或简化了。电影只是将小说下部中的张富英搬到开头,整个故事的主干是上部的斗争恶霸地主韩老六,下部关于挖杜善人家浮财、抓捕韩老五之类的情节都被删除。几种连环画的改编也是大同小异:新美术版完全是上部内容,天津美术版在上部故事之外,结尾加了两页属于原下部内容的"分马"和"参军"。笔者认为,《暴风骤雨》上部故事传播最广的具体原因有二:一是成功描述了一个除霸复仇故事,二是得益于生动活泼的生活描写。

《白毛女》中也暗含除霸复仇故事,但并未将其作为主导,起初表现起来还有些犹豫不决(没有将恶霸黄世仁杀掉);至于地主黄世仁之"恶",也尚未到登峰造极地步——他让喜儿到他家做丫头尚有"抵债"的合法理由。而《暴风骤雨》里的韩老六,则到了公然违反日常伦理、直接欺男霸女的程度。他身上有 27 条人命,不仅与官府交通,还与胡子(土匪)勾结,完全是个黑社会头子! 若对照生活原型可以发现,小说除了将韩老六家的田产、房产"扩大"好多倍,还将其恶行放大,包括把别人的一些恶行移植到韩老六身上。这样做的目的和实际效果,就是把"斗地主"故事转化成一个受众所熟悉的"除霸"故事。"恶霸"的恶行越极端、越昭彰,故事的张力就越大,"除霸复仇"带来的审美快感也越强烈。《白毛女》算是这方面的初步探索,《暴风骤雨》则将其作为"主打项目",再加上斗争韩老六情节的一波三折,就使得小说的艺术吸引力大大增强,也给各种改编和扩大传播带来有利条件。周立波这样做肯定是有意的,因为这既合乎中央指示精神,[①]又适应文学艺术的接受和传播规律。《暴风骤雨》下部显得沉闷乃至有些拖沓,正因没有了韩老六式恶霸(杜善人

---

① 《中共中央关于暂不在报纸上宣传解放区土地改革的指示(1946 年 5 月 13 日)》:"为了拥护当前的群众运动,各地报纸应尽量揭露汉奸、恶霸、豪绅的罪恶,申诉农民的冤苦。各地报纸应多找类如《白毛女》这样的故事,不断予以登载,应将各处诉苦大会中典型的动人的冤苦经过事实加以发表,以显示群众行动之正当和汉奸、恶霸、豪绅之该予制裁。在文艺界中亦应鼓励《白毛女》之类的创作。"见中央档案馆编:《解放战争时期土地改革文件选辑》,中共中央党校出版社 1981 年版,第 10 页。

和唐抓子只是普通地主,在后世读者看来,他们甚至还有某些值得同情之处)。

左翼文学运动开展以来,土地革命题材作品的作者缺乏农村生活直接经验、作品中生活描写不够细腻真实是共同缺憾。叶紫虽然实际农业生活经验也并不多,但较之其他人还是显得突出,其《丰收》里的农事和农民日常生活描写为人称道;《白毛女》第一幕的"过年"民俗描写很有北方农村生活气息,是其成功之处。而《暴风骤雨》的作者周立波在实际农村生活经验这方面,又超过了叶紫和《白毛女》的作者们。虽然他不是东北人,但他的老家是农村,他出生在湖南益阳邓石桥清溪村一个普通农民家庭,写《暴风骤雨》时他正亲自在松江省尚志县元宝村领导土改,与东北农民每天生活在一起,感情上和生活上都与老乡融为一体。《暴风骤雨》还有意运用东北方言,并将其加工成外地人能懂的口语。小说地方特色明显、生活气息浓郁,使得普通农民读起来或听起来有类似于欣赏赵树理作品时的亲近感,因而乐于接受。

《白毛女》和《王贵与李香香》等作有了除霸故事因素,《暴风骤雨》上部是典型的除霸故事,这一现象的出现,是当时特定环境的需要:从"减租减息"到暴力剥夺地主土地,需要有一个发动农民、动员参与的过程,这就使得土改叙事将地主对农民的"客观性暴力"转化为文本中的"主观性暴力",①使之更为直观,也更能激起几千年来习惯于这种"客观性暴力"、视之为理所当然,当时又未必正处于生死线的农民们的义愤,从而产生推进土改运动的巨大能量。

四、《高玉宝》:"类纪实文学"的接受和传播

与《暴风骤雨》里的韩老六一样,中篇小说《高玉宝》中的"周扒皮"形象成为最著名的"恶霸地主"典型之一,并且家喻户晓。这并不一定意味着这部

---

①　[斯洛文尼亚]斯拉沃热·齐泽克:《暴力:六个侧面的反思》,唐健、张嘉荣译,中国法制出版社 2012 年版,第 9—14 页。

作品文学价值有多高,它的被广泛传播,与作者是文化水平不高的普通士兵出身、全军要树一个学文化的先进典型的宣传意图,以及它在题材上填补了之前"典范土地革命叙事"之空白(写长工而且是童工的被剥削和压迫生活)有关。不过,它能被读者接受,也确因它有能吸引人的故事。

　　小说中真正广为人知的故事主要是两个:一个是"我要读书",一个是"半夜鸡叫"。《半夜鸡叫》早在小说出单行本前,就于 1952 年在《新华月报》和《人民周报》选载。① 两个故事都曾长期被选入中小学语文教材,即使"文化大革命"期间也不曾中断。它们还被改编成连环画或拍成木偶片。若抛开意识形态宣传因素,以后来人眼光或异质文化语境视野观之,前者动人之处,是一个穷人家孩子迫切的求知欲与窘困家境之间的矛盾;后者则可作为一个谐趣故事来读。莫言获得诺贝尔奖之后,讲述自己童年被迫辍学的伤心往事,与高玉宝"我要读书"的故事颇有近似之处,读之也颇令人感动、感慨,尽管故事的背景迥异、意识形态意图相反。《半夜鸡叫》虽然塑造了反面的地主周扒皮的形象,但这个周扒皮与黄世仁、韩老六不同,他没有公然欺男霸女耍流氓的行为,至多就是对小猪倌有打骂或不让吃饱饭的行为;尽管后来有人"爆料"现实中的周春富待雇工并不那么刻薄,但生活中这类刻薄雇主并非罕见(就连《白鹿原》都塑造过这类地主形象),因而这一性格并不失其真实可信性。而且,周扒皮半夜起来学鸡叫,尽管有些夸张,②却也不似强令雇工半夜起床干活那样蛮横;后来他还被长工们暗算,被暴打一顿,让人读之感觉可笑而又解气。

　　除了有可以传诵的故事,《高玉宝》能被读者接受,还因它的"自传体"特性,使读者以为小说里写的都是真人真事。即使是虚构或夸张,当年也不曾引

---

① 《新华月报》1952 年第 7 期;《人民周报》1952 年第 23 期。

② 后来有人证明,鸡叫是因太阳出来之前的微光刺激所致,半夜不太可能鸡叫。另,天不亮下地上工,也看不清四周,无法干活。所以,"半夜"应是夸张,是为表示地主惟愿长工尽早上工,延长工时。这样理解,也符合个别无良雇主的做法,不违生活逻辑。

起怀疑。"十七年"时期广泛传播的这类"类纪实体"小说,还有《林海雪原》和《红岩》,以及苏联的《钢铁是怎样炼成的》等。其实,前述《暴风骤雨》及冯德英的《苦菜花》也可归入此类:《暴风骤雨》的主要人物赵玉林、郭全海、老孙头、白玉山和韩老六等都有生活原型,迄今元宝村(小说中的元茂屯)村民仍能指出小说中的哪个人物写的是他们村里的某某某;而《苦菜花》中的母亲正是以作者母亲为原型,连母亲的儿子姓名也都带"冯德"二字。不过,上述作品除了《林海雪原》里的杨子荣和高波之外,都没有像《高玉宝》那样采用生活原型的真实姓名。这种"类纪实"的写法,其副作用后来才显示出来:在改革开放以后,对周扒皮形象塑造的质疑声开始出现,当年的当事人及其后代出面澄清小说描写与生活原型不一致的地方,为周扒皮"辩诬"。现在看来,这种"类纪实体"文本产生副作用,关键在于当年乃至今天有些读者文化修养不够,不了解小说既然是艺术,就会有虚构,文学形象不等于生活原型。作者高玉宝本人也明白了,他的小说近年引起争议,主要因作品采用了生活原型的真名实姓。①

然而,无论如何,作品添加的具有文学性的虚构情节,结合"自传体"的标榜及真实姓名的使用,确实有助于读者的心理接受与作品的传播。

五、"象征话语"时代"典范土地革命叙事"的大普及

随着《白毛女》《王贵与李香香》《暴风骤雨》及《高玉宝》等"典范土地革命叙事"的广泛传播,地主阶级对农民阶级的"客观性暴力"向"主观性暴力"

---

① 新时期以后,当小说引发质疑和争议时,高玉宝表示:"我不知道自传体小说里的主要人物是不能用真名实姓的。"而在小说发表前,他"最大的顾虑"就是添加了虚构的作品发表后会不会产生"副作用"。但帮助他修改作品的作家荒草"首要的考虑"是"如何使小说中的人物性格更鲜明,情节更生动、更完整、更具有典型意义,从而产生出最佳的'艺术的效果'"。见莫树吉:《真人高玉宝》,解放军文艺出版社2011年版,第104页。

的转化逐步完成,得到大部分受众认可。于是,地主与农民的二元对立关系"经过反复的叙事被自然化了"①:普通读者大众都在内心接受了"地主多是恶霸"或"地主没有不坏的"、"地主与农民是利益根本对立的两个阶级"的观念。此后,揭示"恶霸"之"恶"的环节便可从简从略。这也是进入1960年代之后,有关土地革命的文学艺术叙事大多不再过多正面展示革命前地主具体恶行、转而写"革命开始以后"故事的现实的和逻辑的原因。② 此时,中国大陆的"无产阶级革命文艺"逐步进入李杨所谓"象征话语"时代。这一阶段的"典范土地革命叙事"将侧重点放在写农民革命者如何从个人复仇向阶级复仇升华、革命了的农民如何成长为"无产阶级的先锋战士"的"成长故事"。也因如此,原先使其获得接受和传播巨大成功的叙事模式不再适用。

这一时期,外部权力对"典范土地革命叙事"作品传播的作用进一步加强:文学与电影、戏曲、连环画等各种艺术样式通过相互改编合力推出,精彩片段被选入中小学教材。特别在"文化大革命"时期,它们是在摒绝其他类型文艺作品的情况下被作为"样板"普及推广。

然而另一方面我们也应该追问:"十七年"时期政治上符合意识形态要求的作品本来还有很多,为什么单单是这些作品被大力推介传播,甚至被树为"样板"?它们能被读者或观众、听众接受,是否也与其文本自身某些方面具备易接受性有关?

由梁信编剧、谢晋导演,1960年天马电影制片厂拍摄的故事片《红色娘子军》塑造了另外一个最著名恶霸地主"南霸天"的形象。这部故事片后来被改编成同名芭蕾舞剧,又被改编成同名京剧。同名芭蕾舞剧是"文化大革命"前期"八个样板戏"之一,京剧则与《杜鹃山》等同为"文化大革命"后期新一批

---

① 李杨:《抗争宿命之路——"社会主义现实主义"(1942—1976)研究》,时代文艺出版社1993年版,第258页。

② 1965年6—10月四川美术学院雕塑系师生创作的泥塑《收租院》属于特例。这也许与其独特的艺术样式有关:在文学或电影、戏剧等艺术样式描述地租剥削残酷性难出新意时,雕塑以其视觉的立体的方式在特定环境中予以展示,仍可保持对受众的强烈震撼力。

"样板戏"之一。它们比故事片的传播范围有过之而无不及。《红色娘子军》里的南霸天身为民团总指挥、本县土皇帝,私设刑房和监狱,权力和凶恶程度甚于韩老六;吴琼花的身份是没有人身自由的女奴,又不及赵玉林、郭全海和高玉宝们。吴琼花的生活原型之一曾被主人活埋过一次。按此前"典范土地革命叙事"的叙事重点安排,作品本该重点表现琼花家里如何被催租逼债、她的爹娘如何被逼死,她本人如何被抓、被打、被活埋。但是,该作只是将其作为序幕简略带过,或由主人公追忆。那么,《红色娘子军》故事的吸引力来自何处呢?笔者认为,一是人物性格塑造成功:作品塑造的吴琼花(舞剧和京剧叫吴清华)是与众不同的"这一个";二是题材独特:不仅在当时,即使在当下,带有一定神秘色彩的女兵生活题材仍是重要"看点";三是它展示了独特的海南自然风光:椰林、木棉树、五指山和万泉河,令当时大多无缘亲睹的民众神往,舞剧和京剧又配上一流的音乐和布景,特别是演员的精彩表演,营造出一个高于现实的彼岸世界。所以,同名芭蕾舞剧迄今仍常演不衰。

李心田初版于1972年的中篇小说《闪闪的红星》以及根据小说改编、1974年上映的同名电影,塑造的恶霸地主胡汉三也很著名,后来"胡汉三"成为"还乡团"的代名词。这一作品广为人知,除了"文化大革命"期间文艺作品少、该作被改编成电影和连环画发行量极大、电台连播等外部原因,还因它所表现的一个失去父母(母亲被杀、父亲下落不明)的孤儿的命运牵动人心。小说重点讲述的主人公北上寻父的故事所表现出的坚忍不拔精神颇为感人,沿途所见所遇又有一切"在路上"题材作品共有的发现感、新奇感。电影的画面和音乐很美、小演员可爱,也是它吸引观众的重要因素。总之,在高度意识形态化的氛围中,这部作品投射出某些超越意识形态的人性因素、唯美因素,使之具有持久性魅力。

与《红色娘子军》及《闪闪的红星》一样,京剧《杜鹃山》也完全是以土地革命战争时期为背景的。作品里反面人物毒蛇胆身份是"豪绅,反动地主武装靖卫团团总",作品也同样没有具体揭示毒蛇胆如何利用地租和高利贷剥削农民、描述他如何耍流氓欺压百姓,因为此时这些已成为"不言自明"的东西。第二场柯湘刑场斗争、怒斥毒蛇胆时,重点揭露的是"田赋钱粮、苛捐杂税"之重。说到底,这属于此前"典范土地革命叙事"所相对淡化的"官民矛盾"。这样,故事就不可能像《白毛女》那样借助"弱者落难、命运堪忧"或像《暴风骤雨》那样借助"除霸安良"故事来吸引观众。它题材的传奇性与《红色娘子军》有近似之处:主人公是个女共产党员,而且一出场就面临杀头危险;被绿林好汉雷刚劫法场救出后,她又成为这支绿林武装(或叫农民自卫军)的首领。她与原首领雷刚的关系、雷刚对她的信任与怀疑,她与暗藏投机者温其久的明争暗斗,构成故事的叙事张力。加上诗化并押韵的台词、优美而激昂的中西合璧音乐、演员的出色表演,使得该剧产生轰动效果,以致当时的女青年们纷纷模仿女主人公的发式。该剧即使在今天仍不时公演。

《杜鹃山》属于流行于"文化大革命"时期的典型的象征艺术。"象征艺术的繁荣源于象征意识形态的出现。在这个时期,'我们'与'他者'已经经过叙事变成为先验的本质"。[①] 传统戏曲培养出来的京剧观众一般只专注于欣赏其形式,因为反复听或看同一剧目,早已使他们对剧情了如指掌,人物与情节发展已不能给他们发现的快感。"样板戏"虽是新创作,在普通观众看不到其他剧目的情况下,经过在"文化大革命"期间的反复上演,它获得了与旧戏同样的效果:观众也常常是在已经知晓其内容、接受了其价值观念的前提下,专注于欣赏其形式,从中获取审美娱乐的快感。而"文化大革命"结束以后,一部分观众产生对它的接受障碍,乃至强烈反对其上演,是因对其价值前提产生了怀疑,或与之尖锐对立。继续接受乃至怀念"样板戏"的,则一部分是忽略其内容和观念而仅取其形式,另一部分则仍对其观念有认同或共鸣。

不仅对于"样板戏","后革命"年代读者、作家和批评家对于所有"典范土地革命叙事"的质疑、解构和颠覆,也主要是着眼于其价值立场。而笔者认

---

① 李杨:《抗争宿命之路——"社会主义现实主义"(1942—1976)研究》,时代文艺出版社1993年版,第302页。

为,这类作品其价值立场产生的现实依据和理论依据,以及其独特叙事策略带来的读者接受效应,它们的具体传播机制,也应予以关注和研究。研究"典范土地革命叙事"的接受与传播,有一个现象值得注意:其萌芽阶段的《暗夜》与终结阶段的《杜鹃山》等作品虽都是从观念出发、直奔主题、通篇演绎观念,但接受与传播效果有天壤之别。前者缺乏后者那样强大的权力支撑(被官方树为"样板")及更为多样的传播媒介和机制(京剧、电影、连环画等),这可一目了然。而作品本身的艺术性,也是重要因素:《杜鹃山》故事的文学性未必有多高,但剧本的语言确实别开生面,富有诗意而又朗朗上口;音乐与配器方面将中国观众熟悉的京剧旋律、民乐伴奏与西洋交响乐结合,还糅入湘赣民间地方音乐的旋律,《无产者》《家住安源》《乱云飞》等唱段在当时的青年中也成为"流行音乐";舞台美术方面,电影近景中的翠竹、杜鹃花与远景中的含黛远山搭配得逼真而又有意境,背景的"空中"能够飘动的"乱云"、穿空的"闪电"让当时的观众如临其境、耳目一新。总之,它有效利用了京剧重形式的艺术美的特点,使观众在欣赏形式美的同时,认同了那似乎不言自明的观念,接受了并不太曲折复杂的故事。即使在今天,它仍不时上演,并且有它的观众。

当然,由于时代语境及读者接受心理的变化,今天的读者或观众已不会以当年的那种方式与态度对待那些思想和艺术方面时代特色鲜明的后期"典范土地革命叙事",它们不可能再有当年那样超乎寻常的传播规模。

第三章 "典范土地革命叙事"的
现实基础与理论依据

如前所述,进入历史新时期之后,在文学批评领域,"典范土地革命叙事"频受质疑,创作上则出现了诸多意在对之进行"修正"、补充或颠覆的"反典范土地革命叙事"。这种质疑与中国现代史研究领域出现的对土改或土地革命的不同评价相互作用、相互呼应,并与社会上出现的对当年"斗地主"问题的不同声音相关联。对"典范土地革命叙事"的质疑,其实就是对土改或土地革命这一历史事件评价上的不同看法,因为"典范土地革命叙事"都是直接体现中国共产党的土地革命或土地改革政策,充分肯定土改或土地革命的必要性、正义性的文学文本。文学批评方面的质疑,以刘再复和林岗及唐小兵的论文[1]为代表;小说创作方面的"修正"、补充或颠覆式书写,即"反典范土地革命叙事",以张炜《古船》、刘震云《故乡天下黄花》、尤凤伟《诺言》《合欢》《小灯》、莫言《丰乳肥臀》及严歌苓《第九个寡妇》等为代表;历史研究方面的不同观点,则以杨奎松论文《新中国土改背景下的地主问题》[2]为代表。这些论文或小说各有侧重:有的质疑土改的暴力方式、揭示农民斗地主时的过火乃至残

---

① 见唐小兵主编:《再解读:大众文艺与意识形态(增订版)》,北京大学出版社 2007 年版。
② 杨奎松:《新中国土改背景下的地主问题》,《史林》2008 年第 6 期。本文后又增加《富农问题的由来》一节,收入作者《中华人民共和国建国史研究 1》(江西人民出版社 2009 年版)一书。

酷行为,有的强调地主并非都是恶霸、并非都靠巧取豪夺起家,有的则进而质疑土改的必要性与正义性。

笔者认为,当我们肯定"反典范土地革命叙事"的真实性、存在的合理性时,并不意味着就要彻底否定"典范土地革命叙事"的真实性、存在的合理性。如果缺乏现实依据与相对合理性,"典范土地革命叙事"在当年就不可能引发广泛共鸣、产生深远的社会效果。我们在认识到其缺漏或偏颇时,也有必要理清其现实基础和理论依据。

一、土改的必要性与合理性、正义性

"典范土地革命叙事"把土地革命或土改运动的发生视为必然,认为获得土地是占人口绝大多数的无地或少地的贫苦农民性命攸关的迫切要求,是当时历史条件下的唯一正确选择。因而,如前所述,对"典范土地革命叙事"的质疑,实乃对土地革命和土改运动本身必要性、合理性及所采用方式的质疑。另一方面,"典范土地革命叙事"价值观的正确性,是建立在作为重大社会事件的土地革命或土改运动本身的必要性、合理性和正当性的基础之上的:后者正确,前者便正确;后者有误,则前者便有误。因此,我们须先看看后者的理论依据与现实基础。

土地革命或土改运动发动者的现实依据与理论依据之一,是旧中国农村土地高度集中,即,占人口不到 10% 的地主、富农占有大约 70%—80% 的土地。不满足贫雇农的土地要求,中国革命就无法取得胜利,无法促进农业生产力发展,建设和平、繁荣、富强的现代民族国家的远大目标就无法实现。

对土改必要性的质疑,以杨奎松为代表。杨奎松首先以世界史视野,提出土改必要性"通常是以顺应工业发展的需要为前提的"[1]。他又指出欧洲各国

---

① 杨奎松:《中华人民共和国建国史研究 1》,江西人民出版社 2009 年版,第 108 页。

土改目的和形式的重要差异:英国并不考虑满足贫苦农民的土地要求,相反却提高土地集中程度,以牺牲弱势群体利益的方式推动历史"进步"和发展。法国采取"均田"方式,造就了大量小农,因而工业发展速度远远落后于英国。他认为中国学习苏联,但苏联暴力剥夺地主土地并进而实行农业集体化的办法不适合中国国情;中国土改导致生产和经营的精英(地主富农们)被牺牲。他认为旧中国土地集中程度并不像以往相关书籍或文件说得那样严重,"近现代以来中国并不存在土地日趋集中的严重趋势"[1],"农民并非像传统书上讲的那样完全被动地处于受剥削的地位"[2]。杨奎松特别强调,近现代的中国是"小地主的中国",即,小地主占地主的绝大多数。谈到"占农村人口总户数将近4%的小地主有无可能普遍倚仗权势强权掠夺、横征暴敛、进行超经济剥削和任意地将土地负担转嫁给农民",他的答案是否定的。他认为小地主及富农与普通农民差别不大,而且他们之间不断相互流动换位(农民可以致富成为富农或小地主,小地主或富农也有可能因为分家或灾害等而衰落),小地主及富农和极少数军阀官僚大地主"未必有着一致的阶级利益"[3],因而没有必要彻底消灭地主阶级,亦即没有必要进行土地革命或土地改革。在该书第二章最后,杨奎松似乎又承认了土改的必要性,而只是质疑中国大陆土改之对地主强行剥夺的方式。

先于杨奎松理论观点面世的相关文学作品,是陈忠实的小说《白鹿原》。《白鹿原》里的地主极少是大地主,他们与农民有着和谐的关系,似乎也不存在"残酷的经济剥削和政治压迫"。

但是,上述论点与"典范土地革命叙事"及土地革命或土地改革的发动者在对土地革命或土地改革的理解上存在着错位。后者("典范土地革命叙事"及土地革命或土地改革的发动者)的着眼点、根本宗旨,一是满足中国农民的

---

① 杨奎松:《中华人民共和国建国史研究1》,江西人民出版社2009年版,第110页。
② 杨奎松:《中华人民共和国建国史研究1》,江西人民出版社2009年版,第111页。
③ 杨奎松:《中华人民共和国建国史研究1》,江西人民出版社2009年版,第114页。

绝大多数即无地或少地的贫苦农民的要求,二是摧毁农村封建宗族势力,实现国家对乡村的实际直接控制,三是中国革命的胜利、现代民族国家的建立。前两个目标又是为第三个目标服务的。

"典范土地革命叙事"的理论基础是马克思列宁主义,是阶级论。马克思主义者从不讳言自己的阶级立场和阶级倾向性,而公开宣称:自己并非代表所有人的利益,而是代表绝大多数人的利益,在旧中国,就是代表无产阶级和贫苦农民的利益,说到底是代表穷人们的利益。他们是为了这多数人的利益,为了贫农、雇农和贫佃农的利益而发动土地革命和土改运动的。革命就要有革命的对象,地主阶级不论大小,也不论其具体人物个人品德好坏,作为一个阶级,他们的利益是和贫苦农民根本对立的。在土地革命之前,虽然中国农村不曾有自觉的阶级斗争,表面看上去"雇工、出租、借贷、经营小买卖等等,原本是农村经营和农民日常生活的不同手段而已","无论雇与出雇、租与出借、买与卖,都只是一种经济行为,依照的是通行的社会交易规则",①但"典范土地革命叙事"认为,雇工、租佃土地和放贷都属于剥削,因为它是拥有土地或金钱的人利用自己掌握的土地或金钱占有别人的劳动、获取剩余价值。杨奎松举出农民租种地主土地交押金、地主要为押金付息的事例,试图说明在租佃关系中地主有时并不占主动地位、农民并不完全被动地处于受剥削地位,而按"典范土地革命叙事"观点看,杨的论断有些以偏概全:虽然不排除个别佃农强势而地主弱势的案例,但总体而言,若无特殊情况,主动权在出租土地者一方、在放贷者一方。这一道理,看看当年大量史料及相关文艺作品就可明白。地主以收回租佃权要挟佃农,或拒绝借贷,农民在急需现金的情况下不得不选择有可能使其一蹶不振甚至倾家荡产的高利贷的案例,随处可见;即使按杨奎松承认的"一般情况"——地租率"五五开,至多四六开",对佃农来说也是相当重了。杨奎松还提到由于"佃户抗租欠租等种种原因",地主并不一定能实

① 杨奎松:《中华人民共和国建国史研究 1》,江西人民出版社 2009 年版,第 133 页。

际收获全部地租,这确实有可能;但农民抗租欠租,往往是由于天灾人祸迫不得已,此时农民的境况肯定比地主惨得多,这是"典范土地革命叙事"及"非典范土地革命叙事"屡屡揭示的情况,"反典范土地革命叙事"也曾予以描述。在日常情况下,在没有发生革命或遭遇匪盗的情况下,主动权在地主(包括大量小地主)一方,似乎不应有疑问。

确如杨奎松所言,"同样出身地主、富农的多数中共中央领导人,未必不清楚作为个人的地主、富农有大小、善恶等种种区别,未必不了解中国的地主、富农很多也是苦出身"①。但革命者着眼于神圣的革命目标、着眼于大局或全局,他们是把每个单个地主看作地主阶级的一分子、把地主阶级置于整个社会结构之中、作为一个群体看待的。消灭地主阶级,是着眼于促进革命胜利和现代民族国家建设、促进社会发展和进步。这是革命家、政治家与学者和文学家着眼点及思维方式的不同之处。"典范土地革命叙事"的作者们采用的是革命家、政治家的视角,而非启蒙知识分子视角。当代斯洛文尼亚思想家齐泽克也曾谈到一位 1922 年被苏联政府驱逐出境的名叫尼克莱·洛斯基的贵族知识分子"确实是一个诚实善良的人","洛斯基家和他的同类,实际上'没做任何坏事',在他们的生活中没有主观邪恶",但齐泽克又指出,洛斯基以往的舒适生活是建立在贵族阶级对贫苦劳动人民的系统暴力、先天暴力之上的,这种先天的系统暴力是一种"更含蓄的压迫形式,这些压迫维持着统治和剥削关系"②。革命就是要摧毁这种由来已久的已被视为日常、视为理所当然的客观系统暴力,即剥削和压迫制度。我们就以陈忠实《白鹿原》里小地主白嘉轩和他的长工鹿三的关系为例:在小说中,白嘉轩与鹿三的个人关系似乎情同手足,白嘉轩非常尊重鹿三,甚至让自己的女儿拜鹿三为干爹。但实际上他们的关系并不真正平等。贫富的区别、主仆身份的差异还是明显的。按马克思主

---

① 杨奎松:《中华人民共和国建国史研究1》,江西人民出版社 2009 年版,第 164 页。
② [斯洛文尼亚]斯拉沃热·齐泽克:《暴力:六个侧面的反思》,唐健、张嘉荣译,中国法制出版社 2012 年版,第 10 页。

义理论分析,鹿三为白嘉轩家整年付出的劳动的价值,肯定大于白家付给鹿三的报酬,尽管他们是两相情愿。鹿三之所以心甘情愿为白嘉轩服务,是因他接受了似乎是与生俱来的等级差异和秩序,作为个人的白嘉轩父子的人品又好。而鹿三的儿子黑娃就不接受这既定的差异,从小就意识到"财东娃"和自己的不同,因而产生反抗心理和叛逆意识。

"典范土地革命叙事"及土地革命或土地改革的发动者,也强调要消灭的是地主阶级,是剥削和压迫制度,而非从肉体上消灭地主分子本人(除了个别罪大恶极的恶霸或有破坏行为的反革命分子)。至于一些地区出现对地主分子的暴力过火行为,那属于执行中的偏差,并不合乎革命运动的宗旨。土改中也出现伤及富农和富裕中农的现象,对此中央已有察觉,1950年毛泽东一度提出中立富农的策略。但是具体领导土改工作的刘少奇和邓子恢有不同看法。邓子恢认为,在一些地主占有土地并不太多的地方,如果不动富农土地,则贫雇农所得无几,土改将失去意义,农民发动不起来。[1] ——说到底,土地革命或土地改革的目的是为发动占人口大多数的贫苦农民起来革命,消灭旧制度,建立新中国。

土地革命和土改运动的另一个目的,是摧毁农村基层的封建势力,实现现代国家政权对乡村的实际控制。"典范土地革命叙事"突出"除霸"故事,除了对读者接受心理及作品宣传鼓动效果的考虑,实际也是为体现土地革命或土地改革的这一宗旨。因此,此类作品中被作为主要斗争对象的地主,大多被设定为与官府勾结、盘剥农民的恶霸地主。

二、暴力方式选择的历史背景与理论依据

对土改必要性的质疑并不多。新时期以来"典范土地革命叙事"受到质

---

[1] 杨奎松:《中华人民共和国建国史研究1》,江西人民出版社2009年版,第135页。

疑的,主要是其对群众暴力方式,即"革命"方式选择的肯定性描述,特别是针对1946—1952年间的土改运动及相关叙事。历史研究界对土地革命或土地改革的质疑,也是集中于其暴力革命方式。

关于为何采用暴力方式进行土地改革、无偿没收地主的土地,而非和平赎买,历史学界有关专家有过专门论述。罗平汉认为,主要原因是客观环境所迫:内战爆发,中国共产党必须加速解决解放区农民的土地问题,迅速满足农民的土地要求,才能动员农民尽最大努力保卫解放区。① 但杨奎松对此说法不尽同意,他认为中国共产党最初并非为支援解放战争而发动土改,发动土改更非毛泽东事先布局的"政治谋略",而只为顺应解放区农民的土地要求。他指出:在《五四指示》发布前后,中国共产党还一直在为争取和平、避免内战而努力,并未做好"大战在即"的思想准备。土改运动的发生,是因部分解放区的农民自己先动起来,直接从地主手中夺取土地。中共中央及各中央局负责人于是不能不支持农民的行动,满足其土地要求,避免给群众"泼冷水",重犯大革命时期的"右倾错误"。罗平汉和杨奎松都注意到,运动初期,中央负责人并未决定采用暴力剥夺方式,也曾试图采用和平赎买办法将地主的土地分给无地少地农民,但政府没有足够的资金赎买,贫苦农民也无偿还贷款及利息的能力。下面的中央局和中央分局负责人认为此法不具有可操作性。刘少奇和朱德途经晋绥地区时发现"农民生活很穷困,生产降低及破产现象,到处可见",于是得出结论:"如果不采取有效办法,改善现状,确难继续支持长期战争"②。这"有效办法"就是强行无偿剥夺地主的土地和财产。另外,康生认为,不让农民和地主"撕破脸",与地主彻底决裂,从政治上彻底打倒地主阶级,革命目标就难以实现。

"暴力土改"、"暴力革命"这两个词组中的"暴力",并不等于"残暴"、"残酷"。在这里,它大致相当于"武力"、"武装"这类修饰语,指的是以军队、政权

---

① 罗平汉:《土地改革运动史》,福建人民出版社2005年版,第404页。
② 杨奎松:《中华人民共和国建国史研究1》,江西人民出版社2009年版,第41页。

或其他国家机器为后盾而进行的强制性行动。但是,"暴力革命"联系着战争、联系着血与火,即使没有使用"革命"一词的 1946—1952 年间的土改,群众一旦发动起来,也有可能出现失控局面,特别是在战争环境中或法制不健全、群众缺乏法律意识的背景下。这时,便有可能出现某些以日常伦理看来属于残暴、残酷的行为。对于土改中的暴力过火行为,毛泽东及其他中共中央领导人曾多次提出制止,要求地方党组织区分大地主和小地主、恶霸地主和非恶霸地主,严禁乱打乱杀,自土地革命战争时期始就曾多次提出尽量不要侵犯中农乃至富农。毛泽东、刘少奇和朱德等曾多次讲话或批示,宣布不允许随便对地主搞肉体消灭政策。但是,我们翻阅 1946—1947 年间的中央文件及领导人讲话或批示,又发现另一方面的要求不要给群众热情"泼冷水"、防止犯同情地主富农的右倾错误的内容。某些地方的土改领导人甚至有鼓励群众大开杀戒的言论。例如松江省委负责人张秀山提出,对地主的打击越激烈就越人道,农民斗争"不要受任何条文限制和约束","放手本身就是政策"。①

土改发动者、领导者不同时段言论看似不尽一致的现象,反映的是政治革命家不同于学者、作家及普通人的思维方式。革命家的根本目标是改造社会、取得革命胜利、实现革命理想、推动历史前进,建立他们认为更好、更合理的新的世界秩序。他们认为这一崇高目标不会自动实现,要实现它不可能不付出痛苦代价,血与火的暴力有时不可避免,而失误也在所难免;为了美好未来,眼下付出的牺牲和代价是值得的。

无产阶级革命的导师马克思、恩格斯、列宁和毛泽东都是阶级论者,相信阶级斗争是推动历史前进的动力。1848 年马克思和恩格斯就断言:"至今一切社会的历史都是阶级斗争的历史"②。正因如此,马克思认为"暴力是每一

---

① 罗平汉:《土地改革运动史》,福建人民出版社 2005 年版,第 99 页。
② 马克思、恩格斯:《共产党宣言》,《马克思恩格斯选集》第 1 卷,人民出版社 2012 年版,第 400 页。

个孕育着新社会的旧社会的助产婆",①恩格斯在引用了马克思这句话后又接着说:"它是社会运动借以为自己开辟道路并摧毁僵化的垂死的政治形式的工具"。他不同意杜林关于暴力的任何使用都会使暴力使用者道德堕落的观点,提醒大家注意"每一次革命的胜利带来的道德上和精神上的巨大跃进"。②在《共产党宣言》的结尾一段,马克思和恩格斯写道:

> 共产党人不屑于隐瞒自己的观点和意图。他们公开宣布:他们
> 的目的只有用暴力推翻全部现存的社会制度才能达到。③

列宁继承和发展了马克思和恩格斯的暴力革命思想,并将其付诸实践。1912 年他在批评自由派的乌托邦思想时说:

> 自由派的乌托邦,就是妄想用和平的、和谐的办法,不得罪任何
> 人,不赶走普利什凯维奇之流,不经过激烈的彻底的阶级斗争,就能
> 够在俄国,在俄国的政治自由方面,在广大劳动人民的地位方面,得
> 到某些重大的改善。④

列宁认为历史上有这样一种战争:

> 它们虽然像任何战争一样不可避免地带来种种惨祸、暴行、灾难
> 和痛苦,但是它们却是进步的战争,也就是说,它们由于帮助破坏了
> 特别有害的和反动的制度(如专制制度或农奴制),破坏了欧洲最野
> 蛮的专制政体(土耳其的和俄国的)而有利于人类的发展。⑤

列宁在《国家与革命》等论著中多次重申暴力革命不可避免,认为暴力革命学说"是马克思和恩格斯**全部**学说的基础"。⑥ 列宁对阶级斗争和革命战争

---

① 马克思:《资本论》,《马克思恩格斯选集》第 2 卷,人民出版社 2012 年版,第 296 页。
② 恩格斯:《反杜林论》,《马克思恩格斯选集》第 3 卷,人民出版社 2012 年版,第 564 页。
③ 马克思、恩格斯:《共产党宣言》,《马克思恩格斯选集》第 1 卷,人民出版社 2012 年版,第 435 页。
④ 列宁:《两种乌托邦》,《列宁选集》第 2 卷,人民出版社 2012 年版,第 297 页。
⑤ 列宁:《社会主义与战争(俄国社会民主工党对战争的态度)》,《列宁选集》第 2 卷,人民出版社 2012 年版,第 510 页。
⑥ 列宁:《国家与革命》,《列宁选集》第 3 卷,人民出版社 2012 年版,第 128 页。

的一般看法,在十月革命后又运用于其对俄国土地革命政策的理解。他把无产阶级专政称作"被抑制着的战争的状态"。① 其依据是:剥削阶级不会自动自愿地交出既有特权和既得利益,无产阶级要夺取政权必须借助暴力;革命敌人被镇压后也必定不甘心失败,必然会进行殊死反抗,要保卫革命胜利成果,也必须借助革命暴力。因此,列宁主张,在无产阶级夺取政权之后,要实行无产阶级专政:

> 从资本主义过渡到共产主义是一整个历史时代。只要这个时代没有结束,剥削者就必然存着复辟希望,并把这种**希望**变为复辟**尝试**。被推翻的剥削者不曾料到自己会被推翻,他们不相信这一点,不愿想到这一点,所以他们在遭到第一次严重失败以后,就以十倍的努力、疯狂的热情、百倍的仇恨投入战斗,为恢复他们被夺去的"天堂"、为他们的家庭而斗争,他们的家庭从前过着那么甜蜜的生活,现在却被"平凡的贱民"弄得破产和贫困(或者只好从事"平凡的"劳动……)。……专政的必要标志和必需条件,就是**用暴力**镇压剥削者**阶级**,因而也就是**破坏对**这个**阶级**的"纯粹民主"即平等和自由。②

毛泽东对暴力革命必要性、不可避免性的理解,对无产阶级专政的理解,是与列宁一致的。毛泽东也是阶级论者。为进行阶级斗争、取得革命胜利,他要求革命者首先确定敌人和朋友。他认为既然"人民"和"敌人"的利益根本对立、不可调和,那么,在激烈的阶级斗争中,对敌人不能同情和怜悯;对敌人的仁慈就是对人民的残忍,任何软弱与犹豫都可能葬送革命。

---

① 列宁:《被旧事物的破坏吓坏了的人们和为新事物而斗争的人们》,《列宁选集》第 3 卷,人民出版社 2012 年版,第 372 页。

② 列宁:《无产阶级革命和叛徒考茨基》,《列宁选集》第 3 卷,人民出版社 2012 年版,第 612—614 页。黑体字遵原文。

只不过,他不同于前辈导师对农民阶级的判断,特别强调了贫雇农的革命性,提出"没有贫农,便没有革命"。① 此外,他对群众运动给予积极评价和充分信任,这一点从其参加革命始,一直坚持到晚年:

> 凡是反抗最力、乱子闹得最大的地方,都是土豪劣绅、不法地主为恶最甚的地方。农民的眼睛,全然没有错的。谁个劣,谁个不劣,谁个最甚,谁个稍次,谁个惩办要严,谁个处罚从轻,农民都有极明白的计算,罚不当罪的极少。②

这些论断自有其道理。但是,后来的土地革命或土改过程中确实也出现过不少群众暴力过火、罚不当罪的现象。出现这种现象,或是因群众中混进地痞流氓,或是在特定情境下(国共两军决战胜负未定,存在"变天"可能)农民为自身安全计,在斗争地主时将没有死罪的地主斗死。针对这些过火暴力现象,毛泽东要求各级土改干部"必须坚持少杀,严禁乱杀"。③ 诚如杨奎松所言,"同样出身地主、富农的多数中共中央领导人,未必不清楚作为个人的地主、富农有大小善恶等种种区别,未必不了解中国的地主、富农很多也是苦出身",④他们"一刀切"地打倒一切地主,是由于政治需要、革命需要:即使原先并非恶霸的地主,由于土地革命或土地改革使其根本利益受到侵害,他们也必然敌视革命,与革命者为敌。而地主阶级作为一个阶级,其对农民阶级的"客观暴力"(即体制性暴力)由来已久、根深蒂固,务必以革命手段彻底铲除。如有过火、有冤枉,则过后再纠正即可;不及纠正的,则属于为历史前进所付出的必要代价。而在革命发动之初,为了唤醒群众、激发群众积极性,"矫枉必须

---

① 毛泽东:《湖南农民运动考察报告》,《毛泽东选集》第1卷,人民出版社1991年版,第21页。

② 毛泽东:《湖南农民运动考察报告》,《毛泽东选集》第1卷,人民出版社1991年版,第17页。

③ 毛泽东:《关于目前党的政策中的几个重要问题》,《毛泽东选集》第4卷,人民出版社1991年版,第1271页。

④ 杨奎松:《中华人民共和国建国史研究1》,江西人民出版社2009年版,第164页。

过正,不过正不能矫枉","所有一切所谓'过分'的举动,在第二时期都有革命的意义"。[①]　这正是革命家、政治家思维与一般人不同之处。

实际上,了解中国现实、渴望变革的人,对某些"矫枉过正"策略都有一定同情的理解,虽然其未必肯定"矫枉过正"的具体行动。鲁迅在谈及旧中国之难以改变时曾说:

> 可惜中国太难改变了,即使搬动一张桌子,改装一个火炉,几乎也要血;而且即使有了血,也未必一定能搬动,能改装。不是很大的鞭子打在身上,中国自己是不肯动弹的。[②]

三、"典范土地革命叙事"的"典型化"原则

在"典范土地革命叙事"里,地主和农民、富人和穷人分列敌对的两大阵营,善恶分明,不共戴天:富人的逻辑是"杀不了穷汉,当不了富汉",[③]穷人的逻辑则是不斗倒地主、杀尽恶霸,就无法过好日子,甚至难以生存。作品里的主要人物大致可归为三类:贫雇佃农、地主、革命干部。在三类之间,还有一些次要人物,如富农或富裕中农、地主狗腿子、基层官僚。不论正面反面,所有人物几乎都是类型化的扁平人物,属于类型化典型,侧重于其阶级代表性——每个人物都是无产阶级革命意识形态所认定的阶级品性的化身和代表,其个人品德与阶级出身一一对应:贫农农人穷志不穷,革命性最强;地主为富不仁,毫无同情心,且常有流氓行为,与反动官僚沆瀣一气、狼狈为奸;革命干部是党的路线的代表,引导着斗争方向;中农比较自私,常常动摇,最终投向革命;富农则是未来的地主,其发家大多靠着某段不光彩的历史。总之,他们的特点基本

---

① 毛泽东:《湖南农民运动考察报告》,《毛泽东选集》第 1 卷,人民出版社 1991 年版,第17 页。

② 鲁迅:《娜拉走后怎样》,《鲁迅全集》第 1 卷,人民文学出版社 1981 年版,第 164 页。

③ 贺敬之等:《白毛女》,人民文学出版社 1952 年版,第 18 页。《暴风骤雨》里韩老六信奉的"不杀穷人不富"(见第 1 部第 7 章)与黄世仁的人生哲学如出一辙。

是与毛泽东《中国社会各阶级的分析》《怎样分析农村阶级》相一致的。

"典范土地革命叙事"的这些写法有其马克思主义文论的理论依据。恩格斯致斐迪南·拉萨尔的信中关于"主要的出场人物是一定的阶级和倾向的代表"①的话常被马克思主义批评家引用。马克思和恩格斯确实也是从阶级代表性特别是该阶级是否代表先进生产力的角度评价文学人物的。马克思对拉萨尔悲剧《弗兰茨·冯·济金根》之所以不满意,是因这部悲剧同情和歌颂的是骑士贵族阶级的代表、垂死阶级的代表、反动阶级利益的代表。马克思甚至认为拉萨尔不应在剧本中对其倾注全部注意力,而应更重视农民和城市革命分子的代表,认为这样才能"把最现代的思想表现出来"。② 关于典型与个性、典型与阶级性的关系问题,20 世纪 30 年代左翼文学界的周扬与胡风就有过争论。后来虽然大家一般都反对"一个阶级一个典型"之说,但左翼文坛及新时期以前的主流文论,实际上还是看重人物的阶级代表性。"典范土地革命叙事"正是这一文艺观念的最充分体现者。在当时,作家若不这样写,就会被认为写的不符合"本质真实"。比如若写一个地主或富农是真正善良的人(而非真恶或伪善者),就会被认为写的不符合地主阶级的阶级本质。华汉《暗夜》中,初版有一段雇工张老七与雇主九叔叔关系的描写:

> 今年农忙的时候,他便在九叔叔家做短工,九叔叔看他很勤快,一点都不躲懒,心里便很爱他,时常都想找些可以挣钱的事来给他做。③

瞿秋白就认为这样的描写不符合现实的阶级关系。后来的版本于是改成了:

> 今年农忙的时候,他便在九叔叔家做工,九叔叔看他很勤快,一

---

① 恩格斯:《致斐迪南·拉萨尔(1859 年 5 月 18 日)》,《马克思恩格斯选集》第 4 卷,人民出版社 2012 年版,第 440 页。

② 马克思:《致斐迪南·拉萨尔(1859 年 4 月 19 日)》,《马克思恩格斯选集》第 4 卷,人民出版社 2012 年版,第 436—437 页。

③ 华汉:《暗夜》,创造社出版部 1928 年版,第 80 页。

点都不躲懒,心里很想笼络他,多少给他吃一点甜头,让他能够多少
找一点外快。①

这样一改,九叔叔的动机变了:真心喜爱变成了别有用心的笼络,而他给
张老七的好处也被打了折扣,程度减轻许多。后来的"典范土地革命叙事"绝
不会出现富人与穷人之间真正友谊的描写,地主不是恶霸便是伪善者。

在后来各种"反典范土地革命叙事"里常见的甚至是被大肆渲染的残酷
暴力场面,"典范土地革命叙事"或是根本不涉及,或是作了另外一种处理。
对此,周立波有过一段具体说明:

> 北满的土改,好多地方曾经发生过偏向,但是这点不适宜在艺术
> 上表现。我只顺便的捎了几笔,没有着重的描写。没有发生大的偏
> 向的地区也还是有的。我就省略了前者,选择了后者,作为表现的模
> 型。关于题材,根据主题,作者是有所取舍的。因为革命的现实主义
> 的反映现实,不是自然主义式的单纯的对于事实的模写。革命的现
> 实主义的写作,应该是作者站在无产阶级立场上站在党性和阶级性
> 的观点上所看到的一切真实之上的现实的再现。在这再现的过程
> 里,对于现实中发生的一切,容许选择,而且必须集中,还要典型
> 化,……②

周立波这里所说的"自然主义式的单纯的对于事实的模写",是指严格遵
从作者感性经验进行写作的写法,而"一切真实之上的现实",即指革命导师
文论体系中常说的"本质真实"。要把握这种"本质真实",作家应认清现实的
主流,抓住主要矛盾及矛盾的主要方面,扣紧时代精神。恩格斯批评英国作家
玛格丽特·哈克奈斯的小说《城市姑娘》不够典型,不是说它所写那种消极工
人群众形象现实中不存在,而是说这类人物未能体现新的时代精神,却又被作

---

① 阳翰笙:《阳翰笙选集》第 1 卷,四川人民出版社 1982 年版,第 378 页。
② 周立波:《现在想到的几点——〈暴风骤雨〉下卷的创作情形》,《生活报》1949 年 6 月
21 日。

为作品的主体。也就是说,如果写 1800 年或 1810 年的工人,这样写是典型的;而将人物放在 1887 年,就不典型了,因为它没有塑造"典型环境中的典型人物"。周立波说北满土改时没有发生大的"偏向"(过火暴力行为)的地区"也还是有的",我们从另一个角度品味上面这段话则可认为,其实发生过火暴力行为的地区更多。虽然发生过火暴力行为的地方很多,但那些没有发生的地区代表了运动的正确方向,是值得宣传和提倡的;再者,了解土改运动全貌的人都知道,暴力狂潮只持续了几个月时间,后来都得到了制止和纠正,不论发生"偏向"的地区还是没有发生"偏向"的地区,贫苦农民确实分得了土地、获得了政治上的"翻身",所以"同样残酷血腥,松江省尚志县元宝镇的多数农民依旧热烈响应共产党保卫胜利果实的号召,踊跃参军参战。"①按马列文论观点看,那些"偏向"不是主流、不代表运动的发展方向和本质,因而作家应该略写或不写。应该突出表现农民没有分得土地之前的痛苦和得到土地之后的欢乐。

"典范土地革命叙事"里的贫苦农民、土改积极分子形象大多品德高尚,而实际参加过土改的人都反映,土改初期的积极分子中混进不少地痞流氓或小混混。作者之所以不突出写这后一类消极的反面的形象,也是出于"典型化"原则:社会主义现实主义或革命现实主义及"两结合"创作方法都要求以文艺作品从思想上教育劳动人民,起精神引导作用,因而,文学创作不仅要写过去的现实和现在的现实,还要写将来的现实,以及现实中虽不多见但代表了未来的人物和事物。这样才可以作为指导实际工作、供干部群众学习借鉴的"典范"。

"典范土地革命叙事"从不表现超阶级的人性、人情,也不过多表现血缘宗法情感。除了阶级仇恨,只写阶级友爱。既不写贫苦农民之间的尖锐冲突(偶尔写到小矛盾),也不表现地主之间的矛盾,似乎地主们之间都是狼狈为

---

① 杨奎松:《中华人民共和国建国史研究 1》,江西人民出版社 2009 年版,第 103 页。

奸、沆瀣一气:《暗夜》里王大兴与钱文泰是亲家,《丰收》里何八爷与李三爷、陈老爷互相勾结,《暴风骤雨》里杜善发是韩老六侄儿的老丈人,唐田是韩老六的拜把兄弟。地主的家人也没有一个好人:《白毛女》里黄世仁的母亲心狠手辣,《暴风骤雨》里韩老六的老婆和女儿也都品质恶劣,《高玉宝》里周扒皮一家包括小孙子淘气都是反面人物。阶级分界线同时也是道德善恶分界线。1942年前的"典范土地革命叙事"尚留有些许"杂质",例如前述《暗夜》初版中富农九叔叔对雇农张老七还有善意,《丰收》写云普叔去地主何八爷家借粮时,"八爷的长工跑出来,把他推到大门外",还恶狠狠地骂云普叔"老鬼"。而到了《白毛女》中,赵大叔、王大婶、大春、大锁及张二婶都坚决地与喜儿一家站在一起,阶级友情似海深;《红色娘子军》里,与吴清华(琼花)一起坐牢的女难友为掩护清华逃跑不惜自己身受鞭打,南府众丫鬟在清华被打时无比同情,每一鞭似乎都打在她们身上。这类作品中再不会出现富人对穷人有任何善意、穷人之间有任何恶意的描写了。如果违反这些规范,主流文学批评就会以"阶级立场不坚定"、"宣扬超阶级人性论"予以挞伐;"百花时期"偶有批评家"越界",很快受到批判,例如巴人(王任叔)、钱谷融等人的被批。"典范土地革命叙事"上述审美特征到"文化大革命"时期被推向极致,"表达性现实"与"客观性现实"[①]、"本质真实"(理念真实)与经验真实的距离越来越大,终于导致新时期以后"反典范土地革命叙事"的陆续出现。随之,理论批评界清算和批判这一叙事类型的论著也大量出现,占据主流。这是情理中事,因为物极必反,当此一倾向走向极端时,其弊端暴露无遗是一方面,另一方面它也失去了创生活力,而与之相反的叙事模式却给人耳目一新之感。

"典范土地革命叙事"毫不避讳自己是为当时的政治和政策服务的,因而其思想价值正确性、合理性是建立在它为之服务的政治和政策的正确性与合理性之上的。土地革命或土改运动的发生有其必然性与合理性,贫苦农民对

---

① 黄宗智:《中国革命中的农村阶级斗争——从土改到文革时期的表达性现实与客观性现实》,《中国乡村研究(第二辑)》,商务印书馆2003年版,第66—95页。

土地的要求有其正义性，"典范土地革命叙事"充分反映或体现了这种必然性、合理性与正义性，密切配合作为社会政治运动的土地革命或土地改革，出色地发挥了自己的宣传鼓动作用。从推动革命、促进社会变革角度看，其功不可没。然而，文学毕竟有自己的独特艺术规律，其特质在于始终关注个体生命的具体存在，中外文学史上的优秀文学作品，大都对不同阶级、阶层的个体生命怀有一种大悲悯，并不完全以阶级出身、阶级地位划界来决定是否寄予同情，例如巴尔扎克在《人间喜剧》里同情贵族，也歌颂新兴的资产者，曹雪芹《红楼梦》同情贵族也同情丫鬟和农妇。作为一场暴力革命运动，土地革命或土地改革斗倒了恶霸地主、土豪劣绅，为之付出血的代价的，既有革命战士、翻身农民，更有按其个人品性与主观动机属于无辜的地主、富农及其亲属。"典范土地革命叙事"为体现运动主流、完成自己的政治使命，选择忽视或无视这后一种类型的个体生命，从文学本身角度来说，这是明显缺憾。以历史眼光看，也许政策执行中的这类失误与革命胜利的大局相比是次要的，这些人的被牺牲是难以避免的，但从文学本身看，他们的命运也值得关注。而且，从个体生命命运角度反观历史事件，也有益于总结历史的经验教训。

　　"典范土地革命叙事"没有正面描述土地革命或土改中的过火暴力，没有对被错杀或错误镇压的地主、富农寄予同情，但若因此说它是不真实的，也不确当。我们可以说它忽略或回避了一部分真实，但，就其所写到的部分而言，却自有其真实性：旧中国的贫农、贫佃农、雇农生活确实困苦，确实生活在社会最底层，确实于自然灾害之外还深受官府与地主或高利贷者经济盘剥与政治压迫，他们的困苦确实直接与缺乏土地有关，乡村中确实有恶霸，而有地、有钱、有势的人成为恶霸的可能性比穷人要大（穷人铤而走险成为土匪，在社会结构中也还属于弱者）。土改确实使贫苦农民获得了多少不等的利益。就文本本身形成的艺术世界而言，作品中的地主恶霸确实应该被镇压，他们被斗倒后深受其害的农民气恨难消而予以暴力惩戒，虽未必合乎法律程序，读者却觉得合乎情理。我们可以说"典范土地革命叙事"没有写出全部的历史真实，将其认作历史真相全貌肯定不妥,但我们却不应认为它所写缺乏真实性,缺乏现实基础与理论依据。此类作品虽未必够得上一流,却有其文献价值,而优秀之作也有一定的艺术价值。我们有必要将它与同一时期出现的"非典范土地革命叙事"以及其后的"反典范土地革命叙事"相互参照来看。

第四章　从《赤叶河》的修改看"典范土地革命叙事"的形成

　　阮章竞以长篇叙事诗《漳河水》而闻名。除此之外,他还有一部当年曾与《白毛女》齐名的歌剧《赤叶河》。这部歌剧初稿完成于 1947 年 9 月,当时正是太行山地区土改运动最剧烈的时期。而在此之前,1946 年的 9 月,他写成过一部不曾发表,也不曾上演过的四幕秧歌剧《南王翻身谣》。像周立波写《暴风骤雨》、丁玲写《太阳照在桑干河上》一样,阮章竞也是在亲自参加并领导土改运动、有直接生活经验的基础上来写这两个剧本的。经认真研读,笔者发现,《赤叶河》大致可归为"典范土地革命叙事",《南王翻身谣》则应算是"非典范土地革命叙事"。我们对照作者当年在太行山地区所记笔记中有关内容,可以发现"典范土地革命叙事"形成的现实依据,以及作者是根据怎样的原则作艺术处理的。另外,众所周知,虽然《赤叶河》与《白毛女》一度齐名,且同为"典范土地革命叙事"类型,后来的影响却远不及后者。其中的原因,也值得予以探讨。

一、"太行山笔记"中关于土改的记载

　　这里的"太行山笔记"不仅指中华书局出版的《阮章竞太行山笔记手稿四

种》,还包括尚未出版、目前存于国家图书馆古籍善本部的材料。从这些材料的内容看,它不是日记(并不按日标注),而是工作和学习笔记。这组笔记历经七十多年而一直妥善保存,体现出作者明确的存史意识。但它在当时主要还是写给作者自己看的,既是实际工作的备忘录,又是作者为以后创作有意保存的素材。这从个别段落文字本身内容的缺乏过渡、不太连贯,人物事物指代不太明确、外人读来有些费解,即可见出。因此,这些笔记可以认作反映当时现实实际状况的原始材料。

新时期以后出现的"反典范土地革命叙事"中,地主形象多是无辜的,有的老实善良,有的乐善好施,有的慷慨仗义。例如《古船》中的隋迎之、《白鹿原》中的白嘉轩、《丰乳肥臀》中的司马亭和司马库、《第九个寡妇》中的孙怀清。这样写,意在"纠正"和颠覆"典范土地革命叙事"对地主的恶霸化处理。那么,是不是"典范土地革命叙事"中的恶霸地主形象都是作者向壁虚构的产物呢?"太行山笔记"告诉我们,当时恶霸型地主确实是存在的,地主的恶只是比较隐蔽,一般不像"典范土地革命叙事"里那样耸人听闻。1941—1942年间的笔记记载,有的地主利用农民没文化不识字,常常耍赖。在里峪村:

> 借人十吊钱,每年二吊钱利,二年不能还,就成十四吊了。地主再给农民补上六吊,共成廿吊。又写新的文书。可是旧的文书地主又不作废,因而一张文书,有出现四五张的。旧债清理时,出现很多这样的事。农民向他要前的文书,地主则说,拿出来再给你,或现在找不着。①

这是"典范土地革命叙事"里常写到的赖账敲诈行为。还有一种赖账方式:

> 有一家是放账发财的,他老婆与羊工通,羊工的工钱全为他收回(据说这些卖淫也是发财之道)。(第116页)

---

① 阮章竞:《在太行山时期的一些材料(1941—1942)》,录入整理稿第115—116页。原件存国家图书馆古籍善本部。以下凡引此材料均只在引文末标注页码。

地主欺压农民的另一种方式是把持操纵村政,将上面派下的税务或劳务负担加在农民身上:

> 旧政权,财主不支差,村公所吃好的,穷人不敢说话,打民伕。

(第104页)

> 财政主任,把负担加在农民身上,地主不出,他掌握了村长,欺人民不识字不敢跟他斗。(第116页)

"笔记"还记载,当地"地主有霸占社地,自己吃租子的。"(第117页)地主向农民讨要欠账时,并不都像《第九个寡妇》里孙怀清那样仁义:

> 王振邦,抗战以前牵着牲口去要账,如未有给账,牲口上炕拉屎。

(第124页)

关于地主的发家史,"反典范土地革命叙事"突出勤劳致富、善经营致富一面。阮章竞在调查之后则归结为"有卖烟土起家的,投资放账起家的,有赶牲口发展的,有贪污发展的"(第114页)四类。其中靠贩卖毒品发家一类,陈忠实《白鹿原》以及柳青《创业史》都曾写到,而靠高利贷及贪污起家,是"典范土地革命叙事"里对地主发家的主要解释。"笔记"提到地主放账"高利贷"盘剥农民之处颇多,可见太行山地区当年这方面很突出。相对而言,谈地租剥削的地方不多,盖因当地土地贫瘠,产量很低,加之各种赋税负担,不仅农民租地种不能致富,地主出租土地也常常不太合算:租子常常收不上来。

> 有的地不出租也没有人种(怕是为了战争和负担的关系吧,再研究)。(第116页)

> 地主看着要租子要不来,于是干脆就把地典给佃户,有的十元十亩,等年头变再来想办法。地主而且借此不交公粮。(第117页)

"笔记"还写到一个类似《暴风骤雨》中韩老六那样的恶霸地主:

> 高翔为辽县(左权)高家井村人,前清武秀才,手能举三百斤的石墩,为村中恶霸。他常手持小棍,如遇有农民不对他的意时,则以小棍指农民的鼻尖而骂:"你混蛋……"村中无人不怕他。小儿一见

高先生出来,均避之。村中凡有婚事,必须经他同意,否则驱逐出县境。常吊打农民,打死者共十余人。他的婢女与雇工通,他则逐之在外冻死。他有一走狗高某,初与高跑腿的,为村副,后因吊打一人,用火烙背和臂,高某不忍,他则迁怒于高某,逐出村去,不许回来,并没收其地。(第155—156页)

由上述材料可见,"典范土地革命叙事"里塑造的恶霸地主形象都有一定的现实依据,并非无中生有。不过,"笔记"又告诉我们,这种公然欺男霸女耍流氓的地主,只是众多地主中的极小一部分。更多的地主是靠高利贷等"合法"手段,制度性地压榨农民。有假装"开明"的地主,还有一些真正的开明地主,有大量普普通通的日常化地主。

"笔记"中领导土改的干部,并不像《暴风骤雨》中赵玉林、郭全海那样正派、那样大公无私。有一些人品质恶劣:

村干部中,有许多人都搞女人,有一个七十多个,有个五十个。[1]

有些还十分残忍:

我们的区干部的蛮干,是利(手稿原文如此,此处应为"厉")害的。如关于杨花子的问题……以后又因都里××追枪问题,向杨花子要枪,她就乱咬,咬她姨姨王方女人付荣子,把这两个女人都打死了。王方的女人是不该死的,她曾献过从前军队在她家存下的冲锋枪,这次又逼她死了。而杨花子死的更惨,她怕死,先跳到茅厕未死,又上吊也未死。杨山子叫人先把她手铡断,再拖到坑里活埋。那她躺在坑里时,用未铡的手,拉衣襟盖住脸才埋土的。听起来都叫人不忍听。可是我们的分委书记李政,却赶去看没赶上,说没见过活埋人。干部说已经埋了,他说,扣着的人还多,还可以再拉一个来埋!以此来说笑话。

---

① 阮章竞:《太行山时期的材料(1943年7月7日开始)》,录入整理稿第68页。原件存国家图书馆古籍善本部。

阮章竞紧接着在笔记里表示了对此类事的不解和不满:

> 残忍和暴虐的对待任何人,都会叫人不同情的。我们不主张资
> 产阶级的伪人道主义,但也反对这样的低级的东西。①

"笔记"还多处表现出对上级一些极左做法及官僚主义行为的不满。然而,"笔记"也写到一些比较优秀的土改领导干部。而作者本人也正是其中具有人道情怀、有正义感的土改干部。"笔记"既写到运动初期农民认为缴租还账是"天经地义",地主要求农民"讲良心",农民慑于地主威势不敢说话,写到"群众对扩兵冷淡,落后地区是采仇视"②(第59页),又写到农民暴力行为的动因:进入斗争高潮阶段,打人似乎成为习惯;但也有别有用心者怂恿暴力行为的情况。

> 有一次斗争会,讲道理,问题已经解决,最后农民想想:"哎,不
> 打打就散会?"结果还是打了一打。
>
> 有的区干部以为不打不能解决问题,结果不打了。他说:"哎,
> 不打也能解决问题。"
>
> 有的说:"不打也可以解决问题,但末有打快。"③
>
> 某某某故意破坏我们的政治威信,怂恿打人。后来又破坏我们
> 说:"政策变了,又打人了。"(第124页)

总之,"笔记"显示出的减租减息和土改斗争,是非常复杂的。它既反映了地主对农民的经济剥削和政治压迫,又揭示了农民本身落后的一面;既写到土改干部为发动群众、解放群众所做的工作,又揭示了个别领导干部及农民积极分子的不良作风,政策执行过程中的失误与过火行为,反映了土地斗争的原生态面貌。

---

① 阮章竞:《阮章竞太行山笔记手稿四种》,中华书局 2017 年版,第 336 页。
② "扩兵"这里应是指八路军的扩军。"采仇视"应是"采取仇视态度"之意。
③ "末有"应为"没有"之意。

二、《南王翻身谣》的"非典范"性

在创作著名歌剧《赤叶河》之前,阮章竞曾写过一部名为《南王翻身谣——南王村斗争纪实》的四幕秧歌剧。该剧本迄今未曾发表,也不曾上演。手稿现存中国国家图书馆古籍善本部。该剧完成于 1946 年 9 月 15 日。在《阮章竞太行山笔记手稿四种》之《焦作地区工作记录(1946 年 2 月—7 月)》部分,有一段《武陟南王斗争积极分子的回顾》。剧本副标题里的"纪实"二字,通过对比剧本和这段笔记可以得到印证。它们之间有比较严格的对应关系:剧本直接用"南王村"地名作为故事发生地。人名方面的对应关系也一目了然:

剧中人	笔记所记现实中人名
谷青和	郭清和
郭大才	郭大杰
谷青芳	郭清方(又写作"谷清芳")
郭大鹤	郭大黑
郭德亮	郭达亮(又写作"郭大亮")
谷青选	郭清选
郭德章	郭德章(又写作"郭大章")
郭德林	郭德林
谷元田	

从上表可以看出,作者只将现实中的人名作了轻微变动,变成剧本中人名,比如将姓氏"郭"改成"谷",将名字中的"清"改成"青"。笔记中有些人名写法不一,也许与作者是广东人,听河南武陟方言听不清,或农民名字写法比较随便有关。

除了地名、人名的一致或近似,剧本所写事件,也几乎都有生活原型作依据。比如郭德亮的女儿被谷青选(郭清选)硬逼着嫁给杂牌军军官作偏房,又被转卖;谷青芳(郭清方)被逼远走他乡,家破人亡;郭大鹤(郭大黑)被逼去焦作打铁。有些人物的语言,也是直接用了生活中原话,例如谷青选说"穷种们是一把麦秸,一烘就完了",说谷青和(郭清和)"仗亲戚是八路军,十二路我也不放在心",都有"笔记"原话作蓝本。总之,剧本几乎是生活的实录,只是将人物与事件作了一定的艺术处理。剧本本身是与"笔记"一样,接近生活原生态的东西。

这部歌剧为什么一直没有上演,也不曾发表?另外,笔者查阅《异乡岁月——阮章竞回忆录》和陈培浩、阮援朝所著《阮章竞评传》,发现都对这部《南王翻身谣》只字未提。这个问题值得研究。笔者问作者女儿阮援朝女士《阮章竞评传》不提的原因,她的解释是"因为这是个未发表过、演出过的手稿,当时也没来得及去读"。① 笔者特别注意到这部作品写作完成的日期:1946 年的 9 月,这正是中共中央《关于清算减租及土地问题的指示》(即"五四指示")已经发表、《中国土地法大纲》尚未公布的时期。后来被视为土改小说经典的丁玲《太阳照在桑干河上》于同年 9 月开始动笔,②周立波《暴风骤雨》1947 年 5 月开始构思写作,③《南王翻身谣》写成得比它们都早。当然,如果不算作狭义的"土改"文学,仅从"斗恶霸"角度说,它又稍晚于贺敬之等执笔的歌剧《白毛女》(1945 年 4 月首演)与李季的叙事诗《王贵与李香香》(1945 年 12 月作,1946 年夏在《三边报》连载,9 月在《解放日报》连载)。与此前的《白毛女》《王贵与李香香》及其后的《暴风骤雨》相比,《南王翻身谣》的最大不同是没有突出表现地主的地租剥削和高利贷剥削,而只写成一个"反恶霸"故事。剧中"反一号"谷青选的罪状是:

---

① 笔者 2017 年 11 月 22 日晚 21∶09 对阮援朝女士的微信采访。
② 李向东、王增如:《丁玲传》,中国大百科全书出版社 2015 年版,第 365 页。
③ 李华盛、胡光凡编:《周立波研究资料》,知识产权出版社 2010 年版,第 7 页。

一、贩卖人口数十名,二、拆房屋一百九十八间,三、卖地十一顷二十亩,卖树一千七百八十株,四、逃荒在外六十人,死了一百多人,五、霸占大车,磨、碾东西无数。[①]

而土地革命及土改运动在斗争地主、宣布地主剥削罪状时,最强调的是地租、高利贷及雇工剥削,突出农民的土地要求。《南王翻身谣》中的谷青选主要是以"保长"而非"地主"身份敲诈和压迫农民的。而且,生活中的郭清选"贩卖人口、藏窝赌",[②]既与官府沆瀣一气,又结交土匪,是一个地痞流氓式保长。之所以不写地租、高利贷及雇工剥削,是因现实中的南王村"土地不集中"、"佃户少"、"只有反恶霸经验";"笔记"只有一处提到"他因收租不着,把农民锅扣了。地主拿饼喂狗吃"。[③] 生活中没有的或不突出的,剧本中也就没有。这几乎可以看作一部纪实体文学。

由于过于贴近生活原貌,没有太多艺术加工和想象虚构,这部《南王翻身谣》的艺术价值虽不太高,却具有重要的文献价值。它告诉读者:在南王村这样的村庄中,当时的宗族情感已很淡化:谷青选、谷青和、谷青芳从姓名看同属一族,但谷青选迫害青和、青芳时,毫不顾忌宗族关系。起码在太行山区、在抗战时期,乡村统治者已有劣绅化了。剧中保长或村长迥异于王统照《山雨》所写1930年代的乡村首领陈庄主那样为百姓请命乃至牺牲的形象。乡村恶霸对农民的欺辱,相当多是借助手中权力(保长或"自卫队"队长之类)实现的:他们利用替官府办差机会,假公济私,让农民摊派捐税、出民夫劳工,或抓壮丁,而自己家或自己家亲属不负担。农民不能如数如期上缴捐税,他们就以暴力方式解决:或是拆房子刨树,或是霸占财物、欺辱民女。这类恶霸除了倚仗官府,还结交土匪。农民确实对他们恨之入骨,却又敢怒不敢言。《白毛女》

① 阮章竞:《南王翻身谣》第四幕第二场。手稿原件存中国国家图书馆古籍善本部。
② 阮章竞:《阮章竞太行山笔记手稿四种》,中华书局2017年版,第201页。手稿中"郭清选"误写作"郭清轩"。
③ 阮章竞:《阮章竞太行山笔记手稿四种》,中华书局2017年版,第205、204页。

里的黄世仁、《暴风骤雨》里的韩老六之类人物,并非作家向壁虚构的产物。然而需要指出的是:并非所有地主都能成为恶霸,也并非所有恶霸都是占地很多的大地主。从"笔记"及《南王翻身谣》来看,土地占有量与人物的品德善恶,并无直接必然联系,"恶霸"与"地主"两个概念之间并不能画等号。另外,即使在1940年代,担任保长、甲长、队长之类职务的,也未必都是恶霸。丁玲《太阳照在桑干河上》中刘满的二哥当甲长,就是被不担职务的恶霸钱文贵诱骗逼迫的:日本人统治时期,乡里派下粮款、出夫之类,如果完不成任务,他二哥就要挨骂挨打,而从农民那里讹来的粮款,还要送一部分给钱文贵。由此可见,现实生活中的恶霸,也未必是保长、甲长、队长(《南王翻身谣》里曾当队长的郭德林就"无甚恶迹")。

从《南王翻身谣》提供的剧情看,农民遇到灾难、家破人亡,主要原因是官府的苛捐杂税,以及遇到了恶霸型的村庄统治者。在该剧写作的时期,摧毁统治乡村的旧势力、铲除恶霸,确实是共产党八路军的任务;但是,当剧本完成的时候,土地改革运动已经兴起,解决农民土地问题、消灭整个地主阶级成了最迫切的任务,而没有突出表现地租、高利贷和雇工剥削的这部歌剧,显然与党的主要任务不太合拍,而剧中斗争积极分子之一的谷青芳身份是"破落户",他自己的描述是"从前不说俺家富,光景过得挺舒服。砖房好地牛骡马,人家也称咱小财主"[1],就是说,在被恶霸谷青选迫害之前,他其实是个小地主。按照阶级斗争观点,谷青芳与谷青选之间的斗争,是地主阶级内部"狗咬狗"的斗争。作品虽然反映了南方农村的现实,却不符合宣传土改必要性的意识形态要求,不符合当时革命现实主义的"典型化"、"本质化"原则。它是一部"非典范土地革命叙事"。因此,想要为配合党的宣传任务而写作的阮章竞,就将这部不太合乎时宜的作品搁置了。

---

[1] 第三幕第一场开头谷青芳唱词。剧本手稿存中国国家图书馆古籍善本部。

三、《赤叶河》的"典范"性与"非典范"性

总体而言,阮章竞 1947 年 9 月完成、1948 年 2 月初版的歌剧《赤叶河》是一部与《白毛女》《暴风骤雨》类似的"典范土地革命叙事"。《阮章竞评传》将它和《王贵与李香香》《死不着》《白毛女》《暴风骤雨》并称,认为"与其说它们是不同的故事,不如说是同一个故事谱系中的不同版本",认为它与上述作品的区别只在于"它所采用的诗体歌剧的体式"。① 笔者虽然也认为《赤叶河》与《白毛女》《暴风骤雨》大致同属于"典范土地革命叙事",却又认为它与《白毛女》《王贵与李香香》《暴风骤雨》有一些不同的特征,就是说,它也有一些如丁玲《太阳照在桑干河上》、梁斌《翻身记事》一样的"非典范"性。以下就对这部作品的"典范"性与"非典范"性予以具体分析。

《赤叶河》的版本问题,对研究其"典范"性与"非典范"性问题,是关键之一。这部剧版本甚多,对我们的研究来说最重要的是三个:1947 年 9 月初稿本(以下简称"初稿本")、1949 年 5 月重写版(以下简称"重写版")、1957 年 2 月第四次改写版。

初稿本在河北冶陶上演后,晋冀鲁豫中央局组织宣传干部召集了一个座谈会,座谈会上,陈荒煤、欧阳山、邢崇智、海啸等提了好多意见。1948 年 3 月太行群众书店出了初版本,但据作者本人说,初版本虽然对初稿作了一定修改,但"未能把同志们提供的宝贵的正确意见,溶化进去",只能算"未定稿"。② 初版本付印以后,1948 年 8 月又得周扬和柯仲平"指导",在华北大学演出之后,又有许多文艺界人士提出修改意见。阮章竞根据这些意见对初稿本进行重写,于是就有了新华书店 1949 年 5 月的重写版。而 1957 年 2 月的改写版,应是最后一版"定稿"(以下简称该版为"定稿版")。对比初稿本、重

---

① 陈培浩、阮援朝:《阮章竞评传》,漓江出版社 2013 年版,第 69 页。
② 阮章竞:《赤叶河·后记》,《赤叶河》,新华书店 1949 年 5 月版,第 119—120 页。

写版和定稿版,我们可以发现一些颇有意味的重要改动。

目前初稿本笔者尚未得见,但根据"太行山笔记"1947 年 12 月 28 日所记《〈赤叶河〉剧本写出在冶陶大会演出第一次后,中央局宣传部召开的座谈会上,各地同志的发言》,对比重写版,我们可以大致推断出初稿本与重写版的不同之处。

1)王大富的赌博。在座谈会上,(邢)崇智、冀南木、池同志(具体名字不详)、欧阳山、中青(姓氏不详)均提出对初稿本王大富赌博情节的质疑。在重写版里,王大富并未真正参与赌博,而是在出席吕家宴会时,"大先生"吕承书想骗王大富去赌,王不肯,与高山大一起去看戏,被两个赌客讹诈,吕承书"慷慨"地替王大富垫付了五块钱,并答应算吕承书自己的(不必偿还)。后来狗腿子秋贵不承认,又向王大富要这笔"赌债"。细读"笔记",可以看出这是作了修改的情节。在初稿本中,王大富应该是真的参与了赌博,并深陷进去,过后又没让家人知道。这从荒煤、欧阳山的发言可以推断。而且,从欧阳山"开头应不自愿,后自愿"①的建议看,最早所写王的赌博还是自愿。

2)王禾子的参军。重写版里,王禾子逃走后,先是在阎锡山那里当了七年兵,日本人打来后,又在文水当了七年长工。而"笔记"所记座谈会发言中,冀南木、豫鲁冀、欧阳山都提到王禾子的参军问题,冀南木说"禾子后面的参军,未向群众道嫌(歉)?"豫鲁冀说"伪军没悔过",欧阳山说"伪军问题,应先有怀疑和考虑",荒煤则说"禾子问题,回来,就麻烦了"。② 这就是说,初稿本里王禾子参加的不是阎锡山的晋绥军,而是伪军。

3)王大富家是否是吕家的佃户? 在重写版里,就有一个叙述的裂隙:在第四部第二场,生卯说王大富和二全"他们都不是租地户";在没有斗争吕承书以前,第四部第一场王大富一上场,是"刚放牛回来"。这都说明王大富是有自己的地的。第二部第二场他却唱"昨天交租四石多"。作者也谈到初稿

---

① 阮章竞:《阮章竞太行山笔记手稿四种》,中华书局 2017 年版,第 238 页。
② 阮章竞:《阮章竞太行山笔记手稿四种》,中华书局 2017 年版,第 236—238 页。

本预演后"个别同志提出'中农路线'问题","王大富父子勤劳经营,娶了媳妇,前期生活勉强能过"。① 剧中所写吕家对王家的敲诈盘剥事件,一是禾子娶媳妇所借高利贷,二是吕家修祠堂强制募捐,三是诱使王大富欠下赌债。即使在重写版里第二部第二场写到给吕家缴租,此事也没太费周折。而从陈荒煤发言所说"是否应荒山就有主"②一句判断,初稿本中王家所开荒山土地所有权并不属于吕家。中青发言建议改成地主"店主要经营土地,放高利贷,有大小伙计,是王大富来要领来开,生活很苦,受地主剥削,不是一家的问题。王是新来的。"他建议这样改,是因他认为"地主剥削,从本质上考虑,应从租息、敲诈、骗"角度来写,而初稿本所写"地主和佃户的生活,剥削不够,过程中未显示苦";他认为初稿本所写王大富因赌博而负债受穷的情节也不好。③

4)开头开荒场面的表现。海啸在发言中批评"开荒太愉快",认为"应变为艰苦、不容易";陈荒煤也认为开头"情绪上都较愉快",提出"是否把他(它)翻过来,艰苦才得到土地"④。重写版开头王大富开荒时的唱词是:"祖祖辈辈刨荒坡,风吹雨打受折磨。多开一块'瞎巴'地,儿孙们多吃个黑窝窝。""辛苦经务三辈子,年年收秋年年光,一顿饱来一顿饥,年尽腊月打饥荒!"王禾子的唱词是:"砍坡砍在老山坡,汗珠往下落。筋疲力尽不敢歇,害怕肚皮饿"。⑤ 重写版突出了劳动的艰辛,并未让人感到"开荒太愉快",因此可以推测这是改动过的。

在大家的建议下,重写版增加了对地主地租剥削的表现,强化了高利贷剥削的分量,而青年农民的代表王禾子形象也更加正面,没有了当过伪军的经历。这显示出,重写版比初稿本向"典范土地革命叙事"更靠近了一步。

从重写版到定稿版,作者的修改幅度更大。与重写版比较,定稿版的最主

---

① 阮章竞:《赤叶河·后记》,《赤叶河》,新华书店1949年版,第119页。
② 阮章竞:《阮章竞太行山笔记手稿四种》,中华书局2017年版,第237页。
③ 阮章竞:《阮章竞太行山笔记手稿四种》,中华书局2017年版,第239页。
④ 阮章竞:《阮章竞太行山笔记手稿四种》,中华书局2017年版,第237页。
⑤ 阮章竞:《赤叶河》,新华书店1949年版,第1—2页。

要改动是：

1) 在第一部末尾增加了老宋对王禾子讲财主欺压穷人是"凭他们的朝廷官府"，并讲自己听说"有个叫共产党的，领着穷人们用拳头、刀棒，跟老财的世界讲道理"。

2) 明确王家是吕家的佃户，强化租佃剥削情节。重写版只在第二部第二场开头王大富唱词里有"交了租子又要还饥荒"，"昨天交租四石多"，王家与秋贵争执是为高利贷，双方均未提地租之事。定稿版则改为先是第二部中王禾子说："今年咱家才打了九石多粮食，昨天吕家刮走四石多租子"，第三部第三场王大富撞见吕承书欺辱儿媳燕燕，王大富质问，吕秋贵则说："你短下租子，地不叫你种了！"与前面地租已交清情节不一致，交租事情上吕家又多了一层耍赖耍横。

3) 删除重写版中的第二部第一场，即王大富在吕家祠堂开光之日去送贺礼并赴宴，被赌客讹诈之事。这样"赌博"的情节彻底删除，只用吕秋贵一句"人家打牌，你偷了人家五块钱"，王大富辩解"我连打牌都不会，怎么会去偷人家钱呢？"交代过去。

4) 王禾子逃跑后的经历，不再是去当兵，也不是当长工，而是到山东枣庄下窑挖煤；日本人来了后参加暴动，被鬼子抓住，送到关外下窑。老宋夸他"没有走错路"，并说："我们穷人，要穷得硬梆，走得周正，喝冷水，也在喝得咕咚咚响！"

5) 将重写版第四部开头"解放两年之后"村长高山大被地主吕承书假开明迷惑，王大富等人仍未彻底翻身，王大富情绪低落的情节删除；重写版王禾子解放后回乡，上场时"穿着破烂衣服，背着个小小的破包袱，缺两门牙，满脸胡子，面黄肌瘦，形容狼狈"的形象描写，在定稿版中也悉数删去。重写版禾子回乡后出场开唱时的"精神颓废"，定稿版中改为"看着故乡山水，露出喜悦、爱恋与感叹的样子"，边唱还边笑。原唱词中的"一官半职没挣到，差些掉了半条命"，以及"抹泪"动作，也被删除。

　　6）村长高山大、工作队员老冯两个人物被去掉。关于批判村干部工作作风的内容全部删除。增加地主吕承书与狗腿保长吕秋贵想要杀人放火后逃跑的情节。这样，主题更加单纯：只表现地主阶级与农民阶级你死我活的阶级斗争。

　　这样，定稿版的基本方面，都与《白毛女》《暴风骤雨》等"典范土地革命叙事"一致起来。特别是农民形象更加完美化，没有了赌博、当伪军等个人品格上的瑕疵，都是人穷志不穷。

　　但是，即使是定稿版，也还有一些与《白毛女》《王贵与李香香》《暴风骤雨》之类"典范土地革命叙事"不尽相同之处，从而使它仍含有些微的"非典范"性。首先是燕燕之死。《白毛女》和《王贵与李香香》里，男女主人公最后都是重又团聚；虽然喜儿被黄世仁强暴怀孕生子，大春重新见到她时却没有任何心理阴影；虽然李香香曾被崔二爷强逼成亲，王贵随游击队救出她时她已换上"上身穿红下身绿"的婚装，王贵却丝毫不怀疑香香的忠贞。而《赤叶河》中的燕燕最后却不曾与王禾子团圆。燕燕的死固然与地主吕承书逼迫侮辱有关，其丈夫王禾子对她的猜疑和误解，却也是重要因素：按照剧情，吕承书未必真的得手；即使得手，也是强迫。而王禾子却怀疑她变了心，导致燕燕走投无路，为证清白投水自尽。男人在女人贞洁问题上的封建意识、狭隘心理，成为作品潜在的批判对象。阮章竞后来也说：

　　　　这个剧既反映了地主的反动，又表现了太行山农民受封建思想的束缚。王禾子对燕燕的猜疑，事实上加速了燕燕的死，他做了杀死年仅 19 岁妻子的帮凶。①

　　于是，它在批判地主阶级之外，又多了一层反对封建意识、男权思想的妇女解放主题，令人联想到一部在解放区文学中属于另类的作品——丁玲的小说《我在霞村的时候》。

---

　　①　阮章竞：《异乡岁月——阮章竞回忆录》，文化艺术出版社 2014 年版，第 186 页。

另外，第四部开头写"解放之后"情景，虽然删除了高山大误信吕承书假开明情节，调子比重写版明朗多了，但王大富仍然不是兴高采烈、欢欣鼓舞。重写版中王的唱词"冬风吹折单根草，临老糊涂无依靠，禾子不回心灰灰，多好的时光我也无心熬！"改为"背捆柴，背座山，眼花花，气喘喘！二十四番风信过，一身孤寒吹不散！"给人的感觉仍是社会变动改变不了人物生理衰老、处境孤单造成的情绪低落。对比一下《白毛女》《暴风骤雨》和样板戏《智取威虎山》里的"解放"场面，这种差异一目了然：《智取威虎山》里李勇奇母亲在解放军到来之后，再度出场时，衣服与精神都焕然一新。《白毛女》里解放后大春以八路军的身份回乡，杨格村农民都沉浸在"太阳出来了"的快乐中。《暴风骤雨》里斗倒韩老六后元茂屯农民都像过节一般。即使如进入暮年、无儿无女的老田头，也对分得的土地兴奋不已。笔者在读到老田头领着瞎老伴去看分得的一垧半黑地，瞎老太太抓起自己地里一把黑土，"她的脸上露出笑容"时，一方面被深深打动，另一方面又想到：这一对孤老夫妇一衰一瞎，即使分得了土地，他们今后又将如何种呢？但作为"典范土地革命叙事"，《暴风骤雨》只突出解放翻身的欢乐，具体个体生命处境的独特性是不在考虑范围以内的。而《赤叶河》却没有忽略这些，用一定的篇幅予以表现。

《赤叶河》曾一度与《白毛女》齐名，后来的影响却远不及后者。对此，作者后来借钟惦棐的话说是因"音乐不好，浪费了这么好的一个剧本"[1]，笔者认为这可能是原因之一，此外也与剧本内容有关：从专家和研究者角度说，"白毛女是采用传奇性，没赤叶河这样真实"[2]；从当时普遍文化程度不太高的观众与读者角度说，大家看戏可能更喜欢传奇一类的东西；从意识形态角度说，《白毛女》是更"纯"、更"标准"的"典范土地革命叙事"，而且受到过最高领袖的关注过问，它是被中共中央有意识予以推广的。中共中央指示各解放区：

为了拥护当前的群众运动，各地报纸应尽量揭露汉奸、恶霸、豪

---

① 阮章竞：《异乡岁月——阮章竞回忆录》，文化艺术出版社 2014 年版，第 186 页。
② 海啸语。见《阮章竞太行山笔记手稿四种》，中华书局 2017 年版，第 237 页。

绅的罪恶,申诉农民的冤苦。各地报纸应多找类如《白毛女》这样的故事,不断予以登载……在文艺界中亦应鼓励《白毛女》之类的创作。①

《赤叶河》虽然也属"《白毛女》之类的创作",但毕竟不曾被点名推广普及。

而从今天来看,《赤叶河》较之那些最"纯正"的"典范土地革命叙事",却更贴近现实原貌,有其独特的文献价值。特别是它不同的版本、多次的修改,作为一种文学和文化现象,很值得研究。"典范土地革命叙事"都是为配合党的政治任务乃至具体政策而创作的,宣传鼓动效果是其首先考虑的因素,《赤叶河》当然也不例外。阮章竞自承创作该剧是"配合土改的需要"、"适合了土改的需要"。② 这类作品确实起到了推动土地革命的作用,功绩不可抹杀。而且,"典范土地革命叙事"的创作也并非向壁虚构,它们都有自己的现实生活依据,也符合事理逻辑。翻阅"太行山笔记",我们既可看到如今"反典范土地革命叙事"常写到的那种关于农民斗争地主时显得比较残酷的暴力过火行为,看到一些真开明、非恶霸的地主,也能看到现实中确有不少欺男霸女的恶霸地主;而且,土地革命之前,地主虽也受官府欺压,但相对于贫苦农民,总体而言,在乡村中他们毕竟属于强势一方。由于拥有财富,他们与官府勾结具备物质优势。有些利用封建宗法或官府赋予的职权,借派捐、派夫、抓丁等敲诈盘剥农民,也并非鲜见。可以说,"典范土地革命叙事"和"反典范土地革命叙事"各自突出了客观现实的一个方面。

从《赤叶河》的创作与多次修改,我们还可以看到"典范土地革命叙事"生产过程中的某些机理,发现艺术创作的某些经验教训。"典范土地革命叙事"的创作几乎都经历过集体讨论批评、听取专家与群众意见反复修改的过程,它

---

① 《中共中央关于暂不在报纸上宣传解放区土地改革的指示(1946 年 5 月 13 日)》,中央档案馆:《解放战争时期土地改革文件选辑》,中共中央党校出版社 1981 年版,第 10 页。
② 阮章竞:《异乡岁月——阮章竞回忆录》,文化艺术出版社 2014 年版,第 186 页。

们都可以看作"集体创作"的产物,因为它们代表的不仅仅是作者个人的观点与体验。对此深有体会的阮章竞,晚年曾经明确指出:"广泛征求意见实际近集体创作,是违背艺术规律的。"①有些革命作家最后完全采纳领导和群众的意见进行修改,最后生产出纯正的"典范土地革命叙事";还有一些同样是革命作家、同样遵循无产阶级革命意识形态的要求,但仍不肯完全放弃独立思考、放弃个人独特的生命体验与艺术感受、艺术见解,这样他们创作出的作品,就属于"非典范土地革命叙事",或带有一定"非典范"性的作品。

---

① 阮章竞:《异乡岁月——阮章竞回忆录》,文化艺术出版社 2014 年版,第 189 页。

中 编

非典范土地革命叙事

第五章　早期乡土小说和非左翼
小说的乡村叙事

"典范土地革命叙事"出现之前，中国现代小说关于乡村的叙事主要是1920年代以鲁迅作品为先驱的"乡土小说"；与"典范土地革命叙事"差不多同时，还有一些并非明确左翼或虽属左翼但不肯放弃个人生命体验及创作个性的作家的乡村书写。这些乡土小说或乡村题材作品也写到了地主和农民，写到地主与农民之间的关系。但由于未采用阶级论视角，它们所塑造的地主与农民形象与"典范土地革命叙事"有明显差异，相对而言，更多保留了当时乡村生活的原生态面貌。与这类作品对比，"典范土地革命叙事"更显出自身的诸多特点。新中国成立后的1950年代，出现了大规模的在世老作家对旧作修改的现象。其中对乡村题材作品的修改，除了文字上的处理，就是按照"典范土地革命叙事"的标准，凸显阶级品性差异与阶级对立因素。后来，各种文学史研究论著涉及这类问题时，也由于同样原因出现对这些旧作品理解的诸多盲点或误读曲解。以下分别予以论述。

一、并非恶霸流氓的地主

出现于19世纪20年代的"乡土小说"最早具体描绘了乡村日常生活。

自鲁迅《故乡》始，"乡土小说"中的乡村大多是衰落凋敝的。在总体衰败的背景中，地主大多是节俭而吝啬的形象，很少有后来"典范土地革命叙事"中那种花天酒地奢侈张扬的大财主。《阿Q正传》里赵太爷家虽属未庄首户，过日子却精打细算，对人对己都很"抠门儿"。小说有四次写到赵家晚上的照明问题：第一次是"恋爱的悲剧"一章，写赵府晚上"定例不准掌灯，一吃完便睡觉"，只有"赵大爷未进秀才的时候，准其点灯读文章"。第二次是写地保要求阿Q赔偿赵府的五项条件中，首条即是让其赔红烛，"要一斤重的"。赵家将红烛弄到手之后却也舍不得马上使用，"因为太太拜佛的时候可以用，留着了"。第三次是赵家想从进城后重回未庄的阿Q那里买便宜货，家里"新辟了第三种的例外：这晚上也姑且特准点油灯"。第四次是听到城里来了革命党，惶恐中赵家"晚上商量到点灯"。另外，身为"阔人"而借机赖掉阿Q的工钱和破布衫，可见其并不特别"阔"。再如，黎锦明《冯九先生的谷》中的冯九是个悭吝至极、舍命不舍财的乡下土财主，对穷乡亲他尽量一毛不拔。论财富，"他的产业已扩充至千四百亩"，确称得上"大田主"，但他家生活极其简朴：住的是"高不满七尺宽不到两亩的茅屋"，家里都是"三腿桌，缺口碗，补丁裤，穿眼鞋"；"他的儿侄妇是从前外镇两个贤淑的村姑，说好媒后多不用嫁装也不用排场成礼，用一顶破竹篷轿接来就罢"；他自己不好色，鳏居三十年不娶；他要求儿孙在他死后丧事从简，"抬到土洞里一埋就是"。他家的孩子也与他一起从事一定的田间劳动。

在道德品性方面，"乡土小说"中的地主既非圣贤，也非恶棍。其中好一些的，对乡民多少有所周济，虽然这种周济有自身利益的考虑（为自家安全，或让雇工为其更卖力干活）。例如王鲁彦《许是不至于罢》中，王家桥村的穷乡亲向王阿虞财主借钱，王财主的原则是"不妨手头宽松一点，同他们发生一点好感"。上述冯九先生不像王财主那样慷慨，对乡亲却也总是笑脸相迎、打拱作揖。赵太爷算是霸道的：听说阿Q自称姓赵、是他的本家，就将其唤来，伸手打其嘴巴，还不许其再姓赵；他在未庄有一定权势，地保甘为其驱使，做其爪牙,他的儿子赵秀才也是个"见过官府的阔人"。但是,赵太爷的"恶"并未到公然耍流氓的程度:他没有强抢民女、强夺穷人财产。

"典范土地革命叙事"所写地主霸道,多源自其与官府勾结,沆瀣一气,同时又与土匪密切往来。"乡土小说"里的地主多为土财主,与官府并非一体,他们同样是"匪"的受害者,而且比穷人更怕"匪"。赵太爷父子在未庄并无行政职务,也未见赵家与官府直接结交、有密切关系。因而,当革命风起、前途未卜的时候,赵太爷居然对阿Q畏惧三分,尊称其为"老Q"。王阿虞财主、冯九先生和政治权力的关系都并不密切,他"没有读过几年书",仅凭其财富与读书人相交、和自治会长周伯谋以及在县衙门做过师爷的顾阿林要好。冯九遇到吃大户者威胁时曾用散碎银子请来团总和打手,但属于临时以金钱为代价求助。台静农《蚯蚓们》开头所提灾荒之年穷人们联合起来向田主们讨借贷,田主们当面应承,暗里"连夜派人进县,递了禀帖",上面派人将参与"民变"的抓走,还要将其杀头之事,因该作发表于1927年10月土地革命运动已经兴起的年份,有了某种程度的阶级斗争成分,但里面田主们的行为实际与冯九先生性质类似,只不过他们做得更极端一些。而且,这只是一笔带过,并非故事的主干情节。

台静农后来加入了北方左联。1930年代,其他靠近左联但并未加入左联的"准左翼"作家的相关描写,也值得关注。首先是王统照,他在《山雨》里塑造了一个在村里是首户又兼任庄主的朴实敦厚的老者形象:这位陈庄主不仅不欺诈乡里,还为民请命、舍身护庄。王鲁彦在《野火》中则塑造了一个不同于王阿虞的"恶霸地主"阿如老板的形象。收田租之外还开米店的有钱的阿如老板,与有势的乡长傅青山相互勾结,具备了"恶霸地主"的基本特征。作品中还有"有钱人的心总是黑的"这样"典范土地革命叙事"话语,阿波哥说他"逼起租来,简直就像阎王老爷一样:三时两刻也迟延不得";但阿如的恶行仍不逾越日常范畴:他与华生冲突,是因华生等人轧米时轧米船上的烟灰和细糠飘进了他的店里,撒了他一身;他想破坏华生的"神井",也只是为报旧仇而暗中使坏。这与后来梁斌《红旗谱》里的冯兰池形象相似。

进入 1930 年代，左翼作家笔下的地主也并非都是恶霸，或者即使品性不好，也绝非公然欺男霸女的流氓之类。柔石《为奴隶的母亲》中，秀才地主"确是一个温良和善的人"，穷汉典妻给他是自愿而非强迫，作品给人印象最深的是对穷人境遇的悲悯，而非对地主恶行的展示。张天翼《脊背与奶子》里的长太爷则不过是将鲁迅笔下四铭、高尔础们的潜意识活动付诸实际行动。虽然总体而言左翼文学里地主形象开始明显变为否定的负面价值象征成为"反面人物"，但多数作品中地主的"恶行"仍限于日常伦理范围之内，即都有一定合法或合道德的外衣，他们的"恶"一般表现为自私、贪吝、冷酷，无怜悯心，或个人情欲膨胀。由于他们一般并不具有基层官僚身份，常常是普通"土财主"，所以，他们也有恐惧，也缺乏安全感，他们对穷人的剥夺是"依法"而得，并非强取，或无中生有、巧立名目地强占。他们的家族和文化身份往往被凸显，一定程度上冲淡了其阶级色彩。例如，张天翼《三太爷与桂生》里，在闹革命之前，三太爷跟他的佃户还相处不错：桂生是三太爷的本家，种着地不愁吃喝，"玟店的人都说他过的好日子"。"三太爷脾气好，人能干，瞧着人老是笑笑地"。三太爷当然并非善良懦弱之辈，但在农运起来、桂生参与斗争他之后，三太爷还是给桂生机会，"叫他改过"。只因桂生继续与其作对、参与抗租，三太爷才设计做掉了他。《脊背与奶子》里的长太爷固然淫欲旺盛，但还是不得不撑着族长的架子，打着维护家族门风的幌子，曲折地想逞私欲。蒋牧良《集成四公》里的地主集成四公确实是个高利贷者，是个只认钱不认人的守财奴：他向寡妇讨还债款，蔚林寡妇无钱偿还，他就赶走她的猪，寡妇阻拦，他就"一脚踢翻她在地下"。但这也仅是葛朗台、泼留希金式的贪吝无情——他不只对债户如此，得知自己亲儿子在外赌博，他也无情地将其赶出家门。作品写他的发家是因"几十年来，他平平静静放着债，省吃省用过日子，挣下了这么二百来亩水田，还有千把块洋钱走利息"。

二、并非人穷志高的贫民与并非不共戴天的贫富关系

"乡土小说"中的贫苦农民并非人穷志高的义士或慷慨英勇的豪杰,他们或者是悲惨可怜,或者是可怜又复可气、可恶。鲁迅笔下的闰土和祥林嫂属于前者,阿Q属于后者。受鲁迅影响的其他早期乡土小说作家笔下的贫民形象,也大致可归入上述两类。前者姑且不论,后者例证诸如《许是不至于罢》中的王家桥村民、《阿长贼骨头》中的阿长、《赌徒吉顺》中的吉顺等。这些穷人很少是佃农,所以基本没有地主或债主"催租逼债"情节。作者表现他们穷困,极端的情况是典妻或卖妻。这方面的名作有许杰的《赌徒吉顺》(1925)、柔石的《为奴隶的母亲》(1930)、台静农《蚯蚓们》(1927)和《负伤者》(1927)、罗淑《生人妻》(1936)。沈从文的《丈夫》(1930)写的是丈夫纵妻卖淫,与上述情况类似。这类典妻或卖妻题材小说的主题,除了表达对贫苦农民的人道主义同情,还有一层就是批判身为丈夫者的男权思想(除《丈夫》外)。关于主人公致贫的原因,也基本不指向具体的人(地主、恶霸)或势力(官府),而归结为水、旱、蝗等天灾或兵与匪之类人祸,归结为前现代靠天吃饭的小农经济生产力水平低下,或者是文化风俗,以及男主人公的个人品德。《赌徒吉顺》认为是由于主人公嗜赌和好逸恶劳、不走正路:他本来自己有泥瓦匠手艺,生活较宽裕,是赌博使他到了不得不典妻还赌债的境地。

作为五四新文化运动的产物,早期乡土小说对中国乡村的切入一般采用文化视角,以启蒙现代性观念审视中国农耕文明,审视代复一代习以为常的生活方式,批判不合理的陈规陋俗。既是着眼于文化,它的主要聚焦点就不是与经济和政治地位有关的阶级。它对贫困者的人道主义同情中有时包含批判,同时富人也并未都被当作全盘否定的"反面人物",排斥于同情范围以外——《许是不至于罢》中,被隐隐同情的,恰恰是王财主,而非王家桥村的村民(包

括穷人)。王家桥村民平时向王财主借钱,常常借了不还,而王家有难时,他们却袖手旁观。

在早期乡土小说及其后"典范土地革命叙事"之外的乡村叙事中,地主与农民或富人与穷人的关系并非势不两立、不共戴天,穷人之间也并非相互友爱、团结一致共同对敌(对富人)。《故乡》里雇工闰土父子与雇主迅哥儿一家感情甚好,《祝福》中鲁四夫妇也并不欺负或虐待祥林嫂。蹇先艾《老仆人的故事》《旧侣》和台静农《吴老爹》《为彼祈求》里,地主与佃户或长工则有着人格基本平等的相互关系乃至真挚情感。而在《阿Q正传》里,阿Q所仇视的人除了赵太爷和假洋鬼子,还有小D、王胡。《负伤者》中,小江看到吴大郎倒霉,他"高兴得更厉害","胎里坏"也幸灾乐祸。典妻、卖妻故事中既有不愿被典被卖的妻,也有追求实际、嫌贫爱富者,例如《蚯蚓们》中李国富的妻子不愿随夫去逃荒,骂丈夫没本事,主动要求"改嫁"(被卖)。李妻尚且有些愧疚、有些伤感,《负伤者》中吴大郎的妻子却转而给予原夫"凶狠的詈骂"。

其实,在早期乡土小说家中,台静农是较早向左翼文学及"典范土地革命叙事"靠近者。他在《蚯蚓们》的开头用反讽笔调叙述了灾荒之年田主(地主)与灾民之间的冲突:稻草湾穷人去向田主们借贷,田主们当面应承,暗中给县里送信,告穷人们"民变",让县里派兵将讨借贷的人捆走,据说还要砍头。但这只是一个引子,引出五家村村民没有人敢向田主借贷,只有逃荒一条路,并导致李国富卖妻惨剧。该作作于1927年,此时台静农离乡已逾十载,他对当时乡村生活已不太熟悉,对农民与地主的暴力冲突更无直接经验,他的乡土书写凭的是早年记忆。所以,开头这段应该是从观念出发,只能概略叙述,而无具体描写。因而,这篇小说诸多方面与真正的"典范土地革命叙事"仍有距离:除了贫民妻子形象,开头所写贫富冲突源于借贷,而非地主催租逼债,而富人不仅不肯借钱给穷人,还要拘捕借贷者,显得不太合情理——除非来借贷的穷人以暴力相威胁。小说却又缺乏这类细节。作品又写,主人公陷入绝境是因为天灾,即"十年来没有遇见的荒年",而非人祸。就在"去年",李国富一家还过着有牛肉、猪肉和月饼吃，小孩儿有新衣穿的日子，"大家都痛快地过着中秋节"。地主不肯借贷给穷人，虽不合情，却也不违法。作品始终未提到地主对农民的地租或高利贷剥削问题。

王鲁彦在19世纪30年代向左翼靠近，对按阶级归属区分人物品性善恶仍有异议。在1936年发表的《野火》里，主人公华生对向他进行阶级启蒙的秋琴和阿波哥说：

> 不过阶级两字这样解说，我不大同意。我以为穷人不见得个个都是好的，富人也不见得个个都是坏的。①

菊香父亲劝菊香的话虽是被"反引"，却也呼应了上述华生所言：

> 你说穷人比富人好。我也知道有许多人因为有了钱变坏了，害自己害人家，横行无忌……可是你就一笔抹煞说富人都是坏的就错了。富人中也有很多是好的，他们修桥铺路造凉亭施棉衣，常常做好事。穷人呢，当然也有好的，可是坏的也不少。做贼做强盗，杀人谋命，全是穷人干的。②

这种声音的凸显，与"典范土地革命叙事"判然有别。

1949年之后仍健在于中国大陆的早期乡土小说作家对自己早年作品的修改，可以印证出早期乡土小说与"典范土地革命叙事"在处理地主和农民品性、富人和穷人之间关系时的重要差异。例如，蹇先艾《水葬》的初版本中，本没有地主形象，骆毛究竟偷了谁家的东西并未明确交代；村里"向来就没有什么村长……等等名目"，"水葬"小偷是"古已有之"的习俗；围观取笑他的穷人富人都有，临刑的骆毛骂的是所有围观者。而修改本凭空加进了"周德高"这个"恶霸地主"：他"一脸横肉"，"他是曹营长的舅爷，连区长、保长一向都要看他的脸色行事"，家里还养着做打手的家丁。骆毛偷了他家的东西，他竟将其处以极刑——由于没交代"水葬"小偷是当地惯例或习俗，这一做法显得尤为

---

① 鲁彦：《野火》，《文季月刊》第2卷第1期(1936年)。
② 鲁彦：《野火》，《文季月刊》第2卷第1期(1936年)。

残酷。原刊于《文学》1934年第3号的《乡间的悲剧》在改写为《倔强的女人》后，同样是多出了个"恶霸地主"形象：原作批判的锋芒并未指向地主家，而是针对变了心的祁银，也间接表现了城市文明对乡下人的腐蚀作用；而修改本将祁大嫂悲剧的原因归之于地主家的阴谋。原作中比较和谐的主佃关系（祁家虽为佃户，却雇得起长工；祁大娘到张家送火炭梅，受到比较热情客气的接待），因了地主的"夺夫"而变得可疑，祁银（少全）变心另娶，也改成张家以势逼迫的结果。就连沈从文，他的《丈夫》本意在写湘西奇特民俗，表现丈夫尊严感或夫权意识的"觉醒"，改写时也加上了如下描写：

> 地方实在太穷了，一点点收成照例要被上面的人拿去一大半，手足贴地的乡下人，任你如何勤省耐劳的干做，一年中四分之一时间，即或用红薯叶和糠灰拌和充饥，总还是不容易对付下去。①

与王鲁彦一样，王统照也在19世纪30年代初向左翼靠近，青岛左联成立后曾派人联系他。《山雨》明显受到左翼文学观念影响。小说出版时，左翼批评界给予高度评价。茅盾认为它"在目前这文坛上是应当引人注意的著作"，吴伯箫则将1933年称为"《子夜》《山雨》季"。该作初版本也曾因有敏感字眼而先被禁、后被删。然而，王统照此时毕竟并非完全意义上的左翼作家，在创作《山雨》时，他仍以自己的直感经验为基础。这部长篇并非"典范土地革命叙事"。因此，新中国成立后，王统照对作品中明显与"典范土地革命叙事"不合的描述作了修改，正像上述乡土小说家那样。比如，1933年开明书店初版中，陈庄主与大家一起回忆过去的好时光，以亲历者身份称"这光景我小时还记个大概"，1955年人民文学出版社修改版则说那"不过是编词人的居意'贴金'，从前也没有！"谈到地主收租，初版说"主人家好的还知道年成不佳，比每年要减成收租，厉害的家数他不管你地里出的够不够种子，却是按老例子催要"，修改版变成了"他们还管你年成好不好？管你地里出的够不够种子，是

---

① 沈从文：《丈夫》，《沈从文名作欣赏》，中国和平出版社1993年版，第215页。

按老例子催要",排除了地主中有"好的"的可能。修改版还加写了奚大有批判国民政府对日不抵抗的话,拔高了穷人形象。

早期乡土小说、准左翼文学及左翼文学内部的"非典范土地革命叙事"与"典范土地革命叙事"的区别,主要在于是从"本质"和"观念"出发,还是从作者本人对生活的实际感受和体验出发,适当加进阶级观念;在于是否以直接宣传阶级斗争、鼓动暴力革命为宗旨。在革命年代,主流批评界从阶级论的"本质真实"观念出发,认为"典范土地革命叙事"之外的这些乡村叙事没有反映出现实的本质,思想深度有欠缺。但从文学价值本身看、从文献价值看,这类作品却保留了更多的史料细节,让后世读者窥见当年生活的原生态之一角,认识到历史与现实生活的复杂性。

三、蒋光慈《咆哮了的土地》: "典范",还是"非典范"?

蒋光慈是最早的"革命文学"作家,他的《咆哮了的土地》正面描写中国共产党领导的农村武装革命斗争,被 1949 年以后中国大陆的文学史、小说史认为"是蒋光慈最好的接近于成熟的一部作品"。[①] 它有一些与"典范土地革命叙事"相一致的特征,例如人物基本按地主是反面人物、贫苦农民是正面人物来写,敌我两大阵营壁垒分明;写到地主向农民催租逼债、对农民打骂,写到地主让佃户女儿做丫头;写到农民与地主之间直接的暴力冲突;基本符合工人阶级是领导阶级、工人与先进农民结成同盟、革命知识分子与工农相结合的阶级定性与政策路线。但是,经仔细辨析,笔者发现它又有诸多不合乎"典范土地革命叙事"特征之处。这迄今为止一直为学界所忽略。

首先,在这部小说中,革命并非农民濒临生存绝境、忍无可忍的结果。催

---

① 严家炎:《中国现代小说流派史》,人民文学出版社 1989 年版,第 113 页。

租逼债等事件不作正面描写,只在叙述中简略交代。

《咆哮了的土地》开篇写到的乡村一片宁静:

> 这乡间依旧是旧日的乡间。
>
> 靠着山丘,傍着河湾,零星散布着的小的茅屋,大的村庄,在金黄色的夕阳的光辉中,依旧是没有改变一年以前的形象。炊烟随着牧歌的声浪而慢慢地飞腾起来,仿佛是从土地中所发泄出来的伟大的怨气一样,那怨气一年复一年地,一日复一日地,总是毫无声息地消散于广漠的太空里⋯⋯
>
> 一切都仍旧,一切都没有改变⋯⋯
>
> 但是,这乡间又不是旧日的乡间了。
>
> 在什么隐隐的深处,开始潜流着不稳的水浪。在偶尔的,最近差不多是寻常的居民的谈话中,飞动着一些生疏的,然而同时又是使大家感觉得异常的兴趣的字句:"革命军"⋯⋯"减租"⋯⋯"土地革命"⋯⋯"打倒土豪劣绅"⋯⋯这些字句是从离此乡间不远的城市中带来的,在那里听说快要到来革命军,或者革命军已经到来了。[1]

"革命"被写成从外部(城市)进入到乡村,而非农民自发的揭竿而起。虽然开头一段写景中点出了地主家"楼阁"与穷人家"茅屋"的反差,但革命输入之前,穷人对李家大屋的态度是"羡慕而敬佩",是革命输入之后,才转为"仇意"。革命迫近之后,老年人普遍不理解、不接受,而青年们之所以欢迎,主要是因感到在乡下寂寞,对城里生活向往。做了四年矿工的张进德,在被施以阶级启蒙之前,"他的劳动的生活很平静,因之也从来没有过什么特异的思想。做工吃饭,这是穷人的本分,他从没曾想到自己本分以外的事。"而对本乡"农民们的困苦的生活","他觉得很平常"。这与老一辈农民的心理一样。他去矿上做工,虽然也很苦,但"他总觉得那生活较为有趣"。青年农民们之所以

---

① 蒋光慈:《咆哮了的土地》,《拓荒者》第 1 卷第 3 期(1930 年)。

拥护革命,也是因为:

> 他们对于服顺的,静寂的乡村生活,很激烈地表示不满足了。不
> 但在服装上极力模仿城市中的新样,而且在言行上,他们似乎都变成
> 无法无天的了。①

这样,革命的直接心理动因是由于乡村生活寂寞无趣,不是因为地主的剥削和压迫不堪忍受。第5章提到"前年天旱"时因为缴不上租,佃户王荣发被东家李敬斋差了伙计捉去打骂。这样的故事,正是"典范土地革命叙事"要正面描写、大肆渲染的,蒋光慈却将其推向幕后。王荣发本人也认为不缴租是"没有天理的事情"。老年农民们认为闹农运的是"痞子",组织农会是"犯法的行为"。而且,作品还写到王荣发的儿子王贵才与地主李敬斋的儿子是好朋友,"无异于异性的兄弟",这就淡化了地主与农民之间的对立关系。第34章还写到,张进德对被抓到的地主儿子胡小扒皮忽生怜悯,想到"我与他既无仇恨,何苦这样对待他呢?"虽然这个念头很快被超越个人恩怨的阶级仇恨心理驱散,但作者毕竟让它得以表现。

其次,贫苦农民并非都是品质高尚者,他们各自都有明显的人格缺陷。地主家属并非都是恶人。

《咆哮了的土地》中参加暴动的农民中,刘二麻子、吴长兴、李木匠、小抖乱和癞痢头都是有明显缺点乃至污点的人,尽管作者并未把他们写成真正的"痞子"。刘二麻子是给人做散工的光棍汉,无人雇时他便到城里卖柴。他参加革命是因渴望过日子"松一松","就好像自身的痛苦因着革命军的到来,一切都解决了也似的,好像从今后没有老婆的他可以娶老婆了,受穷的他可以不再受穷了,甚至于那麻脸也可以变为光脸。"这颇类似于阿Q在土谷祠中的"革命狂想曲"。同样是穷人的吴长兴就瞧不起刘二麻子。刘二麻子的最大污点,是酒醉之后试图强奸何月素。吴长兴的缺点是打骂老婆,以致他的老婆

---

① 蒋光慈:《咆哮了的土地》,《拓荒者》第1卷第3期(1930年)。

到农会要求离婚。吴长兴瞧不起刘二麻子,竟是因为刘和自己一样穷,完全不合"阶级友谊似海深"的"典范土地革命叙事"规范。李木匠爱漂亮,不喜欢自己的丑妻。在地主胡根富家做活时,他与胡的二儿媳偷情,被情妇的丈夫发现,痛打一顿,也为此受到乡民们的嘲笑。他本来因为有手艺过得还不错,但就因为偷情之事而从此无人雇用,这才穷了下来。这段故事使人联想到阿Q向吴妈"求爱"之后在未庄的处境,也使人联想到《白鹿原》中黑娃与张举人小妾田小娥的偷情。就连"阶级弟兄"小抖乱口角时也骂李木匠是"专门偷人家女人的坏种"。我们从人性的角度也许可以为李木匠此举辩护,或者从阶级论角度解作穷人向地主阶级的报复,但从日常伦理角度看,他的偷情确实因为见色起意。至于小抖乱和癞痢头,这二人虽然本质并不太坏,但确是典型的乡下小痞子,革命前他们专偷乡下人的鸡鸭。他们根据自己对"革命"的理解,杀死了并无命案的老和尚,只因他们觉得他"很讨嫌","他安安稳稳地过着日子,好像老太爷一样,实在有点令人生气"。

小说中几个老地主虽然都是反面人物,他们的子女却并不都是坏人:李敬斋的儿子李杰不但不"反动",还是革命的领导者;何松斋的侄女何月素也参加了革命。这合乎当年的实际:当年农民运动领导者中,确有许多彭湃这样的地主家子女。但"典范土地革命叙事"一般不会塑造这样的人物;即使有,也将其写成混进革命队伍中的奸细。这也是区分"典范土地革命叙事"与"非典范土地革命叙事"的标志之一。

第三,让革命中的暴力过火行为带来的道义问题凸显。

小说中有个重要情节:暴动农民不相信地主家少爷会带领自己革命。当他们决定要烧地主们的住宅时,李木匠特别问李杰,是否也烧他们李家老楼。李杰明知自己患病的母亲和年幼的妹妹有被烧死的可能,幸免的话也会无家可归。"义务与感情的冲突,使得他的一颗心战栗起来了"。但李木匠一再逼问,"残酷的,尖冷的,侮辱的声调终于逼得李杰气愤起来了",为表达起义决心,他只好同意。就连张进德也认为此事做得过分。李杰的理由是"只要于我们的事业有益,一切的痛苦我都可以忍受"。虽然作者没有明确对此事予以评论,但读者隐隐可以感到,他对此类伤及无辜的暴力过火行为是有疑惑或不同看法的。起码,这段描写构成了革命伦理与日常伦理的对话。

第四,对知识分子革命动因复杂性的反映。这部小说仍给"恋爱"一定位置。蒋光慈是"革命加恋爱"小说的开拓者。创作《咆哮了的土地》时,他对原来的创作模式有一定突破,但作品中还是有李杰与毛姑及何月素之间的三角恋情。李杰离家出走,直接原因是他与佃户家女儿王兰姑的恋爱受到父母破坏;何月素参加革命,也与恋爱有密切关系。这多少反映了当年青年知识分子参加革命动因的复杂性,反映了历史本相。例如,关于老一辈无产阶级革命家赴法勤工俭学的历史经历,他们最终对共产主义事业的选择。历史档案显示:邓小平1920年赴法时,确实是抱着求学寻出路宗旨的。但是到法国之后才发现,"勤工"的劳动强度极大,劳动环境又危险,薪金却很低,连饭都吃不饱,遑论积攒学费。他多次改换工作,但仍无改观,于是求学之梦彻底破灭。直到他找到新的人生奋斗目标——共产主义事业,生活状况与心理状态才有真正改观。[①] 而这类内容,在"典范土地革命叙事"中一般不予表现。

蒋光慈是"革命文学"理论上的首倡者之一,但他的土地革命叙事却并未成为"典范土地革命叙事"。其"非典范"特征的形成,与其个人性格与艺术追求、人生见解密不可分。虽然他的早期作品有明显的宣传鼓动作用,但他在进行艺术创作时,又始终不放弃个人的独特情感体验,不放弃自己对生活与艺术的个人理解。所以,他才会写出《丽莎的哀怨》这样主观上批判贵族,客观效果上却对白俄贵族有一定同情成分的作品,并因此受到左翼文学界的批判;所以,他才反对参加当时执行"左"倾盲动主义的地下党组织的"飞行集会",并为此被开除出党。他与华汉(阳翰笙)艺术上的区分,正对应于其个人性格与人生选择上的差异。

---

① 见曾珺、孔昕编著:《伟人的足迹:邓小平档案背后的故事》,青岛出版社2016年版,第17—32页。

　　身为左翼文学界代表人物，而创作出的作品并非"典范土地革命叙事"，具有诸多"非典范"特征的作家，还有茅盾与丁玲。赵树理、孙犁和梁斌这样受毛泽东《在延安文艺座谈会上的讲话》影响，由解放区培养起来的作家，其有关土地革命的作品，也属于"非典范土地革命叙事"。其中缘由，以下各章将分别具体剖析。

第六章　茅盾的乡村贫困叙事与
土地革命书写

茅盾《蚀》三部曲的第二部《动摇》大概是最早写到"打倒土豪劣绅"的农村土地革命运动的小说文本。茅盾同时也是 20 世纪二三十年代左翼文坛的代表人物、领军人物之一。然而,他的相关作品却并非"典范土地革命叙事"文本。他对当时乡村贫困的解析、对土地革命的书写,均有诸多不同于"典范土地革命叙事"之处。

一、茅盾的乡村贫困叙事

20 世纪二三十年代,是中国农业和农村发生危机、农民急剧贫困化的一段特殊时期。《剑桥中华民国史》指出:

> 在 1920 年以前,观察农村情况的人,几乎没有谁对农业即将发生灾难发出过警报。不论是查阅中国知识界的非官方的印象,还是查阅海关特派员——他们每年都热心地记录下他们供职的周围地区的情况——的官方报告,农业情况都在逐步向前发展,只是有时因歉收而减慢下来。就是在地方这一级上——偶有农村长期情况的仅有记录——也看不到农业生产或收入持续地有过较大下降……可是

1920 年以后，文字记录普遍显示，实际的困难困扰着农业……到 1931 年，农业形势已变得十分严峻。①

该书对当时农村危机、农民破产的描述是：

> 大批人群从一个省迁徙到另一个省；饥荒，农民逃入城镇乞讨，妇女沦落，父母被逼卖儿鬻女，大量农村人口失业，农村普遍欠债和被迫出售土地……这些事从前是很少的，现在则是司空见惯。②

虽然 1928 年"和平降临到这个国家的大部分地方。与此同时，气候也变好了，带来了丰收"，③但 1932 年以后，新的打击接踵而来，导致了中国农村经济大规模萧条。

中国现代小说对上述历史状况给予了迅速而具体的反映，20 世纪二三十年代中国乡村的贫困化及农民破产的现实，体现于不同流派作家的创作之中。茅盾的"农村三部曲"及吴组缃等人的"社会剖析小说"是其中最著名、最具代表性的作品。此外，早期乡土小说，王统照、沈从文的小说，以及蒋光慈、华汉、叶紫、柔石等人的左翼"革命小说"对此也有表现。同样的历史和现实，不同作家关注的焦点、描述的重点、理解的维度和深度、叙事的策略和目的各有不同。将茅盾的乡村叙事与此前及同时期作家的相关叙事文本进行互文性研究，既有益于了解 20 世纪二三十年代中国小说创作的面貌，也有助于把握茅盾乡村题材小说的独特性。

在茅盾发表《春蚕》之前，已有许多中国现代小说涉及乡村贫困与农民破产。首先是文学研究会的"血和泪"文学与乡土小说的部分作品。它们从人道主义角度，以处于生存绝境的贫民为主人公，对之表示出悲悯之情，对富户

---

① ［美］费正清、费维恺：《剑桥中华民国史（下卷）》，刘敬坤等译，中国社会科学出版社 1993 年版，第 292 页。

② ［美］费正清、费维恺：《剑桥中华民国史（下卷）》，刘敬坤等译，中国社会科学出版社 1993 年版，第 293 页。

③ ［美］费正清、费维恺：《剑桥中华民国史（下卷）》，刘敬坤等译，中国社会科学出版社 1993 年版，第 300 页。

的无动于衷、不肯垂怜予以批判。潘训的《乡心》、王思玷的《偏枯》、李渺世的《买死的》、潘垂统的《讨债》、孙俍工的《隔绝的世界》，以及黎锦明的《人间》等均属此类。这类作品也有贫富对比，但作品里农民贫困的主因并不是地主剥削，[①]更多是由于自然灾害、兵燹匪祸。高利贷罕有涉及，地主借官府势力镇压灾民闹事虽被写到，但地主与官府尚未被视为一体。柔石虽为左翼作家，但其《为奴隶的母亲》也只写贫困者的惨状，未写富户之恶，也未将农民贫困原因归之于地主。

1920 年代末期兴起、1930 年代初期进入高潮的无产阶级革命文学，由于意识形态的原因，在继续描述贫民在天灾人祸面前绝望处境的同时，凸显地主之"恶霸"特征或流氓无赖品质，成为其共同的叙事策略。发表于 1928 年的华汉（阳翰笙）的《暗夜》即属此类。《暗夜》是最直接、最单纯而简洁地体现革命意识形态之作，它的每个情节和细节似乎都为说明佃户与地主利益的尖锐对立、贫富矛盾的不可调和，说明农民暴动的合理性和不可避免性。小说开头就写贫苦佃农老罗伯一家因缴不出租米而被拘被逼、走投无路的情景。作品将穷人贫困的原因都归纳为地主的荒年不肯减租免租。当罗妈妈埋怨老天时，老罗伯斩钉截铁地回答：

> 你说什么呀？……天，天，天吗？俺俺，你哪里明白！哪里明白！
> 这分明是人啊！分明是我们的田主啊！……[②]

下文写罗妈妈心里疑问他们为什么那么穷、别人为什么那么富之类问题时，还是归结为"命运"，而老罗伯坚持认为"过去的一切艰难和现在的一切困苦，都是他那田主人厚赐他的。假如没有他，在过去他绝对不会那么的困穷，在现在他也绝对不会这样的冻饿。"蒋光慈《咆哮了的土地》虽未直接写财主之恶，但通过人物对话及叙事人语言写到李敬斋对缴不起租的佃户经常打骂，写到身为读书人的张举人对穷人赖账，还强买穷人的田地、逼佃户卖女儿给他

---

① 《讨债》写的是生计无着的穷人去向富户讨旧债。
② 华汉（阳翰笙）：《暗夜》，《阳翰笙选集》第 1 卷，四川人民出版社 1982 年版，第 336 页。

做丫头,里面的富人都被写成了坏人。在与茅盾"农村三部曲"创作与发表差不多同时、题材类似的叶紫《丰收》中,虽然水旱天灾也被渲染,但描写重点却放在地主何八爷为富不仁、借天灾加紧对贫民的盘剥上;另一个地主李三爹也是与何八爷一样丧尽天良、冷血无情的恶棍:他们与佃户订的"三七开"的租率已远高于全国常见的"五五开"水平,他们又发放高利贷,吃了食不果腹的云普叔家借钱办的宴席还不肯减租。他们不顾本是与他们互相依存的佃户的死活,而此时的官府又摊派下各种苛捐杂税,使得贫民们失去最后的生机,激起民变,他们自己也因此而处于危险之中。

1930 年代,在小说创作中关注乡村贫困问题的作家,还有自由主义作家沈从文,以及虽程度不同地靠近左翼但并非左翼的吴组缃和王统照。沈从文小说《丈夫》和《贵生》写的都是贫民生活,然而,即使在这两篇日常生活题材作品中,贫民们似乎也很少受水旱蝗灾、兵匪战乱影响,他们只是讨厌现代政府派下的那些莫名其妙的捐税。而且,作者并不渲染贫民的贫困程度,不写他们如何挣扎于生死线上、如何食不果腹。《丈夫》中的妻子到船上卖身,在早期乡土小说作家看来这是"血和泪",是人间惨剧;在左翼作家看来,这是地主阶级经济剥削和政治压迫的结果;而在沈从文笔下,丈夫送妻子出来卖淫贴补家用是自觉自愿。按当地文化价值观念,这只是普通谋生手段之一:

> 一个不亟亟于生养孩子的妇人,到了城市,能够每月把从城市里两个晚上所得的钱送给那留在乡下诚实耐劳种田为生的丈夫,在那方面就过了好日子,名分不失,利益存在,所以许多年青的丈夫,在娶妻以后,把妻送出来,自己留在家中安分过日子,竟是极其平常的事了。①

《贵生》里的主人公是个地道的雇农——替地主张五老爷看山为生。但若非那阴差阳错的爱情悲剧,他与雇主的关系一直非常和谐。他虽属贫民阶

---

① 沈从文:《丈夫》,《小说月报》第 21 卷第 4 号(1930 年 4 月)。

层,但衣食无忧,雇主对他虽算不上多么慷慨、暗地里将他看作与狗一个等级,但对他还算宽容:他可以割山上的草去卖,"也就可以有一个有鱼有肉的好冬天";主人还不时对他有小馈赠,所以他"过日子总还容易"。最后五爷娶走他的心上人,一是因他自己一再延宕明确向金凤家提亲,二是金凤父女对与张家的婚事也出于自愿。说到底,在沈从文的这两篇小说中,穷人最缺的不是食物、不是物质,而是做人的尊严。

如果说沈从文主要着眼于文化心理,那么吴组缃与茅盾一样更多看中社会经济因素。他早年曾入清华大学经济系,钻研过马克思《资本论》等社会科学著作。他的乡村题材小说虽也看重写人物心理,但主要是写经济因素导致的乡村败落和人性异变。例如,《樊家铺》写的是贫困导致的亲情扭曲和沦丧:本分农民小狗子因贫困而变为抢劫杀人犯,其妻线子嫂则因为母亲不肯掏钱救自己的丈夫而杀死生身母亲。另外,《天下太平》虽极写乡村败落、村民贫困之惨状,却将主因归于外国资本、天灾和兵匪,而非地主或老板的剥削。吴组缃作品给人的总体印象,是其客观理性剖析现实的科学态度。

重视对乡村贫困原因的解释,是茅盾乡村叙事与其他左翼作家乡村贫困叙事的类似之处。茅盾此时的乡村叙事在选取叙事焦点时与左翼"革命文学"不同,而与他文学研究会的同人、非左翼作家王统照的《山雨》有些类似:《山雨》所写奚大有一家原属小康的自耕农,陈庄主则原是村中首户;"农村三部曲"里老通宝家早年"在东村庄上被人人所妒羡,也正像'陈老爷家'在镇上是数一数二的大户人家",属于温饱无虞的"小康的自耕农"。"农村三部曲"与《山雨》差不多同时动笔和完成,①二者在某些方面有所见略同之处,有异曲

---

　　① 茅盾《春蚕》完成于1932年10月,11月初刊于《现代》第2卷第1期;《秋收》完成于1933年4月,同年4—5月初刊于《申报月刊》第2卷第4—5期;《残冬》完成于1933年6月,同年7月与叶圣陶《多收了三五斗》同时发表于《文学》创刊号。王统照《山雨》构思始于1931年8月,1932年9月动笔,同年12月完成,1933年9月由上海开明书店初版。《茅盾全集》第8卷(人民文学出版社1985年版)中《残冬》题注谓该篇"1933年2月初刊于《东方杂志》第30卷第4号",经笔者核查为误记。

同工之妙。它们暗示出来的主题与早期乡土小说、文学研究会"血和泪"文学以及左翼"革命小说"有所不同。这种不同主要表现在：

第一，认为农业破产、农民贫困化只是"近些年"的事。因而，它不是封建土地制度的直接结果。《山雨》在一开篇，村中首户陈庄主就称自己已无钱放贷，尽管当时利息很高。然后借村民宋大傻的议论，将贫困现实与往昔好日子对比：

> "……上去五年，不，得说十年吧，左近村庄谁不知道本村的陈家好体面的庄稼日子，自己又当着差事。现在说句不大中听的话，陈大爷，你就是剩得下一个官差！……"①

《山雨》所说的十年前，正是农业危机爆发的 1920 年以前。与《剑桥中华民国史》的说法一致。《春蚕》的追溯还要远一些：

> 他②记得自己还是二十多岁少壮的时候……那时，他家正在"发"……"陈老爷家"也不是现在那么不像样的……并且老陈老爷做丝生意"发"起来的时候，老通宝家养蚕也是年年都好，十年中间挣得了二十亩的稻田和十多亩的桑地，还有三开间两进的一座平屋。这时候，老通宝家在东村庄上被人人所妒羡，也正像"陈老爷家"在镇上是数一数二的大户人家。可是以后，两家都不行了；老通宝现在已经没有自己的田地，反欠了三百多块钱的债，"陈老爷家"也早已完结。③

作品交代老通宝是"六十岁"，他"二十多岁"的时候是三十多年前，即民国建立以前的晚清时代。《秋收》里又有一段：

> 他想到三十年前的"黄金时代"，家运日日兴隆的时候……④

---

① 王统照：《王统照文集》第 3 卷，山东人民出版社 1981 年版，第 4 页。
② 指老通宝。
③ 茅盾：《茅盾全集》第 8 卷，人民文学出版社 1985 年版，第 313—314 页。
④ 茅盾：《茅盾全集》第 8 卷，人民文学出版社 1985 年版，第 352 页。

这里的"三十年"该不是确指。但将老通宝一家"黄金时代"的时间定在清末,当无问题。

第二,认为农村破产、农民贫困的终极根源是外国资本入侵。

老通宝家当年是全凭勤俭辛劳致富:"他的父亲像一头老牛似的,什么都懂得,什么都做得";尽管人们传说他祖父从"长毛"那里偷得许多金元宝,但"他确实知道自己家并没得过长毛的横财";"老通宝虽然不很记得祖父是怎样'做人',但父亲的勤俭忠厚,他是亲眼看见的"。①

在原先、在清末的时候、在同样的土地制度下,穷人勤劳可以致富;那么,"近些年"怎样就"不行了"呢? 不论按老通宝的直感,还是按小说叙事人的暗示,那最重要的原因就是外国资本的入侵。小说多次写老通宝反感一切带"洋"字的东西,这不仅是盲目排外心理所致,而更多有现实功利因素在内:外国资本(日本丝)入侵导致中国蚕丝业受挤压濒于破产,这是老通宝一家养蚕丰收反而赔本的主要原因或终极原因。除此之外,作品也从侧面间接写到中国丝厂主和茧商为苟延残喘而操纵叶价和茧价,加倍剥削蚕农的行为。《秋收》将农民副业方面的"丰收成灾"移到了农业方面,由"养蚕赔本"换成了"谷贱伤农",而这次的直接罪魁祸首是"镇上的商人":他们"只看见自己的利益,就只看见铜钱"②,在农民即将收获时拼命压低米价。这样,尽管大自然仍然没有过分为难农民(没有自然灾害),农民们还借助了代表西方现代科技的肥田粉和"洋水车",秋稻也获得大丰收,粮农们还是难免贫困破产。懂些经济原理的读者会想到:粮商的"天职"就是靠粮食差价获利,让他们凭良心定价不太可能,那么按当时情况来说,对于农民丰收反而破产负主要责任的,是政府,是国家:政府没有利用官仓调控平抑物价,扶助农民,放任外国资本与本国工商业者对农民的盘剥,导致"田里生出来的东西就一天一天不值钱,而镇

---

① 茅盾:《茅盾全集》第 8 卷,人民文学出版社 1985 年版,第 314 页。
② 茅盾:《茅盾全集》第 8 卷,人民文学出版社 1985 年版,第 367 页。

上的东西却一天一天贵起来"。①

第三,地主不等于恶霸,地主与农民关系不一定是对立的。

《春蚕》和《秋收》都曾提到,老通宝家和家住镇上的地主"陈老爷家"是世交,老通宝的祖父和小陈老爷的祖父曾共患过难,到老通宝他们这一辈时,小陈老爷还喊老通宝为"通宝哥",老通宝没钱买豆饼还去求助于小陈老爷并得到应允。关于陈老爷家三代人及镇上老爷们的人品,作品叙述人语言有几句透出些信息:

> 他②又想起自己家从祖父下来代代"正派",老陈老爷在世的时候是很称赞他们的,他自己也是从二十多岁起就死心塌地学着镇上老爷(们)的"好样子",——虽然捏锄头柄,他"志气"是有的,……③

这里正面虽是说老通宝家家风好,家人的人品好,但间接投射出老陈老爷家人的人品同样不错——一般来说,同类人才能互相称赞、互相欣赏。我们似乎不能将陈老爷家对老通宝家人的称赞看作"阴谋"。而"镇上老爷(们)"的"好样子",可以理解为做人的尊严,也可理解为人品。倘若"老爷们"是坏人,按老通宝的性格,是断不会去学的。作品中还提到一个高利贷者——镇上的吴老爷。但放贷和借贷都出于自愿,老通宝去借贷还需托亲家张财发说情,而吴老爷也肯通融,只要二分半月息。可见此人虽非善人,但也并非恶棍。《残冬》里又提到一个不曾出场的张财主,此人虽有恶名"张剥皮",但他的恶行仅限于不许人偷他祖坟上的松树,将骂他的李老虎捉去坐牢。

第四,劳动不仅是苦役,劳动过程自有其乐趣。

在《春蚕》之前,似乎没有一篇小说突出写农民劳动过程中的快乐。叶圣陶的《苦菜》写的是农民异化劳动之苦,"血和泪"小说、乡土小说及其他左翼小说只写贫民劳动之苦。《春蚕》和《秋收》虽也写劳动过程中的担忧和焦虑,

---

① 茅盾:《茅盾全集》第 8 卷,人民文学出版社 1985 年版,第 316 页。
② 指老通宝。
③ 茅盾:《茅盾全集》第 8 卷,人民文学出版社 1985 年版,第 352 页。

但还有对劳动成果的期待,并非像一般贫困叙事那样只有眼泪和叹息。据笔者统计,《春蚕》中有关"笑"、"高兴"、"快乐"、"快活"、"欢喜"、"兴奋"之类的字眼共 26 处。因此,夏志清在其《中国现代小说史》中称《春蚕》:

> 整个故事给人的印象是:茅盾几乎不自觉地歌颂劳动分子的尊严。……整个过程就像一种宗教的仪式。茅盾很巧妙地表达出这般虔诚,并将这种精神注入那一家人的身上。……那种安于世代相传的工作的情形是如此的亲切感人,使到这篇原意在宣扬共产主义的小说,反变而为人性尊严的赞美诗了。①

笔者尽管对夏志清关于作品"原意"的推测并不尽赞同,但认为他确实看出了茅盾乡村叙事与同期其他左翼作家"革命小说"的不同之处。这方面的特征,后来在梁斌《红旗谱》中又有所体现。

二、茅盾对农村阶级关系的表现及对暴力革命的态度

与对乡村贫困原因的解释相应,茅盾小说将地主对农民的经济剥削和政治压迫被当作相对次要的因素置于幕后,不曾展开正面描写。地主的恶霸化是后来的《白毛女》《暴风骤雨》《高玉宝》《闪闪的红星》《红色娘子军》等"典范土地革命叙事"的基本特征之一。大家熟知的黄世仁、韩老六、周扒皮、胡汉三和南霸天都是恶霸地主的典型。即使是大家不太熟悉的《暗夜》《咆哮了的土地》《丰收》《东村事件》等作品,也都将王大兴、钱文泰、李敬斋、何八爷、李三爹、赵老爷等强取豪夺、道德败坏的恶霸作为地主阶级的代表人物。而在茅盾的乡村叙事中,地主并非都是恶霸。可以说,除了《子夜》中出场不多的曾沧海,他的小说和散文写到的地主都不是恶霸。作品中地主与农民的关系

---

① ［美］夏志清:《中国现代小说史》,刘绍铭译,台湾传记文学出版社 1979 年版,第 184 页。

也未必是尖锐对立、不可调和,非暴力不能解决问题。"农村三部曲"里,不仅小陈老爷与农民老通宝家有世交,即使是高利贷者吴老爷和地主"张剥皮",也并无公然欺男霸女、巧取豪夺之举。散文《老乡神》中的老乡神虽是作者讽刺的对象,但作者仅限于讽刺其喜欢无聊地恶作剧,想要弄别人最后却被别人要弄。如前所述,茅盾并未将农民贫困的原因仅仅归结为地主剥削压迫、品德恶劣。

茅盾的客观描绘显示出,地主也是农村破产的受害者。"典范土地革命叙事"为凸显暴力革命的不可避免性和必要性,常常将农民的饥寒交迫、难以生存与地主的花天酒地、挥霍无度对比来写。而在茅盾笔下,由于危机根源在乡村之外,乃至在国门之外,乡村衰落、濒于破产是整体性的。茅盾虽然没有致力于写地主的破产,但不回避对地主受到冲击挤压、生活状况下降的表现,某种程度上也写出了地主的苦衷与无奈。《春蚕》里,"陈老爷家"与老通宝家一样,"两家都不行了"。"老陈老爷也是很恨洋鬼子,常常说'铜钿都被洋鬼子骗去了'"。《微波》写地主李先生为避匪患和躲教育公债摊派,到上海做寓公。作者从地主角度写:

> 可是,"绑票"的恐怖还没闹清楚,另一件事来了:那一年的教育经费没有着落,县里发了教育公债,因为李先生是五六百亩田的大主儿,派到他身上的债票是一千。这可把李先生吓了一大跳。近来米价贱,他收了租来完粮,据说一亩田倒要赔贴半块钱,哪里还能跟六七年前相比呀!①

这李先生最恨的是奸商,因为他们"私进洋米,说不定还有东洋货"。小说最后,得知中国兴业银行倒闭,"李先生的全部财产,每月的开销,一下子倒得精光",李先生决定明天就回乡下去催租。这揭示了地主催租有时也出于不得已。

---

① 茅盾:《茅盾全集》第9卷,人民文学出版社1985年版,第29—30页。

当然,作为左翼作家、革命作家,茅盾不会将作品主题定为替地主剥削辩护:《微波》一开头,寓居上海的李先生尽管感叹"穷了",他们家开晚饭时还是"一碗红焖肉,一盘鱼,两个碟子:紫阳观的酱菜和油焖笋",与饥区灾民生活形成反差。

茅盾并不否认恶霸型地主的存在,但只将其视为诸种地主类型之一,并不将"恶霸"品行当作地主的本质,不将"地主"与"恶霸"两个概念画等号。在《子夜》中,他分别塑造了曾沧海、冯云卿和吴老太爷三个不同类型地主的形象:曾沧海靠放高利贷盘剥农民,侵吞其地产,还强占农民妻子阿金,与官府勾结,动不动就以抓人关人相威胁,属于恶霸。吴老太爷则是个保守迂腐的封建遗老:虽然他年轻时也满脑子维新和革命思想,老来却信奉"万恶淫为首,百善孝为先",自认是"积善"之人。冯云卿也像曾沧海一样靠放高利贷起家,但他并非凶相外露的恶霸,而是个"笑面虎",用的是诈取巧夺的"长线放远鹞"方式,而非强取豪夺的恶霸方式。不论积善者、伪善者还是恶霸,地主都受到乡村破产、农运迭起、盗匪横行的冲击,逃进了都市。

与地主形象相应,茅盾小说中的农民也很日常,没有一个带有理想色彩,体现出自觉革命意识的形象。革命漩涡之外的老通宝自不必说,即使是《泥泞》里被卷进漩涡的黄老爹父子,也是懵懵懂懂。他的两个儿子对革命的认识颇类似于阿Q。《当铺前》里的灾民只让人感到可怜。《水藻行》里的财喜虽然外形高大,也敢作敢为,但与堂侄媳偷情,毕竟对堂侄有愧。《残冬》里的多多头、《子夜》里的阿二和进宝,也只是自发抗争或个人复仇。茅盾小说里的穷人并非都"人穷志不穷":阿金被曾沧海强占,就不是像白毛女一样反抗,而是贪恋富贵,还与地主少奶奶互相争风吃醋。

尽管在作品发表不久就有教条主义的左翼批评家对上述特点予以指责,茅盾本人却对这些指责颇不以为然。在其晚年撰写的回忆录中,他一方面礼貌地对这些批评家的"忠告"表示感谢,另一方面又强调理性认识必须转化为感性认识、转化为自己的思想方法,强调作家实际生活经验的重要性,反对批评家在没有相同或相似生活经验的情况下，单凭书本知识判定作品的真实性。在茅盾写"农村三部曲"的 1930 年代和写回忆录的 1970 年代末的语境中，以他的身份，他当然不可能直接否定封建剥削与农民贫困化之间关系的重要性，但他是凭自己在经验和直观感受基础上的独立思考来写。他对叙述重点的选择本身，就说明了其思想观点和艺术表现的独特性。与之相应的，是茅盾对待暴力革命的矛盾态度。

茅盾小说对阶级关系及乡村社会矛盾的这种表现，与王统照《山雨》也遥相呼应。王统照《山雨》的主题也是农村破产。按这部长篇所写，造成当时乡村破败毁灭的也是兵匪战乱，以及官府派下的苛捐杂税。作品表现的主要矛盾，是官民矛盾和兵匪与百姓的矛盾，而非阶级矛盾。作为村中曾经的首户兼村长的陈大爷为保护乡亲而被兵匪打伤，最终丧命，是正面人物。作品里的反面人物是搜刮民财、作威作福的地方官吴练长。总之，在这部作品中，"地主"与"官府"、"兵匪"是分开的，甚至是对立的。

土地革命是一种暴力革命。毛泽东关于"革命不是请客吃饭"，"革命是暴动，是一个阶级推翻一个阶级的暴烈的行动"①的著名论述，针对的就是农民运动和土地革命。早年热衷于社会政治活动、成为专业作家后仍密切关注和跟踪政治动态、晚年仍属政界人物的茅盾，自然不可能无视这种革命的暴力特征。但是，茅盾虽然属于政治关怀与文人气质交融的人格类型，但他的气质里似乎文人成分多于政治成分，当革命进入最暴烈的阶段、各种血腥场面触目惊心时，茅盾被震撼了，从而对暴力的必要性有所"动摇"，对暴力的副作用及其后果格外关注。他的小说《动摇》表现了对暴力革命残酷性的震惊，并非旗帜鲜明、立场坚定地宣传暴力革命的必要性与合法性。小说第十一章表现方罗兰内心活动的那段自由直接引语实际也反映了茅盾本人在特定形势下的矛盾心态。

---

① 毛泽东：《湖南农民运动考察报告》，《毛泽东选集》第 1 卷，人民出版社 1991 年版，第 17 页。

由于《动摇》写的是小县城里的故事,茅盾真正的乡村叙事始于1929年4月发表于《小说月报》第20卷第4号的短篇小说《泥泞》。茅盾这类作品产生的年代大致与华汉、蒋光慈的"典范土地革命叙事"差不多,加之他借为《地泉》三部曲作序直接表达过对华、蒋等人创作方法的看法,所以,我们可以将茅盾的乡村叙事视为"典范土地革命叙事"的直接互文本。也就是说,茅盾是有意创作不同于后者的作品。如果说"典范土地革命叙事"体现的是毛泽东对农民运动、对暴力革命的基本观点,那么茅盾通过《动摇》和《泥泞》等作品表现出的,是与之有别的观点和立场。茅盾在世时,由于时代语境的缘故,他本人对此要么自我辩解或检讨,要么否认或避讳。

《泥泞》虽然正面描写了北伐大潮中的农民运动,但却是以反思乃至解构的笔调予以描述:贫苦农民黄老爹和他的两个儿子老三和老七懵懵懂懂被裹挟进了革命。一伙穿灰色军衣的兵让黄老爹为新成立的农民协会写"花名册",他的正打光棍、处于性饥渴状态的两个儿子觉得"有趣",遂抱着"共妻"的幻想,也不明所以参加了农会活动。不料,几天后这拨搞农运的兵突然撤离,村里新来一批与前一批兵打着一样旗帜,而只是"号数不同"的北方口音的军队,他们将正在生病的黄老爹抓起,问明他为农会干过哪些事后,就将其与儿子老三一起枪毙了。老七因碰巧在外,幸免于难。大兵在杀了黄家父子、征发了村民的猪和谷等财物之后,村里又"复归原状",因没有新的恐怖,村民们"都松一口气"。按这篇小说的叙事逻辑,"打倒土豪劣绅"的农民运动只是暂时吓跑了乡董和保正,并未给农民带来任何好处,农民们甚至不知道为什么要革命。黄家父子白白像阿Q似的糊里糊涂丢了性命。小说开头所写战斗过后"门外有一具赤条条的女尸,脸色像猪肝,一只小脚已经剁落",令人联想到前一年发表的《动摇》中的类似描写。茅盾的乡村革命叙事突出了与暴力伴随的恐怖。作品没有对农民土地需求的任何交代,只有"活无常"几句牢骚涉及土地:"说得好听,都是哄人的! 咱连一片泥也没见面,说什么田……"小说也没塑造一个品质恶劣、横征暴敛的土豪恶霸或官僚形象,作品里的农民麻木愚昧,没有任何觉悟,那些来发动他们的女兵们也并未真正对他们进行阶级启蒙。所以,和《动摇》一样,《泥泞》只是大革命漩涡中乡村生活的客观记录,不能起直接宣传鼓动革命的作用。

三、茅盾乡村叙事的独特美学追求

茅盾乡村叙事与"典范土地革命叙事"的差异,是其有意识的创作追求。

茅盾虽然关注政治、靠近政治,但他认为文学的主要功能不是直接宣传政治理念,而是客观全面地反映社会实际状况、科学地剖析社会肌理,并以真正艺术的方式予以表现。在《〈地泉〉读后感》中,茅盾提出作家"要用形象的言语、艺术的手腕来表现社会现象的各方面",换句话说,一是"社会现象全部的(非片面的)认识",二是"感情地去影响读者的艺术手腕"。茅盾所强调的这两点,与"典范土地革命叙事"将宣传鼓动性置于作品功能首位的创作宗旨有着重要差别。茅盾批评蒋光慈、华汉等人小说存在的"脸谱主义",即"许多革命者只有一张面孔","许多反革命者也只有一张面孔",认为这是因作者"缺乏感情地去影响读者的艺术手腕",笔者则以为,这固然与艺术表现技巧有关,其根本原因却在于创作宗旨:"典范土地革命叙事"为了直接宣传鼓动旨在推翻地主阶级的暴力革命,势必突出强化地主与农民之间的矛盾,将其作为乡村社会的主要矛盾,并突出地主个人品行方面的恶劣,将农民形象作为正面形象塑造,彰显其正义的一面。那些不利于表现这种主题的生活侧面,就统统被"净化"掉,或予以改写、修正。茅盾的乡村叙事则强调理性"分析",将中国社会作为"研究"的对象。这种"分析"和"研究"的态度,决定了他重视对社会及其各个阶级阶层、各种类型人物认识的"全面"性,即把不同人物都作为具体的个体生命看待,即使是"反革命者",也要"将他们对于一件事的因各人本身利害不同而发生的冲突加以描写"。这样,就不会出现"一个阶级只有一种典型"的现象。茅盾塑造了小陈老爷、吴老太爷、曾沧海、冯云卿、李先生、老乡神等不同类型的地主形象,避免了"许多反革命者也只有一张面孔"。他还反对"把革命者和反革命者中间的界限划分得非常机械"。① 而将革命与反革命阵营表现得阵线分明,正是"典范土地革命叙事"的共同特征。

除了强调客观分析,茅盾还反对完全脱离作家个人感性经验的抽象主题表达。他曾说,他的创作受左拉和列夫·托尔斯泰两个人的影响。他认为这二人的作品都是"现实人生的批评和反映",区别在于左拉是"冷观的",托尔斯泰是"热爱人生"的。他说"我爱左拉,我亦爱托尔斯泰","可是到我自己来试作小说的时候,我却更近于托尔斯泰。"②那指的是《蚀》三部曲的创作,指的是这三部作品倾注了作者更多的切身体验和情感因素。茅盾毕生大部分小说的主调是客观冷静的剖析,这分明是左拉式的。与左拉不同的是,茅盾更重视用"社会科学"而非生理学或病理学分析现实(尽管其早期小说有"自然主义"成分)。不论是左拉,还是托尔斯泰,他们的创作宗旨在于对社会的"批评和反映",而非宣传与鼓动,这是肯定无疑的。在接受马列主义后,茅盾的世界观有了变化,其创作思想却保持一贯性。这正是茅盾的可贵之处。因此,他虽为左翼作家,但包括《蚀》《春蚕》和《子夜》在内的优秀作品却具备了超越政治立场的价值。写实性的"农村三部曲"在发表之初被左翼批评界某些人指为未能"在杂多的现实中,去寻出革命的契机","纯客观主义的态度,是不断的妨害了作者",③而在今天看来,正因讲究反映现实的全面性、客观性,他的乡村叙事才既具有 1920 年代"乡土小说"及 1930 年代非左翼作家及其他左翼作家作品所不具备的社会科学视野,又不似"典范土地革命叙事"那样内涵单一片面。所以,除了独特的艺术价值,这些作品还具备一定的文献价值。

由于并不以直接鼓动暴力革命为创作宗旨,而将客观剖析中国乡村社会

---

① 茅盾:《〈地泉〉读后感》,《阳翰笙研究资料》,中国戏剧出版社 1992 年版,第 331—333 页。

② 茅盾:《从牯岭到东京》,《茅盾全集》第 19 卷,人民文学出版社 1991 年版,第 176 页。

③ 凤吾:《关于"丰灾"的作品》,《申报·自由谈》1933 年 7 月 29 日。

结构、反映实际社会状况当作自己艺术追求的目标,茅盾也写到了阶级矛盾、政治冲突之外的乡村世界。他另一篇近年引起研究者注意的乡村叙事作品《水藻行》(1937年5月以日文发表于东京《改造》第19卷第5期,中文原文1937年6月初刊于上海《月报》第1卷第6期),虽然写到官府和地主对农民的压迫剥削——筑路的徭役,陈老爷家的利息,催粮、收捐和讨债,以及陈老爷儿子的免征,但叙事者关注的焦点、表现的重点却非地主和农民的矛盾,而是农民内部的伦理冲突。他集中写于1933—1934年间的其他小说和散文,分别记述了当时中国乡村生活的另外一些侧面,比如自然灾害带来的灾荒,灾民抢米、挖城居地主祖坟以求财,抽水机的引入及实际运用时的困难(《当铺前》《大旱》《戽水》《阿四的故事》);洋蚕种与外国肥田粉占领中国农村市场(《陌生人》);城乡差异,小火轮对农田的危害,"可怜相"的"土强盗"的产生(《也算是〈现代史〉罢》《乡村杂景》)等。

许多人单知道茅盾在写作小说特别是长篇小说之前总是先有一个比较明确的主题,并因此指其为"主题先行"的始作俑者,但却忽略了重要一点,就是茅盾也重视生活经验和作家个人的独立思考,他作品的主题是在自己生活经验基础上通过独立思考得来的。他在总结自己《三人行》创作失败的教训时说:"徒有革命的立场而缺乏斗争的生活,不能有成功的作品"。① 因此他很看重相关生活经验的积累利用。仍以其乡村叙事为例:茅盾生于城镇,成长和工作于京沪等大都市,没有较长时间乡村生活的经历,不属于"乡土作家"。他知道自己在书写乡村方面有短处,就尽量调动自己已有的感性经验:从小与农民有接近,一些农村亲戚常来沈家,诉说自己的所思所感与所痛;他幼时祖母接连三年养过蚕,他对于养蚕"有较丰富的感性知识"。② 这使其对乡村的描写并不乏细腻生动之处。所以,就连对其有明显政治偏见的夏志清,也赞赏

---

① 茅盾:《〈茅盾选集〉自序》,《茅盾全集》第24卷,人民文学出版社1996年版,第207页。

② 茅盾:《回忆录·〈春蚕〉、〈林家铺子〉及农村题材的作品》,《茅盾全集》第34卷,人民文学出版社1997年版,第524页。

《春蚕》是"唯一接近摆脱无产阶级文学传统束缚的短篇小说",说它"不但是茅盾的杰作,同时也是无产阶级小说中出类拔萃的一个代表作"。①

由于其独特的关注焦点、表述方式及思想内涵,"农村三部曲"发表后虽然引来一片赞扬声,也有些左翼批评家对其予以指责。指责的理由,主要是认为作品没突出官府捐税、高利贷者和土豪劣绅的剥削,没表现阶级革命的主题。例如罗浮认为作品对阶级意识表现得非常淡薄、非常微弱、非常模糊;在讲农村崩溃的原因时,没有突出描写苛捐杂税、商人、高利贷等的剥削,只用几句叙事人语言一笔带过,"没有一些事实来证明"。② 丁宁也认为不把苛捐杂税、高利贷者、土豪劣绅等对农民的敲诈剥削正面写出来,没有"地主怎样的吞并土地",便是画老虎没有画虎身。③ 凤吾则批评茅盾"还没有很好的从杂多的现实中,寻出革命的契机,而把它描写为革命的主题";"作者非辩证的超阶级的、纯客观主义的态度,是不断地妨害了作者,对于事件的更深入的理解"。④ 茅盾晚年写回忆录时正值20世纪七、八十年代之交,因当时极左意识形态余威尚在,提及此事,他不得不为自己当年没直接写贪官污吏、土豪劣绅曲意辩解,但他又强调:没有生活经验、生活实感,而仅凭书本知识,无法对作品的真实性作出正确判断。《春蚕》《秋收》写的是"落后"地区的"落后的农民",若非去写革命意识、阶级意识,反而是不真实的。了解茅盾的人都知道,写作"农村三部曲"前后,正是他不满于左翼文坛公式化、概念化风尚之时。他为华汉《地泉》所写序言、在文论《我们这文坛》里,都表达了类似观点。在后者中他宣称:"我们唾弃一切只有'意识'的空壳而没有生活实感的诗歌,戏曲,小说!"⑤

上述争论,实际涉及的是茅盾小说创作与以蒋光慈、华汉为代表的左翼

---

① [美]夏志清:《中国现代小说史》,刘绍铭译,台湾传记文学出版社1979年版,第183页。
② 罗浮:《评茅盾〈春蚕〉》,《文艺月报》1933年第2期。
③ 茅盾:《茅盾全集》第34卷,人民文学出版社1997年版,第535页。
④ 茅盾:《茅盾全集》第34卷,人民文学出版社1997年版,第537页。
⑤ 茅盾:《我们这文坛》,《东方杂志》1933年第1期。

"革命小说"创作的不同美学追求。如果说蒋光慈、华汉追求小说的直接宣传鼓动效果,以传布暴力革命思想为宗旨,那么,深受西方特别是法国现实主义、自然主义美学影响,同时又热衷于"社会科学"的茅盾,更将小说创作看作一项探求真理、追寻社会现实背后潜在规律,最后以"精进和圆熟"的"艺术手腕"予以表达的过程,看作一种"求真"活动。对茅盾来说,揭示社会现象后面的本质和规律是第一位的,而对于本质和规律的探求,又须以作家个人的感性经验为基础,不宜向壁虚构,不宜从抽象理论教条或口号出发。他构思《春蚕》,正是以回乡奔祖母丧期间的亲身见闻为基础、为创作动念的触发点。上述批评《春蚕》的论者所犯错误,正是从理论教条出发,没考虑茅盾本人的生活实感基础,也未理解茅盾独特的创作追求。假如茅盾按他们所"指导"的那样去创作,写出来的会是和蒋光慈、华汉等人作品大同小异的东西。

夏志清也未真正认识到茅盾不同于其他左翼小说家的创作追求,所以他一方面说《春蚕》是"唯一接近摆脱无产阶级文学传统束缚的短篇小说",其主题具有模糊性,一方面又指责它"是共产党对当时中国形势的注释:它披露在帝国主义的侵凌及旧式社会的剥削下农村经济崩溃的面貌",是一篇"原意在宣扬共产主义的小说"。① 说茅盾摆脱了"无产阶级文学传统束缚",即没有陷入"革命小说"窠臼,认识到该作主题的模糊性,这本是夏氏的灼见;但夏志清囿于自己的意识形态成见,认为茅盾在其乡村贫困叙事中表现出的观点是为既定理论观点作注释,是为进行意识形态宣传,而忽略了茅盾本人创作的感性基础和独立思考,这是令人遗憾的。事实上,马克思主义者对 1930 年代中国农业危机原因的分析和认识,正是当时社会实况的反映。

茅盾不同于其他左翼作家的创作方法,还表现在其他小说的叙事聚焦选

---

① [美]夏志清:《中国现代小说史》,刘绍铭译,台湾传记文学出版社 1979 年版,第 183—184 页。

择上,比如《子夜》选择民族资本家吴荪甫为主人公而非工人群众或工运领袖,《林家铺子》选择店铺老板而非下层贫民。茅盾不太为人所知的短篇小说《微波》则以农业危机期间逃到上海做寓公的地主李先生为主人公,从他的角度来看现实变故,得到的也是不同于左翼"革命小说"的图景。

第七章　丁玲土地革命叙事的
"非典范"性

丁玲是茅盾之外又一影响巨大的左翼革命作家。丁玲的《太阳照在桑干河上》虽一直被与《暴风骤雨》并称,同样地被某些研究者称作"传统的"或"正统的"土地革命叙事,但笔者发现,它其实与"典范土地革命叙事"有诸多耐人寻味的不同之处。而考察丁玲1931年以来的土地革命书写可以发现,早期的《田家冲》《母亲》、中期的《东村事件》与后期的《太阳照在桑干河上》在叙事伦理及艺术处理上也有明显差异,丁玲的土地革命书写经历了一个马鞍形的演变轨迹。对这一轨迹进行描述与解读,对于认识丁玲创作的独特性及思想发展和艺术探索过程,是很有意义的。

一、《太阳照在桑干河上》之前丁玲的乡村叙事

1931年7月,最初发表于《小说月报》第22卷第7号的《田家冲》,一反同时期土地革命题材左翼小说常见的灾荒之年恶霸地主催租逼债,贫苦农民濒临绝境乃至家破人亡,最后不得不铤而走险乃至武装暴动的情景设置与情节模式,从开篇至结尾都是一派和谐、宁静、快乐的气氛,至多偶尔现出一丝隐忧。故事很简单:家住城里的地主女儿三小姐因参加革命活动、不服父母管

教,被父亲派管家高升送到乡下佃户赵得胜家里暂住。但三小姐并未停止活动,开始她自己偷偷外出联络同道,后来对赵得胜一家进行阶级启蒙,把赵家的大女儿和大儿子也拉了进去。最后,小说虽然暗示三小姐在一次外出活动时被害或被抓了,但佃农赵得胜一家很快"又重返到平静,生活入了轨道","不悲悼,也不愤慨",而且"比从前更热闹,更有生气了"。《田家冲》之前和之后的"典范土地革命叙事"都突出表现地主与佃户之间的根本利益冲突和尖锐的阶级对立,乃至暴力冲突。地主及其家属("地主婆"和地主子女)大都被当作反面人物,而在《田家冲》里,不仅背叛本阶级的地主小姐被写成外表美丽、性格可爱、内心善良、富于同情心而且勇敢无畏的正面理想人物,作品也并未具体写她的地主父亲有何恶霸流氓行为,她的"地主婆"母亲则是个"太懦弱"的可怜角色。三小姐说她的一家"真是些虎狼",主要理据是去年夏天地主管家高升派人"硬将谷子抢走了",害得佃户赵家吃了两个月的蚕豆和包谷(玉米);而高升们弄走稻谷纯是为囤积转卖赚钱。然而,按常理来看,这些理由并不足以显示地主多凶恶:首先,佃户家承认地主老太爷对他们好过,赵家老奶奶常感念"老太爷当日几多好"。三小姐先后两次来赵家居住都留下美好的回忆,固然与赵家一家厚道以及三小姐本人随和的性格有关,也说明主佃两家一直相处不错,否则三小姐的地主父亲也不会放心将女儿送过来。去年地主管家收走稻谷,远未使佃户一家陷入绝境——蚕豆和玉米,即使到了1970年代,起码在北方农村,仍然是好粮食,而且赵家吃蚕豆玉米而无稻米吃,也仅是两个月而已。所以,尽管起初赵得胜很生气、赵妻哭泣,老奶奶也"有点叽叽咕咕",但"后来也好了,都做事去了,便忘记了这事"。而且他们恨的是管家高升,而非地主本人。所以,当赵得胜要求儿女们要安分、不让他们听三小姐的"煽惑"时,"儿子们都觉得对,他们有个完好的家,他们将就过得去",连小说的叙述者也说"他们还不到那种起来的程度,那种时候还没有来"。

这篇小说与此前华汉的小说《暗夜》及延安鲁艺的歌剧《白毛女》、周立波的小说《暴风骤雨》等"典范土地革命叙事"的不同,除了人物情境与故事情节的设置,再就是没有将地主对农民的"客观性暴力"艺术地转化为"主观性暴力",①即,没有将地主写成一个个人品格恶劣的恶霸流氓。它比较客观地揭示出,地主对农民的剥削和压迫常常是隐性的、不一定是一目了然的,更多是农民们习以为常的制度性的。它在某些方面,倒是和蒋光慈的《咆哮了的土地》及梁斌的《红旗谱》有些类似,特别是在阶级革命观念输入之前农村和农民平静生活的描述上。

《母亲》于 1932 年 6 月 15 日开始在《大陆新闻》连载。这是一部未完成长篇小说。按原计划,"是从宣统末年写起,经过辛亥革命,一九二七年之大革命,以至最近(1932 年——引者注)普遍于农村的土地骚动",将母亲作为贯穿人物,表现这段时间的时代风云变幻。构思是聚焦于湖南一个小城市及几个小村镇,"以几家豪绅地主做中心,也带便的写到各种其他的人"。其创作缘起,是作者回乡期间"听了许多家里和亲属间的动人的故事,完全是一些农村经济的崩溃,地主,官绅阶级走向日暮途穷的一些骇人的奇闻。这里面也间杂得有贫农抗租的斗争,也还有其他的斗争消息。"②若以此来看,这部作品应与当时其他乡村阶级斗争题材的左翼小说类似。然而,该作实际只写到辛亥革命爆发,仅就已完成部分而言,它实际写的是一位地主家少奶奶在丧夫之后的境遇及其对未来生活和人生道路的追求。由于丁玲是以自己母亲为原型,小说有明显的客观写实色彩,因而它与从观念出发的"典范土地革命叙事"仍有明显差异。首先,作者没有将地主阶级写成铁板一块、沆瀣一气,也没重点写地主与农民之间的尖锐对立。女主人公虽是城里官宦人家小姐、乡下地主家的少奶奶,她与家里佣人相处却很和谐:她完全信任女佣幺妈,她将自己的

---

① [斯洛文尼亚]斯拉沃热·齐泽克:《暴力:六个侧面的反思》,唐健、张嘉荣译,中国法制出版社 2012 年版,第 1—14 页。

② 丁玲:《致〈大陆新闻〉编者》,《丁玲全集》第 12 卷,河北人民出版社 2001 年版,第 7—8 页。

家完全托付给幺妈管理,有些事情女主人三奶奶曼贞也要听幺妈的。主人家给她配亲,给她嫁妆和田地,她添子添孙主人家都给送东西。幺妈也将自己当成半个主人,处处为曼贞着想。幺妈曾骂江家别的门里新一辈老爷们"什么仁义道德,什么良心","可难讲得很",主要是针对他们欺负曼贞这一门、欺负孤儿寡母。她仍然认为自己的主子是好人,也认为江家老一辈子有仁义道德、有良心。曼贞对娘家来的男佣(长工)老于及其随行轿夫,婆家的长工长庚都很和气、很尊重。轿夫们住在她家里,"主人不爱惜米酒,就天天喝醉了睡。"至于曼贞的母亲,男佣老于说"老太太一生做好事,为人贤惠"。

与《田家冲》不同的是,《母亲》写到了地主对佃户的暴力行为。江家大姑奶奶的婆家罗家是个"一家人都不懂规矩,势利"的地主。他们家大少爷吃了一点酒,把缴租来的人打坏了。而大姑奶奶认为打人没什么大不了的,让被打的佃户家将人抬回去。被打的是张伯祥的老父亲。原先主佃关系还不错,但这一年张家因为死了一个儿子,忙不过来,儿女又多,只好欠租。最后,被打的人因年纪大了,不治身亡。这似乎有些像"典范土地革命叙事"里的写法了,但叙述者又交代,"罗家还不是那种十分横蛮不讲理的人家",张家租种罗家的地已六十年。过去欠租,地主家尚能给老人面子,这次属于大少爷吃酒之后失控的一次意外。大姑奶奶也认为"为一两担谷,来打伤老人"会使自己家"名声不好"。

除了罗家,《母亲》还提到幺妈家老二在一个地主家做工"为了一点小事,腿被打得睡在床上一个多月";而"大姑奶奶家老罗妈的女儿,就是为了被逼不过才上吊的"。然而,作品对恶霸型地主的恶行只是间接提及,并未展开具体描述;而且,由于对作为主人公的曼贞一家的描写占据中心地位,绝不至给读者造成地主皆恶霸流氓或地主都靠巧取豪夺起家的印象,更得不出农民组织起来暴力反抗地主乃势所必然的结论。

《东村事件》是应原中共主要领导人博古之约而写的,最初刊载于《解放》周刊第1卷第5—9期(1937年5月31日至7月5日)。谈及这个短篇时,丁玲自承"太凭想象了","其中描写的生活是很差的"。① 因此,丁玲此后在自己的各种选集中很少收入此篇。很明显,这是一篇"命题作文"。与《田家冲》和《母亲》不同,《东村事件》正面写大革命后农民反抗地主的武装暴动。作为"命题作文",故事的主题和题材应该是给定的,而作者当时尚无直接的相关经验(后来才"有了些农村革命的生活经历"②),因而,其艺术想象的资源应该是当时作者已经读到过的相关题材作品,即华汉的《暗夜》及叶紫的《丰收》,以及张天翼的《脊背与奶子》等。作者一反以往对乡村宁静气氛的描写,从开篇到结尾都充满紧张、焦虑和愤怒、仇恨的情绪。《田家冲》和《母亲》里不只主仆和谐,农民之间或农民家内部也是和谐安详的;而《东村事件》里因家境窘迫,陈大妈对丈夫、对儿女开口便是骂骂咧咧,更遑论他们一家对地主赵家的刻骨仇恨。作品以 1930 年代初期左翼文学中常见的"丰灾"为背景,但并未写农民如何期盼丰收、丰收后又如何由失望而绝望。只有叙述人语言里那句"尤其是近来,在一个收成好的丰年中仍然没有足够的粮食"以及作品人物陈得贤那句"年成好,也没有吃的",交代出当时并非荒年。青年农民们之所以暴动,直接导火索是地主们办团防,要抽丁抽款。办团防的目的,是为对付日益活跃的农民协会、农民自卫军。可以推断,农协和农民自卫军背后有中国共产党的动员领导。组织上派来的领导人是王金。然而,丁玲并没有像《暗夜》或《丰收》那样平铺直叙暴动前的乡村状况、暴动的酝酿组织和暴动的过程,而是从一位青年农民陈得禄的特殊遭遇入手:去年秋天,佃户陈得禄的父亲"为了几年的积欠"被地主赵老爷送进洛城大牢。陈父在牢里气出了病,陈家无计可施,陷入困境。赵老爷看中了陈得禄十五岁的童养媳七七,就派李八爷(估计也是位豪绅)去当说客,让七七到赵家当丫头,作为抵押。万般无

---

① 丁玲:《〈我在霞村的时候〉校后记》,《丁玲全集》第 9 卷,河北人民出版社 2001 年版,第 54 页。
② 丁玲:《〈我在霞村的时候〉校后记》,《丁玲全集》第 9 卷,河北人民出版社 2001 年版,第 54 页。

奈之下,陈家答应了这个条件。后来果然像陈家人担忧的那样,赵老爷奸污霸占了七七。陈得禄于是对赵老爷恨之入骨,伺机报复。这样,他就自然而然参加了王金组织的暴动队伍。

由于地主赵老爷被写成纯粹反面人物、一个不折不扣的恶霸流氓,在《东村事件》里,对农民进行阶级启蒙已无多大必要。作品集中写赵老爷催租逼债抓捕佃农、设圈套霸占佃户女儿,与佃农陈得禄结下拘父夺(未婚)妻之仇,这开创了"典范土地革命叙事"的一种新的情节模式——此前的《暗夜》《丰收》尚未采用该模式,而此后的《白毛女》和《王贵与李香香》都沿用了这一模式。这一模式的实质是将地主对农民的"客观性暴力"直接转化为"主观性暴力",较易引发读者对作为反面人物的地主的恶感,而且也并不违反生活事理逻辑、不乏可信性,因为不仅当时中国农村有可能发生这样的事(如果遇到道德败坏的地主),外国名著如《德伯家的苔丝》及《复活》中也曾写到地主占有女下人的事件。除了这一情节,叙述人还直接交代赵老爷恶行:

> 他有做官的朋友,他也开得有铺子,而且是当铺,他的田的确有四百多担种,这要占地三千多亩。他有爪牙,东村的村长,乡长,保正,大半是他的人;他办过团防,打那些佃户,打他家里的工人;他的小老婆是强买来的,他的妻子为他气得病在床上,他从不看她。女佣人都是他的下腰,那些从佃户中挑来的饿饭的却是标致的女人。①

因而,当要斗争他时,王金将其命名为"赵阎王"、"恶霸地主"就显得自然而然了。最后关于愤怒群众对地主暴力行为的描写(赵老爷被打得成了一个"不成形的东西","睁着眼,暴出了眼,流血的尸身"),也开了此后同类题材小说相关描写的先河。

虽然《东村事件》基本符合"典范土地革命叙事"的特征,却也有些越轨的笔致。首先,它并未将贫苦农民形象圣洁化、完美化。比如,陈得禄身上有隐

---

① 丁玲:《东村事件》,《丁玲全集》第4卷,河北人民出版社2001年版,第147页。

隐的男权思想:未婚妻被地主霸占,开始他不敢直接反抗,就在幽会时殴打七七。在写斗争赵老爷时,作品写农民群众形象是"一切蠢得像猪样的脸,驯得像牛样的眼睛,都变得狰狞",这种描写在其他"典范土地革命叙事"中不会出现。其次,作品所写地主正妻,写她与丈夫的关系,也与后来与丈夫狼狈为奸的"地主婆"形象有所不同。第三,作品还较为细腻地写出了斗争地主时农民又恨又怕的心理,又写到另一部分佃农认为自己是靠地主生活,认为地主"养活他们的家","要没有他,他们将种什么田呢",因而拿着器械与赵家亲戚家族的人一起来武装护卫地主。这样的描写,多少显示了一些现实生活的复杂性。

二、《太阳照在桑干河上》与《暴风骤雨》的重要差异

　　丁玲的《太阳照在桑干河上》与周立波的《暴风骤雨》是反映中国共产党领导的土改运动最著名的两部作品,二者差不多同时写作、发表或出版,[①]同时获得斯大林文学奖。但是,两者写作、发表或出版的过程以及发表或出版后的命运却不尽相同:前者动笔早于后者半年——当周立波动笔写作《暴风骤雨》上卷时,《太阳照在桑干河上》中的一章已被期刊选登;而《太阳照在桑干河上》全书的出版却晚于《暴风骤雨》上卷四个月。不知这两位湖南老乡是否暗中在进行有意识的竞赛,当时与两人都有较密切交往的文艺界领导周扬对两人创作状况均有了解,却是不争的事实。《暴风骤雨》写作速度很快(上卷两个月完稿,下卷五个月杀青),《太阳照在桑干河上》则断断续续写了 19 个月。不排除周扬有出于个人某种考虑而拖延甚至阻止《太阳照在桑干河上》

---

　　① 《暴风骤雨》上卷 1947 年 5 月动笔,7 月完成初稿,10 月完成修改增补,12 月至翌年 1 月在《东北日报》连载其部分章节。1948 年 4 月由东北书店初版。《暴风骤雨》下卷 1948 年 7 月动笔,12 月完成,1949 年 5 月由东北书店初版。《太阳照在桑干河上》1946 年 11 月动笔,1947 年 5 月《时代青年》选载其《果园》一章。9 月将基本完成的初稿交周扬征求意见,1948 年 6 月完成定稿,8 月由东北光华书店初版。

出版的可能(在推荐参加斯大林文学奖参评作品时,周扬最初并没有选送该作),但笔者认为这又不单纯是宗派主义或个人恩怨所致,还与丁玲的创作方法、艺术表达本身有关。它涉及丁玲的土改叙事与当时在解放区占据主流地位的"无产阶级革命意识形态"的关系,也涉及1949年后中国大陆文学创作规范的建立。

当下有相当一部分研究者否定《太阳照在桑干河上》及《暴风骤雨》土改叙事的真实性,认为它们从为宣传主流意识形态合法性服务的创作宗旨出发,遮蔽和歪曲了某些历史真实;也有相当一部分论著认识到两部作品之间的差异,认为前者在思想深度及艺术真实性上有诸多超越后者之处,比如写出了农村阶级关系的复杂性、对历史巨变中个人的命运予以关注等等。笔者认为,两部作品确实存在一些本质差异,这种本质差异,说到底是与意识形态有关的差异。

周立波的《暴风骤雨》是当时的主流意识形态即"无产阶级革命意识形态"的直接体现,而且除了这一意识形态,文本中基本不含其他杂质。不论肯定还是否定,《暴风骤雨》研究者大都对此没有异议。研究者都认为周立波的这部长篇小说是形象化地宣传中共关于土改的一系列方针政策、指导思想、价值体系的范本。作者本人也直言不讳,承认自己写作时把宣传党的政策放在首位,把用小说"教育和鼓舞广大的革命群众"①当作自己的职责。他要"再现"的现实,是"作者站在无产阶级立场上站在党性和阶级性的观点上所看到的一切真实之上的现实"。② 说《暴风骤雨》所写的土改"更近于中共理想中的'真实'"③是没有问题的。

丁玲也一直自认"革命"作家,从理论上说,她对于"无产阶级革命意识形

---

①　周立波:《〈暴风骤雨〉的写作经过》,《中国青年报》1952年4月18日。

②　周立波:《现在想到的几点——〈暴风骤雨〉下卷的创作情形》,《生活报》1949年6月21日。

③　李建欣:《文艺的真实与生活的真实——试谈小说〈暴风骤雨〉和同名纪录片》,《南方论刊》2008年第11期。

态"也是心悦诚服接受的。但与其他一些革命作家不同的是,她于"革命"二字之外同样十分看重"作家"二字,即使奔赴延安之后仍然如此,这正如之前在国统区时于"女作家"三字之中她看重的是"作家"二字而非"女"字。作为作家,丁玲始终把作品的文学性放在一个不可或缺的位置,所谓"一本书主义"意味着她重视艺术质量,意味着她希望自己的作品能够传世。从作品的文学性本身出发,使得丁玲的创作具有了某些超乎主流意识形态规范的内涵,而这些内涵又体现出"五四"启蒙思想对她终生的影响。

"意识形态"是个含义复杂的概念。我们现行各种词典或教材大多是按列宁的理解,在中性意义上使用这一概念的。按列宁的解释,"无产阶级意识形态"并非无产阶级即工人阶级所固有,需要由具有社会主义思想的知识分子从外部灌输给他们。中国共产党自成立以来,一直将自己的指导思想称为"无产阶级意识形态"。在革命年代,它实际就等同于"无产阶级革命意识形态",实质上是一种以暴力夺取全国政权为近期目标的政党意识形态;而在后革命年代,它实际所指则是中国大陆的国家意识形态。这里所谓"革命年代",既包括1949年以前中国共产党为取得政权而进行革命战争的年代,也包括中共取得政权以后进行"无产阶级专政下继续革命"的年代。按照"无产阶级革命意识形态",整个社会划分为不同的阶级;在社会主义时代以前,有剥削阶级和被剥削阶级之分,其中剥削阶级凭借自己对生产资料(土地、厂房、机器设备、工具、原料等)的占有而占有被剥削阶级的劳动,这是不公平、不合理的,因而必须加以改变;由于剥削阶级不会自动轻易或心甘情愿地放弃自己的已有利益,被剥削阶级必须以暴力革命的方式"剥夺剥夺者",没收剥削阶级的财产合理合法;在剥削阶级进行暴力反抗时,革命阶级对之进行暴力镇压也合理合法。这是一种不同于日常伦理的"革命伦理",它与"战争伦理"类似,所遵循的逻辑是"你不杀他他就会杀你"、"对敌人的仁慈就是对人民的残忍"、"不是东风压倒西风就是西风压倒东风";当搏战双方杀红眼时,误杀误伤有时也难以避免。

从"无产阶级革命意识形态"来看,20世纪四五十年代中国大陆的暴力土改是非常必要、完全正当的社会革命事件,当年正面反映这一历史事件的文学作品《暴风骤雨》和《太阳照在桑干河上》中的暴力叙事无可厚非。但是,进入历史新时期以后,在"后革命"语境中,站在"无产阶级革命意识形态"以外的立场,重新审视这段历史以及正面歌颂这段历史的文艺作品,一些作家和学者发出了不同声音。他们对相关历史文本和文学文本进行质疑,或予以颠覆式描写。于是,《暴风骤雨》和《太阳照在桑干河上》这类传统土改叙事文本的历史真实性和道德正义性成为争议焦点。对小说《暴风骤雨》历史真实性质疑的方式,是揭示因意识形态缘故被其回避或遮蔽的另一历史侧面,借助对故事原型的调研访谈,"还原"被小说移植和夸张的部分。这方面的代表就是蒋樾、段锦川的同名纪录片。对《暴风骤雨》和《太阳照在桑干河上》中"斗地主"场面中群众暴力行为道德正义性进行质疑的代表性文本,则是唐小兵及刘再复、林岗的相关论文,以及其后中国大陆学者陆续发表的一些论著。这些质疑批判性论著所持的价值立场,肯定不是"无产阶级革命意识形态",甚至也不能包括在广义的"无产阶级意识形态"范畴之内,它应该是人性和人道主义。

质疑者的意识形态立场已明显有别于"无产阶级革命意识形态",在中国特色社会主义的意识形态下,持相关立场的文艺创作或文艺批评得以公开发表,《丰乳肥臀》和《第九个寡妇》还被广泛传播。

现在回过头来再看丁玲及其《太阳照在桑干河上》,过去当事人为之纠结多年、评论者也争论不休的一些问题,已经不再那么难解。我们可以旗帜鲜明地指出:《太阳照在桑干河上》确实有一些与《暴风骤雨》不同、与"无产阶级革命意识形态"有别的内涵。我们肯定其文学价值特别是思想价值时,不必非要站在"无产阶级革命意识形态"角度为之辩护。这些"异端"内涵从文学本身角度来看,恰是它的优点。

由于丁玲创作思想中的两种不同意识形态成分有时会发生冲突,其理性接受的理论观点有时与其个人具体感受并不统一,而当出现这种不统一或冲突时她并不像周立波那样毫不犹豫地遵循政策至上、宣传效果至上原则,因而在特定环境中其创作和发表过程也就不似周立波那样顺畅。

《太阳照在桑干河上》在"革命年代"和"后革命年代"受到质疑或批评的焦点不同。在"后革命年代",有人质疑其群众暴力描写;而在"革命年代",质疑批评大多集中于这部长篇中的"地富思想",也就是它对被划为地主或富农的人物有所同情。该作这方面之所以受到质疑,是因它与当时主流意识形态的要求不完全一致。

最早明确指出该作有"地富思想"的,是时任中共中央政治局委员、中央工作委员会常委彭真。说它有"地富思想"的根据,是小说里写农民家里怎么脏,地主家里女孩子很漂亮①;丁玲这样写的理由,则是此为自己亲眼所见。问题在于,为什么作家不能按自己所见所感来写?为什么不能写农民家里脏、地主的孩子漂亮?因为这样写似乎显得阶级立场不够鲜明,有可能引起读者对地主阶级人物的同情。党的领导人提出这种看法,是从当时特定历史条件下的政策宣传角度出发,亦即按"无产阶级革命意识形态"衡量的结果。当时的政治任务是发动农民斗倒地主,是激起农民以及土改干部对地主阶级的仇恨、彻底灭掉地主阶级的威风。因此,

> 中共中央指示各解放区,为了推动当前的群众运动,各地报纸应尽量揭露汉奸、恶霸、豪绅的罪恶,申诉农民的冤苦。各地报纸应多找类似《白毛女》这样的故事,不断予以登载,应将各处诉苦大会中典型的动人的冤苦经过事实加以发表,以显示群众运动之正当和汉奸、恶霸、豪绅之该予制裁。在文艺界中亦应鼓励《白毛女》之类的创作。②

也正因此,土改运动初期,对于农民群众由于各种原因在斗地主过程中出

---

① 丁玲:《生活·思想·人物——在电影剧作讲习会上的讲话》,《人民文学》1955 年第 3 期。
② 罗平汉:《土地改革运动史》,福建人民出版社 2005 年版,第 16 页。

现的某些过火行为,运动领导者并未严令制止,怕"泼冷水"会浇灭刚燃起的阶级仇恨之火。现实中,并非每个村庄都能见到黄世仁、韩老六那样明火执仗为非作歹的恶霸,地主的剥削者、压迫者"本质"并非都能一目了然,所以文艺作品的宣传鼓动作用特别重要。按照"无产阶级革命意识形态",资产阶级和封建地主阶级都是必须打倒、必须推翻的反动阶级,属于革命的敌人。暴力革命思维是一种战争思维,土改动员类似于战前动员。战争行为的双方首先考虑的问题是战争胜负,而非敌对阵营中个别官兵的个人品质。在战争形势下,一旦被判定为"敌人",就必须战胜或消灭之;人道主义、同情心和怜悯心只适用于"人民",而不适用于"敌人"。要革命,就要流血,就要杀人,就要诉诸暴力,因为反动阶级不会自动退出历史舞台,他们势必对革命阶级充满刻骨仇恨,势必以反革命暴力对待革命阶级。地主子女也被划入"敌人"阵营,是因地主本人有可能将其对新政权、对翻身农民的阶级仇恨传给下一代。

但是,搞土改毕竟又与正式的"革命战争"有不同之处,即,尽管1950年以前进行土改时中国大陆还有战争,搞土改的具体地区却是在中共政权领导之下,地主阶级一般并未进行有组织的武装抵抗,村庄处于和平生活的日常状态;另外,地主与本地农民的关系错综复杂,除了阶级关系,还有同乡、亲属等其他社会关系。此时实施暴力措施,农民心中势必存在一定心理障碍,比如抹不开情面、不好意思撕破脸。各种土改叙事中常写到的农民在分到土地之后又偷偷退给地主,有些可能是慑于地主威势,有些却是碍于情面,以日常思维看待,觉得土地本来就是地主的。一些当年亲身参加土改的干部,特别是知识分子干部,回忆这段经历时,也谈到自己用战争思维、阶级斗争思维的"大道理"克服自己日常伦理思维、"纠正"自己原有直观感受的心理过程:

> 通过各种学习和讨论,我们提高了认识,武装了头脑,并明确了几个主要问题……对于地主,不仅没收土地,而且要剥夺其政治上的权利。因为地主是敌人,其财产是非法的……省领导要求,在土改工作中,要彻底打破良心、命运以及打不开情面等思想问题……同时我

还希望广大村民解除思想顾虑(比如仁道、命运、变天和怕遭受打击报复,等等)……①

在这种语境中,作为解放区文学,《太阳照在桑干河上》确实显得不及《暴风骤雨》更合乎"无产阶级革命意识形态"的要求,不及后者符合政治和政策宣传的需要。

《太阳照在桑干河上》对地主形象的塑造,超出了"无产阶级革命意识形态"宣传的阈限。这部作品塑造了不同类型的地主,却恰恰将"无产阶级革命意识形态"大力宣传和"推广"的地主类型排除在外。

单纯而直接体现"无产阶级革命意识形态"的文艺作品所塑造的地主形象,一般田产广阔,家里雇有长工或养着家丁奴仆;本人担任保长、村长或乡长,掌握乡村基层权力,或与上级政府勾结;为人阴狠刻薄,对弱者不只巧取更有豪夺,有黑社会流氓特征。黄世仁、韩老六和南霸天就是这方面的典型。为不至给人留下与主流意识形态唱反调的印象,《太阳照在桑干河上》以侧面描述方式对这一类型也有提及,但却将其置于幕后。他们是:暖水屯担任过大乡长的官僚型地主许有武、孟家沟公然欺男霸女的陈武、白槐庄有地100多顷的李功德。但是,故事开始时许有武已逃到北京,陈、李二人是外村人,只在人物对话中被谈到,且已被镇压。小说正式写到的地主中,李子俊和侯殿魁显然不是恶霸流氓:李子俊是个"窝囊地主",是性格软弱、怯懦无能的败家子;侯殿魁虽属"一贯道",在村中却无多少势力,他对穷本家侯忠全还有所照顾。江世荣虽利用其甲长或村长职务假公济私搞乱摊派、为地租数目与佃户怄气、在雇工工酬数量上要赖,但他家的地还不及顾涌家多,他的无赖行为虽不合道德,却并不公然违法;他还曾被动地为八路军办过事,他的村长职务直到工作组进村还未被免去。作品重点描写且最后被作为"恶霸地主"斗争的钱文贵,从经济角度说根本不能算地主:即使不分家,钱家也只有六七十亩地,分家后

---

① 万慧芬:《亲历土地改革》,中共党史出版社2014年版,第11—37页。

只有十几亩,只够中农水平。作品虽为"保留"其地主身份而将其分家描述为假分家,按农村千年习俗,儿女独立成家后与父母经济独立核算本属常见。钱文贵激起公愤、导致最后被暴力斗争的根本因素,与其占有土地多少无关,与其地租剥削也无直接关系,作品也未写到其高利贷剥削行为。说到底,钱文贵的被痛恨、被斗争,主要不是因为经济,而是因其人品。若不论名称而究其实质,钱文贵其实并非典型的"地主"形象,而是一个善于营构社会关系网络,通过掌握信息、暗中算计、投机钻营、上下"活动",利用人际资源操纵别人,达到利己目的,形成无形权势的特殊人物类型。这一形象告诉读者:社会关系网络资源的威力,有时可以超越具体行政职务(钱文贵可以操纵暖水屯甲长人选,担任甲长的人均对其唯命是听)。这一形象,其意义非当时的主流意识形态所能框范,至今仍有其现实价值。这是丁玲对中国现当代文学人物形象画廊的独特贡献。近年为钱文贵辩护的研究者,多着眼于其"地主"身份的名不副实,而忽略了其人品特征及超越时代的意义。

《太阳照在桑干河上》关于地主富农发家史及地主与农民关系的描述,也对主流意识形态有所突破。按照主流意识形态的一般解释,地主富农都是剥削起家,靠强取豪夺致富,《太阳照在桑干河上》却明确揭示了勤俭发家的可能性:顾涌家之所以能购得在全村数量仅次于李子俊家的土地,是"由于不气馁的勤苦";他的地"是一滴汗一滴血赚来的"。顾涌亲家胡泰成为富农,则凭农事之外又做运销生意。关于地主与雇工或佃户的关系,因时代语境的缘故,丁玲不可能写出台静农《吴老爹》及《为彼祈求》或陈忠实《白鹿原》里那样的交情,但侯殿魁与侯忠全之间相处确实和谐,钱文贵对程仁利用之外也有照顾,李子俊对张裕民并不敢欺负。

《太阳照在桑干河上》的上述描写,客观上解构了"无产阶级革命意识形态"对"地主"与"恶霸"概念的有意焊接。

值得注意的是,这部长篇小说还写到封建土地制度下土地兼并的另外一种景观,即,不只地主兼并农民的土地,农民也有可能反过来兼并地主的土地和财产——李子俊家的土地和房屋,就被老实巴交的农民顾涌购去。钱文贵的假分家虽是被作为"阴谋"来表现,但这一情节客观揭示了当时因分家而使土地分散,地主变富农或富农变中农、中农变贫农的可能性。上述内容与近年来历史学、社会学界对旧中国乡村经济的最新研究结论及许多亲历者的直接感受相一致。

《太阳照在桑干河上》获得主流意识形态之外更丰富内涵的方式之一,是让不同阶级阶层、不同类型的人物都有机会发出自己的声音。比如,(通过其儿媳模拟)让富农胡泰说出这样的话:

> 共产党,好是好,穷人才能沾光,只要你有一点财产就遭殃;八路军不打人,不骂人,借了东西要退还,这也的确是好,咱们家这大半年来,做点买卖也赚了,凭良心,比日本人在的时候,日子总算要强得多。可是一宗,老叫穷人闹翻身,翻身总得靠自己受苦挣钱,共人家的产,就发得起财来么?(第4章)

作品并未把胡泰当反面人物写,写了上面这段之后也未以叙述人语言或正面人物语言予以反驳,所以胡泰的话不宜简单当作"反面言论"看待。而带有反面人物色彩(但并非纯粹反面人物,因为作品最后交代其有被教育改造好的可能)的小学教员任国忠的言论,客观上揭示了新政权建立初期也存在个别的官僚主义现象,在今天读来引人深思:

> 你有没有去张家口看一看,哼,你说那些好房子谁住着?汽车谁坐的?大饭店门口是谁在进进出出?肥了的还不是他们自己?(第6章)

小说里直接写到的土改干部老董、赵全功等人以权谋私的行为,让读者觉得上述言论并非空穴来风。这也让人联想到《三八节有感》和《野百合花》一类文本。

丁玲能够作出超出主流意识形态规范的上述描写,除了她本人于意识形态宣传功能之外更特别看重作品本身的艺术真实性,除了她从自己直接感受而非理论教条出发进行创作的创作方式,还与其本人的成长经历有关。深受五四思想影响的她不可能放弃人本主义和人道关怀,出身地主家庭的她深知地主形象各式各样,地主并非都是恶霸,地主子女更并非都是坏人。

总之,丁玲的创作与以周立波《暴风骤雨》为代表的"典范土地革命叙事"有如下差异:

(一)将典型的"恶霸地主"推到幕后。《太阳照在桑干河上》提到的恶霸地主有暖水屯的许有武、孟家沟的陈武。其中许有武担任大乡长、陈武公然欺男霸女。但是,故事开始时许有武已逃到北京,孟家沟土改不是作品表现的对象。因此,这两人都仅是被侧面提及,他们的恶行并未被展开具体描述。捎带几笔,其作用是承认"恶霸"型地主的存在,不至与主导意识形态唱反调。

(二)将"恶霸"与"地主"两个概念之间的焊接熔断,将占地多少与个人品德切割。在暖水屯,土改开始前占地最多的是李子俊,其次是顾涌。但李子俊是个胆怯懦弱的窝囊地主,顾涌更是老实巴交、勤俭起家,最后划阶级成分时连地主都算不上。而其他两个地主江世荣和侯殿奎都不属于恶霸。而村里真正的恶霸、连上述几位地主都怕他、都被他操纵的钱文贵,按其占有土地的多少(六七十亩地),只能算个富农,而他与两个儿子分家后,自己仅余十几亩地,充其量只是个中农。虽然作品将钱文贵的分家写成假分,但了解农村情况的人都知道,在旧社会,因分家而土地变少的家庭很是常见。按作品所写,钱文贵之所以有势力,是因他善于营构各种社会关系,特别是结交官府,他的儿子分属国共双方,他两边都够得上;他还让女儿嫁给村干部,让侄女拉拢村干部。他的恶,主要表现为阴险无情、暗中使坏,并不像黄世仁、韩老六那样公然耍流氓。

(三)没有将地主阶级写成铁板一块。《太阳照在桑干河上》中,虽然江世荣等地主都受钱文贵操纵、惧怕钱文贵,但他们性格各异,并不是钱的忠实走狗,也不总是勾结在一起作恶。侯殿魁虽属"一贯道",在村中却无多少势力,他对穷本家侯忠全还有所照顾。江世荣虽利用其甲长或村长职务假公济私搞乱摊派、为地租数目与佃户怄气、在雇工工酬数量上耍赖,但他的无赖行为虽不合道德,却并不公然违法;他还曾被动地为八路军办过事,他的村长职务直到工作组进村还未被免去。至于地主亲属,也被写得较为贴近生活原生态。例如李子俊的女人未被写成凶狠的"地主婆",她对穷人分她的地虽心怀仇恨,却也不曾采取报复措施,有时还显得孤立无助,有其可怜之处;钱文贵的亲哥哥钱文富则是贫农,属于正面人物;而钱文贵的侄女(初稿被写成女儿)则是个美丽善良、要求进步的姑娘,完全不同于《暴风骤雨》里的韩爱贞之类。

(四)写到了勤俭发家的可能性。《太阳照在桑干河上》关于地主富农发家史及地主与农民关系的描述,也对主流意识形态有所突破。按照主流意识形态的一般解释,地主富农都是剥削起家,靠强取豪夺致富,《太阳照在桑干河上》和《在严寒的日子里》却明确揭示了勤俭发家的可能性:顾涌家之所以能购得在全村数量仅次于李子俊家的土地,是"由于不气馁的勤苦"。《在严寒的日子里》则专有一段关于全村首富李财家勤俭发家史的描述:

> 他们家发财置地也只是近四十来年的事,他父亲兄弟仨都是穷汉,三个人都齐了心,牛一样地在地里受苦,一年积攒几个钱,积多了置几亩地,这样又积钱,又置地,地多了种不过来,忙时就雇人,后来到有二百亩地时,也就雇长工了,李财就在这时出的世。按他的出身,算是地主没有受过罪,可是他家里日子过得太省俭,有钱也不会享福。儿子们只让念小学,还是一样叫下地。那个土里土气,小里小气,缩头缩脑,胆小怕事样儿,要是外村来个生人,不说是地主就认不出来,说出来了还不敢相信呢……老辈子三个人腰都累得直不起来,也没坐着过,啥事不能干了,还背一个筐子拾粪……他们自己承认他们爱财如命,贪生怕死,可是他们觉得自己是安分守己,老百姓说他们封建剥削,他们也不懂,横竖一切财产。一生心血都在地里,说有剥削,也在地里。[①]

---

① 丁玲:《在严寒的日子里》,《丁玲全集》第2卷,河北人民出版社2001年版,第523页。

（五）对农民形象及地主与农民关系的描写，也不乏"越轨"之处。《太阳照在桑干河上》中的农民干部张裕民和程仁并非完美理想人物。张裕民在李子俊家做工，李子俊夫妇并不敢欺辱他，倒有几分怕他。《在严寒的日子里》初刊本还写地主少爷李财与其奶妈之子、长工李腊月关系和谐：腊月小时候可以随便从李财家拿书看，"李财家待腊月仿佛也不错，腊月很少说他坏话"；腊月的恋人蓝池（重写本作兰池）"和哪一家地主也没有私仇"。

由此可见，《太阳照在桑干河上》与《在严寒的日子里》虽然没有完全回到《田家冲》和《母亲》那种写法，却也显示出迥异于《东村事件》的叙事伦理。它们虽基本遵循主导意识形态规范，却并非完全从观念出发，凭想象写作，而比较忠实于作者的生活实感，保持了自己一贯的创作个性。这也许是《太阳照在桑干河上》获斯大林文学奖的等级高于《暴风骤雨》的原因之一。

三、丁玲晚年修改《在严寒的日子里》时的矛盾心理

根据互文性理论，一切文本都是互文本。出现于同一时期、表现同一题材的《太阳照在桑干河上》与《暴风骤雨》更是有着直接的互文关系，它们之间有一种潜在的对话。有记载证明，在《太阳照在桑干河上》正式出版不久，丁玲与周立波之间有过两次面对面的直接交流：第一次是1948年9月，在赴欧途中路过哈尔滨时，丁玲与儿子蒋祖林一起到太阳岛看望周立波、林兰夫妇；①第二次是同年10月29日，周立波出席《文艺战线》编辑部召开的《太阳照在桑干河上》座谈会。② 尽管由于复杂而微妙的原因，我们至今尚未见到丁、周二位作家直接评价对方作品的文字，但作品之间的对话关系可以凭借文本分

---

① 王增如、李向东：《丁玲年谱长编》上卷，天津人民出版社2006年版，第229页。

② 丁玲：《日记·从哈尔滨到匈牙利》，《丁玲全集》第11卷，河北人民出版社2001年版，第351页。

析找到。例如，就地主形象塑造而言，丁玲就是有意写出一些不同于黄世仁、韩老六那样公然违反日常伦理的恶霸的人物类型。她曾表示，自己最初也曾想写一个恶霸官僚地主，也知道这样"在书里还会更突出，更热闹些"；最后之所以放弃这一打算，是因她想写出"最普遍存在的地主"。① 言外之意，她认为黄世仁、韩老六式地主并非最普遍存在的类型。当然，也许出于意识形态考虑，或出于对同行的尊重，丁玲在作品中也间接对恶霸官僚型地主的塑造表示了肯定：除了几次提到孟家沟的恶霸陈武等，小说在第4章还让顾家大姑娘讲述自己在平安镇看的《白毛女》，②称赞该剧艺术感染力有多强、故事有多真实：

> 她们家隔壁住的一个女人哭得最厉害，她的日子就和戏上的差不多，也是这末被卖出来的。戏演完了大家还舍不得走。

耐人寻味的是，丁玲晚年对其另一部与土改有关的长篇小说《在严寒的日子里》的重写，却又表现出向主流意识形态靠拢的趋向。

《在严寒的日子里》前8章曾发表于《人民文学》1956年第6期，是为初刊本。初刊本仍有许多溢出主流意识形态之外的东西，个别地方突破尺度甚至超过《太阳照在桑干河上》。《太阳照在桑干河上》只写了富农或富裕中农勤俭发家，这部初刊本却写到大财主的家当也是勤俭得来！但到了重写本里，李财父辈发家史的大段描写被删除，却加上一段小时候李财与腊月不平等的描写：腊月与李财玩耍时"常常作马让李财骑"、"李财书背诵不来，总是腊月给他提词，腊月常常挨打受气，娘还说他没有伺候好人家"。初刊本中作为外来户的蓝池母女去人家地里拾麦穗被驱赶，这驱赶他们的有可能是地主，也有可能是富农、中农甚至贫农，而重写本特别点明是"被地主家的人赶着哭回来"。

有学者将《在严寒的日子里》重写本的发表看作丁玲被主流政治"彻底驯

---

① 丁玲：《关于〈太阳照在桑干河上〉的写作》，《人民日报》2004年10月9日。
② 并未提到《白毛女》剧名，但据大姑娘对情节的概述，显然是指此剧。

化"的标志,认为此后主流政治"成了支配丁玲创作活动的唯一的思想动因";①也有学者注意到该作初刊本与重写本的差异,联系丁玲"文化大革命"后复出的曲折历程解读重写本自我否定的心理依据,认为假如丁玲不过早离去,该作得以最后完成,"定然会呈现出更为复杂的一种面貌"。② 笔者比较倾向于后一种看法。而若想具体解释这一现象,还需从"无产阶级革命意识形态"在新时期以后命运的角度予以剖析。

估计绝大部分读者不会否认,就艺术成就而言,《在严寒的日子里》(重写本)不及《太阳照在桑干河上》。尽管该作仍留有某些丁玲个人特征,但从语言风格到创作方法,与"文化大革命"时期的主流文学已比较接近。丁玲虽曾对亲属表示自己续写、重写该作"不为出版",但将自己的文学生命和政治生命看得重于生理生命的她,肯定还是希望这部凝聚后半生心血的作品有面世机会;而在当时体制下,若想正式出版,就不能不顾忌体制许可的尺度。了解丁玲生平和人生追求的人,应该不难理解并同情丁玲急于得到彻底平反、希望在文学上复出的愿望,而不会要求她成为一个与主流意识形态彻底决裂或走向对抗的人。

丁玲的悲剧性在于,当她努力向既有主流意识形态靠拢之时,恰是主流意识形态本身酝酿巨变的时候,这种转变的实质,是由原来的阶级革命意识形态转换为"国家意识形态"、"改革意识形态",淡化了阶级对立和阶级斗争概念。而许多新时期以后成为新的文艺思潮领军人物的著名作家,那时也发表过迎合"文化大革命"主流意识形态的作品。梁斌"秘密"写作的《翻身记事》同样带有明显的主流意识形态印记,自认"革命作家"的丁玲重写《在严寒的日子里》时当然也不例外。

---

① 秦林芳:《在"主流政治"的规训下——论丁玲〈在严寒的日子里〉的意识倾向》,《扬子江评论》2013 年第 4 期。

② 韩晓芹:《叙事策略的调整与丁玲的文化尴尬——〈在严寒的日子里〉的版本变迁》,《山西大学学报》2011 年第 6 期。

从 1979 年 7 月《在严寒的日子里》重写本前 24 章发表于《清明》创刊号，到 1985 年 7 月丁玲住进医院，其间整整 6 年，为何该作不再有续写篇章面世？我们可以用丁玲年老力衰或事务繁多来解释，但未住院前她本是有写作精力的。重视留下传世作品的她，不可能不重视这部未完成作品的续写。据《丁玲年谱长编》所载，丁玲这段时间确实一直惦记着续写该作，但确实一直没能动笔。笔者注意到两个重要相关信息：一是 1982 年 6 月 2 日上午，丁玲与陈明应邀去中南海看望邓颖超。当谈到要把《在严寒的日子里》写完时，"邓颖超说，小说可以先不写，要发言，针对现实问题发言。"①二是 1983 年 1 月 7 日中午胡乔木来访，谈到莫应丰《将军吟》"对'文革'的态度正确"，夸赞丁玲"经过了最困难的时候，你没有动摇，大家都很佩服"，"并关心长篇小说何时完成"。② 请注意：丁玲去邓颖超处是"应邀"而去，胡乔木则是专程上门访问。这两次面谈都有明显的意识形态宣传目的。邓颖超和胡乔木在 1980 年代的意识形态争论中有其特定立场，他们在过去都曾对丁玲有所关心和帮助，是丁玲信赖的人，又是位高权重的领导，他们的话对丁玲会产生重大影响。另一方面，原先批判丁玲"右"的周扬等人此时代表的却是意识形态争论中的另一立场，他们会紧盯丁玲的一言一行，包括她的小说新作。丁玲精通艺术规律，她深谙小说艺术创作不同于政治表态，人物必须鲜活，故事必须合乎情理，既不能与当前主流意识形态相抵牾，又须经得起时间考验。当时正处于变动未定状态的主流意识形态本身，也许使得饱受左右冲击的她感到有些无所适从，下笔维艰。

陈思和先生曾论及 1949 年以后土改题材本身的难度。他谈到土改中的暴力行为时指出，只有正义战争条件下的暴力行为描写才会产生令人同情的美学效果，

> 一旦离开了战争环境和正义性的认可，暴力就变成了强者对弱

---

① 王增如、李向东：《丁玲年谱长编（下卷）》，天津人民出版社 2006 年版，第 623 页。
② 王增如、李向东：《丁玲年谱长编（下卷）》，天津人民出版社 2006 年版，第 648 页。

者的暴行。再联系到土改的现实,这是一场在共产党政权之下,面对手无寸铁、俯首投降的地主阶级的个体,使用暴行来消灭或者伤残其肉体的群众运动,显然不属于战争的范围。清算其以前或者祖辈的罪恶,可以用法律来解决,而不能用非法的暴力行为,这是任何合法政权都应该懂得的常识。虽然土改解决了千百万贫穷农民的土地欲望问题,但采用暴力行为强取豪夺,本身是不可取的。这一点,连领导土改运动的最高当局也明白,所以有关土改的正式文件里很少有鼓励或者支持暴力行径的政策。但是……暴力或多或少又是领导土改的最高当局鼓励、理解和默许下形成的。根据文件精神来写作的作家们是无法解决这一矛盾的,他们既无法回避土改中的暴力现象,也无法像战争题材那样公然描写暴力美学,他们厌恶暴力,但又无法彻底给予揭露和批判,首鼠两端,形成了写作上的巨大困境。①

这里有必要区分,1949 年之前和之后进行的土改,具体环境有重要不同:之后的环境是无产阶级专政已全面建立,而之前的环境是一种"准战争环境"。丁玲《太阳照在桑干河上》所写正是这种"准战争环境"下发生的故事。小说写明,战争随时都会降临到暖水屯(温泉屯)。《太阳照在桑干河上》与《暴风骤雨》所写土改与《赤地之恋》及《翻身记事》的最大不同,就在于暖水屯、元茂屯的土改与战争直接相关:就村庄小环境来说,当时处于和平状态,是共产党及其军队掌握政权,但外部大环境是国共内战一触即发。当时土改的政治目的之一,就是动员农民参战。这一阶段,解放区的主流意识形态是典型的"无产阶级革命意识形态"。为了无产阶级革命最终胜利,土改发动者怕的是农民不能与地主"撕破脸",明令反对和平土改路线,而默许一些暴力行为。

当丁玲晚年准备续写《在严寒的日子里》的时候,新的主流意识形态虽未宣布当年对地主、富农的强行剥夺、暴力镇压为错误,对当年地富及其子女的

---

① 陈思和:《土改中的小说与小说中的土改——六十年文学话土改》,《南京大学学报》2010 年第 4 期。

"摘帽"虽不同于"平反",但阶级对立、阶级斗争已被有意淡化,土改暴力的评价问题基本被主流意识形态悬置。《太阳照在桑干河上》对暴力行为没有突出渲染,以纯战争环境为背景的《在严寒的日子里》却对之无法回避,因为现实中农民"护地队"和地主"还乡团"的斗争你死我活,非常血腥;《在严寒的日子里》的故事对《太阳照在桑干河上》某些内涵还有解构作用:《太阳照在桑干河上》批评农民有"变天思想",而后来不论是现实中的温泉屯还是《在严寒的日子里》中的果园村,果然就变了天!分地的农民果然受到还乡团残酷报复,护地队失败,一些积极分子被杀。这说明《太阳照在桑干河上》里那些被批评为胆小的农民"怕得有理"。残酷的阶级斗争使本来基本和谐相处的乡亲反目成仇、刀兵相见。初刊本第 5 章"落后分子"七月就说:"土改的事,还不是八路军共产党叫老百姓干的,顶真说,不干也不行"。重写本虽然删除了这一句,整体故事框架还是客观透射出这一内涵。按"无产阶级革命意识形态",这些可理解为为革命胜利、为美好未来所作出的必要牺牲,而一旦脱离这一意识形态,上述血腥暴力就显得触目惊心。新时期以后,张炜、刘震云、陈忠实、莫言和严歌苓等人的土改叙事,以文学方式正面质疑和解构了暴力土改。在1980 年代前期,曾饱受磨难刚刚复出而又坚持自己政治信仰,同时受到重要领导人政治关注和期望的丁玲,不可能选择"新历史小说"的价值立场;而新的历史环境与自身始终如一的人道关怀,使得丁玲也难以延续《在严寒的日子里》重写本的原有创作思路。

说到底,《在严寒的日子里》未能终篇,既有丁玲本身的原因,更与主流意识形态调整转换所导致的土改题材本身的尴尬处境有关。

四、丁玲土地革命书写的马鞍形轨迹

从《田家冲》到《太阳照在桑干河上》及《在严寒的日子里》,丁玲的土地革命书写留下一条马鞍形轨迹。

　　《田家冲》写于 1931 年,《母亲》构思于 1931 年,发表于 1932 年。二者均产生于丁玲刚刚完成"左转"之后。此时,她虽"有意识地要到群众中去描写群众,要写革命者,要写工农"①,但毕竟尚无太多与工农直接接触、参与血与火的阶级斗争的机会。她童年有一段在故乡临澧的乡村生活经历,但隔了时间距离的儿时记忆难免带有朦胧的诗化色彩。后来她自己也说:"我把农村写的太美丽了"②。另一方面,这两部作品却也并未完全从观念出发,并非像《暗夜》一类作品那样的公式化、概念化写作,此时作者调动自己的已有个人经验,从作为个体生命的人的体验出发来写时代风云。《田家冲》"材料确是真的"③,即有生活原型作依据。它选取儿童视角,这其实也是作者自己乡村记忆的视角。主人公是地主小姐,也正是作者自己曾有的身份。《母亲》的贯穿人物曼贞则以作者自己的母亲为原型,曼贞的身份是城里官宦人家小姐、乡下地主家的少奶奶。主人公的选择贴近了作者自己的人生经验,而与"典范土地革命叙事"有明显差异。这样的选择也决定了作品不可能远离生活原貌而将地主形象恶霸化、妖魔化,将贫雇农形象高大圣洁化,而显示出较多人性内涵。《田家冲》没有写恶霸型地主,《母亲》主人公一家并非恶霸地主,即使侧面提到别处的恶霸地主,却仍让人觉得那是人,不是天生妖魔。这就是因生命体验和人性表现在这两个作品中仍占主导地位。《母亲》中大姑奶奶家大少爷打死佃户的事件以及大姑奶奶对此事的看法与处理方式,令人联想到《红楼梦》中薛姨妈处理薛蟠人命案时的言行。另外,丁玲创作《母亲》的原初意图是再现一个较长历史时段的时代风云,这样的构思有些类似于茅盾,而区别于创作《暗夜》的华汉及后来诸多将宣传政策、图解概念置于首位的那类作家。

　　《东村事件》写于丁玲抵达陕北解放区不久,而且是应党的领导人之约而

---

　　①　丁玲:《答〈开卷〉记者问》,《丁玲全集》第 8 卷,河北人民出版社 2001 年版,第 4 页。
　　②　丁玲:《我的创作生活》,《丁玲全集》第 7 卷,河北人民出版社 2001 年版,第 16 页。
　　③　丁玲:《我的创作生活》,《丁玲全集》第 7 卷,河北人民出版社 2001 年版,第 16 页。

写。此时,她需要的是给盛情接待她、对她寄予厚望的中国共产党献上一份见面礼。此时,政治效果的考虑优先于艺术表现,优先于个人实际生活经验和生命体验。她接连发表两个短篇,即《一颗未出镗的枪弹》与《东村事件》。前者写围剿红军的东北军士兵被感化,主题是国共联合一致抗日;后者直接追述大革命后的地主农民尖锐对立、激烈冲突,写土地革命暴力斗争。两篇小说都是作者纯凭想象之作。《东村事件》发表的时间很有意味:它的连载完毕于1937年7月5日,恰是全民族抗战爆发前两天。如果稍后一些,地主与农民关系的处理,当是另外一种模式。而作品完成后作者对之不满意,认为它虽然"有它的意义",但艺术上属于失败之作。这使得丁玲不能不吸取教训,以后不会再采用此一创作方法。

到了写《太阳照在桑干河上》时,丁玲在实际农村生活与斗争经验方面已经有了更多积累。在1979年的《〈太阳照在桑干河上〉重印前言》中,她说:"我以农民、农村斗争为主体而从事长篇小说的创作这是第一次。"①此言非虚:《田家冲》和《东村事件》虽直接写农村斗争,但它们是短篇;《母亲》虽准备写成长篇,但已完成部分充其量只能算中篇,而且并未直接写农村斗争。此时,丁玲还是认为自己的"农村生活基础不厚",小说中人物同自己的关系"也不算深"。事实上,相比于她此前的乡村题材创作,这部长篇是有较长酝酿时间和生活积累的:从1946年夏天开始,她先后参加并参与领导了河北怀来、涿鹿、阜平等地的土改运动,与农民们同吃同住,而且结下了较为深厚的感情。丁玲说自己相关生活基础不厚,恰恰说明她特别重视创作以现实生活为基础,认识到不宜单从政策理念出发向壁虚构。除了强调生活基础,此时丁玲还追求创作的个性、艺术的独特性。关于为什么没突出写恶霸型地主和塑造完美农民形象,她先后有两次直接说明。一次是1952年4月的一段谈话:

---

① 丁玲:《〈太阳照在桑干河上〉重印前言》,《丁玲全集》第9卷,河北人民出版社2001年版,第98页。

最初,我想写一个恶霸官僚地主,这样在书里还会更突出,更热
闹些。但后来一考虑,就又作罢了,认为还是写一个虽然不声不响
的,但仍是一个最坏的地主吧。因为我的家庭就是一个地主,我接触
的地主也很多,在我的经验中,知道最普遍存在的地主,是在政治上
统治一个村。看看我们土改的几个村,和华北这一带的地主,也多是
这类情况。①

从这段话,可以看出丁玲两点艺术追求:一是丁玲有意写出与当时习见的
"典范土地革命叙事"中的地主不同的地主类型,二是创作时不脱离自己的切
身体验或实际观察。但是,《太阳照在桑干河上》所写"政治上统治一个村"的
"地主"钱文贵,按占有土地数量其实够不上地主;作者实际写的是一个阴险
的恶霸;而作品中李子俊、江世荣和侯殿奎虽是地主,却并不能像钱文贵那样
"政治上统治一个村"。也就是说,作品实际写出的地主类型,比作者原初要
表现的内涵还要丰富复杂。客观上它起到了将"地主"与"恶霸"两个不同概
念切割开来的效果。

另一次是关于翻身农民形象的说明:

我不愿把张裕民写成一个无缺点的英雄,也不愿把程仁写成了
不起的农会主席。他们可以逐渐成为了不起的人,他们不可能一眨
眼就成为英雄。但他们的确是土改初期走在最前边的人,……我遇
见过比张裕民、程仁更进步的人,更了不得的人;但从丰富的现实生
活来看,在斗争初期,走在最前边的常常也不全是崇高、完美无缺
的人。②

这也使得张裕民、程仁与《暴风骤雨》里的赵玉林、郭全海有所区别,而更
贴近土改初期的生活原貌。

---

① 丁玲:《〈太阳照在桑干河上〉的写作》,《人民日报》2004 年 10 月 9 日。
② 丁玲:《〈太阳照在桑干河上〉重印前言》,《丁玲全集》第 9 卷,河北人民出版社 2001 年
版,第 98 页。

　　发表于《人民文学》1956 年第 6 期的《在严寒的日子里》前 8 章大致延续了《太阳照在桑干河上》的写法，在某些方面还有所发展（对地主发家史的叙述），但是，发表于 1979 年《清明》创刊号的该作重写本，却有向"文化大革命"时期主流文学创作方法靠拢的趋向。其中的原因上节已有讨论。

第八章　梁斌的日常化土地革命书写

梁斌的《红旗谱》位列简称"三红一创"的"红色经典"之"正典",它历来被当作表现农村阶级斗争的代表性文本,被誉为中国共产党领导下的农民革命运动的壮丽史诗。然而,这样一部小说,它的土地革命书写,却并不属于"典范土地革命叙事"。日常性的基调,使得它在对地主品性、地主与农民之间关系、地主致富原因、革命伦理与日常伦理冲突的表现方面,呈现出诸多"非典范"特征,内涵上具有了比"典范土地革命叙事"更多的复杂性、丰富性,因而也具有了更多的历史文献价值和文学价值。这一书写范式,又延续到他另一部以土地革命——土地改革为题材的长篇小说《翻身记事》中。这些都是目前学界所忽略的。

一、《红旗谱》里的乡村社会关系与矛盾冲突

在"典范土地革命叙事"里,地主与农民之间是剑拔弩张、水火不容、你死我活、势不两立,利益根本冲突的敌对阶级关系。《红旗谱》的开端就是农民朱老巩与地主冯兰池拼命,给人似乎也是这样的印象。然而,朱老巩与冯兰池发生冲突,不是因为冯兰池催租逼债、强抢民女,像"典范土地革命叙事"里常见的那样,而是为了打抱不平,替四十八村人主持公道。作品交待,锁井镇曾

有以朱家为核心的"八十年的拳房底子",也就是说朱家曾经也是一种较为强势的势力。朱严一方与冯家的斗争,不是由于绝对贫困,也不是因为冯家对他们的直接压迫剥削,而更多是因为一种精神上的东西:对代表非正义的霸权的挑战与反抗。朱老巩大闹柳树林的行为有些像大闹野猪林的鲁智深,而非被逼到绝境的林冲。接下来的矛盾冲突其性质与此类似。朱老忠回乡前,朱老明带头与冯家打官司,以及严志和、伍老拔、朱老星等人的附和,也是由于对其霸道行为的不平和不服,由于路见不平拔刀相助的仗义。

梁斌谈《红旗谱》创作缘起有多次。最初一次,是1958年的《我怎样创作了〈红旗谱〉》。在这篇文章中,他首先提到的是妇女问题,是反映中国农村底层劳动妇女的悲苦命运:

> 在少年时代,首先感动我的,是住在土坯小屋子里的农家妇女。她们处在旧社会的最底层,在地主的压迫和剥削下,在夫权思想的蹂躏之下,忍受着抚养孩子们的忙累,穿得破破烂烂,吃着糠糠菜菜,披头散发,常常流着眼泪……在《红旗谱》里,我把她们写成老祥奶奶、顺儿他娘、春兰娘、朱老星家的……组成了广大妇女的群像。也有敢于从苦难中抬起头来,敢于显示她明朗的性格,敢于说话,敢于做事的,我便把她们写成贵他娘的性格形象……据我所知,那个时代的妇女,十有八九有着婚姻问题的痛苦,也十有八九渴望着自由的爱情生活。但她不敢离开她不爱的丈夫,也不敢奔向她渴爱的情人,只有低下头去在泪水中度过她的一生。也有例外,我把她写成《红旗谱》中的春兰的性格……在《红旗谱》开始的几章中,除了阶级斗争,我首先提出了妇女问题。[1]

接着,他又谈了各种类型农民对他的"感动",谈老驴头和冯大有类型的受传统思想束缚,谈朱老巩、严老祥、朱老忠和严志和类型的伟大友情,就是没谈他

---

[1] 梁斌:《我怎样创作了〈红旗谱〉》,《梁斌文集》第6卷,人民文学出版社2005年版,第254—255页。

生活中见到地主对农民繁重的地租和高利贷剥削,没谈地主骄奢淫逸、欺男霸女的恶行,没谈农民与地主之间尖锐激烈的冲突。最后一段,他还说自己"要写故乡人民的风貌,写故乡的民俗、故乡的地方风光"。当然,中间一段他谈到了二师学潮、高蠡暴动,谈到暴动时的开仓济贫、斗争地主及暴动失败后参与者受到的残酷报复和清算。这些是历史事实,而生活见闻中的"斗地主"与"地主恶行"并未成因果地一起出现。

第二次是两年后在《漫谈〈红旗谱〉的创作》一文中。这次他首先进行的是"宏大叙事",从"九一八"及二师学潮、高蠡暴动说起。但具体谈创作缘起,还是先说的人物,即朱老忠原型之一的"三个布尔什维克的爸爸"宋姓老人。又说到张嘉庆原型张丰来和张化鲁,说到自己曾写过的关于长工与地主女儿恋爱的五幕剧,并说这是《红旗谱》第三部中小囤与雅红故事的雏形。在不断构思和重写过程中,原计划先写的第一部最后实际变成了后来第三部《烽烟图》的内容,而后来出版的第一部《红旗谱》实际是最后构思的,而"冯老兰这个人物是写第一部书的时候才塑造出来的",就是说,"恶霸地主"形象的构思远远晚于劳动妇女群像、晚于普通农民和特殊农民形象。虽然作者说他写这部书"一开始就明确主题思想是阶级斗争",[①]但只能说这是最后写第一部时的想法。而且从作者提供的经验事实看,这种想法来自理念而非切身体验。1958 年时没提"阶级斗争"主题,两年后再提,虽不能说这是事后"追认"、"追加",从创作心理来说,却可判断表现"阶级斗争"未必是整套作品创作的心理情感原动力。

《红旗谱》塑造的地主冯老兰(冯兰池)形象,虽然开篇第一句便被冠以"恶霸地主"之名,但读罢作品前两部,我们却可以发现,冯老兰的"恶霸"行为均未公然违反日常伦理,与"典范土地革命叙事"中黄世仁、韩老六、南霸天那样公然欺男霸女、逼出人命的"恶霸地主"明显有别。例如,小说第一部重点

---

① 梁斌:《漫谈〈红旗谱〉的创作》,《梁斌文集》第 6 卷,人民文学出版社 2005 年版,第266—267 页。

写的故事之一"脯红鸟事件"确属日常生活中的小事:运涛逮住一只脯红鸟,准备拿到集上去卖时被冯老兰看见,一辈子喜欢养鸟的冯,开出比别的买主都高的三十吊钱想买下,运涛已有意卖出,大贵却为和冯老兰斗气,宣称"扔到臭水坑里沤了粪"也不卖给他。最后鸟被猫趁夜吃掉。冯老兰终于没有买到手!读者都会明白,这件事绝对不会发生在韩老六、南霸天身上。再比如,小说里讲冯老兰"是个老色鬼",可"从表面上看,是个'古板'的老头子"。书里写他"好色"的具体表现,除了娶了个"现在也不年轻了"的"年轻的太太"做续弦,再就是看中春兰。发现春兰和运涛恋爱,出于嫉妒,他唆使春兰的大娘宣称"春兰可招了汉子了",并招来老驴头追打。为趁机得到春兰,一贯吝啬的他还狠心要拿出一顷地、一挂大车。遭到坚决拒绝后,冯"也再不敢想着她"。总之,如作者所说:"这些素材,在乡里并不少见。冯老兰的形象性格比比皆是。"①当然,这里并非否认冯老兰是坏人,而是说他还没有公然违反日常伦理。

　　第一部中还提到一个不曾被读者和论者注意到的事,就是冯老兰听了冯贵堂的话把大庙拆了盖上学堂,为此还挨全村的骂。江涛接受小学教育,应当就是在这个学堂。冯老兰的行动也许是为弄个"面子工程"或为显示"政绩",但从客观上说,他也不是一点好事没干。关于地主的发家方式,"典范土地革命叙事"一般不承认勤俭起家之说,而《红旗谱》虽也写了冯老兰的巧取豪夺,却又写到他对儿子说:"你老辈爷爷都是勤俭治家,向来人能吃的东西不能喂牲口,直到如今,我记得结结实实。看,天冷时候,我穿的那件破棉袍子,穿了有十五年,补丁摞补丁,我还照样穿在身上。人们都说白面肉好吃,我光是爱吃糠糠菜菜。"(《红旗谱》,中国青年出版社1958年版,第67页。以下凡引此书,均据此版)他的三子冯焕堂是冯老兰的翻版,作品对他的描写是:

---

　　① 梁斌:《一个小说家的自述》,《梁斌文集》第5卷,人民文学出版社2005年版,第473页。

这人穿着紫花小褂,穿着一双开了花的破鞋。他这人斗大的字不认识二升,光学会勤俭治家,过好庄稼日子。他和大哥二哥不一样:舍不得吃,舍不得穿,一个棉袍子穿十年,拿麻绳头子当褡包。冬天不烧炕,夏天就是那顶破草帽子。(《播火记》,中国青年出版社1979年版,第89页)

这样的描写应当是比较接近历史原貌的。据有关学者的研究,当时冀中平原上贫富的差距并不特别悬殊:

11村调查统计表明,地主和富农的食粮消费在饮食中的比例也平均达到85%左右,也就是说,一般富户的副食水平也是不高的……调查统计还表明,地主富农的粮食消费也是以粗粮为主,大约占70%。东顾庄最大的地主杨继平有200多亩地,平常也就和他母亲单独吃点白面,家里其他人和长工一个灶吃饭。①

这说的是保定附近清苑县的情况,和《红旗谱》里对农村的描写差不多。再对照出身地主家庭的作者梁斌的自传里有关饮食起居的细节描写,可以说反映了当时的真实情况。

冯老兰之外,小说中第二个出场的地主是冯老锡。冯老锡与贫农朱老星家祖祖辈辈关系都不错,朱老星打官司失败,卖掉了房子无处居住,就借住冯老锡家的小屋,冯老锡也不收他任何费用。即使是"老霸道"冯老兰,小说还写到他与长工老套子比较和谐的主仆关系:在喜欢养牛、反对冯贵堂买大骡子大马这一点上,他们有共同语言,在赶集回来的路上他们谈起养牛经验,越说越投机。所以"说起老套子,冯老兰最是喜欢这样的人"。(《红旗谱》第106页)冯老兰的儿子冯贵堂也没有被写成黄世仁式的地主少爷。他虽然也属于作品中的反面人物,而且在第三部中成为主要反面人物,但却是20世纪50—70年代中国小说史上非常独特的形象:他既不是一个一出场便凶神恶煞的魔

---

① 侯建新:《民国年间冀中农民生活及消费水平研究》,《天津师大学报(社会科学版)》2000年第3期。

王，一个天生的"坏蛋"，又没有成为背叛本阶级的革命者或革命同情者。他是一个凡人，一个有过自己的理想和抱负而在现实面前改变了自己的某些看法又坚持了自己的某些追求的凡人。在作者的自觉意识中，似乎是要把冯贵堂塑造成一个仅仅是剥削方式与其父不同的农村资产阶级地主形象。但是，由于冯贵堂、冯焕堂兄弟的形象都有现实中的原型，作者又重视细节的真实描写，写得特别生活化，冯贵堂这个形象没有被写成观念符号——阶级的符号或启蒙思想的象征，而让人感到是活生生的人。虽然作者宣称"要尽量暴露他的生活的黑暗面"，作品实际还是写出了他身上不少的"光明面"：在上大学时他是个"老老实实研究学术的"；他赞成孙中山的革命，在封闭落后的乡村里鼓吹民主与科学，鼓吹男女平等、婚姻自由。他鼓动父亲把大庙拆了盖学堂，让闺女小子在一块念书；他试图改良村政，劝父亲建立议事会，凡事经过民主商量，不要一个人做主；他劝父亲要行人道，不要为富不仁，少收一点租，少要一点利息，让受苦的种田人吃饱穿暖，能活得下去；他想教会老百姓用新的方法管理梨树，从保定买来水车，向乡亲们讲说水车的好处。他不主张激化与朱严家族的冲突，在暴动前的两次冲突中他都是以和稀泥的姿态出现，消弭了可能激化的纷争……但另一方面，他毕竟又是冯老兰的儿子，并没有背叛他的家庭：当得知父亲想要脯红鸟而不得的时候，他试图"一个钱不花，白擒过他的来"，作者把他的"行人道"也描述为施小恩小惠；当冯家与朱严一方以及进行反抗的农民们的矛盾真正激化时，他毫不犹豫地站在父亲一方，去城里告状、打官司，乃至拉起武装对抗，最后为报杀父之仇残忍地杀朱老星等暴动者的头来祭灵。

像蒋光慈《咆哮了的土地》一样，《红旗谱》也把农民暴动写成外部输入的结果。暴动之前，乡村也是宁静的，农民们过的是虽然贫困，却也不乏苦中之乐的生活。不计三十年前朱老巩为打抱不平大闹柳树林，起义爆发前朱严两家与冯老兰家的矛盾冲突，主要是"脯红鸟事件"、春兰与运涛的"瓜棚事件"，以及"反割头税"。"脯红鸟事件"纯属意气之争，大贵被抓是这个意气之争的结果。"瓜棚事件"主要由于乡村百姓封建意识的浓厚,冯老兰在其中并不起关键作用。后面所写严家的厄运,均与冯家完全无关,运涛的出走也并不具有必然性。至于"反割头税",这次冲突应当说是朱严一方在外部政治势力支持下主动发起,而且取得了胜利。"割头税"虽然不合理,但它是"合法"的。"反割头税"虽然是为保护养猪户(有人说是中农以上的农户)的经济利益,但就朱家对冯家的斗争而言,其成果却主要是政治的,而非经济的。接下来锁井镇上又发生了几次小冲突,即"牛鼻子之争"、"珍儿之争"、"短工市劳动力价格之争",这也是暴动前朱冯双方的所有冲突。如果没有外部政治势力的介入,而只按照这种乡村日常生活逻辑发展下去,是不会发生暴动的,因为此时锁井镇农民面临的既不是"催租逼债",也不是"失期当斩"的别无选择的处境。当然,作品同时揭示出,掌握政治权力的地主对农民的客观性暴力、对无权势者的压迫是存在的,例如转嫁负担、借收税中饱私囊。但不掌握权力的普通地主冯老锡和冯老洪乃至严老尚(严知孝之父),却并不与农民对立,也未与农民发生任何直接冲突。

二、《翻身记事》对地主及其
子女的有限度同情

梁斌还有一部与《太阳照在桑干河上》构成直接或显在互文关系而一直被忽略的土改题材中国当代长篇小说,它就是作者于"文化大革命"后期"秘密"写作、"文化大革命"结束后正式出版的《翻身记事》。

《翻身记事》动笔于1972年,正值"文化大革命"后期。经过文学批评界对《红旗谱》和《播火记》的大批判,经过"文化大革命"异常强化的意识形态灌输规训,梁斌这部作品显示出与《红旗谱》三部曲迥异的语言风格,价值观念与人物塑造方面也有明显的差异。

首先是"出身论"观念与语言表述充斥全书。例如周大钟夸王黑炭"三代贫农",夸老槐大伯"你是船工,是无产阶级",夸王二合"雇工出身,做了多少年的基层工作";冯文光夸周大钟"出身好",李乔信任周也因他"是纯粹雇农出身",李庆新则将周大钟与李蔚对比,说"周大钟是无产阶级,他是小资产阶级";周大钟谈王振山缺点时说"唔!是了!小商人出身!"王二合则说他"原本是贫农,也做过小本生意"。

再就是意识形态话语连篇累牍,特别是代表正确路线的正面人物说话时,更是像念文件,与"文化大革命"期间公开发表的那些作品颇为类似,而与梁斌自己以往的作品明显有别。洪部长作报告时这样讲话理所应当,周大钟给土改干部们开会时这样讲一讲情有可原,夫妻间的私房话也这样,就显得做作了。例如第二十章写民兵干部李固与妻子在逃避敌人围捕的间隙,看到妻子随身携带的夫妻合影,李固说:

> "毛主席说:看,远处地平线上,已经露出新中国的帆樯了!……让我们都做毛主席的好学生!一入了党,没有不聪明的。党照顾我们,教育我们,你也聪明了呀!"

第二十二章写雇农出身的王二合夫妇大早起来聊天,妻子对他说:"……为了消灭封建,消灭地主阶级,你再加上一把劲吧!"叙述人语言里的类似语言就更多。例如:

> 平原上的人们只要一忆起那段生活,就会兴奋,也会悲伤。兴奋的是我们古老的中华民族经过一场解放战争,从地球上站立起来了,再不被帝国主义污蔑我们是一盘散沙。在毛主席领导下,再也不被帝国主义说我们愚昧……每一个村落上,都有几个或是几十个青年为祖国、为党、为伟大的无产阶级事业献出他们的生命。(第二十章)

这与《红旗谱》的那种民间口语式叙述人语言相去甚远。然而,《翻身记事》毕竟是梁斌的作品,它又与"文化大革命"期间公开发表的作品有诸多不同之处。这些不同之处,显示了其"非典范土地革命叙事"的特征。

（一）像《太阳照在桑干河上》一样，它表现出对地主子女一定程度的同情

《翻身记事》中刘作谦的女儿大荷花和小荷花姐妹，可以看作黑妮形象的丰富深化。在《太阳照在桑干河上》的初稿中，黑妮本为钱文贵亲生女儿，后来作者根据有关领导的意见将其修改为钱文贵的侄女。而在《翻身记事》中，作者梁斌直接写地主女儿的命运。作品中的大荷花向往自由民主，对共产党"也无深仇大恨，相反有些羡慕的心情"；她"向往抗日，赞成民族民主革命"，积极参加革命工作，成为演出队骨干，又是青年活动的积极分子。但是，土改一来，父亲为保家产、求生存，竟让她献身给村干部；她想逃离家庭，又无足够勇气，而且按作品所写，其实她也没有逃走的可能。于是，作为个体的人，她的悲剧命运是注定了的：最后她与全家一起被扫地出门，肯定被开除出了青年积极分子队伍，成为被歧视的"贱民"。《翻身记事》写大荷花心理颇多，而且都是同情地写，即使在她将被迫献身于村干部的时候。作品写正在读中学的小荷花，更显出其天真无邪和无辜：

> 她听到老师说：要消灭地主阶级，消灭封建，她也觉得高兴，因为消灭了封建就有民主了。她和贫雇农孩子们一块受着抗日民主教育，一说民主都高兴。她还没有想过她是属于地主阶级的。在小孩子们来讲，属于哪个阶级，似乎与自己无关。（第四章）

（二）地主本人也首先被写成一个"人"，不作简单的"恶霸"化处理

三个地主中，刘作谦和王健仲均非"恶霸"类型，被称为"恶霸"的李福云，也并无公然欺男霸女、违反日常伦理之举。刘作谦在灾荒之年对本族穷人都有照顾，族人刘二青就认为"作谦这个人还不错"；抗战期间实行减租减息时刘作谦积极配合，他们家做过抗日堡垒户。如果说刘二青立场有问题，他的话

有"不可靠叙述"之嫌,那么王健仲的穷本家、民兵王牛牛的话应理解为事实表述。王牛牛自己承认"灾荒年头也曾受到王健仲一点点帮补"。至于王健仲的父亲王友三,他更是真正的开明士绅,周大钟等人对他也是尊重的。他以自己的医术"济世活人",以"为人民服务"为宗旨,土改被扫地出门也心平气和地接受。王健仲老婆比较凶悍,但她被李二虎揭出的唯一"恶行",就是二虎小时候偷(或是被怀疑偷)王家的绿豆角,被其打了一耳光。

至于李福云,"他不能承认是恶霸,只可说是土棍毛包";如果说他与别人有什么不同,那就是他脾气不好、性格强悍。李福云的起家,其实是靠勒索富人:他在前清末年中了武举,但属于替考,是替一位财主中了举。抗战爆发前他每年去假武举家要钱要粮,不给就要横威胁,"每年拉半车东西回来";又在大街上开个荤馆(饭馆),一年赚不少钱,由此发家。当然,此人是比较霸道,但他的霸道不只对穷人,连另外两个地主刘作谦和王健仲都怵他。李福云被批斗时揭出的一件所谓"逼死人命"恶行,事情原委作品交代得很清楚:起因是李固父亲为李福云家赶大车路上遇到一个背棉花包的,马受惊,发生车祸,李固父亲受重伤。李福云主动借钱给李固让其为父治伤,李固后来无钱还债,只好以房子抵债。李固曾以父亲为李福云干了一辈子长工、自己家与李福云家是同族本家两条理由拒绝还债,李福云则回答自己给李固父亲付过了工钱、自己与李固家血缘上已出了五服(较疏远),拒绝免除债务。李福云要求偿付的债款究竟含不含利息,作品没交代清,只说第一次李福云给了李固五十块钱,后来"两次,三次,日积月累可就多了",看来本金就很多。也有可能李福云并没要利息。以日常伦理看,李福云此事没有做好人做到家,但也并非要赖;他不是善人,却也不能据此就判断其为恶人。李福云远不像黄世仁、韩老六那样。

另外,地主们也并非铁板一块:刘作谦和王健仲关系较好,但他们与李福云都是仇家。这些已有上述。

关于地主为何富,即他们的发家方式,《翻身记事》里写三个地主的土地家产都是通过合法手段"剥削"获得,并非凭借权势强取,或流氓无赖式的欺骗敲诈。除了李福云,刘作谦的富裕,靠的是"祖爷留下来的产业",以及本人开轧花房,再就是此前一直合法的地租和高利贷利息收入。王健仲家本是中农,他的发家是因"赶上几年好年景,棉花丰收,行市又好,放点账利息又高",此外就是靠父亲行医开药铺。丁玲《太阳照在桑干河上》和《在严寒的日子里》写到勤俭致富的例证,《翻身记事》也写到俭朴的地主:

> 王健仲是土财主,处处都是土里土气,因陋就简。王健仲本人一辈子没穿过长袍马褂。一年四季,赶集上庙就是那身虎头棉袄,紫花裤褂。舍不得吃,舍不得穿,进城上府都是怀里揣着块烙饼,连个大碗面都舍不得吃,平常过日子,总是嫌他娘们家吃油多,吃盐费;家里人们穿个衣服,花个零钱,都是偷着卖点粮食,他要是知道了就得骂三天街。(第三十三章)

王健仲的俭省,与《红旗谱》里冯兰池和冯焕堂父子有些类似。作品写人们起初认识不清他们的罪行,但经过多次大小运动:

> 人们也算明白了,他们拿着大钱下小钱儿,从贫雇农身上扒下一层皮,用这种方法积攒下来的财物,在地主阶级专政的法律上是合理合法的,可是在共产党领导下就是万恶不赦的罪行。①

这意味着,地主剥削农民是靠制度,与他们的个人品行善恶没有必然联系。

作品甚至隐隐显示出对地主本人的些许同情。这也许是作者意识不到的客观效果。这种效果来自作品对地主生命体验与主观感受的描述——写他们面临"人间末世"时的孤独、空虚、寂寞、恐惧和悲哀,写他们"灾难"、"不幸"(作品中的用词)到来时的绝望。作品多处写到刘作谦和王健仲的哭,这种哭并未被写成骗人的假哭。当然,在写过这些之后,叙述人一般用意识形态语言

---

① 梁斌:《翻身记事》,人民文学出版社1978年版,第137页。

予以评判,例如说剥削阶级必然灭亡之类。这种写法与审美效果,有些类似蒋光慈《丽莎的哀怨》里的相关书写。"典范土地革命叙事"则基本不写"反面人物"的真实细微的生命感受。作品所写地主的抵抗,也并不像"典范土地革命叙事"里那样穷凶极恶:他们无非是转移财产、杀死自己的家禽家畜,甚至不得不派亲生女儿色诱掌握权力的干部。这种反抗,在强大的专政机器面前,给人的感觉是鸡蛋碰石头式的徒劳无益的绝望挣扎。

(三) 客观揭示了解放区"新村霸"的存在

《翻身记事》用了较大篇幅写伴随土改进行的整党、清理干部队伍。在写这类内容时,客观上透露出解放区干部成为"新村霸"的可能。第六章写李蔚说某些干部是"新兴黑暗势力","经过抗日战争,他们成了权威了,过去是地主说了算,现在是他们说了算。有的乱搞男女关系,有的贪污,这还不是烂了?"如果说因为李蔚在作品中是被否定的错误路线代表,他的话不尽可信,那么第十二章写王天明介绍东方村情况时,也谈到"农民群众对干部意见很多,反映他们有人贪污、受贿、强迫命令,还有的乱搞男女关系",尽管这些情况"还没有落实"。叙述人语言还提到抗战期间"有的地区工作人员就和应敌人员交上朋友,也就不愁有酒喝、有肉吃了"。第二十九章写刘登华因为是治安委员,"有政治资本",无人敢惹。总之,虽然作品是在"有待查实"前提下写干部的霸道,或者是把它写成个别人的作风问题,但解放区出现"新村霸"的情况客观上还是被揭示出来。第十三章写周大钟去长工屋,长工们受宠若惊,"还觉得异常荣幸,在旧社会里,一个老长工能和大队长和土改队长平起平坐,盘腿说话,叫人怎么能相信呢?"说明他们对此并未习以为常,很有可能此前他们从未遇到此种情景,说明"大队长"在他们眼里还是令人敬畏的"官"。正因为存在干部的霸道行为,所以,当朱金甲一进村宣布"有冤的申冤有仇的报仇"时,"群众运动来势凶猛,一下子打死了一个村长,一个治安员,却没有拘留地主,没有没收浮财"(第十二章)。这其中固然有地主们暗中捣乱成分,却也反映了民心。"有冤的申冤,有仇的报仇"提法之所以错误,是因它"没有阶级性";反过来则可以说,群众自发的仇恨未必都是"阶级仇"。

（四）写出了地主与农民关系的复杂性及农民的"农民性"

小说写到有些农民参加斗争地主大会是被强制参加:第二十三章写小玉对刘老像说"是解放区的人就得叫发动,就得参加土改! 不管是斗争别人还是挨斗。"王二合动员刘老像参加斗刘作谦,刘老像说:"像俺刘家财主吧,自古是一家,我小的时候,还和作谦家一个老坟里埋人呢! 今天把他打倒,弄得破家破户的,也觉得怪寒酸!"紧接着的叙述人语言是:"说了半天,这句话是真情。"但叙述人马上又批判:"封建势力、家族观念,兔死狐悲,在老头来说,就暴露无遗了。"(第二十四章)李固大嫂将刘作谦一家赶出老宅、扫地出门时,说出的理由是"这房子不是你们伸手盖的",这以今天的日常伦理看,也有些不合逻辑:今天人居住的房子,极少是自己亲手盖的。以往的"典范土地革命叙事"也不是没有写类似情节,但因其中的地主都罪大恶极,读者一般感到杀死他们方能解恨,所以不必说出李固大嫂这样的理由,或者不会让这样的对话出现。

《翻身记事》所聚焦的官渡口村被写成一个特例,因为土改队长"周大钟这些作法和别村不同"。李蔚"看了看别的点上,有的撅窝儿把地主家闺女媳妇赶出去,在大街上漂流着,住庙的住庙,要饭吃的要饭吃"。周大钟虽然也拘禁了三个地主,却并未关押他们的家属;而且还给地主粮食,让他们自己做饭。但即使如此,作品还是写到,官渡口村农民们仍对三个地主不断进行人格侮辱,说他们"是狗",还多次拳打脚踢。只因他们被宣布为"敌人"。作品还写到,即使在讲统一战线的抗战时期,村支书王二合还是把并无汉奸言行的"开明士绅"刘作谦视为"阶级敌人"(第二十九章)。

除了写农民与地主的斗争,小说还写到农民阶级本身的封建思想遗留,例如刘二青和他的父亲压迫虐待媳妇。对正面人物李固大嫂,叙述人似乎是带着赞赏语气写她在李固牺牲后,"她为着李固革命的声名"坚持不改嫁(第二十章),但后面又写到刘家大街上的贞节牌坊,写到刘家院里出过一个守"女儿寡"的,"影响得刘家直到现在还是封建思想浓厚",明写刘家,却又让人联想到李家,想到李固大嫂挂着"革命"招牌的"守节"。(第二十三章)而另一方面,小说又写到,党的高级干部洪部长对老婆孩子并不太在意,"他对于家庭观念很是淡薄"。将这两例对比,个中涵义颇耐人寻味。

由于作者是当年斗争生活的亲历者,小说透露出的某些信息还具有史料价值。比如抗日战争期间由于解放区政府实行减租减息和"统累税"导致地主纷纷卖地以转嫁负担。

三、梁斌土地革命叙事的叙事策略及其非典范性成因

梁斌抗战时期就参加了革命,当过游击队政委,后长期从事革命宣传工作。他的《红旗谱》三部曲和《翻身记事》都直接写了中国共产党领导的土地革命与土地改革运动,但它们却并不属于"典范土地革命叙事",而表现出明显的"非典范"特征。这应该是个性使然,是梁斌有意追求的结果。谈及自己的创作追求时,他曾说,自己虽然受中外名著影响,"而要突出自己的创作个性,这一点要凭我的爱好与性格,不能迁就别人。"①

梁斌土地革命叙事非典范性的最主要成因,是他对生活细节写实的坚持。与其他"革命历史小说"不同,梁斌写《红旗谱》时有意加强生活描写部分,特别注意日常生活描写,特别是人物衣食住行的细节描写。② 从其各种创作谈可知,他小说中所写每一个人、每一件事,都有一定的生活原型作依据。在这方面,他受《金瓶梅》影响最深。在晚年所著《一个小说家的自述》中,谈及《红

① 梁斌:《一个小说家的自述》,中国青年出版社1991年版,第514页。
② 参见阎浩岗:《论〈红旗谱〉的日常生活描写》,《文学评论》2008年第4期。

旗谱》写作情景时,他说自己"一读起《金瓶梅》,四壁皆空,就什么也不想了","一面看着《金瓶梅》,一面想着《红旗谱》,受益不浅。"①而要真实可信地写日常生活,就要遵从日常生活逻辑,真实写出每个不同阶级阶层人物作为血肉之躯的所感、所思和所为。即使遇到与日常逻辑不同的革命逻辑,也要给日常逻辑一定位置,让它与革命逻辑对话。《播火记》涉及了日常逻辑与"革命逻辑"之间的冲突。作品所写朱老忠等人第一次打破日常伦理的"革命"行为是到破落地主冯老锡家去"起枪",即没收他家自备的枪支。主意最先还是与冯老锡家关系不错的朱老星出的。朱老星打官司失败,卖掉了房子无处居住,此时借住的就是冯老锡家的小屋。谈到怎样"起枪",老星准备用"日常"的方式,对冯老锡说:"咱们老街老邻的,父一辈子一辈的都不错,也用不着费事,今天我们有事,要借你的枪使使。"其他人认为不可行,这时朱老忠用"革命"逻辑代替了老星的"日常"逻辑,告诉他"暴动不是作揖求情,也不是请他吃火锅。不能轻拿轻放",提出把菜刀搁在冯老锡的脖子上,逼他交出枪支。这时:

> 朱老星一下子叫起来,说:"不行,这不成了土匪吗?和明火、路劫有什么两样?"说着,忙用手捂上嘴,合紧眼睛,缩着脖子,不再说什么。②

朱老星的话是"日常逻辑"对"革命逻辑"的疑问。在当时情况下这两种逻辑虽不可能形成平等的对话关系,但小说让日常逻辑得以现身,就已经显出与"典范土地革命叙事"的重要区别。这种重细节写实、重日常生活逻辑的写法,导致作品许多艺术描写的客观效果和意义超出了作者主观意图。例如,前面提到的《翻身记事》揭露抗战以后解放区干部中也存在"村霸"现象,应该不是作者的有意追求,因为作为"正确路线"代表及作者观点代言人的周大钟,是反对李蔚对王二合、李固大嫂等村干部的指责的,但作品让李蔚的话说出来,客观上就有了另外的效果。这一点就如同《太阳照在桑干河上》中任国忠

① 梁斌:《一个小说家的自述》,中国青年出版社 1991 年版,第 501—502 页。
② 梁斌:《播火记》,中国青年出版社 1979 年版,第 249 页。

们暗里议论土改干部的话。但若对照历史文本可以发现,干部中确实存在上述问题:

> 薄一波在一份报告中提到,晋冀鲁豫解放区的情况是:一些区村干部、积极分子、民兵以功臣自居,普遍占有多而好的土地、房产、牲畜,分得更多的现金、器具等;政府、部队、机关、团体将没收的汉奸土地或公地、房屋财产,占有己有,不让群众分配,甚至用非法手段占有应归群众分配的土地,名为生产,实则为少数干部所把持……①

不仅晋冀鲁豫,华中分局也有类似情况:

> 干部、干属、军属与干部有关之亲属荣军,则普遍多留田,留好田、留近田,有的干部几处分田,有的外来干部分田,有的干部将家里坏田托出,换好田。②

由此看来,干部成为"新村霸"的情况一度是普遍存在,并非个别现象。作为"典范土地革命叙事"的《暴风骤雨》第二部以张富英和小糜子代表这类干部,《翻身记事》则塑造了刘登华和刘冬作代表,但却把李蔚对官渡村干部群体整体坏掉的观点作为误会或污蔑来处理。这反映了作者对1947年土改"复查"时对干部打击过重、"文化大革命"时期老干部因长期是"当权派"而受到暴力冲击问题的反思。

梁斌土地革命叙事的"非典范"性,还源自他有意追求与别人同类题材的"不一样"。他有将作品流传后世的追求,因而不以宣传鼓动为第一要务。

《红旗谱》里没有地主为催租逼债公然强抢民女、闹出人命的恶性事件,最大的地主冯老兰甚至也没有出租土地,只是靠雇用长工短工实施剥削。对此,梁斌解释说:

> 也曾经考虑过写进一些催租逼债的情节,这是地主阶级和农民

---

① 罗平汉:《土地改革运动史》,福建人民出版社2005年版,第74页。"占有己有"应为"占为己有"之误。

② 《陈丕显文选》第1卷,中共党史出版社2000年版,第209页。

阶级最尖锐的矛盾,后来又想到,很多作品都写过了,也容易写成
《白毛女》那样,才写了鸟儿事件。①

这里说的"很多作品",指的其实就是"典范土地革命叙事"作品。写《翻
身记事》时,梁斌一方面肯定此前的相关题材作品"是有成就的";另一方面又
强调:自己的新作与以往作品"感受不同,社会生活不同,人物不同"。② 所以,
《翻身记事》仍然从作者经验出发,写得比较日常化:它抽象笼统地谈到地租
剥削,却无具体事例;写地主放账也是通过农民承认的合法程序,没写地主要
赖、耍流氓。作品里的农民们虽然穷,却并无"典范土地革命叙事"里那种"血
泪账"。所以,该作虽也有"诉苦"情节,却都显得勉强,没有给人留下深刻印
象。梁斌本人是富农家庭出身,家里雇有长工,他了解农民发家的各种不同情
况。他所谓"感受不同,社会生活不同",应该是指他自己家乡"地主富农多,
中农多,贫雇农占少数"③的现实,以及自己领导土改时的亲身经历。他尊重
自己的亲身感受和经历,于是就没有完全照主流意识形态的宏观判断进行具
体描写。《翻身记事》流露出对地主及其子女的些许同情,是因经历了"文化
大革命"的作者对于家庭出身严重影响子女前途命运的社会现象感受深刻,
因而丁玲《太阳照在桑干河上》的艺术处理方式较之《暴风骤雨》当更使梁斌
有共鸣。由于是"秘密"写作,写作时较少顾忌。另外,他在湖北领导土改时,
就对有些过火行为有所不满:

土改运动到了高潮,把地主扫地出门。这个做法,现在看起来,
是"左"了一些。地主子女流落街头,在没有消灭封建思想的情况
下,会有人可怜他们;他们也只有投亲靠友。④

梁斌自述里这段话,可与《翻身记事》文本中一段互训:

---

① 梁斌:《漫谈〈红旗谱〉的创作》,《梁斌文集》第6卷,人民文学出版社2005年版,第
272页。

② 梁斌:《翻身记事》,人民文学出版社1978年版,第220—221页。

③ 梁斌:《一个小说家的自述》,中国青年出版社1991年版,第2页。

④ 梁斌:《一个小说家的自述》,中国青年出版社1991年版,第429页。

　　这早晚，又是捉地主，又是挖浮财，未经过改造世界观的人，他会
站在地主资产阶级立场，以人性论的观点去可怜地主。①

　　梁斌写这两段话时，"人性论"还被当作资产阶级的东西，没有被平反，所
以，字面上他似乎是在否定的意义上使用它，或者把它指为"封建思想"。其
实，以今天观点看，这些地方恰恰体现了作者潜意识中的人性关怀和人道主义
思想。

　　作为革命作家，梁斌虽然基本接受了革命意识形态的规训，但他在艺术方
面还是有自己的坚守和固执。例如，抗日战争期间他写五幕剧《五谷丰收》，
里面写了长工小囤和地主冯老锡的女儿雅红恋爱结婚，因为"在当时不合乎
党的政策精神"，②该剧只演出一两场便被停演，但后来写《红旗谱》第三部
《烽烟图》时，他再次把这个情节写进了小说，尽管这个情节在它写作的年代
更不合时宜、不合乎"典范土地革命叙事"的要求。

　　尽管作为特殊背景下的作品，《翻身记事》的叙述人语言和人物对话中不
自然的意识形态话语较多，而且又没有了《红旗谱》那种引人入胜的故事情
节，作品失去了张力，其可读性和文学价值都远逊于《红旗谱》，作品中出色的
风俗描写也不太多，没有写出土改前后人们精神面貌的变化，但由于坚持细节
写实和尊重日常伦理观念，《翻身记事》至今仍有一定史料价值或文献价值。
特别对于研究土改叙事来说，它仍是值得注意的重要文本。因此，学界应给予
这部作品更多关注。③

---

　　① 梁斌：《翻身记事》，人民文学出版社1978年版，第423页。
　　② 梁斌：《漫谈〈红旗谱〉的创作》，《梁斌文集》第6卷，人民文学出版社2005年版，第
264页。
　　③ 迄今为止，中国知网上只查到一篇相关研究论文，还错误百出，例如将朱老忠写成"朱
老钟"，支书王二合写成"王二迫"，周大钟写成"周老钟"，王健仲写成"王健忠"。

第九章　解放区中短篇小说中的
土地革命叙事

抗战期间,中国共产党领导的解放区实行减租减息政策。1946 年后,土地政策改变,土改运动轰轰烈烈展开。相对于长篇小说,中短篇写作周期短,反映现实更为迅速。这期间解放区涉及土地革命题材的中短篇小说,几乎与社会发展进程同步,反映了社会形势变化的阴晴冷暖。在不同时间段,作家们笔下的地主与农民关系呈现不同面貌;不同作家各有其叙事策略。

一、从政策宣传到"本质"揭示的演化

解放区短篇小说的土地革命叙事,经历了从初期的政策宣传到后来强调揭示"本质"的演化轨迹。政策宣传是即时性的,它随政策内容的演变而演变。这些作品虽然也是为"政策"导向而有意凸显和强化现实的某些方面,淡化、忽略或遮蔽另外一些方面,但总体来说与日常生活原生状态相去不远。而随着土改运动渐趋激烈,单纯"跟踪"式的反映与宣传无法满足政治的需要,它要求文学必须根据理论所认定的"本质"对现实进行"提高"、作家对自己的感性经验进行超越。

1946 年 5 月 4 日中共中央发布《关于土地问题的指示》,将减租减息改为

没收地主土地分给无地少地农民,标志着土改运动正式开始。1946 年 5 月 10 日,木风就写下短篇小说《回地》。7 月 14 日,万力发表《县政府门前》。

《回地》中的地主张清茂已是一个典型的"恶霸"形象:他放高利贷,借机夺走农民的土地财产,还利用村长职位,勾结上层,甚至到日本人那里诬告乡亲。但是,农会主席让大家诉苦时,还是强调"是提意见的会,还不是斗争他的会",要和地主"说理",斗争会后对张清茂的处理,也是把他"扣到区公所里去反省",①没有出现暴力现象。

《县政府门前》里的斗争就更为温和。它讲的是县政府下令:穷苦农民在灾荒之年卖出去的土地房屋,"都可以用原价(以现行货币计算)再赎回来"。② 这明显是有偿赎买式的"和平土改"。虽然有"反动的地主"大发雷霆,但也有"开明的士绅"接受法令,积极配合。特别是,小说还透露:清朝光绪年间以及国民党中央军在的时候,也试图实行这个办法,但是没能兑现、没有成功。小说还写到农民的"良心"障碍,就是不好意思原价赎地,而并非带着仇恨要夺回原属于自己的东西。这篇小说说明,当年也有地区尝试过非暴力的和平土改。

即使涉及人命案,1946 年时的相关书写也没有出现血腥场景。丁克辛的《一天》近乎一篇速写,写的是县抗联会李主任一昼夜间的工作经历。写作时间是 1946 年 3 月 29 日,"五四指示"尚未发布,解放区农村仍然是减租减息政策。但是它写到了两次上吊、一条人命。第一次上吊是抗战前一年,李主任自己因为无法交够租粮,地主又不肯通融,绝望之下上吊,被妻子救下。第二次上吊是夏家庄一个贫苦农妇的自尽:地主要夺走他们家租种的土地,夫妻为此口角,丈夫打了妻子,妻子于是走上绝路。两次上吊虽然都是地主所逼,但地主都是"依法"催租收地,并未直接杀人。小说还用不少篇幅写李主任的家庭,写他与下级小王的深厚感情,所以没有出现剑拔弩张的阶级斗争场面。

---

① 木风:《回地》,《文艺杂志》第 1 卷第 4 期(1946 年 6 月出版)。
② 万力:《县政府门前》,《晋察冀日报》1946 年 7 月 14 日。

韦君宜《三个朋友》里的地主黄四爷是个"开明绅士",贫农刘金宽的母亲也"相信地主黄四爷是恩人",所以"不愿意减租"。黄四爷唯一让知识分子"我"感到不快的是喜欢用古文考人,让刘金宽耿耿于怀、感到耻辱的也仅仅是黄四爷的小老婆打过他嘴巴、小少爷拿他当过马骑。最后到实行减租时黄四爷暴露出他阳奉阴违的一面,但最后他还是乖乖减租,说自己是"误收了些租"。① "开明绅士"虽然显得不那么"开明"了,但也并未变成恶霸。

较之黄四爷,束为《红契》里的"笑面虎"胡丙仁显示出更多"虎"的一面。地主胡丙仁见人先笑,看起来区别于黄世仁、韩老六的吹胡子瞪眼,可他催租逼债不留情面。减租减息开始后,佃户冲到他家里,他表面服从,以至于区干部小陈说他是"开明的"。但他又暗中散布谣言,说八路军要撤走。他假意请佃户苗海其喝酒,实际为威胁恐吓,迫使苗海其对减租明减暗不减。第三年上面查租,胡丙仁被斗,苗海其藏在墙角喊打,却并不上前动手;当胡丙仁偷偷再去打麦场收他的粮食时,苗海其打了胡丙仁。胡丙仁向众人求饶,把红契交还了苗海其。这篇发表于1946年8月的《红契》,②里面的胡丙仁在运动初起时的表现,已有些像韩老六或钱文贵了,但他的"虎"、他的"恶"仍限于生活中常见的"欺负人"。孙谦《村东十亩地》里的地主吕笃谦虽也是"慈眉善眼",但遇事他的凶恶更外露、更出格:他看中杨猴小家的地,就栽赃杨猴小,诬告他偷玉米,将其吊打,"足足吊了一个钟头,断了两次气",将杨猴小的村东十亩地讹走。土改开始,农会成立,吕笃谦又使软招、假招,用没有年月、没有中人的"拦约"蒙骗杨猴小,民兵队长玉生予以揭穿。杨猴小于是想:"要想翻身,出气,一定得扯破脸"。他发现吕笃谦偷已确定归还他的那村东十亩地里的玉米,就抓住吕笃谦。吕笃谦被斗倒,十亩地物归原主,杨猴小终于彻底翻身。值得注意的是,虽然这篇小说里的地主吊人打人,已属恶霸,但仍然没有人命

---

① 韦君宜:《三个朋友》,康濯主编:《中国解放区文学书系·小说编(一)》,重庆出版社1992年版,第284—292页。

② 束为:《红契》,《人民时代》第2卷第3期(1946年8月1日)。

案、没有强抢民女的流氓行为,所以就连苦主杨猴小也一度被地主"笑软了",看到地主可怜相时"还有点不忍心"。所以,"扯破脸"才会成为一个问题——不是由于恐惧,而是由于不忍。这里的叙述多少显示出一点矛盾:既然吕笃谦栽赃过、吊打过自己,杨猴小本应对其恨之入骨,却屡生怜悯。看看作品写作日期——1946年11月,也许可以从当时的政策得到解释:"五四指示"里的土改政策,尚比较温和。上述作品要宣传政策,就要考虑尺度。另一方面,这些作品里的受害农民也都很普通,不曾出现高大完美的理想人物或英雄人物。

到了1947年,各地土改渐趋激烈。《中国土地法大纲》公布以后,彻底消灭地主阶级、平分土地的政策在各解放区推广。与之相应,原先一些对地主的较温和政策被突破。于是,中短篇小说里的地主形象发生本质变化,即普遍恶霸化;就连原先的"开明士绅"也大多被塑造成假开明,写成暗藏的特务分子。

峻青的《水落石出》为这方面最典型的一例:里面的地主陈云樵一直被视为开明士绅,他的"开明"不限于对土改干部顺从或对人笑面相迎,他有具体行为:"荒年的时候发一点粗粮啦,冬天捐赠几件破棉衣啦,站在街头上道貌岸然地讲几句'公道话'啦,遇到邻舍们危急的时候'解囊相助'啦等等"。①这样的行为、这样的描述不会在"典范土地革命叙事"里出现——《暴风骤雨》里的杜善人空有"善人"之名,并无任何对农民的善举或善言。在后来的"反典范土地革命叙事"里,地主的这类行为却常见,而且都会被予以正面描述、正面评价,塑造成白嘉轩、隋迎之、孙怀清、司马亭兄弟之类的形象。《水落石出》的写法既不同于"典范土地革命叙事",也有别于"反典范土地革命叙事":他写出某个地主的善行善言,却将其解读为"小恩小惠的笼络手段"。而最后"水落石出"之时,陈云樵的身份却变成了伪装开明的恶霸,而且身上犯有多条人命,他亲手抠出革命复员军人郑刚眼珠、扼死陈福老婆的情节尤其令人发指。他不只像《太阳照在桑干河上》中的钱文贵那样操纵历任村长,还像黄世

---

① 峻青:《水落石出》,康濯主编:《中国解放区文学书系·小说编(四)》,重庆出版社1992年版,第2230—2231页。

仁、韩老六似的奸污贫农陈老强的老婆，并吊打陈老强并将其送到官府拘押。作者塑造这样一种众人以为大善人、实际却极其凶残恶毒的地主形象，有其特定背景，就是土改渐趋激烈之时暴力事件不断发生，有些普通人对地主不能撕破脸，甚至感念其好处，这在当时被认为是被表面现象所迷惑，看不透地主作为剥削者、压迫者的"阶级本质"。于是，作者借陈云樵形象以显示：个别地主的"善"都是假象，他们的本质是"恶"，而且伪善的地主更阴险、更凶残。所以，要进行阶级斗争、要进行彻底的土地改革，就需要从"本质上"来看待地主，而不被日常生活中个别人的"表面现象"或"假象"所迷惑。而将地主对穷人的施舍或"善举"解读为"小恩小惠"的修辞，阳翰笙（华汉）解放后修改其早年作品《暗夜》中富农罗九叔对雇工张老七的优待时，梁斌写《翻身记事》中的刘作谦、王健仲时，也使用过。不过，《水落石出》同样没有在塑造革命干部及贫雇农积极分子形象方面花费太多笔墨，没有将他们塑造成高于常人的理想人物。总的来看，《水落石出》还不能算"典范土地革命叙事"，而只是具备了"典范土地革命叙事"的某些因素。

与《水落石出》形成对比和反衬的，是秦兆阳的《改造》。①《改造》里的王有德是个"小土瘪财主"，他自小养成游手好闲、好吃懒做的性格，厌恶体力劳动。但他并非恶人，只是使人感到可气、可笑，甚至可怜，并不使人感到可恨。最后在村干部帮助下他被改造成了自食其力的劳动者。这篇小说发表后，作者马上受到批评。批评者认为，"在文章里也看不出明显的阶级对立"，②虽然地主各色各样，"但总的一个，他们并不是白痴，几千年来，他们统治着这个社会，他们是阴险狡诈的，无恶不作的，他们是人民的仇人"；没有将地主写成凶残的人、不能激起读者对地主的仇恨，是"掩盖了阶级矛盾的本质"。③

①　秦兆阳：《改造》，《人民文学》第1卷第3期。
②　徐国纶：《评〈改造〉》，《人民文学》第2卷第2期。
③　罗淇：《掩盖了阶级矛盾的本质》，《人民文学》第2卷第2期。

批评者罗漠对《改造》的一段分析，我们姑且不论其观点或结论正确与否，它确实揭示了《改造》的"非典范"性，或它与"典范土地革命叙事"的距离：

《改造》里又是怎样描写了伟大的土地改革呢？

"一九四七年冬天实行土地改革，这一回上级规定的章程最彻底，群众的觉悟程度和斗争热情也最高，"是因为"没收了地主的一切财产，并且一连串开了三天群众大会，对他控诉冤苦，说的他们一个个都'像个罪人似的'低头搭脑。"觉悟程度和斗争热情最高的斗争会是这样开的：先由农会主席范老梗把王有德过去不劳动，"张嘴就吃饭""伸手就穿衣"表面的数说了一顿（毫无分析，更谈不到由主席的"控诉"揭开阶级矛盾的本质）；接着是一个瞎老太婆控诉过去要饭王有德给的太少！一个青年控诉王有德说韭菜比小麦好！又一个妇女控诉上王有德家房顶上扫粮被骂回来险些没摔下房来；范小春和李老成因为"也想起个故事来"便也控诉王有德说风凉话，说皇上尽吃馃子。揭发了一些孤立的表面现象和笑话以后，这个斗争会是怎样"胜利"结束的呢？"有德在那站了半天，又被众人数说了一场，早弄的身体和精神有些不行"了，"只希望这会快点完，所以问甚么说甚么。"因此，地主王有德被斗倒了（?）。①

秦兆阳是根据日常观察和体验来写，批评者要求的是按照"本质"，即阶级斗争理论对地主的界定、对地主与农民关系的理解来写。批评者也并非不承认现实生活中有王有德这种类型的地主，但他认为这属于"非本质"的"表面现象"，因而不应这样写：或者忽略这类存在，或者按照"本质"予以"提高"。这篇小说被批评、作者被迫检讨的年份是1950年，它喻示着，"典范土地革命叙事"将成为唯一"合法"的叙事类型。

---

① 罗漠：《掩盖了阶级矛盾的本质》，《人民文学》第2卷第2期。

二、赵树理笔下的地主、干部与积极分子

赵树理小说中,涉及土地革命(包括减租减息和土改)、表现地主与农民冲突内容的篇目,主要有《李有才板话》《李家庄的变迁》《地板》《福贵》和《邪不压正》。赵树理作品虽然曾被尊为解放区文学的"方向",但他的土地革命叙事却与以《白毛女》《暴风骤雨》等为代表的"典范土地革命叙事"有明显不同,应归入"非典范土地革命叙事"之列。其"非典范"特征,主要表现在地主形象塑造、叙事重点确定及文学功能观三个方面。

赵树理塑造的地主形象,主要有《李有才板话》里的阎恒元、《李家庄的变迁》里的李如珍、《地板》里的王老四、《福贵》里的王老万、《邪不压正》里的刘锡元。此外,《催粮差》里的二先生也属于地主,《田寡妇看瓜》里也捎带写到一位地主王先生。上述地主形象中,可称"恶霸地主"的,只有阎恒元和李如珍。

除了阎恒元和李如珍,算计别人土地财产的地主还有王老万。但王老万并非欺男霸女的公认的恶霸。他虽然吊打过福贵,并逼得福贵远走他乡,但他是以族长惩罚本族"不学好"子弟(赌博、偷盗、做吹鼓手)的名义,而且作品并未写到他对其他农民的迫害行为。在日常生活中,王老万这样的人一般不会被认作恶霸。小说开端,王老万要惩罚福贵时,村里人没人认为不对,因为福贵名声"比狗屎还臭",王老万则始终站在道德制高点上。当年福贵结婚时,福贵母亲请王老万作为"老家长"出席陪客。母亲病危,福贵就去找王老万想办法。福贵在老万家当长工,没与老万发生过冲突。最后双方解除雇佣关系,是福贵觉得经济上不合算,主动提出。王老万对福贵的迫害,都是以合法的方式,即通过高利贷剥削。他虽然借钱给福贵,但主观上并非为帮他渡过难关,而是借机获利,吞并福贵家土地;福贵替人埋死孩子、做吹鼓手、偷邻村人胡萝卜,又为老万惩罚福贵提供了道德借口,他以有辱家族门风的名义逼得福贵远

走他乡。但直到福贵还乡,批斗王老万时,还先叫老万一声"爷"。

阎恒元和李如珍是村民公认的恶霸,但他们与"典范土地革命叙事"里的"恶霸地主"有明显不同:他们并不公然欺男霸女耍流氓,不像韩老六那样手提大棒随便打人,也不像黄世仁那样强奸民女,也不曾武力催租逼债;他们的霸道凭的是政治权力和社会势力,是以合法形式欺压弱者。再就是他们的压迫对象主要针对外来户,阶级压迫与家族观念及地域歧视纠缠在一起。

阎恒元抗战之前年年连任村长,后来虽然不当村长了,但作为"老村长",后来的村长阎喜富、刘广聚,农会主席张得贵等,都对他唯命是听。他的势力和权力来自他本人让村人慑服的权术、他营构多年的社会关系,就像《太阳照在桑干河上》中的钱文贵一样:他利用人性弱点,通过给小便宜的办法,很快将原先曾挑战他的马凤鸣和陈小元收归帐下;他搞假丈地瞒哄上级,还给阎家山骗得模范村称号。他虽然霸道,得罪了他的李有才被赶出村,但他却不用自己出面去干。这是过去乃至现在常见的会玩弄权术的恶霸。李如珍也是村长兼社首,他耍霸道的方式是包揽诉讼,指鹿为马。他判李春喜与张铁锁家因为一棵树而产生的纠纷,明显偏袒本家的李春喜,欺负外来的林县人张铁锁,本来是张铁锁的树却硬说是李春喜的,让张铁锁赔钱。这样的行为,与"典范土地革命叙事"里的恶霸已经非常接近了,但赵树理并未写李如珍道德品质方面违背人伦的丑行劣迹,而突出被欺负者的外乡人身份,继续了《李有才板话》中"坐地户"欺负外来户的冲突模式,从而使"阶级斗争"的色彩或成分受到一定冲淡稀释。李如珍欺负张铁锁,是利用村长和社首的政权与族权,以及"坐地户"七勾八连的社会关系优势。《李家庄的变迁》除了写李如珍对铁锁、冷元等人的政治压迫,还写高利贷者对借钱人的盘剥,但按小说所写,"这种高利,在从前也是平常事",是合法的。《李家庄的变迁》与"典范土地革命叙事"另一不同之处,是除了恶霸李如珍,还塑造了一个正面的有钱人形象,即福顺昌老板王安福:王安福是真正的开明士绅。有钱人并非铁板一块,匪军也并非与地主勾结一起:孙殿英的侯大队还绑过李如珍的票。这样,就客观上消解了有地有钱即有势、富人皆坏、地主即恶霸之类"典范土地革命叙事"的基本价值观。

《邪不压正》里地主刘锡元并未正式出场,他的势力和霸道,是通过给儿子刘忠续弦之事侧面表现的:他儿子看中中农王聚财的女儿软英,他就派小旦来提亲。慑于其威势,王聚财不敢不答应。这似乎有些像黄世仁与白毛女的故事了。然而,刘锡元毕竟是让媒人来提,而且送了定亲礼(尽管礼物有折扣),不是抢亲,地主儿子也不曾霸王硬上弓。《地板》里的王老四则是一个老实巴交的普通地主,他就知道靠地租过活,遇到旱灾收不上租,他一家人就坐吃山空,"一年顾不住一年";农会让他减租,他就照办,只是心里想不通。而他的族兄王老三则是地主兼小学教员,是真正的开明士绅,他不仅自己带头减租,还帮助说服王老四。

《地板》里农会减租减息靠的是说服,而且允许地主说自己的理;即使是《邪不压正》里比较霸道的刘锡元,斗争他时也还允许他"说理"。刘锡元说的"理"虽有巧辩成分,却也透露出一些在场人无法否定的信息,以至于"谁也说不过他,有五六个先发言的,都叫他说得没有话说"。元孩急了,想发言,刘锡元说:

> 说你的就说你的,我只凭良心说话!你是我二十年的老伙计,你使钱我让利,你借粮我让价,年年的工钱只有长支没有短欠![1]

这段话起码说明,刘锡元在剥削农民方面,并不通过公开耍赖,他对长工也施过小恩小惠。他那里都有明账。元孩反驳他的理由是雇工与东家的生活差距:"我每天做是甚?你每天做是甚?我吃是甚?你吃是甚?我落了些甚?你落些甚?⋯⋯"于是大家依此思路反驳地主,以最后的结果"反正我年年打下粮食给你送"、"反正我的产业后来归了你"来证明地主对自己的剥削。而刘锡元认为大家这是"不说理"。这里,刘锡元说的"理"是几千年来大家习以

---

[1]　赵树理:《邪不压正》,《赵树理小说全集》,时代文艺出版社 1997 年版,第 362 页。

为常并接受了的日常之"理",农民们在中国共产党启发教育下说的是"地主不劳而获就是剥削"的革命之"理"。赵树理虽然最后用革命伦理压倒了日常伦理,但因给日常伦理以表现机会、给了地主们发言权,也就将自己的土地革命叙事与"典范土地革命叙事"区分开来。控诉和斗争刘锡元的场面,与斗争黄世仁、韩老六的场面判然有别,与斗争李如珍、钱文贵也有所不同。

在"典范土地革命叙事"中,村干部与积极分子基本都是正面人物,只有极个别蜕化变质者,还很快受到清理。而在赵树理笔下,几乎每篇作品都有假公济私乃至为非作歹的干部与积极分子,他们某些行为已近乎恶霸,甚至比地主中的恶霸更肆无忌惮。这类恶霸型村干部有的是混进革命队伍的地主分子、地痞流氓,有的本来也是弱势群体中一员,取得权力后逐渐变质。例如《小二黑结婚》中的村政委员金旺与武委会主任兴旺,《李有才板话》里的前后两任村长阎喜富和刘广聚、农会主席张得贵、武委会主任陈小元,《邪不压正》里的农会主任小昌、积极分子小旦。其中,金旺与兴旺兄弟完全是混入干部队伍里为非作歹的地痞流氓,阎喜富本身就是恶霸,张得贵和刘广聚是为虎作伥、助纣为虐的狗腿子。陈小元和马凤鸣当初都曾向恶霸斗争,但当上干部后,马凤鸣获得一点小利就对恶行保持沉默,陈小元则官僚气十足,"借着一点小势力就来压迫旧日的患难朋友"。小昌在斗争地主时表现积极,是因他下得去手,给刘锡元"抹了一嘴屎",他当上干部后,"也就跟刘锡元差不多",分地分房分浮财时带头多分多占,刘锡元凭势力给儿子刘忠向软英求亲,他也利用职权为年仅十四岁的儿子小贵向软英提亲,而且出面的是同一个小旦。小旦作为"积极分子",给小昌跑腿,与当初给刘锡元当狗腿子时,语言行为完全一样。一看小昌失势,他又落井下石,试图洗脱自己,并趁机捞一把。

在"典范土地革命叙事",穷人之间天生亲近,品质高洁。而《李有才板话》里的穷人老秦却瞧不起穷人,听说老杨也做过长工,马上对之怠慢起来。特别是,赵树理写"积极分子"们的私欲不是个别现象,《邪不压正》里分果实时,"说公理"的元孩和小宝成为少数派,其他积极分子"只注意东西不讲道理",对别人家的土地财富看着眼热,为了多分,竟斗争起开荒起家、勤俭持家的中农。这与《暴风骤雨》里赵玉林夫妇、郭全海、白玉山等积极分子的表现截然相反。

可见,赵树理批判的锋芒虽然也是指向"恶霸",但是否"恶霸"并不一定与其阶级出身有关,而往往联系到其人品、权势与社会关系。

赵树理的这些写法,源自他独特的创作宗旨,那就是"为解决实际工作中的具体问题而创作"。既然是为揭示问题,而非树立榜样,那么主人公就会更贴近现实生活,就不会太高大;即使写先进人物,也很朴实,不会讲任何意识形态化的"豪言壮语"。

三、孙犁对叙事聚焦点的转移

孙犁亲身参加了土地革命,包括抗日战争时期的"减租减息、合理负担"运动与抗战结束后的土地改革,而且他本人的家庭也被卷入了土改运动,受到冲击。作为解放区作家中具有代表性而又个性鲜明的一位,他的土地革命叙事值得关注,值得研究。

有学者指出:

> "政治"在孙犁的作品中,常常是作为"时代"的具体背景而存在的。在这个背景中,他所展示的(亦即他所"歌颂"的),并不仅限于工农兵的"阶级性"或革命性,而是这些"工农兵"身份的个体身上那些比阶级属性更宽泛也更高的人类的优秀的精神品质,如善良、正义、坚强、忠贞、纯洁,等等。他对革命、阶级斗争的表现,其意义并不在首肯革命、斗争本身,而着眼于革命、斗争的神圣目标——人类的平等、安宁、幸福——以及在这个神圣目标下人所具有的美好的情绪与高尚的情怀。[1]

---

① 杨联芬:《孙犁:革命文学中的"多余人"》,《中国现代文学研究丛刊》1998 年第 4 期。

既然如此,孙犁的土地革命叙事肯定不会属于形象诠释无产阶级革命意识形态的"典范土地革命叙事",但他解放区作家的身份又决定了其不会进行"反典范土地革命叙事"。他的相关作品应属"非典范土地革命叙事"无疑。

孙犁的土地革命叙事又分小说与散文两类。散文虽然未必全是纪实,毕竟与"本事"更近;小说的虚构与想象,则更能凸显孙犁的价值立场与审美选择。而晚年所撰《善闇室纪年》,则基本可以作为现实生活"本事"来看。我们除了将孙犁的土改叙事与"典范土地革命叙事"对比,也将其相关的小说与散文及笔记对照阅读,当能发现孙犁土地革命叙事的具体特点。

首先,孙犁作品中写到的地主都是"日常化"地主,作者并未写他们催租逼债、霸占民女、巧取豪夺一类行为;其次,对于土改题材小说常见的斗争大会场面,孙犁也不曾有正面描写,因而没有地主耸人听闻的"恶霸"暴行或劣迹的展示。土改题材小说常见的"诉苦",只在散文《诉苦翻心》里涉及:郭兰瑞的哥哥冬学因当村干部,表现积极,被地主们仇视,地主们将其告到炮楼,导致冬学被抓到关东煤窑。这涉及了地主的恶行:在抗战时期,告密到炮楼属汉奸行为;但它被写成事出有因——我们推测,大概因为冬学参与减租减息、合理负担运动,侵害了他们的个人利益,他们是为个人私利而不顾民族大义;但此事被一笔带过,作品写郭兰瑞母亲的诉苦词,主要诉的是"天"降的横祸:郭兰瑞父亲去安国磨刀,病死他乡;郭兰瑞姐姐被卖,是过去的事,应该是因为贫穷,不是具体人的逼迫。文本将叙述重点放在冬学回乡之后:土改翻了身,冬学参加八路,母亲舍不得他去;冬学开小差回来,母亲把他藏了起来。后来见地主们不甘心被剥夺,期望死灰复燃,因儿子开小差,全家又被人小看,母亲认识到参军保卫胜利果实的重要性,又送儿子归队。这样,"翻心"取代了"翻身",成为叙事重点。

除了这篇《诉苦翻心》,孙犁以土改为背景的作品尚有散文《天灯》《一别十年同口镇》《王香菊》《香菊的母亲》《石猴——平分杂记》《女保管——平分杂记》,小说《村歌》《秋千》。这些作品的聚焦点,一是土改翻身后农民们的欢乐心情、农村新面貌,二是普通农民、积极分子和村干部在分浮财时表现出的心理状态与个人品质,三是对阶级划分的思考、对不同类型人物的重新认识。

《天灯》内容很简单:土改后,穷人小五家也像原先西头财主家一样,过年时点起天灯(孔明灯),财主家的天灯则不见了。小五家原先常年借住祠堂,如今分得房子,小五也穿着新棉袍。天灯是"穷人翻身的标志"。而另外几篇,则有一定值得分析的较复杂内涵。

关于地主及其亲属在土改运动中的境遇,丁玲和梁斌的土改叙事已经涉及,而这更是新时期以后土改叙事所关注的。孙犁的私人笔记《善闇室纪年》曾记载他亲见的农民对地主的暴力行为:

> 一日下午,我在村外树林散步,忽见贫农团用骡子拖拉地主,急避开。上级指示:对地主阶级,"一打一拉",意谓政策之灵活性。不知何人,竟作如此解释。越是"左"的行动,群众心中虽不愿,亦不敢说话反对。只能照搬照抄,蔓延很广。①

但在其他散文或小说中,不曾有此类记述。《诉苦翻心》中有一处写到地主:

> 她把绳子放在地下,正要动手收割。忽然看见地主老欠在地那头转悠,头上斜包着一块白布,遮着他那早已平复的伤口,眼里放射着仇恨毒狠的光芒,从垄沟上走过来了。②

地主头上有伤口,说明斗争他时他挨了打,打人者中很可能就有郭兰瑞的母亲和哥哥,但是这些没有正面描写;而伤口既已平复,说明仅是皮外伤,伤得并不很重。而《一别十年同口镇》中,被清算后的地主,虽然向外来的"我"抱怨村干部、哭穷,但"他们这被清算了的,比那些分得果实的人,生活还好得多",地主家的青年妇女"脸上还擦着脂粉",说明"农民并没有清算得她们过分","而这些地主们的儿子,则还有好些长袍大褂,游游荡荡在大街之上和那

---

① 《孙犁全集(修订版)》第8卷,人民文学出版社2016年版,第16页。
② 《孙犁全集(修订版)》第2卷,人民文学出版社2016年版,第186页。

些声气相投的妇女勾勾搭搭。"而"进步了的富农,则在尽力转变着生活方式"。① 这反映了晋察冀的土改也有比较温和的地方。

一些作品写到地主对土改的仇视与反抗。《王香菊》写大旱之时地主的水车都放在家里,让大井闲着,叫庄稼旱着。《香菊的母亲》写工作团一走,"地主向人民反攻"。不过,这些反抗或"反攻"就像别的作家所写地主土改前屠杀牲畜家禽吃肉一样,是纯个人性的、日常化的:他们无非是"用耍赖皮脸的外形,包藏祸心,到农民分得的土地上去劫收",②或对分他们土地并在斗争时打过他们的农民投以仇恨的目光。在某种意义上讲,这是合乎情理的情绪表达:原属他们自己家的土地即将分给他人了、财产即将被人剥夺,他们当然没心思再照料土地,让庄稼旱死、把能吃的尽量吃到肚子里、把钱财埋藏起来,这是普通个体生命的本能反应。一些地主及其家属从小不习惯劳动,要把他们变成自食其力的劳动者,阻力肯定很大。孙犁对土改的必要性和正义性从不怀疑,虽然他对农民某些暴力过火行为不以为然。他是按他所看到的实况记录土改(虽然有所回避),按他所理解的方式解释土改。因此,《一别十年同口镇》结尾才会写到"进步了的富农"。

没有将地主形象恶霸化、流氓化,是因孙犁认识到农民的贫穷与不幸"是一种制度的结果"③,而也正因如此,叙述人写地主面临斗争时的眼泪和"乞怜相"时"无耻"与"祸心"之类判词就具有了反讽意味,或可看作地富家庭出身的孙犁写到此类事件时而采用的一种修辞。另就是关于贫农"道德"的话语:

> 有些人还好在赤贫的妇女身上,去检查"道德"的分量。追究她
> 们是否偷过人家的东西,是否和丈夫以外的人发生过爱情,是否粗鲁
> 和不服从。他们很重视这点,惋惜这是穷人本身的一个大缺点。在

① 《孙犁全集(修订版)》第2卷,人民文学出版社2016年版,第161—162页。
② 《孙犁全集(修订版)》第2卷,人民文学出版社2016年版,第180页。
③ 《孙犁全集(修订版)》第2卷,人民文学出版社2016年版,第181页。

"道德"上，他们可能欣赏那些地主的女儿，大家的闺秀。①

这里的"有些人"，指的是没有接受革命伦理的人；这里的"道德"，应该指的是日常伦理道德，而依此日常伦理道德，那些赤贫妇女、那些穷人可能是有问题的：她们曾经偷盗，曾经与丈夫以外的人偷情，而"地主的女儿"、"大家闺秀"倒无此"道德"问题；依此日常伦理，被斗争的地主的眼泪和"可怜相"是值得同情的。但孙犁在文本显在层面以革命伦理取代了日常伦理：

我们的农民最大的弱点是怜悯心，他们见不得地主的眼泪和那一套乞怜相……。②

"怜悯心"之所以是"弱点"不是"优点"，就在于支撑文本的是革命伦理，不是日常伦理。但作者让不同伦理对撞并凸显，暗示出其又有潜在的日常伦理意识，即，以超阶级的人道主义看问题。如果以革命伦理、以阶级论看问题，就会看到封建剥削制度的恶，看到地主"掩藏在背后的企图复仇的刀"。③ 如果孙犁完全以革命伦理进行土改书写，正面展示并渲染地主"企图复仇的刀"，将制度的恶形象化为个人品德的恶，那么他的土改叙事将与"典范土地革命叙事"无异；孙犁的土改书写之所以属于"非典范土地革命叙事"，是因为它虽让革命伦理占主导并压倒日常伦理，但并未让后者消失，反而得以凸显，与革命伦理"对话"。而地主"复仇的刀"始终并未在文本中亮出，因而基本停留在理论层面或理念层面。

小说《秋千》聚焦点则是土改中阶级成分错划问题：大娟的爷爷老灿当过缸瓦店大掌柜，家里种过五十亩地，喂过两个大骡子，盖了一所好宅子。后做生意受骗，铺子关门。日本人到来后，把她家烧了个一干二净，于是穷了下来。土改时父母离世，爷爷半身不遂，大娟辛勤劳作，积极参加村里的活动，是公认的模范青年。但有人却根据他们家事变前曾经富裕过的历史，主张将其划为

---

① 《孙犁全集(修订版)》第2卷，人民文学出版社2016年版，第181—182页。
② 《孙犁全集(修订版)》第2卷，人民文学出版社2016年版，第180页。
③ 《孙犁全集(修订版)》第2卷，人民文学出版社2016年版，第180页。

富农。大娟很觉委屈，精神很受打击。后来工作组学习了 1933 年两个文件和任弼时的报告，女孩子们提出，大娟家应该是农民。虽然作品没写官方如何作答，但看下文写大娟"比以前更积极更高兴了"，应该是错划得到了纠正。

除了划成分时土改干部的犹疑或失误，孙犁以不同方式还写到积极分子不太高大的一面，乃至自私行为：例如上面曾说到的郭兰瑞的哥哥开小差、母亲藏匿儿子。《石猴——平分杂记》所写虽是一次误会和误传，但也客观反映出分浮财时干部和积极分子有从中获取私利的可能；《村歌》里的"荣军"（伤退军人）老王和老郝居功自傲、想求特权，乃至动手打人，烈属老婆子也想捞一把；《女保管——平分杂记》里纠察队长毕洞自己家开饭铺，却支使村里保管刘国花为他打杂，群众甚至喊出哪怕浮财损失完了，"也不能叫少数干部多分"①的话，说明干部中饱私囊已引起群众不满。这样的干部与积极分子形象，与《暴风骤雨》中赵大嫂子、白大嫂子和郭全海们的表现迥然有别，也就显示出"非典范土地革命叙事"与"典范土地革命叙事"的重要差异：前者描述实际有的人和事，后者描述"应当如此"的人物及其行为。孙犁也不是没有塑造正面的干部和积极分子形象，这方面的代表有《王香菊》里的王香菊，《村歌》里的区长老郎、饲养员老改和村干部李三，《女保管——平分杂记》里的刘国花和李同志。但这些正面形象没有被作为阶级符号来写，其自律奉公被写成个人品质问题，显得很真实、很贴近生活。这种写法与赵树理小说有些类似。

与上述散文及小说不同，动笔于 1950 年、最终修改完成于 1962 年的孙犁唯一一部长篇《风云初记》在涉及地主形象及地主与农民关系时，表现出一种分裂特征，就是它既保持了孙犁一贯的风格，又夹杂进大量意识形态成分。这种分裂特征根源于"话语讲述的年代"与"讲述话语的年代"的反差。与孙犁其他土地革命叙事作品不同，《风云初记》"话语讲述的年代"是抗战初期，是国共合作、统一战线尚未全面破裂的时期，而"讲述话语的年代"，则是阶级斗

---

① 《孙犁全集（修订版）》第 10 卷，人民文学出版社 2016 年版，第 39 页。

争观念日益强化的时期。由于前者(话语讲述的年代),作品并未正面表现地主田大瞎子如何剥削压迫农民,没有被塑造成公然违反日常伦理的恶霸流氓,他最后被公审,罪名是"破坏抗日,勾结汉奸张荫梧,踢伤工人老温,抗拒合理负担",这仍然是地主的个人行为,没有被作为"阶级本性"来写,因为与之同时存在的还有"爱国地主"高翔的父亲,以及有钱却并不"反动"的李佩钟父亲。由于后者(讲述话语的年代),田大瞎子最终还是被作为潜在的汉奸,作为暗中与共产党抗日民主政权对抗的敌人来塑造。《风云初记》加进许多与主干情节不太协调的意识形态化议论,应该也是与"讲述话语的年代"有关。

第十章　王希坚、马加、陈学昭：
努力靠拢，终非"典范"

初版于 1948 年的周立波《暴风骤雨》与丁玲《太阳照在桑干河上》是最早的土改题材长篇小说。它们一个属于"典范土地革命叙事"，一个属于"非典范土地革命叙事"。1949 年以后，又陆续出现几部涉及土改或广义土地革命（包括减租减息）的长篇小说，它们努力向"典范土地革命叙事"靠拢，但由于各种原因，终未达到"典范"的要求，而显示出某种"非典范"性，因而在"规范"渐趋严格的文学环境中，没有引起太大反响，并被当代文学批评及文学史书写忽略。这类作品主要包括王希坚的《地覆天翻记》、马加的《江山村十日》、陈学昭的《土地》和王西彦的《春回地暖》。

一、王希坚《地覆天翻记》中
地主形象的叙述缝隙

王希坚的《地覆天翻记》也属于广义的土地革命叙事：它写的虽然不是土地革命战争时期的"打土豪分田地"，也不是 1946—1952 年间的土地改革运动，而是抗战时期的"减租减息"，但在作品中，这场减租减息运动终于演化为地主与农民间你死我活的暴力冲突。它初版于 1949 年。虽然同年内被上海的新华书店与山东新华书店等不同出版社重印多次，"一出版就在社会上引起强烈的反响"①，但此作在进入1950年代之后便不再版或重印，后来的文学史也很少提到它，普通读者大多不知尚有这么一部小说，迄今为止尚未见专门研究的论文，在中国知网上搜"王希坚"，所得文章也只寥寥数篇，而且这些文章提及这部作品时，显示出作者并未细读文本，甚至弄错人名，例如不知作品中"反一号"恶霸地主是吴二爷，而将堂号误作外号，将其称为"剜眼堂"。

总之，这部作品没有进入被大力推广普及的"典范土地革命叙事"行列。细读文本，笔者发现，它虽然竭力向"典范土地革命叙事"靠拢，但还是显示出明显的"非典范"性。作品的叙述有诸多耐人寻味的缝隙。以下对此予以具体辨析。

王希坚之父王翔千是山东共产党早期组织的主要成员，王希坚本人早年参加革命，是典型的革命作家，《地覆天翻记》也是尽力按革命意识形态的要求来创作，甚至是为配合中国共产党特定时期的政治任务来创作。但由于他本人出身地主家庭，而且家庭是当地名门望族，他对地主的日常生活十分熟悉，因而，当他对生活细节及情节展开描述时，便会不自觉地透露出一些生活原生态的东西，从而与意识形态判断产生一定差异。

例如，关于开篇即已去世了的地主"老善人"的形象。莲花汪最有名的地主有两户，一户是姓于的没落了的"老大门"，一户是现正兴旺的姓吴的"新大门"，即万缘堂（人们背后称之为"剜眼堂"）。老善人活着时是老大门的家长。老毛叔对新到万缘堂"扎活"（当长工）的小牛说，他当初在老善人那里"扎了十年活"，他的印象是：

> 人家那老善人真是老实忠厚，那时我也像你这么高。咳，现在那里②去找那样的准家③，一进门就答应给我做衣裳做床被，言明每年

---

① 乔植英：《臧克家与作家王希坚、王愿坚》，《文史哲》2007年第1期。
② 现在写作"哪里"。下同，不再标注。
③ 方言，指东家、雇主。

五吊钱——那时候粮食三百多钱一斗啊——老善人那时候还要给我说媳妇呢！可是我干了十几年,这些事一样没等的办,老善人就不在了。①

当然,作品最后对老善人的"善"予以解构,写成"伪善",这里也为后面的解构埋下了伏笔。但从逻辑上、事理上看,后世读者还是会有疑问,还是可以有另外的解读:老毛叔是一个饱经沧桑的老年人,甚至有些世故了,他为何一直看不出老善人是伪善？他在老大门干了十几年,在新大门又干了十几年,三十多年中就看不明白这件事？另外,如果说替老毛叔说媳妇这事不是一时能定,无法判断真心假意,那么每年的工钱多少、做衣裳和被子,这些一年之内就能明了！如果这些真的一样也没办,老毛叔还会认为老善人老实忠厚？这里的叙述缝隙,很可能是因作者其实本想写出一个和新大门恶霸地主吴二爷不同的较忠厚的地主,后来又怕担美化地主阶级之名,因而写作过程中将"真善"改作"伪善"。原先叙述构想遗留的另一"尾巴",就是地主二少爷的身份:他是真正参加了八路军,并且牺牲在了抗日战场上,是革命烈士。起码这位地主少爷最后未被解构。如果参照"前土地革命叙事",例如1920年代乡土小说,可以发现,地主与长工相处和谐、为其娶妻的事,也并非鲜见。作品的故事时间,即"话语讲述的年代",虽然是提倡减租减息、爱国统一战线的抗战时期,但"讲述话语的年代"土地改革正如火如荼在全国各地展开,此时作者肯定不能正面讲述老善人与老毛叔主仆和谐的故事。

作品中的吴二爷是被作为"恶霸地主"来塑造的。作品披露的吴二爷及其家人的恶行主要有:

1)老毛叔打掉吴二爷家牛的牛角,吴二爷用鞭子抽了老毛叔的胸膛和胳膊;2)偷偷往长工的稀饭里掺沙子;3)"他家里雇的工人,也都是该他钱逼着干的,白打工,不给工钱,一要工钱,他就和人家算账";4)长工要求增资时,吴

---

① 王希坚:《地覆天翻记》,新华书店1949年版,第3—4页。

家少奶奶对长工指桑骂槐;5)买了老大门的地后,退了原老大门佃户于大忠的佃,导致于大忠全家迁往莒南;6)小牛辞工,找吴二爷算报酬(量粮食),吴二爷说他捣乱,不仅不给,还打了小牛一巴掌,踢了小牛几脚;7)长工复工时,老毛叔想回万缘堂,吴二爷"孬好不要了";8)疯婆子说吴二爷害了她一家;9)一位要饭一二十年的老太太说她"一家四口都是死在吴二蛙子手里";10)刘瘸子说吴二爷打折了他的腿;11)老木瓜说,他的儿子因为借了万缘堂的钱,被吴二爷折了去做工,活活打死。

看上去,吴二爷身上有多条人命,与韩老六、黄世仁差不多了。然而,这部作品与"典范土地革命叙事"不同的是,它在交代地主罪行时有诸多叙述缝隙:首先,涉及人命的几件事都是当事人概略转述,始终没有对事件前因后果的叙述说明,没有说明疯婆子、要饭老太太一家是怎么死的,老木瓜儿子给吴二爷做工,为什么会被"活活打死"。就连刘瘸子被打折腿,不论是刘瘸子本人还是小说叙述者都没有交代原因。吴二爷爱动手打人,是可以肯定的,老毛叔与小牛都曾被打,而且小说说明了他们被打的原因:老毛叔伤害了吴二爷家牲口,吴二爷心疼,于是发怒,就打了老毛叔,尽管他的牛顶人在先;小牛去算工钱(粮食),吴二爷认为他是与李福祥一起捣乱,冒犯了他的权威,而且他过后还想再雇小牛,不想清账,当然也有想赖账的嫌疑。而吴二爷这些恶行,都在日常范围之内,属于一般的蛮横霸道,并不到令人发指程度。其次,按作品开头所写,吴二爷并非那种平时就凶相毕露的恶霸流氓,而且作品始终未写到他有"典范土地革命叙事"中恶霸地主常见的强奸霸占妇女的行为。吴二爷一出场是"未言先笑",还嘱咐长工们"你们累了,多吃点饭,好歇着",以致小牛觉得他"也并不像怎么厉害,他那脸上还像有股甜蜜蜜的劲儿,叫人心里也怪舒贴的"[1]。吴二爷应属于"笑面虎"类型,他的有些恶行是藏而不露的:那位要饭老太太如果自己不说,村里人"不知道她还有那么大的屈事"。[2] 一个

---

①　王希坚:《地覆天翻记》,新华书店 1949 年版,第 7 页。

②　王希坚:《地覆天翻记》,新华书店 1949 年版,第 105 页。

人身上有这么多条人命,居住在同一村落里的人竟大多不知道,这有些匪夷所思。总的来看,这部小说的叙事遵循的是日常生活逻辑,正面描写部分都合情合理,而这些人命案给人的感觉是叙述者为加重其"恶霸"罪行硬加上去的,笔者猜测:由于它脱离了日常逻辑,叙述人若具体描述不知如何处理,因而采用了概述与省略两种叙事方式。小说第十三回开头叙述"声音"的凸显,可为笔者这一猜测的佐证:

> 凭在下的拙口笨腮,一只嘴不能说两件事,只能说出一星半点来,那些数不尽说不完的惊天动地的事迹,只有叫大家自己去想了。①

放下"惊天动地的事迹"不去讲,而仅正面叙述日常琐事,本身就说明了叙述者的叙述策略。

对老毛叔故事的讲述,是文本的另外一重要叙述缝隙。故事开端,叙述人正面讲述部分,让读者"亲眼看见"老毛叔在吴二爷家过得很悠闲:他自己对人说他的工作不累,"一天就是挑两担水送送饭",而小牛来了后担水这类的活归了小牛,他就在床上抽烟;工钱虽然不多,除了自己生活,他赚的粮食还能"零碎添把添把"他的远房侄子。正因如此,他才在万缘堂一干十几年,因为他知道自己年老体弱,别的东家未必肯雇他。因此,辞工后要求复工,二爷不许,他才寻死觅活。而吴二爷打他那几鞭子一方面事出有因,另一方面主仆早已冰释前嫌。他只是觉得新大门不及老大门厚道,才对新来的小牛揭"剜眼堂"老底。而十几年来吴二爷之所以不辞他,是因他老实、不多言不多语。老毛叔命运陡转,是在八路军减租减息工作队到来之后:由于工作队动员工人(长工)要求增资,引起雇主不满,吴二爷等人暗中散布谣言,说八路军要抓丁当兵,引得长工们纷纷辞工逃避,老毛叔最后也辞了工。等到风潮过去,大家纷纷复工时,吴二爷拒绝老毛叔回来。老毛叔在吴家终老的计划于是落空。

---

① 王希坚:《地覆天翻记》,新华书店 1949 年版,第 107 页。

从日常伦理来分析吴二爷的行为,其实也并无太多可指责处,因为雇主和雇工之间原本无书面合同规定老毛叔必须在吴家干下去;原本并非吴二爷辞他,而是他自己"沉不住气,说不走也走了"。① 其中固然有吴二爷阴谋的成分,但从事理本身看,老毛叔也无充足理由要求吴二爷必须雇他,因为他有辞工的自由,吴二爷也有不雇他的自由。当初吴二爷一直"续聘"年老体弱的老毛叔,除了因为他在牛角事件之后变得比较温顺,也含有某种照顾他的意思。因此,斗争吴二爷时,故事表层老毛叔控诉吴的罪行与事理逻辑本身出现了错位,具有了某种反讽意味。

《地覆天翻记》的"非典范"特征,还在于它提到地主"老善人"的儿子参加八路、成为烈士,在于它塑造了真正的"开明士绅"吴孝友的形象,写到"万缘堂"所兼并的土地是另一家地主"老大门"里的,没有将地主们写成沆瀣一气、铁板一块。它写到最早的积极分子臭于是个流氓(二流子),写到一些村干部怀有私心,在国民党潜伏特务诱惑下吃喝农民合作社的集体财产而且不干活,写到长工李福祥听八路军发动增资时他心里想的是"敲他一下",写到"老大门"佃户李二胡坚持不减租是因"心里觉得过意不去"②,写到贫农李老大家也曾雇短工(李福祥)。它所写两任工作队领导人马明和刘大维都比较幼稚……这一切都未像"典范土地革命叙事"那样作"本质化"处理,因而保留有生活原生态特征。

二、马加《江山村十日》艺术 描写的"自然主义"

马加的《江山村十日》完成于 1949 年 4 月,初版于 1949 年 10 月,只比《太阳照在桑干河上》和《暴风骤雨》晚一年。已有人注意到这部较早出现的土改

---

① 王希坚:《地覆天翻记》,新华书店 1949 年版,第 26 页。
② 王希坚:《地覆天翻记》,新华书店 1949 年版,第 80 页。

题材作品影响远不及前两部小说的现象。笔者也认为这是一个值得研究的问题。而要解答这个问题,仍需要将其与前两部作品进行对比。

《江山村十日》究竟属于《暴风骤雨》式的"典范土地革命叙事",还是属于《太阳照在桑干河上》式的"非典范土地革命叙事"? 唐弢、严家炎主编《中国现代文学史(三)》说:

> 作品的主要缺点是典型化不够,有些地方如搜地主的财物、分浮财的描写显得有些自然主义;工作组沈洪作为代表党的领导而贯穿全书的人物,他和斗争的关系写得不充分。形象也单薄……①

以今天眼光看、从笔者观点看,这恰恰等于说:虽然作者意在歌颂土改,但由于它未对所有情节和细节作"本质化"处理,不完全合乎"典范土地革命叙事"直接、全面而单纯地体现主流意识形态观点的要求,里面有一些实录成分,因而,它属于"非典范土地革命叙事"。

关于实录式写法(即所谓"自然主义"),马加在作品《前记》中曾说,他写初稿时"仅根据真人真事,几乎没经过什么剪裁",写出初稿后他又去征求江山村村民的意见,"仿佛做鉴定一样"。② 这样,作品便保留了许多当年土改日常生活的原生态样貌,体现出一定的作者直接感受成分。

还是要先从地主形象塑造谈起。作品中唯一的"恶霸地主"高福彬,其"恶霸"程度远不及其东北老乡韩老六。作品所写高福彬恶行主要有:

1)他们家的长工金永生去找他借粮,他对之进行言语侮辱,使得金愤而辞工;2)金永生被军队抓伕,丢了高家的马,高要求金赔偿,金家失去最后一顷地;3)孙老粘小时候为高家放牛,因为失误(牛舌头被勒伤)和误会(高福彬老婆以为他割了牛舌头),被高的老婆抢着酱耙打;4)当屯长时,克扣李成林的配给布,放豆油掺假;5)领着王警尉翻出村民的荷粮,所带洋刀吓哭了小孩。

---

① 唐弢、严家炎:《中国现代文学史(三)》,人民文学出版社1980年版,第367页。
② 马加:《江山村十日·前记》,新文艺出版社1954年版,第3页。

除此之外,上溯到上一辈,还有高福彬的父亲率先到官府领照,圈去金永生父亲开垦的荒地。

有上述恶行的人,说是"恶霸"也可以,因为生活中这样的人给人的感觉确实比较霸道蛮横。但是,却并非韩老六、黄世仁那种公然欺男霸女耍流氓的恶棍,也没有南霸天那种家里私设刑具牢房、蓄养家丁打手的排场。总体而言属于日常范围内的恶,而且每种恶行都能找出某种说得过去的理由:借粮时不肯借给,就连金永生本人也说"借是人情,不借是本份",①高的可恶在于骂人。高福彬夺走金永生的地,是以赔偿损失的名义,因为毕竟金永生弄丢了高家的马。当然,用一顷地抵一匹马,这就可能有霸道成分了。孙老粘小时候挨打,也是因为损坏了高家财产,并有误会成分;而且高福彬老婆打他的力度不至于太大:东北人做酱用的酱耙是一根短棒加一个长方体木块,"地主婆"打孙老粘时,小说只说"打得他嘴啃地,浑身成了酱糊糊",并没说打得流血断骨,而且,李大嘴对大家讲这些时"裂着大嘴岔笑起来了,底下的人也跟着笑,可屋子都是一片哈哈的声音"②,可见打得不重,所以不像一般诉苦时那样引来一片同情的哭声。至于克扣和掺假,那是利用职务之便暗中占便宜;领着警尉搜粮食,也属于职务行为。小说写到的一个细节尤其值得注意:长工(牛倌)孙老粘的媳妇,还是高福彬的叔伯侄女,是高福彬许配给他的。这种描述与"前土地革命叙事"里对主仆关系的描述颇为类似。当然,小说又写到孙老粘的缺心眼的妻子被"拉帮套",也透露出孙的屈辱。但这仍然比较"原生态":所谓"拉帮套",是指旧社会时处于弱势的丈夫默许妻子与强者通,而强者相应对弱者予以帮衬。茅盾小说《水藻行》和李劼人小说《死水微澜》就写到过这种人物关系。

高福彬被当作江山村(高家村)主要恶霸来写,而该村另外几家地主富农,也没有过于凶恶者,例如作品只提到刘万成伪满时当过车头、"粮谷组合"

① 马加:《江山村十日》,新文艺出版社1954年版,第38页。
② 马加:《江山村十日·前记》,新文艺出版社1954年版,第69页。

职员、屯长，雇过劳金（长工）；刘庆当过保长，孙振学当过警务处外勤，也是吃租子雇劳金；康三阎王当过牌长和警察。总之，清算时他们被提及主要因为其担任职务，或日常性地收地租雇长工，并非有明显流氓霸道行为。李大嘴说富农陈大巴掌的"恶"，说得出的也只是当初给他家干活"累的够呛"。① 地主富农们的另外让穷人不满之处，是利用资产剥削劳动力：借他们大车去江沿拉柴禾，他们要"劈去一半"（分一半）。

地主方面是这样，农民和土改干部方面，也与《暴风骤雨》有别：分浮财时，积极分子李大嘴与金成为争一件日本黄大衣吵起了架，李大嘴"是一个街流子，平常做活藏奸，下地煞后"，土改时还欺负中农陈二踹子。相对比较正派的是金永生、邓守桂等，但他们的美德也很平实，不带意识形态色彩：金永生"能够吃得亏，让得人"，②"是个有求必应的人"，③邓守桂的正派，表现在一个细节：老实巴交的孙老粘说李大嘴是二混子，被刚回来的李大嘴碰巧听到，李问是谁说的，邓"把话承担过来：'那是我说来。'"但他们并未达到赵玉林夫妇和郭全海那样处处以身作则、起模范带头作用的地步：轮到金永生挑衣服，他就挑，并没有主动让别人先挑；他赞同儿子参军，只是因为"参加军队比挑衣裳的好处还要多"，④"正是他儿子到前方出头露面的时候，他有什么舍不得的呢！"⑤至于代表党的意志的土改工作队干部沈洪，他在情节发展中所起作用也确实不大，仅仅是带来一册《中国土地法大纲》、解散了刁金贵的小组会，不像《暴风骤雨》中的萧祥那样运筹帷幄、力挽狂澜。

故事的矛盾冲突，也未给"正面人物"提供展示的机会：头号"反派"高福彬并非罪大恶极、诡计多端，他对土改所做的抵抗，不过是试图让刁金贵挤掉村长邓守桂，让孙老粘替他藏匿准备给新儿媳妇的衣裳包袱。他想勾结胡子，

---

① 马加：《江山村十日·前记》，新文艺出版社 1954 年版，第 124 页。
② 马加：《江山村十日·前记》，新文艺出版社 1954 年版，第 188 页。
③ 马加：《江山村十日·前记》，新文艺出版社 1954 年版，第 252 页。
④ 马加：《江山村十日·前记》，新文艺出版社 1954 年版，第 195 页。
⑤ 马加：《江山村十日·前记》，新文艺出版社 1954 年版，第 266 页。

也只停留于一种想法，并未付诸实施。斗争高福彬，并不像斗韩老六那样一波三折。由于地主与农民双方虽有很深矛盾却并非不共戴天，所以积极分子张大嫂向高福彬老婆追问浮财时还称呼其为"老高大妹子"，①斗争高福彬时群众的情绪才需要吴万申"煽动"，②李大嘴动手打了高福彬后，再接着打时才说"反正我也把你得罪了，一个羊也是赶着，两个羊也是放着"。③

　　正因人物品性与行为的总体基调是日常的，它使读者无意识中对人物言行的评判标准仍是日常伦理，所以作品写到贫雇农到地主家"过堂"挖浮财场面，给人的感觉有些像突然闯入者的抄家或抢劫：高福彬问闯入者"你们带来公事么"时，金永生父子和基干队（民兵）竟都无言以对，愣住了。还是二混子出身的李大嘴嘴快，他回答："你要公事么？我的嘴就是公事。""我的嘴不好使唤，还有拳头。"④这其实是日常伦理与革命伦理的碰撞：若非革命，虽然大家都知道高福彬不是好人，但碍于情面，都不好开口和动手。此前高福彬对大家的剥削压迫，都是通过结交官府、形成势力，借"公事"的合法手段实施的。

　　马加的革命立场是毋庸置疑的。他在小说中也明显对地主进行了丑化，但这种丑化限于外貌描绘的丑化和言语的贬抑，比如写高福彬"眼镜架在塌鼻梁上，远远的望去，像两个窟窿眼"，写高福彬老婆"把她的白瓜瓢脸埋在绣花枕头里，扭着鼻子，撅着猴腚子嘴唇"、"张着赖瓜瓢嘴"，⑤写高福彬儿子像蛤蟆。但该作对人物言语和行为的描绘都是写实的。因而，论情节的生动、形象的鲜明，《江山村十日》不及《暴风骤雨》，但其历史文献价值却高于后者。另一方面，同样重视写实的马加由于没有像丁玲那样关注人物命运，更充分、更深刻地发掘和展示人性的复杂性，《江山村十日》的文学价值明显低于《太阳照在桑干河上》。例如，它通过一位中农出身的青年女性的婚姻选择展示

---

① 马加：《江山村十日・前记》，新文艺出版社 1954 年版，第 154 页。
② 马加：《江山村十日・前记》，新文艺出版社 1954 年版，第 170 页。
③ 马加：《江山村十日・前记》，新文艺出版社 1954 年版，第 179 页。
④ 马加：《江山村十日・前记》，新文艺出版社 1954 年版，第 129—130 页。
⑤ 马加：《江山村十日・前记》，新文艺出版社 1954 年版，第 83—84 页。

土改给农民命运带来的天翻地覆变化,本是一个独特视角,但却并未对其含蕴深入发掘:周兰母亲最初为她选择高福彬儿子是因为势力、因为嫌贫爱富,后来同意退亲是因高家被斗倒,在经济上和政治地位上都成为低于一般人的落魄者,她的选择只能说明外部环境变化,而反映不出她内心有何深刻转变。周兰最后选择了贫农积极分子金成,金成订婚后将马上参军上前线,此时周家与高家一样欢欢喜喜,没有产生任何心理波澜。熟悉这段历史的都知道,在东北,当时参军的青年不久都参加了规模空前、惨烈空前的辽沈战役,刚刚还为一件大衣与人争吵、思想并未彻底"改造"的农民,此时内心深处不可能只有快乐与憧憬;即使青年本人没有,老一辈也会有心理障碍。而作品对此却并无任何描述。对地主及其家属、子女本人在这巨变中的感受、对其命运起伏,该作也没有像《太阳照在桑干河上》乃至梁斌《翻身记事》那样有所交代、有所关注。这两个方面的因素,应该是《江山村十日》后来影响远不及与之出版时间相近的《暴风骤雨》和《太阳照在桑干河上》的重要原因。

三、陈学昭《土地》的人道情感流露

陈学昭的《土地》完成于 1952 年下半年,初版于 1953 年初,正是全国性土地改革运动刚刚结束的时候。小说的故事时间是 1950 年末,故事发生地是浙江海宁县。就在作品完成的这一年,丁玲的《太阳照在桑干河上》与周立波的《暴风骤雨》刚刚分别获得斯大林文学奖金的二等奖和三等奖,丁玲正值声望巅峰期。陈学昭与丁玲出身、经历与性格颇多相似之处,因而丁玲认为她是"还能懂得些人情,可谈,还不浅薄,而且是一个较天真的人";[①]丁玲日记中记载了一段当年她与周立波谈陈学昭的对话,正好分别显示出他们之间的相近与不同。在与周立波谈到陈学昭的性格与个人奋斗历程时写道:

---

① 丁玲 1949 年 3 月 14 日日记,见《丁玲全集》第 11 卷,河北人民出版社 2001 年版,第 368 页。

他说：为什么是一个人奋斗呀，现在革命的队伍这样大？我说，队伍大，但各人必须走各人的路，一个旧社会的理想主义者走到如今，如果不经过痛苦还能行么？自高自大得意忘形的人永远是不深刻不伟大的！他并不希望了解这些问题。①

但陈学昭的《土地》不仅所写地区是新解放区，写作年代和写作环境也有了重要变化。此时，政治对文学的规约更为具体、更为严格，"典范土地革命叙事"正初步确立其统治地位。陈学昭回忆录中曾讲到，当她为写土改题材作品而准备下乡时，省委宣传部领导要求她去嘉兴，因为那里是省委的土改基点。而她拒绝了上级的建议，坚持去了海宁，因为浙江方言复杂，她去嘉兴与当地人沟通有障碍，影响工作效果与写作积累。这一争执，已喻示出意识形态要求与作家个人追求之间的分歧：领导着眼于推广土改基点的工作经验，作家看重的是作品思想艺术水平本身。《土地》刚刚出版，陈毅在与聂荣臻一起来看望陈学昭时，一见面就要求看一下这部小说。政治领导人的关注，无疑给了陈学昭很大压力，这种压力超过丁玲写作《太阳照在桑干河上》时感到的压力。

《土地》一方面努力向"典范土地革命叙事"靠拢，一方面还是遗留有诸多"非典范"痕迹。具体说，其"典范土地革命叙事"特征表现在：1）塑造了地租与高利贷剥削兼备、掌握官赋权力又沟通土匪，罪大恶极、身背人命案的"恶霸地主"俞有升、俞士奎父子形象；作品里没有出现真正意义上的开明士绅，非恶霸的地主张祺宝也做过保长，是个有"蜜饯砒霜"之称的伪善者；2）作品里工作队长是党的正确路线化身，贫农积极分子都大公无私、品德高尚；3）没有表现土改中的政策执行失误与过火暴力行为。其"非典范"痕迹遗留，则更值得注意。

《土地》最明显的"非典范"痕迹，是对笔下人物都予以人道主义的关注与

---

① 《丁玲全集》第11卷，河北人民出版社2001年版，第368页。

同情的描写,而不完全根据阶级出身确定"敌我"。

首先是地主家属的命运得到关注。作品一开始就写到俞有升的寡儿媳阿娥,写她在土改到来时被村民们冷淡和厌恶,"但她没有作恶,为什么要呆在这家人家分担他们的罪恶呢?"①俞有升想把她许配给民兵队长葛长林是为自保而将其作为钓饵,但她本人确实对葛长林有爱意。最后俞有升父子被枪毙,她与葛的亲事不成,她与她的婆婆即俞有升的小老婆一起离开黄墩村时,小说还安排了她与葛长林相遇的情节,较细腻地描写了此时阿娥的心理。

其次,对中农表现出明显的同情,而不仅写其"思想落后"。作品开端第二章就写富裕中农、时任农会主任的李宝发,写"他一家人都是勤俭的好劳动","自己没有做过坏事,只不过田地多了一点"。② 他特别担心自己在运动中受到冲击、受到不公正对待。虽然最后他有惊无险、被划为中农,不曾罹祸,联系不同时段土改中经常出现的冲击中农事件,这些描写还是引发了读者对中农命运的关注。

即使是对被认为是地主狗腿子的人,也根据具体情况给予一定同情。作品中的俞建章一出场就以俞有升狗腿子形象示人。但是,随着情节进展,读者发现他的行为是出于无奈,情不得已。第十九章整个一章写的就是俞建章的矛盾心理,以及他绝望时的试图自杀。对本属反面阵营人物这样细腻的心理描写,不由得不使人从"人"的角度理解狗腿子的形成与处境。

最非同寻常而容易被一般读者忽略的一个细节,是恶霸兼土匪俞士奎落网时手里提着的一包糖果:它让人感到,坏人也有普通的亲子之情,恶人的内心也有柔软的角落。本来作者完全可以不写这类细节,它也许是无意间透露出作者的人道主义与人情意识。

小说中还有诸多细节,是"典范土地革命叙事"不会有的。例如它写到郁阿仁在王店做长工时,因为"从来烟酒勿吃",干活又勤恳,东家很喜欢他,以

①　陈学昭:《土地》,人民文学出版社1953年版,第47页。
②　陈学昭:《土地》,人民文学出版社1953年版,第4—5页。

至于他要辞工时东家舍不得放他走，许诺："将来派你两亩田，给你种，你自己做东家！"郁阿仁因为更愿在铁路做小工，坚持走，但临走时对东家表示："我勿种你家田，回去也勿帮别人种，要种田，我就种你的田！"①说明当时还是存在主仆之间相处和谐情况的。第十九章还写到当时也有贫农家因为家里缺乏劳动力而出租土地的现象：俞建章的母亲丈夫暴卒，孩子只有五六岁，就把三亩水田租出去了。这说明出租田地者不一定是地主，不一定为剥削别人。

　　然而，上述迹象也仅是出于作者感受与思维特点而自然流露的"非典范"遗留。从主观意识上说，陈学昭还是要创作一部合乎"典范"的作品的。这一点，我们可以将小说与作者相关回忆录中记述的故事原型进行对照，予以证实。陈学昭晚年出版了一部名为《浮沉杂忆》的回忆录，里面对写作《土地》时的现实经历有具体交代。《浮沉杂忆》披露，她到海宁斜桥下乡参加土改时，住在一个地主家：

　　　　这个地主家只有地主的正房和姨太太两个人，地主已去世好多年了……她们的土地出租，但农民对她们毫无怨言，她们没有进行逼租，也不用小斗出大斗进，有些租户连年都欠租的。听起来，她们是靠儿子寄钱回来过日子的。②

　　这里所说"小斗出大斗进"，应是指"文化大革命"时期泥塑《收租院》所宣传的四川大邑县恶霸地主刘文彩收租剥削的方式。陈学昭接触的这家地主，与"典范土地革命叙事"里描述的地主形象迥然不同。回忆录也讲到，黄墩村确实也有一位恶霸地主，就住在乡人民政府前面的一座大楼里。此人在经过这年一月的民主反霸斗争后：

　　　　贫雇农和佃户们见了他还是害怕；他动不动就要罚米一担。他曾经把乡里的一些青年抓壮丁送去给国民党反动派当炮灰，民愤是

①　陈学昭：《土地》，人民文学出版社 1953 年版，第 52—53 页。
②　陈学昭：《浮沉杂忆》，花城出版社 1981 年版，第 17—18 页。

大的。他暗地里还在支援土匪。①

这位恶霸地主就是《土地》里俞有升的原型。但是，回忆录并未具体描述这位恶霸地主除了利用保长职务对农民"罚米"以及抓壮丁之外的其他恶行，并未说他有直接的人命案。《土地》写俞有升亲手将葛炳林推到水里、暗害人命的事件，应是小说虚构——在回忆录里，恰恰是这位恶霸地主本人，在被押到外村去批斗回来的路上，趁押解人员不备，投水自尽。现实中这位恶霸地主的恶霸行为，主要是与他的官赋职务以及个人品性、性格有关，也就是说，如果他没有保长职务、不结交土匪，而是像普通土财主那样惧怕官府和土匪，是不会产生普遍民愤的，至多因为钱财方面的刻薄而遭人厌恶。回忆录还写到原伪治安委员会主任被冤杀的事件：此人"没有血债，也没有民愤"，"举不出他做过什么具体的坏事"，他被强迫担任这一职务，正是因为他在群众中有名望。他还曾是陈学昭上小学时的语文兼历史教师。镇领导要杀他，是因当时正值抗美援朝时期，担心他一旦有风吹草动会再出来做什么事，说到底，是主观地推测他有潜在的危险。回忆录还写到，枪毙他时"第一枪没有打死，他倒了下去，手脚还在颤动，再向他头上打了一枪，不动了。"②此人的死，也是与其曾经的政治身份有关，而且当时这种政治身份的获得是被迫的。

小说中，曾经做地主狗腿子的俞建章因对党的政策不了解而绝望自杀，最后被救活过来。回忆录所记俞建章的原型——贫雇农老李，却没有活过来。他的死，是因他替伪自卫队长的儿媳做媒：伪自卫队长让老李帮着拉拢民兵队长，想让民兵队长做自己的女婿，借以自保。民兵队长先是有意，后来又反悔；伪自卫队长迁怒于老李，威胁老李说要揭他参加过敌伪时期铁路巡逻队的老底，老李因恐惧而自杀。从这一事件看，这位威吓老李、致其自杀的伪自卫队长，是小说中俞有升的另一原型。现实中，因为这一事件，这位伪自卫队长被

---

① 陈学昭：《浮沉杂忆》，花城出版社 1981 年版，第 20 页。
② 陈学昭：《浮沉杂忆》，花城出版社 1981 年版，第 27 页。

工作队人员殴打致死了。殴打时，陈学昭曾出面制止，而工作队长不但不制止，还站在旁边看。后来地委土改检查团领导对此事进行了批评。

由此可见，现实中的土改队长并非党的正确路线化身，他在执行党的政策时有失误。现实中土改工作队内部也不像小说写得那样和谐团结。其中一位来自浙江大学中文系的女生 C 为个人利益对领导阿谀逢迎，专爱搬弄是非、挑拨离间。而民兵队长也不像小说中葛长林那样对小寡妇毫不动心。

回忆录也揭示，地主对农民的剥削确实严重。恶霸地主霸占土地并不鲜见。乡政府里常有农民来诉冤屈，主要是儿子被抓壮丁不归，以及被恶霸强占自己的女儿去做姨太太。这说明，消灭封建的土地剥削、除匪反霸很有必要。但是，若按生活原生态，"恶霸"与"地主"并非简单对应，出租土地的未必是地主，地主未必是恶霸。恶霸也未必都是大地主，它更多与社会政治势力相关。但陈学昭写《土地》时，因有政治的严格规约、宣传政策路线的具体任务，以及诸多"典范土地革命叙事"示范，她必须对现实生活作"本质化"、"典范化"处理。但该作又有明显的纪实色彩，就连"海宁"、"斜桥镇"、"黄墩村"的地名都用原名，主要人物和事件都有生活原型，作者自承"没有消化材料，没有典型化，只是记述了一些事实。"①其实，"典型化"还是做了一些的，这主要体现为人物和事件政治定性的"本质化"；艺术上也作了一些集中概括，例如前述俞有升两个原型的合二为一、暴力过火行为的过滤（写斗争俞有升时，俞有升只是被农妇打了一巴掌）、正面人物的高尚化。但它确实没有《暴风骤雨》第一部那样扣人心弦、惊心动魄的斗争情节；写地主寡媳阿娥时的同情态度虽令人联想到《太阳照在桑干河上》中的黑妮，但它又未能（也不敢）对此更充分发掘和展示；虽然作品从地主张祺宝、俞有升心理与感受角度写土改的来临，而不从农民深重苦难角度开始，但对俞有升心理的描述前细后粗非常明显，写到俞有升被抓后，对他心理感受的描写全无，这位地主全然变成一个符号，与前

---

① 陈学昭：《浮沉杂忆》，花城出版社 1981 年版，第 33 页。

面写法很不一致,显示出作者在写人与写政策时表现出的两难与无奈。后半部写农民分浮财、分土地一帆风顺,没有出现任何自私与争执,周德才抛下年轻妻子与新分的土地参军去异国他乡,家人也无任何思想波澜,显得不太近人情。这些艺术上的缺失,加上作品出版时全国性土改已结束、合作化运动即将开始的社会环境,《土地》失去《暴风骤雨》《太阳照在桑干河上》那样的社会动员功能。诸种因素合在一起,使得这部中篇小说很快被文学史遗忘了。

第十一章　《春回地暖》的"典范"
追求与"非典范"特征

　　王西彦的《春回地暖》表现的是 1950 年与 1951 年之交湖南平江县的土改斗争。这是王西彦平生最长的一部作品，也是中国现当代文学史上篇幅最长的正面和全面地书写土改的小说。该作 1954 年 4 月动笔，1956 年完成初稿，1958 年完成二稿，1962 年完成三稿。如果加上 1951 年 3 月初版的作为该作素材来源的散文报告集《湘东老苏区杂记》的写作，从动笔到最后修改完成历时十二年。然而，如此倾力创作的大部头，后来却被冷落——不只批评界、文学史书写冷落，作者自己后来对之也相对冷落。其中意味，颇值得思考。

一、竭力向"典范土地革命叙事"靠拢

　　以《白毛女》《暴风骤雨》为代表的土地革命叙事类型曾长期占土地革命叙事的主流，1949—1978 年间在中国大陆甚至是唯一的叙事类型。从外部特征看，《春回地暖》是基本与这类"典范土地革命叙事"的要求一致的：作品中的地主没有一个正面形象。人物对话中多次出现"地主没有好人"的判断：开篇第一章乡政府炊事员章老五对乡主席章培林说"是地主总归冒得好人"①第

---

　　①　王西彦：《春回地暖》，作家出版社 1963 年版，第 5 页。"冒得"即"没有"，湖南方言。

四章区武装干事章海生又反驳"地主堆里也有好人"①的说法,民兵队长章石林与章海生对话时,再次说"地主冒得一个好人"。② 第六章章培林向区委书记汇报干部们对于地主章耕野的不同看法时,女村长甘彩凤插言"地主堆里哪里会有么子好人呢?"③说这些话的都是正面人物,是土改干部或农民积极分子,他们的观点基本代表了叙述人的观点。该长篇具体写到了六个地主:章耕野、甘愚斋、洪延禄、金仲甫,以及箭大嫂和罗佩珠的公公章楚臣。包括胆小怕事的金仲甫在内,他们无一例外都加入了准备武装抗拒土改的地下组织。就连只提到一次的江西铜鼓地主"屠善人",也是个伪君子、假善人。其中,洪延禄罪恶昭彰,故事开始时已经外逃。章耕野的罪行是二十年前作为国军军官在"围剿"红军、镇压革命农民时,参与放火烧红军战士和苏维埃干部躲藏的槽坊,甫老子的哥哥本已逃出,又被他抓起重新投进火里;皖南事变时,他审问被俘新四军女战士,突生邪念,强奸不成,开枪将其打死;土改时他又组织地下武装,企图暴动。甘愚斋的罪行是抗战期间曾参与过嘉义惨案,他的儿子强奸过甘彩凤,他本人讨了四房小老婆、收过八个丫头,其中好几个不明不白死去;土改时又与儿子合谋,由他儿子甘文龙动手,杀死了女村长甘彩凤,并参加了密谋暴动组织。箭大嫂的罪行是守寡后不守贞节,与章侯之私通,为人尖酸泼辣,尤其是协助章得荣暗杀喜妹子(一直未被发现和揭露),而且也参加了秘密组织。金仲甫的罪行是对待长工短工刻薄,让长短工"吃的是青菜,咽的是萝卜,十根豆芽一碗汤,三块豆腐打五碗";他也讨小老婆;虽然很不情愿并最后退出,但毕竟参加了秘密组织。章侯之虽然不是大地主,但出身兵痞,当过保长,是地主狗腿子;章木生儿子顺成被洪延禄家狗咬伤,章木生为救儿子打狗,狗病死后洪延禄让章木生为他家的狗披麻戴孝,并负担狗的医药费和丧葬费;土改前他还动手袭击章培林。

---

① 王西彦:《春回地暖》,作家出版社 1963 年版,第 32 页。
② 王西彦:《春回地暖》,作家出版社 1963 年版,第 38 页。
③ 王西彦:《春回地暖》,作家出版社 1963 年版,第 56 页。

不仅地主本人都被写成坏蛋,地主家属也被写成一丘之貉:罗佩珠的丈夫伪装革命,实为敌特;公公章楚臣虽是名中医,却也并非善人;箭大嫂的女儿章雪娟则是潜在的破坏者。

农民与地主阶级之间的暴力冲突,在作品中也占有重要位置。这种冲突既有历史的,又有现实的:历史的是土地革命战争时期红军领导平江农民搞"打土豪分田地",并引发书中屡次提到的"庚午年"(1930 年)时"挨户团"对农民的围剿屠杀;现实的是地主的杀人和破坏活动,以及武装暴动企图。这种对立冲突程度,甚至超过此前的《白毛女》和《暴风骤雨》。

虽然《春回地暖》出版后曾被 1960 年代的文学批评指责"作者并没有塑造出革命阵营中英雄人物的高大形象,却过多地渲染了农村生活的落后面,描写了农民的保守、不觉悟"①,但作品中的贫苦农民都品德高尚,这一点与"典范土地革命叙事"要求完全一致。其中,党的领导者县委组织部长姜明、区委书记李昌东、工作组长姚莲英等虽有失误,但毕竟是正确路线代表,且人品极好;章培林、章海生、甘金荣、甘彩凤、李香红都大公无私,先人后己;恩土婶婶、有田婶婶都是苦大仇深、意志坚定的老革命。喜妹子虽是章侯之的妻子,但因出身贫苦,本质上也是好人。章木生虽然愚钝木讷,端大嫂的丈夫章瑞生虽然思想一度落后、不支持妻子工作,经过教育开导也变得积极,因为他们本质上是好人。一度混进干部队伍的罗佩珠、章南山之所以暗中参与地主破坏行动或同情地主,正因他们分别出身地主或富农。总之,根据家庭出身,小说泾渭分明地分为好人和坏人两大敌对阵营。

二、创作原则造成的叙述缝隙与作品"非典范"特征

王西彦不仅从事创作,也搞理论研究。理论上他一直崇尚直面现实、无所

---

① 王西彦:《关于〈春回地暖〉答读者问》,《书林》1983 年第 5 期。

隐瞒讳饰地揭示现实本相的现实主义原则,另外就是把"描写真实的有血有肉的人"、"写出各式各样的人物"置于首位,他将《春回地暖》的主题定为"人性的展览"或"人性的考验"。① 回顾自己创作生涯时,他屡次谈及为了忠于现实本相、忠于生活逻辑,他对自己笔下人物的命运发展趋向"无能为力"的情况。他早期作品中的农民在保甲长面前和异族侵略者刀下"竟没有什么反抗的表示",他说"为了生活真实的要求,也为了艺术完整",他只能如实地写;没写农民武装反抗,"这也许难免使某些读者感到怅惘,但我实在无法允许自己超过这条界限。"②关于作家主观倾向与作品真实性的关系,他特别指出:

> 作家得服从生活的逻辑,绝不允许戴起有色眼镜去歪曲生活,改变生活的面目来迁就自己的观点。③

然而,《春回地暖》里的乡村恶人形象,却与王西彦早期乡村题材小说有明显不同。看他的回忆录、创作谈之类文字,读者会发现,在到湘东参加土改以及写相关作品之前,王西彦所写欺压农民的人物,多是乡保甲长、联保主任、乱兵之类,很少有纯粹的"地主"。这应该与其早年浙东农村生活经历和实感有关。王西彦曾说,他塑造《春回地暖》中的人物时虽然以在湘东土改的经验为基础,但也利用了自己童年和少年时代在家乡浙东农村的生活积累。④ 我们有理由猜想,作者选择湘东与皖北老革命根据地作为深入生活、参加实际革命工作的地点,应该与实地了解阶级斗争激烈的农村情况,从而更好地体验和理解中国土地革命的想法有关。他多次表示,已有多部土改题材小说,自己想写出一部与之不同的作品,包括写出一些性格鲜明独特的农民和地主。王西彦坚持现实主义原则,坚持按生活逻辑写作,而此前他的生活经验中没有那样

---

① 王西彦:《家乡的尘土和童年的泪痕》,《文艺理论研究》1985 年第 1 期。王西彦说这些"人性话语"的时间是进入新时期以后,虽然当年写作时不可能公开表露,也无法完全彻底贯彻,但它应当代表了作者的意愿和心声。

② 王西彦:《家乡的尘土和童年的泪痕》,《文艺理论研究》1985 年第 1 期。

③ 王西彦:《关于〈春回地暖〉答读者问》,《书林》1983 年第 5 期。

④ 王西彦:《飞翔和大地——关于创作答〈青春〉编辑部问》,《青春》1982 年第 1 期。

的恶霸地主、没有面对面的农村阶级斗争。在阶级斗争意识形态越来越突出的年代,写农村就必须写农民和地主的阶级斗争。革命老区为他提供了这方面的直接素材。不过,"革命现实主义",即宣传无产阶级革命意识形态的现实主义,其基本要求与王西彦原先理解的现实主义有明显不同:革命现实主义或"两结合"①都要求真实性服从于倾向性,立场正确应置于首位。当年作品要想顺利发表,就必须遵循这一要求。王西彦当然也要遵循革命现实主义原则,于是他就在基本不违反生活真实和人物性格逻辑的前提下,对人物和人物关系作了上述贴近"典范土地革命叙事"的处理。而另一方面,他原先信奉的将"揭示生活本相"置于作者观点和倾向之前的现实主义原则,仍然潜在地发挥一定作用。这就使得作品有诸多溢出"典范土地革命叙事"规范之处。这些溢出之处若不细加分析不易发现,却颇具意味,值得关注。

《春回地暖》中的人物和事件大多有生活原型依据,作品中有些人物甚至与生活原型基本一致,近乎实录。这种情况与五六十年代许多"红色经典"类似。对照作者此前出版的散文报告集《湘东老苏区杂记》②可以发现,小说中的甫老子与端大嫂都是用的生活原型本名。章培林兄弟的故事,素材分别取自《湘东老苏区杂记》中《兄弟团员》与《孔吉生和他父亲的头》,姚莲英的故事取自《姚辉莲》和《重见太阳的墓碑》。正面人物与原型接近,反面人物(地主们)则虚构和"杂取"成分较多,尽管人物和故事也都有一定原型。如果说这部作品与那些"典范土地革命叙事"有所不同,那么,以较多篇幅写出这么多有血有肉、性格各异的地主,而且比较具体地写到某些人的内心世界,应该是其中最重要一点。

首先是章耕野的形象。确实,章耕野是一个手上沾满鲜血的国民党军官,而且是地下暴动组织的头目。但是,作品并未把他简单化、漫画化,也并未简单地把他写成一个"伪君子":他所做一切,均从其个人身份和利益,即所谓

① 即"革命现实主义与革命浪漫主义相结合"。
② 新文艺出版社1952年初版。

"阶级本性"出发。除了与他有不太为人知的家仇的甫老子,周围人对他并无恶感。他修桥补路的"善行"当然有面临危难时伪装护身的考虑,但除了他自己回忆中那次不为人知的战场上突发淫念,从个人品德讲,他大致可以算个比较正派的人。小说写到他对母亲恪守孝道,对儿子虽然恨铁不成钢,却不乏父子之情。一个人在外人面前的花言巧语固不足信,在自己人面前则伪饰较少,而在家里对至亲至爱之人所说,则应是真心话。我们看看章耕野的两段发言。

第一段是第十五章地主们私下聚会时他的演讲:

> 我们都是老百姓,有息有女,只想过几天平平安安的日子……就算我们多了几丘田地,收过几担租子,谁家的产业,不都是祖宗先人传下来的? 俗语说得好:富从升合起,都是祖宗先人省食俭用、一升一合积起来的! 共产党就不管你青红皂白,只要说声是么子封建地主,把个罪名往你头上一安,就要一概消灭你,就要没收你的田产,砍掉你的脑壳! ①

从无产阶级革命意识形态观点看,这属于地主分子的反动言论。但这位反动地主分子自己不认为自己是在作恶,还把自己当作好人。一般的意识形态宣传策略,是不会让这类似乎振振有词的反动言论被具体披露出来的。在"典范土地革命叙事"中,地主私下里也承认自己是害人利己的恶人,例如《白毛女》中黄世仁私下里就说"杀不了穷汉,当不了富汉"。②

第二段是准备起事前夕,章耕野与母亲和儿子告别时。他对儿子说:

> 你爷爷是个心慈的人,不要说自己的孙子啦,连别人的细伢子,也都看得重……他老人家从来不欺贫爱富,也不去赚埋没良心的钱,不打两头官司;地方上办么子公益,也总是他出头为首。常言说得好:"卖牛留条绳,做人留个名,"他老人家舍己为人,就是为了给子孙后代留个好名声……连爷爷带起你,我们祖孙三代,都是本分人。

---

① 王西彦:《春回地暖》,作家出版社 1963 年版,第 151 页。
② 贺敬之、丁毅等:《白毛女》,人民文学出版社 1954 年版,第 18 页。

就拿你爹我来说吧,在外面队伍上混了二十年,也从来冒存心做过么
子丧天害理的事情! 就算和共产党结上了仇,也不是存心如此! 时势
是这样的时势,就像共产党说的"阶级斗争"嘛,你有么子办法呢?①

当然,在说完这些话后,小说又写章耕野回味自己说过的"我们三代人都
是本分人,都冒做过么子丧天害理的事情"这句话时,记忆深处突然浮现出当
年他试图强奸新四军女战俘不成,将其枪杀一幕。他不愿回首,尽力"想把这
幕景象排出记忆去"。② 用今天的心理分析观点看,这说明这次不为人知的恶
行一直是他心头一块隐疾,他应该是暗暗怀有愧疚之心或愧惧之心的。这样
的人不会是品性坏透了的人。他当年作为国军军官在战场上的行为,包括烧
死甫老子兄长,与当年李济深、傅作义、陈明仁等的某些行为一样,属于战争行
为、政治行为,与个人品性没有直接关系。章耕野家其他人,也没有被写成品
性恶劣之人。他的父亲即使不像他所说那样好、那样"舍己为人",但一个将
好名声看作传家宝的人,不会故意去做坏事;他天黑行路被"作田佬"暗杀,对
方应该是为图财害命。他的儿子比祖父和父亲"还要忠厚些",忠厚得懦弱无
能,以致其父于怜悯之外,对之又"厌恶失望"。他的母亲是个"吃长斋的老奶
奶",她对分她田地的人非常愤怒,充满仇恨,她认为对方"冒(没)良心",也并
不认为自己是恶人。小说还写准备起事时,他不让儿子卷入,要求儿子"做个
顺民,好好作他的田",并夸"共产党倒是分得清白的,不会行连坐法"。③

另一个"恶霸地主"甘愚斋爱收小老婆,人品上比章耕野要坏一些,但也
并非赤裸裸的流氓,并非一味作恶。例如,当"挨户团"反攻倒算、农会干部甘
金荣陷于绝境时,他收留和庇护了甘金荣。其中固然有因儿子强奸甘彩凤使
其心有愧疚,以及想为自己另留一条后路的考虑,但他毕竟没有把事情做绝。
因此,当面临被斗争、感觉自己会有灭顶之灾时,他才偷偷去找甘金荣求情,希

---

① 王西彦:《春回地暖》,作家出版社 1963 年版,第 594—596 页。
② 王西彦:《春回地暖》,作家出版社 1963 年版,第 601 页。
③ 王西彦:《春回地暖》,作家出版社 1963 年版,第 596—598 页。

望为自己留条活命,并保全儿子。求情不成,甘彩凤还想去告发,他这才生了杀心,弄了个鱼死网破。而金仲甫则被塑造成了《太阳照在桑干河上》中李子俊那样胆小懦弱的地主,他给读者的印象是可恶、可笑而又有些可怜。女地主箭大嫂是个爱撒泼耍赖的泼妇,并有荡妇之嫌,但从今天的人性观点看,她一个寡妇带着一个女儿,在社会巨变、面临被没收家产的威胁时,她那些举动实在是出于求生、求安全的本能反应。《湘东老苏区杂记》还记有贫苦农妇万般无奈时典卖自身之事。箭大嫂求迁移证固然不合乎上级要求,但她为此而到区政府门前磕头出血,被乡政府人员殴打、被围观者辱骂哄笑,作为一个人来看,也有其可怜一面。章楚臣作为名中医,虽然没有像梁斌《翻身记事》里的王友三那样被塑造成一个真正的开明士绅,却也并无具体恶行,小说倒是写到1930年农民运动时,他们家"给农民放火烧成一片白地"。解放后,他还劝儿子从大学法科"改进革命大学"。①

正因除了地痞章侯之,地主们的罪行要么是历史的和政治的,要么是隐性而不为大家所知的,不像黄世仁、韩老六那样罪恶昭彰、民愤极大,回马乡开斗争会时,土改干部才一直苦于师出无名。这些写法,均不会在"典范土地革命叙事"里出现。

三、《春回地暖》被文学史冷落的原因

《春回地暖》的写作与出版正值各种"红色经典"陆续涌现之时。与"三红一创,青山保林"及《铁道游击队》《敌后武工队》《三家巷》《小城春秋》之类作品相比,这部小说当年印刷次数和发行量就少②,新时期后,1970年代末的

---

① 王西彦:《春回地暖》,作家出版社1963年版,第97页。
② 笔者能查到的版本除了1963年6月的第1版第1次印刷,就是1964年2月的第1版第3次印刷。版权页标注的总印数是14万册。能找到的另一种版本是1986年11月的四川文艺出版社《王西彦选集》第4卷版(版权页标注印数仅1230册)。

"十七年"作品再版重印、后来人民文学出版社的"红色经典"丛书及"中国当代长篇小说藏本"丛书均未选该作。几种非常有影响力的《中国当代文学史》也对之只字不提。陈思和先生直言不讳地指出："在1949年前后几年中，曾有大批作家被安排到农村参加土改，但在以1949年为起点的当代文学史上，几乎没有人为此写出过激动人心的文学作品，也就是说，60年的当代文学史几乎没有产生过土改题材的杰作。"①这番话意味着他认为《春回地暖》肯定不是杰作、不是激动人心的作品。这应该是他主编的当代文学史教材选择忽略这部长篇的主要原因。作为迄今为止最长的一部土改题材长篇，也是老作家王西彦平生最长的一部倾力之作，受到如此评价、如此冷遇，是颇值得研究的现象。

　　陈思和对1949年后土改题材作品不兴盛、难出佳作的解释，首先是题材不合时宜：合作化运动迅速取代土改成为题材热点，而二者在对农民取得土地所有权问题的态度上又有冲突；其次是这一题材在如何处理土改运动中的政策执行失误与暴力过火行为上面临难题。② 这一解释很有道理。笔者认为，除了上述因素，《春回地暖》被冷遇还有另外的原因：在阶级斗争氛围越来越浓的20世纪五、六十年代之交，王西彦虽然也写了阶级斗争，而且写得很尖锐（有流血和人命事件），但他写得不够传奇。后来被称为"红色经典"的那批小说，除了合作化题材的《创业史》与《山乡巨变》等，一般都有一定传奇色彩；《青春之歌》不传奇，但它有当时少见的知识分子革命与恋爱故事，足以吸引读者。至于《春回地暖》，它虽有虚构与"杂取合成"的人物塑造方式，但现实主义观念很重的王西彦还是过于拘泥于原型，不敢借着原型的名义针对读者阅读心理进行大胆想象，就像《林海雪原》和《红岩》那样。作者自承：

　　　　我几乎只是一个记者或录事，所写的大都出于自己的见闻，简直

---

① 陈思和：《土改中的小说与小说中的土改——六十年文学话土改》，《南京大学学报》2010年第4期。
② 参见陈思和：《土改中的小说与小说中的土改——六十年文学话土改》，《南京大学学报》2010年第4期。

无法容纳想象和虚构。①

后来的《艳阳天》写的也是乡村日常生活,但它把日常生活传奇化了,合作化题材、表层的阶级斗争主题保证了其在当时题材的新鲜与合乎规制,而作者浩然将个人权力斗争与战争式谋略植入阶级斗争框架内,将敌对双方的斗争写得一环扣一环,甚至惊心动魄。《春回地暖》则读来显得拖沓、冗长、沉闷——诉苦会一次次开,但诉得并不精彩,不能达到《白毛女》《暴风骤雨》那种让观众或读者随之流泪或为之激愤的动人效果,因为它所写双方矛盾的起源是历史事件,而历史事件的发起并非因为个人之间的冲突,没有灾荒之年恶霸地主"催租逼债"、逼得佃户债户家破人亡的情节铺垫。这样,对这种一次次开的诉苦会,故事中的组织者感到为难、参加者感到疲倦,阅读者更打不起精神。章耕野组织武装暴动,在"红色经典"里会被写成一段惊险曲折的战斗,但在王西彦笔下暴动并未真正开始就因被发现而夭折;暴动头目章耕野逃跑、章培林带人追赶,也写得有头无尾,没有写成动人的故事。也许现实中本来就是如此,但读者读来就会有所不满足了。

再就是作者叙事上的犹疑和模棱造成的艺术效果,既可以说"左右逢源",也可能"两不讨好"。在"两结合"成为最好(实际是唯一)创作方法的年代,它没有塑造高大完美、堪作全民楷模的正面人物形象,为此曾受到批评家的批评。"文化大革命"期间它被打成"毒草",除因提到彭德怀的"平江扑城",主要理由则是:

> 大肆渲染革命战争和土改运动的残酷性。作品颠倒敌我力量对比,实为阶级敌人树碑立传。把地主富农写得无比强大,他们组织反动组织,造谣破坏,杀人放火,无所不作;而土改工作队和广大贫下中农竟在敌人进攻面前,防不胜防,束手无策,处处被动挨打。②

---

① 王西彦:《关于〈春回地暖〉答读者问》,《书林》1983 年第 5 期。

② 武汉大学中文系 67 年毕业班三司革联"延河公社"编:《十七年百部小说批判》,湖北省文联红色造反团 1968 年内部印行。

王西彦把地主们的反抗写得这么激烈、把他们的行为写得这么嚣张,首先有原型依据(多种史料记载当年湖南确曾发生地主暴力反抗事件①),另外也是为适应当时突出阶级斗争尖锐性、长期性和复杂性的意识形态要求。不料将地主写得太凶狠了,竟也会得咎! 好在造反派批评者并未注意到本文前述该作的诸多"非典范"描写,否则,它又会被扣上"同情地主"、"美化地主"的帽子,而这个帽子比前一个还要可怕。

为了掩饰这些"非典范"特征,作者运用了一些修辞策略。首先是反复强调"庚午年"(1930年)农民与地主阶级的历史仇恨,以凸显对看似唯唯诺诺、逆来顺受的章耕野、甘愚斋、金仲甫进行暴力剥夺和镇压的合理合法性;其次是对地主外貌予以一定丑化,例如写箭大嫂"一张喜鹊蛋似的堆满雀斑的白嫩脸孔,一双眼角挤满鱼尾纹的细缝眼",②写金仲甫"他的眼睛和鼻子也都是小小的。疏疏落落的几根眉毛,像是螳螂的触须"。③ 再就是突出表现箭大嫂的泼妇无赖特征,写她往地里撒盐搞破坏,甚至协助章得荣杀害喜妹子,以抵消读者对寡妇孤女即将被扫地出门时可能会产生的同情。该作与真正的"典范土地革命叙事"的不同在于,后者根本不会让这些会产生不同客观阅读效果的可能性存在。

另外一种掩饰修辞,是将表达出"非典范"思想观点的人物写成否定性形象。罗佩珠在开诉苦会时,提出妇女所受性别压迫及悲苦命运,从她自身处境来说,其中未尝不含有其真实生命体验,但在作品中是被作为破坏分子转移主题的暗中捣乱行为处理的。在肖一智形象的塑造上,这一修辞策略表现得最为典型。肖一智一出场就反复强调"分别对待地主",强调讲政策、实事求是,避免工作中出现偏差。他还在心里发出质问:"对一个人来说,家庭出身能看

---

① 参见齐寿良:《南下接管平江》,中共岳阳市委党史办公室编2001年内部印行;李春宜:《湖南平江县土地改革研究》,硕士学位论文,华中师范大学,2006年。
② 王西彦:《春回地暖》,作家出版社1963年版,第108页。
③ 王西彦:《春回地暖》,作家出版社1963年版,第277页。

作决定性的因素吗？地主阶级家庭出身的革命家不也很多吗？"①这些观点，在新时期以后重新审视和评价土改运动的历史学研究论著以及相关文学作品中，都被当作正确观点，而在《春回地暖》中，肖一智被塑造成一个认识错误、意志薄弱、立场动摇、临阵脱逃的否定性形象。这样，上述观点既通过肖一智之口表达了出来，又被当作批判的靶子、错误的思想，从而保证了适合当时意识形态语境。

为避免"非典范"特征可能受到的指责，《春回地暖》在第三十二章还不嫌沉闷，将县委组织部长在干部大会上的报告大段大段呈示给读者。报告强调的是"土地改革绝不能和平进行"。报告还引用毛泽东《湖南农民运动考察报告》，大批对于农民运动"过火"、"乱来"、"糟得很"的指责，提醒大家不要"光讲条文法令"，不要将土改运动煮成"夹生饭"。而且，从小说情节本身看，读者会产生一种印象、一种联想：假如运动一开始就按照家庭成分把所有地主及其家属拘禁起来、管制起来，就不会发生后面的地主及其狗腿子杀人放火的事件；小说中的土改干部对地主及其家属太宽容，给他们的自由活动空间太大了。"文化大革命"时造反派批判这部小说渲染土改运动的残酷性，批的也并非它写农民斗地主多么血腥残酷，而是地主杀人放火搞破坏残酷。

这样，就使得这部作品即使是进入历史新时期以后，也未被重新"发现"、重新评价，它的诸多"非典范"特征并未引起研究者及文学史书写者的注意与肯定，像丁玲的《太阳照在桑干河上》那样。1983 年王西彦重新回顾这部长篇的写作时，也只是以"现实主义"理论为武器为自己没有塑造高大完美的英雄人物形象辩护，却丝毫不曾涉及其中对地主及其亲属的有关描述。在当时语境中，即使"地富"已经"摘帽"，为土改中及后来曾受到打击的地主及其亲属说上几句好话，仍然需要极大的勇气。这方面的破冰之作，是张炜的《古船》。而《古船》的发表是 1986 年的事了。即使是在 1986 年，《古船》的一些写法仍

---

① 王西彦：《春回地暖》，作家出版社 1963 年版，第 274 页。

然引起批评界的争议。

　　因此,在新时期以前它被冷落,新时期以后它仍然被冷落。笔者认为,这部长篇虽有明显缺憾,却有必要引起研究者更多注意,有必要将其置于历史与美学视野中予以具体剖析。

下 编

反典范土地革命叙事

第十二章　新时期"反典范土地
革命叙事"的发端

　　土地革命对中国社会影响巨大,波及全国各地区各阶层,涉及许多人的切身利益,必然会引起不同反应。1949 年后中国大陆(内地)与台湾、港澳处于分治状态,意识形态分歧导致作家对同一历史事件在进行表述时出现价值立场和取向上的明显差异。港台作家的土地革命叙事采取与大陆(内地)土地革命叙事特别是《暴风骤雨》式土地革命叙事截然相反的价值立场,属于旗帜鲜明的"反典范土地革命叙事"。其代表性文本有陈纪滢的《荻村传》、①姜贵的《旋风》、②张爱玲的《秧歌》③和《赤地之恋》、④寒山碧的《还乡》。⑤ 由于意识形态偏见,这类作品不同程度地歪曲历史事实、艺术描写虚假荒谬之处显而易见。遵循现实主义原则的作家虽有各自的意识形态立场,但通过真实的细节描写总能反映现实的某些侧面;而当作家违背了现实主义原则、失去客观公允态度时,偏见便会扭曲其艺术描述。这些在陈纪滢、姜贵和张爱玲作品中表现得特别明显。而同样由内地流亡澳、港的寒山碧,由于晚年经常来往于香港

---

① 台湾重光文艺出版社 1951 年初版。
② 1957 年作者自印赠人,台湾明华书局 1959 年首次正式出版。
③ 香港今日世界社 1954 年初版。
④ 香港今日世界社 1954 年初版。
⑤ 香港东西文化事业有限公司 2001 年初版。

与内地之间,并曾任海南省政协委员,对内地情况了解更多,态度相对公允辩证。因这几部小说不曾在中国大陆(内地)正式出版,不在本书论述范围之内。

新时期以后,随着现实中阶级斗争观念被主流意识形态淡化,在历史研究与文学叙事中反思阶级斗争、批判阶级斗争扩大化,一时成为新潮。单就文学领域而言,文学批评界不断有质疑被视为传统土改叙事文本的《暴风骤雨》《太阳照在桑干河上》的论文,文学创作方面,张炜《古船》首先出现与上述两部小说不同的对土改运动的描述,继而又接连有尤凤伟《诺言》、苏童《罂粟之家》和刘震云《故乡天下黄花》等面世。这几部小说作为中国大陆(内地)"反典范土地革命叙事"的发端之作,既不同于港台"反典范土地革命叙事"对土地革命运动的全盘否定,也有别于后来的《丰乳肥臀》的"反着写"式颠覆解构,它们各自有自己不同的叙事主题和叙事策略。

一、张炜《古船》:反思人类冲突与暴力起源,寻求解脱之道

《古船》虽然开新时期以新的视角、新的观点重述土改运动之先河,但土改并非这部作品的全部内容,而只是其历史反思中的一个阶段。

《古船》的主角隋抱朴一家曾是洼狸镇首富,隋抱朴兄妹三人是资本家兼地主的子女,但其父隋迎之是真正的开明士绅,对土改丝毫没有抗拒行为,而且心理上也是认同的:土改开始前夕他就开始"还账"了。而作为地主兼资本家对立面的高顶街指导员赵炳和出身贫苦的民兵队长赵多多却是真正的恶霸。这种人物关系设置,本身就是对"典范土地革命叙事"的颠覆——它告诉读者:道德善恶与财富寡多并非简单对应关系。

《古船》正面描述了土改中敌对双方的血腥暴力。作品写到的高顶街暴力事件及流氓行为可分为土改前地主对农民的暴力流氓行为、土改斗地主时

农民对地主的暴力行为及部分积极分子的流氓行为、斗争之后地主还乡团对土改干部和积极分子的血腥报复及流氓行为。

土改前地主对农民的暴力行为主要有：

1)一个地主四十岁上糟蹋了粉丝房里洗粉丝的两个女工,其中一个有了孩子,上了吊;2)地主"面脸"让丫鬟给自己提裤子;3)老汉儿子给"面脸"扛了五年活,伤了腰,卧床不起;4)地主"叫驴"小老婆与长工通奸,他让人剜去长工一枚睾丸,导致其一个月后死去。

土改中农民对地主及其亲属的暴力流氓行为主要有：

1)愤怒失控的农民打死无辜的地主少爷;2)女工哥哥对恶霸地主的女儿施暴,镇上人围观取乐;3)赵多多用皮带抽打并用香火烫试图逃跑的地主;4)赵多多用烟卷烫并砍杀麻脸;5)赵多多侮辱茴子尸体;6)老汉要剜"面脸"的肉煮汤给儿子治腰;7)长工母亲斗争会上哭昏,醒来咬住地主"叫驴"的脖子。

还乡团对普通农民及土改积极分子的残暴行为主要有：

1)活活烧死只当过几天民兵的青年农民,用脚踩死小孩子,用铁丝穿无辜贫苦群众的锁子骨,将他们活埋;2)将栾大胡子五牛分尸,炒吃其肝;3)当众奸淫农妇,用刀削下其乳房,扎其下部;4)当众奸杀妇救会主任,劈死其孩子。

《古船》所写暴力涉及地主与农民双方,双方对对方的报复都非常残酷、有时带有兽性,而且都曾波及无辜者。上述三种暴力行为之间存在因果关系：地主对农民的残暴导致农民对地主的仇恨,以致斗地主时下手、下嘴狠;农民斗地主时的暴力过火行为,又引发"还乡团"报复时更加残酷、更充满兽性。而进一步辨析,则可发现其间的差别。土改前地主对农民的暴力大致不出日常范围:地主糟蹋粉丝房女工,小说虽未明写具体过程,但可以推断,应该是偷偷的,而且这类事在和平年代也并非鲜见。地主让丫鬟为自己提裤子当然含有调戏意味,但这也属于日常的品德污点。老汉儿子给地主扛活伤了腰,究竟怎么伤的没写,看语气应该不是地主打的,是劳作所致;老汉有气,大概与地主不给治（没有工伤保险）有关，这也属于日常劳资纠纷。长工与地主小老婆通奸，从日常伦理看来本已道德有亏（尽管文学上可以歌颂不羁的超阶级爱情），地主报复，在普通百姓看来情有可原，只是报复手段过于残暴，导致长工死亡，这已属违法行为。长工母亲仇恨地主"叫驴"，也不难理解。而土改开始之后，斗争双方的暴力行为均已逾越日常伦理，近乎疯狂，沦为兽性了。

因此，作品并非单纯批判谴责哪一方的暴力行为，而是反思人类暴力的起源。按《古船》所写、按隐含作者观点，暴力起源于人类利益冲突，而冲突源自财富占有与社会政治地位的不平等：隋迎之所谓"欠大家的"和"还账"，就是意识到自己占有财富太多、与贫民差距太大。他虽未必认识到自己财富来自"剥削"，但他肯定感到了某种不平和仇视构成的潜在威胁，或者是一种人生的哲学的顿悟。早在马克思主义产生之前，卢梭就发现：

> 我们之所以看到少数权贵与富人位居权力与财富的顶端，而广大群众则在黑暗与苦难中卑躬屈膝，这是因为前者所享受的东西正是后者所丧失的东西，而且如果状态不被改变，这些群众一旦摆脱悲惨命运，那些享有这些权力和财富的人将快乐不再。[①]

正因意识到这些，土改发生时隋迎之在内心与行动上都并不抵触。其长子隋抱朴继承了父亲的思想，所以抱朴以自己的体验和感悟解读《共产党宣言》，认为"天下为公"，粉丝厂既不属于隋家，也不属于赵家，而是属于大家。但是，作者对"均贫富"的暴力方式不以为然，特别揭示了"群众"在失去理智情况下的疯狂和野蛮。法国社会心理学家勒庞对群体心理和群体暴力有专门研究。他发现：

> 在某些特定的情况下，而且只有在这些情况下，聚集在一起的人们通常会显示出全新的特征，这些特征迥然不同于组成群体之前的个体们的特征。这些聚集在一起的人们，他们的情感和思想全都转

---

① ［法］让-雅克·卢梭：《论人类不平等的起源和基础》，邓冰艳译，浙江文艺出版社 2015 年版，第 113 页。

移到了同一方向,与此同时,他们自我意识中的个性完全消失了,并形成了集体意识。①

偶然聚集在一起的人并不一定构成群体,构成群体需要特定条件。土改斗争会就是这样的条件:贫苦农民被组织在一起,被要求控诉地主罪恶。由于有政府、有武装力量撑腰,原先几乎无望得到申诉或发泄的日常生活中的积怨突然有了突破口和具体指向,而且是多数人指向少数人,"即使仅从数量上说,组成群体的个人也会感觉到一种不可战胜的力量,这种力量能让他敢于发泄出本能的欲望","群体是个无名氏,因此自己也不必承担责任"。② 这正是中国俗语所谓"法不责众"的心理。倘若会议组织者不是强调申诉和报复的限度,而是暗示其强度,在此情况下,怨恨便会升级,暴力便成为不可避免之事,"罚不当罪"在所难免,而个别人会做出连自己也想不到的残酷之事。"立足于此,我们就能够解释,为什么法国国民公会中最野蛮的成员往往都是些原本谦和的人"。③ 而赵多多这类原本就流氓成性的人遇到这种场合便如鱼得水,变本加厉。群众一旦被发动起来,群体心理强度不断增大,组织者即使再试图控制,如果不发生特殊事件,也很难了:王书记批评赵多多,禁止一切残酷刑罚,就连并非流氓的农会主任栾大胡子都不以为然,与之顶撞。栾大胡子的理由是"那些地主老财在兴盛的年头才叫狠呢",其逻辑是"你狠我就要狠,你残酷我就要残酷"。结果,他换来了更大的"狠"和残酷:自己被地主"还乡团"五牛分尸。

很大程度上体现作者价值立场的小说主人公隋抱朴苦苦寻求人类解脱痛苦、走出恶性循环之道。他反对对财富的个人占有欲,也反对一切暴力和残酷

① [法]勒庞:《乌合之众:群体暴力与大革命》,李隽文译,江苏文艺出版社2014年版,第4页。

② [法]勒庞:《乌合之众:群体暴力与大革命》,李隽文译,江苏文艺出版社2014年版,第10页。

③ [法]勒庞:《乌合之众:群体暴力与大革命》,李隽文译,江苏文艺出版社2014年版,第6页。

行为。小说中屡次出现抱朴阅读《共产党宣言》的描述,并且引用了其中的一些语句,但他对"他们的目的只有用暴力推翻全部现存的社会制度才能达到"①的论断视而不见,有意忽略。有人说隋抱朴的观点与"托尔斯泰主义"类似,不无道理,但笔者认为它与维克多·雨果在《九三年》中提出的"在绝对正确的革命之上,还有一个绝对正确的人道主义"更为接近,就是说,它并不反对革命暴力,但希望革命暴力行动应始终控制在人道主义许可的范围之内,始终不忘革命初衷,将人道主义作为宗旨和最高原则。实际上,不只雨果对法国大革命有这样的反思,俄国十月革命时,卢森堡和高尔基等人也曾对革命暴力及"专政"措施提出过不同看法。"文化大革命"结束之后,中国知识界掀起关于人道主义与异化问题的大讨论,此后出现的张炜《古船》,可以视为作者以小说方式表达自己这方面的观点。

值得注意的是,《古船》仍然涉及了"典范土地革命叙事"一直关注的乡村恶霸问题,只不过"恶霸"的身份由地主换成了"农民阶级"出身的人。它塑造的赵炳和赵多多两个恶霸形象给人印象深刻。赵多多可以算是赵树理《小二黑结婚》里金旺和兴旺、《邪不压正》里小旦和小昌形象的延续与发展,又是后来尤凤伟《诺言》里李恩宽、刘震云《故乡天下黄花》里赵刺猬和赖和尚的"前驱"。而"四爷爷"赵炳形象在中国现当代文学史上非常独特。他能成为高顶街最有权势的人物,既不像土改前的凭借土地财产,也不是土改后的凭家庭出身。小说并未交代他们家怎样苦大仇深、"根红苗正",土改发生时他是村里学校教书先生,这种小知识分子身份在当时其实是很微妙的。他后来在高顶街操纵名义上的行政领导人,有些像《太阳照在桑干河上》里的钱文贵,但他并未用儿女勾连各方政治势力。合作化时期他对上级有逢迎(玉米秸上的造假),却也有抵抗(带人暴力截粮)。他的威望来自谋略与胆魄:有人来扒镇上的城墙,他让人把拆墙人的腿砸断,令人联想到《红旗谱》中的朱老巩护钟,但

① 卡·马克思和弗·恩格斯:《共产党宣言》,《马克思恩格斯选集》第1卷,中共中央马克思恩格斯列宁斯大林著作编译局编译,人民出版社2012年版,第435页。

他并不自己赤膊上阵,而是唆使别人去干。需要直接出面出手时,他又毫不犹豫:大饥荒时截救济粮,他冲在最前面。这种关键时刻"舍己为公"的表现(表演),震慑了高顶街群众和干部,也收获了"民心"。如果不看其动机与实际人品,竟使人联想到张一弓《"犯人"李铜钟的故事》里的李铜钟。这一段可以说是张炜与张一弓的隔空"对话",或者可以认为是对张一弓小说的颠覆式"重写"。凭着这种威望,他在高顶街说一不二、为所欲为,但又并非像韩老六那样公然欺男霸女,而是特别讲究手段,乃至"感情投资",使得少女隋含章上套,使得张王氏心甘情愿服侍终生。作为读书知理的乡村"知识分子",他知道做事有"度",并且能反省自己和别人的"过度",总体虚伪的同时,也不完全缺乏善念。反观现实,像韩老六、黄世仁那样的恶霸很少,而像钱文贵和赵炳式的恶霸却并不鲜见。这是张炜为当代文学史贡献的重要典型人物。这一人物的意义不仅在于从另一方向熔断了"典范土地革命叙事"对"地主"与"恶霸"概念的有意焊接(前一个方向是塑造非恶霸型地主),还具有超越特定时代的价值。

作为新时期早期的作品,《古船》不太可能完全采取与"典范土地革命叙事""反着写"的策略。除了一再肯定地写到《共产党宣言》对正面人物隋抱朴的影响,它还写到共产党干部王书记对群众过火暴力的极力制止,写到"巡回人民法庭"重审人命案、有错必纠,写到土改斗争死亡十余人中有五人确实该死,写到支持暴力的土改干部和积极分子中也有栾大胡子和妇救会主任这样人品并不坏的人,它还对港台"反典范土地革命叙事"有所回应。例如陈纪滢《荻村传》写土改工作队"除了逼着大脚兰儿配嫁傻常顺儿以外,更使西头一家亲兄妹二人成了亲,北头一家父女俩结了婚,亲婶娘嫁给侄子,外甥女许配外祖父",[①]这种描述非常荒唐,明显是妖魔化写法;而《古船》第十八章写土改高潮时,土改积极分子们议论被关起来的地富家属中"有几个年轻女人如

---

① 　陈纪滢:《荻村传》,台湾重光文艺出版社 1951 年版,第 169 页。

花似玉,自身贞洁自然难以保全,该建议早给她们找下人家,过自己的日子。"①这样的事情虽然也非寻常年代常有,却比较合乎特殊情况下的逻辑。

即使如此,由于《古船》在中国大陆以前所未有的方式书写了土改,当时文学批评界还是有人指责它否定土改。为此,张炜申辩:"我否定的只是党和人民所一贯否定的东西,即否定极左和愚昧、否定流氓无产者的行径",自己塑造王书记的正面形象,就是为"歌颂土改和土改政策"。由于有了几年前国内关于人道主义与异化问题的大讨论,张炜旗帜鲜明地肯定人道主义思想,并反问指责者:

> 出身贫苦的人一定要是好人、革命者、勇敢的人吗?你也知道不一定。穷人的打斗就一定是有理有力,是符合大多数人的利益的吗?你知道也不一定。②

这应该是中国大陆作家首次直接质疑"典范土地革命叙事"将占有财富多寡与个人品德相对应的写法。

如果以全面描述和评价土地改革运动的标准看,《古船》对于贫苦农民的土地要求表现不够,这属于其视角的局限,或许与作者早年经历与生命体验有重要关系。

二、尤凤伟《诺言》及《小灯》三篇:
试图写出"真实的历史"

尤凤伟中篇小说《诺言》发表于 1988 年 3 月,③离《古船》首次发表仅一年半。土改故事只是《古船》全书的一部分,而《诺言》首次以全篇、以与"典范土

---

① 张炜:《古船》,人民文学出版社 1987 年版,第 238—239 页。
② 张炜:《代后记:在济南、北京〈古船〉讨论会上的发言》,《古船》,人民文学出版社 1987 年版,第 370 页。
③ 《花城》1988 年第 2 期。

地革命叙事"及"非典范土地革命叙事"迥异的立场和观点正面书写土改。与《古船》一样,《诺言》以自己的艺术描写质疑和颠覆了"典范土地革命叙事"将财富与品德直接挂钩的价值判断方式,塑造了并非恶霸的地主吕福良、善良无辜的地主女儿李朵及地主儿媳小婉、凶狠好色又贪婪的民兵队长李恩宽、身世不幸却并不善良的妇救会主任王留花、土改前夕戏剧性地由富农跌落为贫农的贫农团主席申富贵等形象。前任工作队长卜正举与地主儿媳恋爱,这在"典范土地革命叙事"及"非典范土地革命叙事"里会被写成被阶级敌人腐蚀拉拢、蜕化变质,而在《诺言》中卜队长却是一个具有人道主义精神、重情重义的男子。作者这样来写土改带来的"地覆天翻":

> 延续了数千年的生活秩序被完全打破:财主家的土地已被没收,按人口在全村进行分配;原先最贫苦的人住进高耸的青砖瓦房,旧时的主人则去住草棚、磨房、碾屋、破庙,甚至被扫地出门流落他乡;原先财主女人身上镶着金边的衣裙如今却穿在穷人妻女的身上……旧时的伦理道德、是非观念业已全面崩溃:从来都认为世上富人养活了穷人,因为富人把土地租给了穷人,土地是存身安命之本;现在则明白过来是穷人养活了富人,因为劳动创造出财富,劳动最神圣。与数千年漫长岁月相比,这一切几乎是变化于一夜之间,惊喜而迷惘的人们甚至来不及对发生的一切进行思索,只好运用便当的翻转逻辑来衡量客观是非:"大肚子"都是坏蛋,穷兄弟都是好人;有钱是罪恶,赤贫最荣光;革命就是造反,造反不讲仁义……①

这段叙述人语言与自由直接引语结合的议论,表达的是对这种"地覆天翻"的疑惑,还透露出某种不以为然。

除了这种颠覆式描写,《诺言》还多次正面描述了土改高潮时农民积极分子对地主的残酷暴力行为,例如李恩宽刑讯吕福良、试图割其生殖器,刑讯并

---

① 尤凤伟:《诺言》,《花城》1988年第2期,第97页。

让其侄子打死李金鞭。这类描写,《古船》已有,而《诺言》写妇女主任王留花"可怜之人"的"可恨之处",写她作为最底层女性不仅没有同情心,却对比自己漂亮和幸运的同性有一种极其恶毒的嫉妒心:她用针去扎小婉丰满的胸部,扎李裕川妻子王晓存,还想去扎李朵私处。这是与《古船》中最终惨死的妇女主任不同之处。《诺言》中的李恩宽自然令人联想到《古船》里的赵多多,不同之处在于,赵多多是一个彻头彻尾的坏人,而李恩宽的流氓行径只是特定情境下的产物,当年他在李裕川家扛活时曾对地主女儿李朵很好,土改高潮时他想趁乱强奸李朵,终于还是没有霸王硬上弓;虽然诬陷李朵勾引他,最后时刻却良心发现,为救李朵丧了命,落下革命烈士名声。

《古船》发表后受到的"否定土改"的质疑,想必尤凤伟已经看到。他为此采取的修辞策略是:开篇即先写到地主"还乡团"在小黄庄活埋群众的暴行,并称地主"还乡团"为"匪徒";写这一行径引发易远方对地主阶级的仇恨,接着又写到几个名副其实的恶霸地主:小黄庄的黄金鑫,李家庄的李裕川和李金鞭,也多少提到其具体恶霸行径。例如李金鞭"他家虐待雇工是远近皆知的,是公认的为富不仁者。在1942—1943年大灾荒年间,他毫不留情地向佃农催租逼债,致使春天饿死了好几口人,而他把粮食囤积在自家墓地的墓穴里,待机桌售高价"。[①] 小说还写到易远方吃派饭到李忠保家发现的极端贫困状况,与《暴风骤雨》中赵玉林家相比有过之而无不及,接下来写易远方的心理活动:

> 这就是中国农村的现状,是贫苦农民生活的一个缩影。如果说他的学生时期的革命热情是来自书本,来自空洞的理念,那么在这户贫病交加的农家里,他才真切地认识到革命之对于中国,尤其对于广大农村中苦难的农民是何等的紧迫不息。[②]

接下来易远方对农民过火暴力行为的思考,似乎也是在为农民辩解:

---

① 尤凤伟:《诺言》,《花城》1988年第2期,第98页。
② 尤凤伟:《诺言》,《花城》1988年第2期,第104—105页。

积怨甚深,贫苦农民不放过一切渲泄仇恨的机会,这本是可以理解的,即使过分些也是可以理解的。千百年来贫苦农民承受的欺压屈辱确实太深重了,就像地层深处的岩浆,火山一旦爆发,也就不会恪守这样那般的规范。①

然而,这段文字明显只代表人物观点,而与叙述者及隐含作者观点有距离,因为第三章开头关于土改前李家庄自然和社会状况的描写,对这段具有解构效果:土改前李家庄自然条件比较优越,虽然贫富差异明显,"然而人们早已习以为常,见怪不怪","往日的一切都合情合理,祖先永远是后人仿效的楷模","世间万事皆以古训为道:仁义礼智信、三从四德、忠孝廉耻、种田交租、借债还钱、犯罪交官、老实常在、富贵在天、福祸由命……世世代代,千古不变。"②如此看来,客观上的贫富差距、地位不平等虽然存在,但相互的仇恨是被工作队"启发"出来的。如果说《诺言》里作者对自己真正观点的表达还遮遮掩掩、虚虚实实,那么在后来发表的短篇《合欢》③、《辞岁》④、《小灯》⑤及三篇合集出版时的副文本——作者自述、作者与评论者姜玉琴的对话及充分体现作者观点的姜玉琴的评论文章⑥里,表达得就比较直接明朗了。

尤凤伟表示,自己写土改系列小说的直接心理动因,是为"纠正"《暴风骤雨》《太阳照在桑干河上》给读者的"误导",还原"真实的历史"。他说,自己原先"认为土改就是书描写的那么回事,也认同'革命专政万岁'",但

后来接触到社会,特别是农村,才发现许多事原本不是书中所写的那样,与真实情况大相径庭。有些基本的东西甚至南辕北辙。书

---

① 尤凤伟:《诺言》,《花城》1988年第2期,第105页。"渲泄"当为"宣泄",引文遵原文。
② 尤凤伟:《诺言》,《花城》1988年第2期,第97页。
③ 《当代》1993年第4期。
④ 《上海文学》1993年第10期。
⑤ 《长城》2003年第3期。
⑥ 三篇合集以《小灯》为书名于2010年3月由花城出版社出版。除了三篇小说,还收入作者自述及作者与姜玉琴对话各一篇,另收姜玉琴评论文章两篇。姜玉琴文章被收入小说集,其观点应该是被作者认为贴近自己本意的。

> 写"历史"的作品却不能真实的反映历史,其价值自然大打折扣,而
> 对读者的误导,又会造成很深的危害……我的写作要求是能真实客
> 观的反映历史。①

他还曾说自己有"受到欺骗的感觉"。② 后来,尤凤伟将几部土改题材中短篇集成一部名为《一九四八》的长篇。评论者姜玉琴认为《一九四八》"所反映的历史是最为真实的历史,或者说,至少是真实历史的片段",而"《暴风骤雨》和《太阳照在桑干河上》中的历史是虚假历史,或者说伪历史"。③

尤凤伟以自己的创作反对和解构"典范土地革命叙事"将财富占有量与个人品德好坏直接挂钩的做法,这当然能得到今天绝大多数读者的认同。在"后革命"年代质疑那种只要目标崇高便不问手段是否合法、合乎人道的方式,也合乎情理。《诺言》写革命对人性的考验、写革命队伍中某些积极分子身上的"恶"与"恶人"在特殊情境下闪现的"善",《小灯》写"翻身农民"对地主家属的同情,《合欢》《辞岁》写"地主分子"的生死爱情,写出了人性的复杂性,读来很感人。文学书写与历史评价有其一致性,也有其歧途:优秀的文学作品永远不会放弃人道关怀,而历史评价主要看人物或事件是否推动了历史进程。历史著作与文艺作品对秦始皇和曹操的不同评价即为其例。但是,倘若尤凤伟真的认为只有自己所写才是"真实的历史",而《暴风骤雨》和《太阳照在桑干河上》所写皆为虚假、纯属骗人,未免就有失偏颇,乃至走向谬误了。如果说《一九四八》是"真实历史的片段",那么《暴风骤雨》和《太阳照在桑干河上》也未尝不是真实历史的片段:中国幅员辽阔,各地土改过程与具体内容存在差异。被斗争的地主中善良老实者不乏其人,但也确实存在韩老六类型的恶霸;斗争地主时暴力过火的地方很多,没有太多暴力的地方也有,进行田野调查的话,没有暴力的土改同样可以找到真实史料的支持,例如亲身参加福

---

① 尤凤伟:《是历史也是现实》,《小灯》,花城出版社 2010 年版,第 68—69 页。
② 尤凤伟:《〈一九四八〉后记》,《西部华语文学》2008 年第 8 期。
③ 姜玉琴:《权力、历史与爱情》,《小灯》,花城出版社 2010 年版,第 99 页。

建土改的厦门大学庄钟庆教授就亲口对笔者说他参加的土改没有发生过火暴力行为。如果把《暴风骤雨》所写当作全国普遍情况,那确实会给读者以误导;但若将尤凤伟笔下的土改当作唯一的历史真实,也不合乎实际。也就是说,作者说自己写出了另一种历史真实、写出了《暴风骤雨》《太阳照在桑干河上》不曾写出的真实,这是没问题的,问题出在说《暴风骤雨》《太阳照在桑干河上》就没有真实性、就是骗人。这反映出作者及其评论者对历史复杂性、历史真相多样性认识的盲点。

另外,尤凤伟和姜玉琴没有认识到《太阳照在桑干河上》与《暴风骤雨》的重要差异:《太阳照在桑干河上》并未简单地将土地占有多寡与个人品性优劣对应,它开篇即明确地写到,在暖水屯占土地仅次于李子俊的顾涌是个为人忠厚、勤俭起家的人,而占地最多的李子俊是个懦弱的人,与恶霸毫不搭界;而真正的恶霸钱文贵占地却并不太多,充其量是个富农,甚至只是富裕中农。姜玉琴说"《暴风骤雨》在艺术造诣上远远高于《太阳照在桑干河上》。《暴风骤雨》还兼顾一定的叙事技巧和独特的语言风格,《太阳照在桑干河上》则是完全用说教来替代创作",[1]这更是明显与一般专家学者的阅读感受及评价不同:论故事情节的紧张、场面的火爆及人物对话的风趣生动,《暴风骤雨》确有其优势;但若论人物心理描写的细腻、人物性格复杂性的揭示,则《太阳照在桑干河上》明显优于《暴风骤雨》。将"艺术造诣"仅仅理解为"一定的叙事技巧和独特的语言风格",未免狭隘。苏联斯大林奖金评委会将二等奖授予《太阳照在桑干河上》,将三等奖授予《暴风骤雨》,并非错判。说"仅仅因为钱文贵是地主",[2]就不被作者同情,这段议论几乎是刘再复、林岗《中国现代小说的政治式写作——从〈春蚕〉到〈太阳照在桑干河上〉》一文的复述或翻版,明显与作品实际不符:在小说里,钱文贵被暖水屯农民及作者痛恨,不是因为他占地多,而是因为他为人阴狠无情。村民们就并不痛恨李子俊、顾涌

---

① 姜玉琴:《权力、历史与爱情》,《诺言》,花城出版社 2010 年版,第 85 页。
② 姜玉琴:《权力、历史与爱情》,《诺言》,花城出版社 2010 年版,第 86—87 页。

和侯殿魁。

尤凤伟的土改叙事开始还比较辩证,越到后来其视角局限与判断偏颇便越明显,特别是他将其受个人视角局限的文学叙事当作历史全貌、当作唯一的历史"真相"时,便走向谬误了。

三、苏童《罂粟之家》与刘震云《故乡天下黄花》:后现代的解构

苏童《罂粟之家》①与尤凤伟《诺言》发表时间接近,它也属于对"典范土地革命叙事"的解构之作,读来却令人有着不同的感受。

如果按传统小说方式讲述《罂粟之家》的故事,可以这样来说:刘老侠是枫杨树村的大地主,也是南方最大的罂粟种植主。他有大片土地,住在黑色大宅里。他的土地上交替种植罂粟和水稻,大约有一千名农民种刘老侠家的地。刘老侠家虽然富有,但他像其他枫杨树人一样节俭,积存的粮食宁肯让其发霉也不随便吃。刘老侠"干坏了多少枫杨树女人",却一直生养不了健康的儿子。猫眼女人是刘老侠第一个妻子,她为刘老侠生下女儿刘素子。刘老侠的第二个妻子叫翠花花。翠花花原是城里的小妓女,刘老侠的父亲刘老太爷六十大寿时,刘老侠的弟弟刘老信把她献给父亲做了寿礼。在翠花花成人那年,刘老侠害死父亲刘老太爷,猫眼女人也莫名其妙地溺死在洗澡锅里,翠花花于是成了刘老侠的女人。刘老侠与翠花花接连生了四个孩子,都没能存活;第五个存活了,却是个白痴,名叫演义。演义八岁那年,翠花花为他生了个弟弟,叫沉草。但沉草的生身父亲并非刘老侠,而是刘家的长工陈茂。陈茂与翠花花私通,刘老侠是默许的,因为刘家需要一个正常的后代继承家业。但刘老侠毕竟内心十分厌恶陈茂,常常公开称其为"狗",并让陈自己承认是狗。刘老信

---

① 《收获》1988 年第 6 期。

是个吃喝嫖赌的浪荡子,他妄想踩出土地以外的发财之路,却一事无成,自己
名下的土地在十年之内都归到哥哥刘老侠手中。刘老信在城里染上梅毒大
疮,在城里妓院陷入绝境,将自己最后仅存的一亩坟地卖给哥哥,哥哥才将他
接回家中。刘老信痛恨刘老侠,常扬言要放火,结果放火不成,自己被刘老侠
捆在麻袋里烧死。刘沉草中学毕业回到家中不久,演义发狂要杀沉草,沉草为
自卫砍死了演义。刘素子十八岁那年,父亲刘老侠为贪图三百亩地,将她嫁给
城里布店驼背老板。这老板是个"假男人",刘素子婚后三天回门,再未去婆
家。沉草归家后半年,土匪姜龙抢走刘素子,三天后刘素子被放回。此时已是
1948 年,刘老侠将家业交给沉草掌管。刘沉草不乐意经营土地,将家里长工
和女佣们赶出家门,将水稻地都租给迁徙户,按每年收成的 50% 收取地租,佃
户们非常感激,称之为"小善人"。1949 年,陈茂从马桥镇带来共产党要来革
命的消息,号召农民们不要再为刘家卖命。刘老侠就命人脱光陈茂衣裤,吊在
蓑草亭子里一天一夜。土改工作队长庐方来到枫杨树村,救下陈茂,让他当了
农会主任。陈茂带头斗争刘老侠,刘老侠不服,仍然用鹰眼威慑着枫杨树人,
并声称悔不该没有杀死陈茂。陈茂于是用枪托砸刘老侠的头。刘家的地契账
本被当众焚烧,农民们哄抢了实际已无意义的地契账本。刘老侠让沉草逃走,
去找土匪姜龙,被庐方与陈茂追回。陈茂趁夜把刘素子抢到蓑草亭子里强奸,
庐方闻讯撤销了他农会主任职务,并下了他的枪。刘素子自缢前让沉草杀陈
茂,刘老侠见女儿已死,就派沉草枪杀了陈茂。在与翠花花双双自焚前,又将
陈茂焚尸泄愤。1950 年冬天,庐方亲手击毙了旧日同学好友刘沉草。沉草死
前说自己要重新出世。那天是 12 月 26 日。

　　若按照上面讲法,除了长工、后来的农会主任陈茂的形象,《罂粟之家》的
故事与"典范土地革命叙事"竟有些类似。地主刘老侠与黄世仁、韩老六式的
"恶霸地主"应属同一类,个人品德方面甚至更差:黄、韩尚且不对自己亲人下
手,刘老侠不仅吞并胞弟土地财产,还杀死了自己的亲爹、亲弟及第一任妻子,
他奸污枫杨树村女性"从不忌讳你的目光"。长工陈茂不想再被当作狗,积极

参加革命,为此被地主残酷体罚。因为对土地的贪婪,刘老侠毁掉女儿一生。然而,作为具有"后现代"性的新潮小说,《罂粟之家》的故事并非按上面那样讲述,而同一故事讲法不同,涵义便发生变异。若对比"典范土地革命叙事",不难发现:《罂粟之家》所直接写到的地主兼并土地,并非针对农民,而是自己的亲人。而从文本提供给我们的信息可知,祖上只给刘老侠留下八十亩地,他凭自己的力量使刘家土地扩展到整个枫杨树村。被兼并者中肯定有许多普通农民。他对自己亲人下手尚且如此之狠,对外人、对穷人的手段可想而知。但是,对这些蕴含的意思,作品丝毫不曾涉及,形成叙述空白,只能由读者自己推测。这种叙事重点的转移,就含有解构意味了,解构的是阶级斗争意识:它告诉读者,地主兼并土地并不只针对贫苦农民。

陈茂与刘老侠之间雇工与地主之间的关系,被作品处理成"性"的关系。这种事情并非不可能发生(后来《白鹿原》所写黑娃与郭举人及田小娥的关系与此有些类似),但它肯定属于偶然,属于特例。陈、刘之间这种关系的独特性还在于,陈与地主老婆的偷情竟是地主默许的,刘老侠是在利用陈茂"下种",利用中又含屈辱;陈茂是个性瘾者,地主利用他,他也在利用地主的老婆,利用的同时也蒙受屈辱。这种古怪关系于是冲淡了经济与政治的阶级对立关系。在其他作品中常被写成或庄严、或痛快、或残酷的土改"斗地主"场面,也被这种古怪关系扭曲成令人啼笑皆非的滑稽剧。小说中陈茂"被解放"的情景,则明显属于戏拟:出生于1960年代的苏童应该非常熟悉电影《闪闪的红星》,陈茂被吊、被救的场面,与该片开头潘冬子被胡汉三吊打,又被红军救出的场面非常类似。小说写工作队长庐方救下陈茂时"差点流出眼泪",与电影中吴修竹救下潘冬子的表情也接近。但是小说中陈茂的被吊却显得滑稽,乃至丑陋,尽管细想起来被吊一昼夜不吃不喝其实非常残酷。

然而,与其他"反典范土地革命叙事"不同,《罂粟之家》这种解构式描写并无"为地主翻案"或"为地主鸣冤"的意思。

刘震云《故乡天下黄花》对"典范土地革命叙事"的解构,表现为对地主农民双方的描写没有明显立场、不带明显倾向,作品的关键词是"权力"而非"贫富":不论贫富,一旦掌握了权力,就有了尊严,就高人一等,可以指使别人。不掌握权力的只有服从;倘若不服,就想方设法夺取权力。于是,权力争夺贯穿作品所写马村历史的始终。

因此,《故乡天下黄花》中的地主,既非一出场便无恶不作、不顾日常伦理、公然耍流氓的坏蛋,也非心存仁义、扶危济困、仗义疏财的善人;贫雇佃农中既有老贾之类为人厚道者,也有赵刺猬和赖和尚这样的地痞,更多是像牛大哥、老冯和老得这种平时安分守己,在特定情形下也显出某些人性阴暗面或充当别人工具的普通人。

小说中,自清末民初至土改运动,李、孙两家大地主轮流执掌村政。两家的老家长李老喜和孙老元都属于土地多、家产多而又有势力的乡村权绅,在"典范土地革命叙事"里肯定会被当作"恶霸地主"来塑造。若对比李老喜、孙老元与以往黄世仁、韩老六之类"恶霸地主",可以发现:他们的共同之处是有钱有势,而且一旦当了村长就说一不二。他们买通官府,犯了官司可以大事化小、小事化了。对敢于挑战他们权威的人,不论对方是谁,他们坚决予以打击,甚至不惜采用暗杀手段。轻一点的,也会指使子弟以武力"开导"对方。与黄世仁、韩老六们不同的是,不论李老喜还是孙老元,他们并不公然违反日常伦理耍流氓;相反,他们平时对自己家长工佃户们都还讲情面,长工佃户们对之还心存感激。作品写每年二月二孙家请长工客:

> 请客一般请吃肉包,用大锅蒸上几笼肉包,掀开,热腾腾地端上来,请大家吃。孙老元待长工从来不吝啬,包子里一兜肉,还捣蒜汁滴香油,让人来蘸。二月三北山有庙会,孙老元还专门套个马车,拉长工去赶会。他里里外外地喊:
>
> "赶会了,赶会了,车都套好了,不去赶会在家干什么!"
>
> ……孙老元待人好。老冯家孩子有病,孙老元找先生给他看好;

老得偷肉，孙老元也没有撵他走。①

孙老元想让马夫老冯、伙夫老得配合许布袋去杀李老喜，也是先给他们每人一布袋粮食。老冯老得被县里逮捕冤杀，并非孙老元将其作为替罪羊，孙老元还曾给县司法科老马送礼试图营救，听说二人死讯后还"有些伤心，落了几滴眼泪"，并让人给其家属送去粮食布匹慰问。李老喜的次子李文武待长工老贾也不薄：老贾的老婆偷了李家少奶奶衣服，李文武也不怪罪老贾。若只看这一面，《故乡天下黄花》里的地主似乎又有些类似《白鹿原》里的白嘉轩、《第九个寡妇》里的孙怀清了。但李老喜和孙老元都不是白嘉轩或孙怀清，他们虽然做人讲人缘，但那是在没有触及自己利益的时候。一旦自己利益受损，不论孙家还是李家，其实都心狠手毒。孙老元用一口袋粮食就让老冯老得去为他干与杀人有关的事、老冯老得被杀后其亲属还对孙老元"有些感激"，这段描写其实也揭示了地主与长工真正的关系，以及某些贫苦农民的愚昧麻木和过于善良厚道。

《故乡天下黄花》的解构，也是首先对"典范土地革命叙事"将个人占有土地财产多寡与道德品质联系、将贫富与善恶对应挂钩的叙述模式消解，但消解方式并非"颠覆"，并非简单地将其"翻转"，即，反过来将富人写成善人、将穷人写成恶人或坏人。它的消解方式是将关键词由"土地"和"财富"置换成了"权力"和"武力"：有权力的人会对无权力的人施行压迫——孙家虽然在财富方面与李家不相上下，但因为李家当村长，孙家家长孙老元在开会时就不能和李老喜平起平坐，而必须屈辱地与佃户们一起坐在下面。许布袋与孙毛旦当了正副村长，就可以假公济私，压迫李家，本该让其摊派二百斤面，却让他们交四百斤。一个人能在乡村耍霸道，除了担任官职掌握权力，再就是掌握武力、敢玩命，因此，家徒四壁而当了土匪头子的路小秃可以在战乱年代与孙李两家同为马村一股令人生畏的势力，具有土匪品性的许布袋可以当许多年村长，他

---

① 刘震云：《故乡天下黄花》，中国青年出版社 2004 年版，第 32 页。

当村长时看着谁对他们有威胁,就可以"判他个谋反,先动手杀了他"。他们既杀地主李文闹的长子李小闹,也杀无法无天的地痞周罗恩,并打残"又臭又硬的佃户"路片锣。尽管许布袋和孙毛旦霸道,他们却也并不无缘无故青天白日耍流氓,干公然欺男霸女的事,一般也是师出有名:他们只想维护自己的权威不受挑战。抗战时期孙李两家仍然有势力,也因李小武和孙屎根分别担任中央军和八路军的军官。土改时,二流子赵刺猬与赖和尚之所以不可一世,除了他们的贫农团正副团长身份,还因他们腰里挂着手榴弹。

在《故乡天下黄花》里,"权力"与"财富"还是有密切关系的:"财富"可以变成"权力",或影响"权力",变成压迫的力量:孙老元可以靠一袋粮食和平时的小恩小惠令老冯和老得去为其干玩命的勾当,孙李两家可以用钱财迫使官府改变判罚,虽然在官府面前他们唯唯诺诺;而官府官员则凭借手中权力为自己赢得财富。在马村世界里,贫穷而又老实的农民永远处于被压迫地位:李文闹可以用一个脸盆大小的花生饼为代价换得与佃户赵小狗的老婆"相好",而赵小狗只能"睁只眼闭只眼当作不知道"。土改斗争李家时,虽然李守成说赵小狗老婆是自愿,但按情理来说,赵小狗夫妇接受这种屈辱,既是因为贫穷,也是惧怕李家势力:一个连村长都敢暗杀的人,他们敢得罪么?刘震云这种描写虽用的是戏谑笔调,不似"典范土地革命叙事"那样血泪控诉,但客观上揭示出穷人所处被压迫被奴役的地位,以及人格所受侮辱、尊严所受屈辱,呼应了"典范土地革命叙事"的相关类似描述,却比后者更细腻,描绘出了其中多种曲折,而不流于机械论。

刘震云《故乡天下黄花》的写法,与其此前的"新写实小说"审美追求一致,区别只在于一个面向现实,一个追溯历史。虽然关于孙李两家互相仇杀的情节设置有些传奇色彩,但土改一章却比较写实,里面没有《古船》《诺言》里那种特别血腥残忍的施虐和凶杀场面:马村土改中的人命案,只有赵刺猬打死李文武一例,还是在情急之下失手误杀,杀人后赵刺猬自己的精神也很受刺激。后面赵刺猬哥哥赵长虫、赖和尚母亲赖朱氏及弟弟赖道士、李家马夫牛大个及贫农冯发景等被"还乡团"所杀,则是因李小武等为了复仇。路小秃杀工作队员老范夫妇,也是为报私仇。这样,"还乡团"的杀农民远远多于农民杀地主,而也正因此,后来李小武一伙被全歼,就显得自然而然。作品写解放军剿匪放过李冰洋未杀,虽然被写成由于一个偶然——县长老蒋半夜失眠,重读枪毙犯人报告,发现李冰洋未参与杀人,但毕竟显示了新政府的不冤杀无辜。孙家虽也是大地主,但因为孙屎根是革命干部,孙母又主动将家产交给了贫农团,孙家受到宽大处理,"贫农团给她和孙毛旦的老婆、孙毛旦的儿子、孙屎根的姑母等留了一座院子",没有像其他某些"反典范土地革命叙事"那样写得玉石俱焚。这样写合乎常态,像"新写实小说"一样显得更为贴近生活原生态。

值得注意的还有"诉苦会"场面。此前和其后的"反典范土地革命叙事",在写到"诉苦大会"场面时,一般采用解构写法。这也是其解构"典范土地革命叙事"的途径之一。《故乡天下黄花》写第一次诉苦及斗争地主大会,写农民对地主李文武的控诉都是鸡毛蒜皮,即所诉李家恶行都很日常,比如借粮不肯借、雇长工不雇本村人、放马吃农民庄稼等。而赵刺猬控诉李家逼死亲妈事,也被一位不识深浅的贫农李守成当场解构,说"是你娘自己愿意的",引起哄笑。第二次诉苦及斗争会,则写老范事先如何帮赵刺猬设计叙事策略,将其母被李文闹强奸致死事件"典型化":将"通奸"解释为"屈于地主恶霸的压力,不得已而为之",并嘱咐他"不要说他母亲以前和李家怎么样,只说上吊那天的事,李文闹怎么逼人,赵的母亲怎么上吊;上吊以后李家不闻不问,似乎死了一条狗一样的态度;及母亲被李家逼死后赵家生活如何艰难,一家老小围着棺木哭"。这段交代,其实可以视为对一切"典范土地革命叙事"叙事策略的象征概括:突出或改写一部分事实,淡化或遮蔽另一部分"非本质"的事实。而我们凭此段描述既可发现这类叙事遮蔽的一面,也可认识到其凸显一面也确有道理——地主李家确实将佃农赵家人的性命看得很轻,而赵家媳妇屈从李家少爷而"通奸",确实也是迫于压力,并且与极端贫穷有关。这样,它既解构了"典范土地革命叙事",也同时解构了另外某些"反典范土地革命叙事"对地主与农民关系的描写。即便是第一次诉苦会上农民的"鸡毛蒜皮"式控诉,其实也揭示了地主以日常方式压迫农民的事实:灾荒年穷人借粮不肯借、雇长工不雇本村人,这是1920年代乡土小说的"前土地革命叙事"就有的情节;放马吃农民家庄稼,则是《暴风骤雨》里韩老六也做过的事。第二次诉苦斗争会所说另外几起地主恶行,则与"典范土地革命叙事"如出一辙:

> 二,宋家老婆婆眼睛哭瞎事件。宋家老婆婆十八岁守寡,含辛茹苦,将一个独生子养大。养大以后,一年村里派劳工,当时李家当村长,就将这劳工派到了老婆婆家。当时老婆婆的独生子正在发疟疾,哭喊着"娘",不愿意当劳工。可硬是被李家派来的人把独生子从炕上拉了起来。李家卖一个劳工,得了一百块大洋;可独生子被拉走当劳工以后,四十多年还没个音信,老婆婆想儿子哭得眼睛都瞎了。
> 三,李家的小猪倌被毒打致死事件。十年之前,李家养过一群猪。给李家放猪的,是一个十二岁的孤儿。一天这孤儿放猪到地里,一时贪玩,猪跑散了群,丢了三只,回家以后被李家毒打一阵;李清洋李冰洋又将孤儿捺到地上当马骑。孤儿连挨打带受吓,发起高烧,李家也没给看,后来这孤儿就不明不白地死了。下边还有佃户冯碌碡因偷了李家田里几棒子玉米被打残一条腿事件;中农崔老巩因和李家争地边被李家逼得喝了老鼠药,幸亏灌屎汤及时,才将一条命抢救过来事件;连老贫农李守成都觉悟了,也回忆起一件李家大年三十逼债,砸他家铁锅卖铁事件;那时他老婆刚生下孩子三天;女人没锅没米喝不了米汤,下不了奶,孩子被活活饿死了……①

如果只有第一次诉苦斗争会的描写,《故乡天下黄花》便与其他"反典范土地革命叙事"类似,即,将地主恶霸行为写成地主被诬陷,将诉苦写成牵强

---

① 刘震云:《故乡天下黄花》,中国青年出版社2004年版,第160—161页。

附会的滑稽剧。而这第二次诉苦会所写地主恶霸罪行与《暴风骤雨》类作品更接近。那么,它说第一次诉苦会农民不觉悟,第二次"觉悟了",就并非反讽。它说明,某些有权势地主的恶霸行为早已被大家习以为常或习焉不察,而实际它是确确实实存在的。而这类地主之所以能够如此,全是因有势力、有权力。它与"典范土地革命叙事"的不同在于,它认为除了官赋"权力"之外,"武力"也可形成权力,所以,无权力的地主不一定是恶霸,而有武力却并不富有的土匪或有匪气的农民,也可成为恶霸。这种写法,或许更接近历史原貌。说《故乡天下黄花》属于"后现代"性质作品,是因其在解构"典范土地革命叙事"之后,并不试图建构什么。

如果说刘震云的土地革命叙事有所不足的话,那么这种不足似有历史虚无主义之嫌。

第十三章　陈忠实的《白鹿原》：
含混与矛盾

　　陈忠实发表于 1992 年的长篇小说《白鹿原》，是获得过茅盾文学奖、有重要社会影响的作品。它涉及土地革命时期的内容。读《白鹿原》，看陈忠实对人物与故事的艺术处理，会发现其诸多含混矛盾之处，比如作者对儒家文化的理解与评价，对田小娥的基本态度和情感倾向：以五四启蒙主义观点看，田小娥是值得同情的悲剧人物，是封建文化和礼教制度的牺牲品，白嘉轩和鹿三是使其走向死路的罪魁祸首，他们对田小娥的态度是非人道的；从儒家文化立场看，田小娥是淫妇，是妖女，是使几位男人堕落的祸水。作者本人究竟站在哪一立场、持何种观点，在作品里的表现并不明显。特别是对田小娥之死的处理，更令人觉得有些匪夷所思：小说写出了田小娥的委屈，以及她对迫害和杀死她的人的报复，却又由"圣人"朱先生出主意，将田小娥的骨灰和冤魂用砖塔压住。说到底，这些含混和矛盾属于文化上的。《白鹿原》的正主题当然是文化，但它也重点写到了政治，写到了暴力革命。在政治革命与文化建设的关系方面，作品也显示出主观态度和价值判断的矛盾含混。分析这些矛盾含混，有助于我们更深刻地理解作品，把握其思想和艺术上的独特性。

　　《白鹿原》刚发表时，读者印象最深的是作品对地主与农民关系的处理。这涉及作者对中共领导的土地革命或土地改革的看法。经文本细读，笔者发现,在这方面作者其实是有意在与以往的"典范土地革命叙事"进行对话。由于各种原因,《白鹿原》与其他"反典范土地革命叙事"又存在诸多耐人寻味的不同。以下笔者拟对这些同与不同予以具体的症候式分析。

一、地主剥削方式与土地占有规模

《白鹿原》具体写到的地主(财东)有四个,即白鹿村的白嘉轩[①]和鹿子霖、渭北将军寨的郭举人和黄家围墙的黄老五。毛泽东在《怎样分析农村阶级》一文中对"地主"的定义是:

> 占有土地,自己不劳动,或只有附带的劳动,而靠剥削农民为生的,叫做地主。地主剥削的方式,主要地是收取地租,此外或兼放债,或兼雇工,或兼营工商业。但对农民剥削地租是地主剥削的主要的方式。管公堂和收学租也是地租剥削的一类。[②]

然而,在《白鹿原》里,白嘉轩和黄老五都是和长工一起干活,鹿子霖也参加劳动。除了郭举人,白、鹿、黄三个"财东"都是只雇长工,并不出租土地,因为他们的土地占有量都不太大。也未见写他们放高利贷:虽然写到鹿子霖曾借给李家寡妇五斗麦子、八块银元,并讲定用李家的六分水田作抵押,但却未写利息是多少(给人的感觉是只需还本钱)。鹿家的原初动机也并非乘人之危兼并土地,经过朱先生调解,白鹿两家最后像共产党员高大泉似地不仅不要李家的土地,还"各自周济给李家寡妇一些粮食和银元,帮助寡妇度过难关"。白嘉轩掌管家族祠堂和村学,但他也只是出于公心,只讲奉献,不为索取:修复祠堂所需粮款的不足部分,全由他和鹿子霖包下。唯一的大地主郭举人固然田产广阔、生活讲究,并且出租土地兼雇三个长工,但"每年夏秋两季

---

① 白嘉轩土改时未被划为地主,只因此前三年他不再雇工,而作品所写大部分时间他是有雇工的。

② 毛泽东:《怎样分析农村阶级》,《毛泽东选集》第1卷,人民出版社1991年版,第127页。

收缴议定的租子"未见纠纷。《白鹿原》里的地主不出租土地、不放高利贷，或者即使出租土地也并无主佃纠纷，"典范土地革命叙事"里常见的地主"催租逼债"情节模式在该作中并不存在。

《白鹿原》不突出描写大地主和地租剥削，只写"财东"的雇工，有其历史和现实的依据。在历史学、社会学研究界，都知道中国的前现代社会存在一种独特的"关中模式"。近代以来，关中地区是全国地主制与租佃关系最不发达的典型地区之一，土改时即有"关中无地主"（地主很少，占地不多）、"关中无租佃"之说，因为：

> 宋元以后关中农村逐渐小农化，大地产与无地农民均减少，到民国时代，租佃关系几乎消失……明清以来，关中的租佃关系不断萎缩的同时，"雇工"经营却颇有发展，但与之相应的却不是商品货币关系的发达，而是相对自然经济化的日益加深。①

因此，土改时关中的地主大多是因雇工经营或放高利贷而被划为地主成分。如果说《白鹿原》不写地租剥削合乎土改前关中农村的实际，其对高利贷剥削的付之阙如，却耐人寻味。

二、地主发家史、地主与农民的
关系及地主个人品德

"典范土地革命叙事"里，地主几乎都是靠剥削穷人、靠巧取豪夺起家。《白鹿原》分别写了四个地主的发家经过，却似乎无一是通过土地剥削：白家靠打土坯、在山里经营药材收购店和种植罂粟；鹿家靠在城里当大厨；黄家没有别的本事，是"凭着勤苦节俭一亩半亩购置土地成了个小财东"。至于大地主郭举人，小说没有写他家大量田产的来源，根据"郭家的儿孙全都在外头干

---

① 秦晖、金雁：《田园诗与狂想曲：关中模式与前近代社会的再认识》，语文出版社2010年版，第45—46页。

事,有的为政,有的从军,有的经商,家里没留住一个经营庄稼的"这句,我们可知其不是无权无势的土财主。但作品也未明言详写其如何剥削起家。

与"典范土地革命叙事"里地主与农民尖锐对立、你死我活的关系不同,《白鹿原》里地主与农民之间基本都是和谐相处:且不说白嘉轩与鹿三名为主仆、情同兄弟,鹿子霖与其长工刘谋儿也未见发生纠纷。即使是大财主郭举人,为人也"很豪爽,对长工不抠小节,活儿由你干,饭由你吃,很少听见他盯在长工尻子上嘟嘟囔囔啰啰嗦嗦的声音"。在小娥与黑娃通奸之前,他还很喜欢黑娃,让黑娃陪他遛马放鸽子,黑娃自己也认为"郭掌柜人好"。对其他两个长工李相和王相,郭也一样厚道:该放假时放假,放假时按时按量给他们发麦子,让他俩高高兴兴回家。似乎只有黄老五为人比较刻薄,有些像周扒皮,黑娃给他扛活那一个来月"天不明就呼喊他下地,三伏天竟然不歇晌",下雨天只要不是雨大得让人睁不开眼,也不停止干活;但是,黄老五自己也是陪着长工一起干的,他本人吃饭也与长工吃一样的,黑娃辞工不干,是因看不惯他吃饭时舔碗的动作。照此人物关系逻辑,如果不是发生偷情之类意外事件,或不是发生"风搅雪"的农民运动,地主和农民似乎会一直这么和谐相处下去。这样的描写,应该是意在解构"典范土地革命叙事"对地主形象的恶霸化、流氓无赖化处理。看过《白毛女》《王贵与李香香》《暴风骤雨》及泥塑《收租院》之类作品的读者都有一个印象,就是这些作品中的地主都"为富不仁",个人品德恶劣;不仅随便打骂穷人,还公然抢男霸女耍流氓,该发工钱时设法克扣或赖账,收租时大斗进小斗出,遇到灾荒之年也毫不通融,不顾佃户或雇农死活,直逼得其要么家破人亡,要么铤而走险。《白鹿原》借鹿三视角,这样解释雇主和雇工之间的关系:"挣了人家生的,吃了人家熟的,不好好给人家干活,那人家雇你干什么? 反过来有的财东想让长工干活还想勒扣长工的吃食和薪俸,那长工还有啥心劲给你干活?"但作品紧接着又说:"财东想要雇一个本顺的长工和长工想要择一家仁义的财东同样不容易。"这段话既可理解为对流氓无赖式地主形象的不以为然,又可理解为承认确实存在那类无赖地主、存在不"仁义"的财东，也存在不"本顺"的长工。不过，《白鹿原》并未让这类地主和长工现身。看来，将地主形象"仁义"化，以与"典范土地革命叙事"将地主"恶霸"化相对，是这部长篇的有意追求。就连带有一定"反面人物"色彩的鹿子霖，也是个看上去随和可亲的人。像对白家一样，冷先生也崇敬鹿家的"家道德行"，认为他们两家"都是正正经经的庄稼人"。

　　另一方面，尽管陈忠实主观上想写地主的仁义厚道，将其"去恶霸化"，但由于基本遵循现实主义创作原则，客观上也写出了权势对于地主家庭地位和财富的重要性。例如，白家是族长，鹿家是乡约，一个掌握族权，一个掌握政权，他们两家的儿女都在外面当官或从军，因此在兵荒马乱的年月里获得免征特权；白嘉轩可以凭借族长地位，按其个人观点及好恶对村民施以肉刑（尽管对自己儿子也不留情）；鹿子霖依仗其手中权力，任意嫖宿民女（尽管多是顺奸、通奸或诱奸），干儿子数不清。冷先生主动与白鹿两家结亲，既是因为崇敬两家家风，也因他明白"无论鹿家，无论白家，要是得罪任何一家，他都难得在这个镇子上立足"。《白鹿原》未因作者的主观倾向和思想立场而违反历史真实和现实规律。据历史学、社会学家研究，民国年间虽然"关中无（少）地主"、"关中无（少）租佃"，但是"关中有封建"，恶霸并不少，尽管这些恶霸并不一定是大地主。这些恶霸"的确利用权势，强占、诈取了不少地产"；他们若想成为千亩级以上的大地主，并非不能，而是因"在一个'按权分配'的社会里，他们不需要这样做"。在关中，"'恶霸'主要并不是一个以财产所有制关系为基础的阶级概念，而是一个以人身依附关系即统治—服从关系为基础的等级概念"①。在这里，"'按权分配'、'按身份分配'的两极分化则异常尖锐"②，"没有黑道或白道的权势，就简直做不成'地主'"。那时地亩税极重，

---

① 秦晖、金雁：《田园诗与狂想曲：关中模式与前近代社会的再认识》，语文出版社2010年版，第59—60页。
② 秦晖、金雁：《田园诗与狂想曲：关中模式与前近代社会的再认识》，语文出版社2010年版，第61—62页。

"在这样的条件下要当成地主,只有凭借权势规避应负税粮并将它转嫁于无权势的平民"。①就连朱先生这样的"圣人",其得以享受"免征",也是因借助了特权。这一点他本人不得不惭愧地承认。

《白鹿原》里的地主与雇农贫农之间的关系,既有其现实依据,也明显带有乌托邦、桃花源式的理想色彩。我们可以设想,如果碰巧族长不是白嘉轩这样"仁义"的人,鹿子霖碰巧是个不那么随和可亲的样貌,白鹿村的村民将会有怎样的命运。其实作者本人也知道白嘉轩属于特例。在第14章结尾,他借鹿子霖之口说:"白鹿原上怕是再也寻不出第二个白嘉轩了。"在创作谈中陈忠实还声明:白嘉轩这一人物并无具体现实原型,他的所有故事"全是编出来的"②。作品在对郭举人形象的塑造上,也透露出其宽厚外表下的凶狠一面:得知受到侮辱,虽然他不当面责罚黑娃,却对他说:"处治你还不跟蹭死一只臭虫一样容易?"并派侄子想趁夜将其暗杀,而且要做得不露痕迹。

三、老农民、少农民及"死皮赖娃"

白家的长工鹿三在中国当代文学史上是一个独特的形象,但之前的中国文学史上并不乏此类"忠仆"或"义仆"形象,例如鲁迅《故乡》里的闰土、台静农《吴老爹》中的吴老爹和《为彼祈求》中的陈四哥、蹇先艾《老仆人的故事》里的老仆。与这类"忠仆"形象不同的是,鹿三形象明显含有解构以往土地革命叙事的作用。在以前的土地革命叙事中,这类人物属于保守落后的不觉悟农民形象,例如蒋光慈《咆哮了的土地》里的王荣发、叶紫《丰收》里的云普叔。他们与热心暴动反抗的儿子的冲突,被描述为落后与先进的冲突。在这类作品中,作者一般站在儿子一边;经过血的教训,父亲最后都能转变觉醒,支持儿

---

① 秦晖、金雁:《田园诗与狂想曲:关中模式与前近代社会的再认识》,语文出版社2010年版,第63页。

② 陈忠实:《关于〈白鹿原〉的答问》,《小说评论》1993年第3期。

子的革命行为。但陈忠实笔下的鹿三与雇主白嘉轩名为主仆，却情同手足。他认为他给白家扛活，以自己诚实的劳动挣得粮食和棉花是天经地义的事。他希望自己的儿子黑娃和兔娃继续给白家做长工，过与自己一样的生活。虽然他早年曾积极参与"交农"事件，但那是与地主一起反对官府的印章税；他坚决反对黑娃参与领导农民协会，并对"风搅雪"运动深恶痛绝。陈忠实对这一人物持基本肯定的态度，在文本里的表现是比较明朗的。比较而言，他对黑娃这一人物的态度，却显得比较含混矛盾。这种矛盾，其实正喻示着他对土地革命态度上的矛盾。

在作品中，雇农的儿子黑娃家衣食基本无忧，并未受到绝对贫困的煎熬；族长是他父亲的至交，乡约（村长）是其本家，所以也未受到政治压迫。而且，由于白嘉轩恩典，他还获得上学受教育的机会。黑娃反抗意识的产生，除了本自其天然叛逆性格，直接诱因是食与性这两大原欲：食的激发是鹿兆鹏让他尝到冰糖，性的激发是地主小老婆的诱惑。这两种诱因其实也并非源自黑娃的本能压抑：冰糖并非生命延续的必需品，如果不遇田小娥，黑娃也并非娶不到媳妇。总之，按文本内部逻辑，他的反抗意识产自其与富人比较而产生的更多欲望、更大野心，他的叛逆行动也源于外部社会环境的巨变。黑娃参加农民运动的结果，不是使其生活状况更好，而是更坏。运动失败后他替被他"煽乎起来"的弟兄抱怨："他们闹农协没得到啥啥好处，而今连个安宁光景也过不成了。"白鹿村另外两个农运积极分子田小娥和白兴儿运动后的个人状况也更糟：以前平静生活下去没问题，之后肉体和精神都受到严重伤害，生计维艰。田小娥对黑娃说："要是不闹农协，咱们像先前那样安安宁宁过日子，吃糠咽菜我都高兴。"黑娃后来被肯定、成为纯粹的正面形象，恰是其被"招安"并忏悔以往、拜在朱先生（儒学）门下以后。此时，他彻底否定了自己过去的行为，回乡拜祖时，他连田小娥惨死的破窑那里都不曾去看一眼。小说中国民党方面的人物骂农协积极分子都是"死皮赖娃"，由于白鹿村三个农协领袖都是道德上有污点的人，给人的印象是印证了这一称呼。

但是,《白鹿原》毕竟又写了黑娃本性的正派义气和田小娥的无辜无助,写了贺家坊农协领袖贺老大的英雄气概,而不曾写贺有何流氓痞子行为,"死皮赖娃"之说似乎又不全代表作者观点。另外,作品写农协用铡刀铡死的三官庙老和尚和指甲沟口村的碗客庞克恭确实是欺男霸女的恶霸流氓,还写原上确有许多"恶绅村盖子"(地头蛇),而没有恶行劣迹的一般绅士只被游斗,未遭酷刑。小说还写白鹿仓总乡约田福贤和他手下鹿子霖等各村乡约的贪腐行为属实,是将他们表面的温和亲民予以解构。这又反映了陈忠实对土地革命的正当合理性也并非彻底否定。

四、《白鹿原》的真实性与陈忠实对
土地革命的态度

海外民国史研究者在谈及那时的农民自发骚动时指出,这类骚乱的矛头大多"指向政府当局(文职的或军人的)的地方代表,而不是——很少例外——指向富人本身",①"中华民国的农民意识到政府的压迫甚于阶级剥削。"②在《白鹿原》中,"官"与"民"(包括穷人和普通地主)的矛盾远远大于地主与农民、穷人和富人之间的矛盾。《白鹿原》的艺术描写与近年来历史学、社会学家对民国时期关中农村社会的研究结论基本是吻合的,这显示出这部长篇独特的现实主义价值。值得注意的是,这种官民冲突似乎是"反正"以后,即民国建立以后的事情,似乎在"交皇粮"的前民国时代,乡村是田园牧歌般和谐的。这反映出陈忠实对包括国民革命和土地革命在内一切暴力革命的怀疑。他借人物之口将其喻为"翻鏊子"。

然而,细心的读者会看出,《白鹿原》里的乡村世界是理想化了的,"仁义白鹿村"是一个现代的乌托邦、桃花源,它寄托着作者陈忠实的文化理想。另

---

① 费正清、费维恺:《剑桥中华民国史》下卷,中国社会科学出版社1994年版,第329页。

② 费正清、费维恺:《剑桥中华民国史》下卷,中国社会科学出版社1994年版,第344页。

一方面,由于作者基本遵循现实主义原则,他在文本中也暗示出这一理想的虚幻性:那只神秘缥缈的白鹿的闪现与消失、寄托着白鹿精魂的两个人物朱先生和白灵的最终消失,以及鹿三说白家"这样仁义的主儿家不好寻"、鹿子霖说"白鹿原上怕是再也寻不出第二个白嘉轩了",还有文本中多次提到"原上那么多财东恶绅村盖子"、"乡性恶劣的财东绅士"……这些正反映出白家与白鹿村不具有现实普遍性。对于其他现实型地主,作者虽未将其塑造成"典范土地革命叙事"中那样的恶霸、流氓、无赖,而写出他们的温和人性一面,但又并不回避郭举人让小老婆用下体"泡枣儿"的异闻、鹿子霖乘人之危霸占田小娥和与儿媳乱伦的丑行。

我们肯定《白鹿原》现实主义的真实性,却不宜将白鹿原当作土改前中国农村社会的标本,将白嘉轩式地主视为中国所有地主的典型代表。首先,"关中模式"是中国农村社会的类型之一,有其特殊性。我们肯定《白鹿原》的真实性,不等于就否定那些表现地主地租剥削和高利贷剥削的作品的真实性,因为在中国南方许多地区,租佃制度是很普遍的,地租率也确实很高。就连研究关中模式的学者也揭示,民国时期在关中农村,放高利贷是地主敛财致富的重要手段之一。白嘉轩和鹿子霖不趁李家寡妇之危而兼并其土地,还资助她渡过难关,这属于特例,因为债主放贷的目的是为盈利,高利贷本身确实很残酷。地主与佃户或雇工之间有其相互依存的一面,也确实有利益对立的一面。"典范土地革命叙事"只写后者是偏颇的:明智的地主知道与佃户或长工友好相处对自己有利,因为只有这样才能促使对方真心与自己合作、为自己服务;但是,当遇到灾荒之年时,地主为了向官府交税,也会转嫁负担于地租,出现歉收不减租的现象也不足为奇;高利贷者则正需要穷人陷入困境绝境。

写从民国到新中国成立初期的农村,《白鹿原》对两个事实的回避耐人寻味:一是地主、债主的高利贷剥削,一是1946年开始的土地改革运动。特别是后者,这样一个使中国农村天翻地覆的社会运动,在这部五十万字的长篇中,竟然被一笔带过。不写高利贷剥削,大概是囿于作者宣扬儒家"仁义"和"礼制"文化的创作宗旨;不写土地改革,大概是因题材敏感,而且白鹿村的独特社会状况使其不好把握。

"典范土地革命叙事"将地主恶霸化,其实是为直接动员农民参加土地革命或土地改革斗争。它的叙事策略是将地主阶级对农民阶级的"客观暴力",即"系统的先天暴力:不单是直接的物理暴力,还包括更含蓄的压迫形式"(有些压迫者甚至"没有主观邪恶"),①转换为"主观暴力",即与地主个人道德品质有关的暴力,因为这样更能激起农民对地主的仇恨。《白鹿原》写地主厚道人性的一面,甚至写圣人型地主,是为消解"典范土地革命叙事"带给读者的社会历史认知。贫雇农儿子黑娃被地主推荐资助上学,使人联想到《高玉宝》中"我要读书"一段:后者是穷人孩子想读书而不能,前者则是穷人孩子自己不愿读书导致辍学。作者现实主义的创作态度,使其对地主对农民的"客观暴力"有所表现。不过,在主观认识上,他对这种客观暴力是否存在以及是否有必要对之反抗,是持模糊或怀疑态度的。一方面,作者写长工鹿三以及将军寨的李相、王相过得很好,另一方面,又借朱先生之口,向农民运动的发起者鹿兆鹏发问:"你要消灭人压迫人人剥削人的制度,这话听来很是中听,可有的人甘愿叫人压迫、叫人剥削咋办?"②说到底,这也是由作者所信奉的儒家文化那种以民本精神为基础,讲究各安本分的社会秩序和上慈下孝、节欲知足、和谐共存的思想使然。

价值立场的含混使得《白鹿原》具备了一定的"复调"特征,但由于陈忠实没有让另一种声音(即关于土地革命必然性、必要性的一面)更充分、更平等地显现,让两种或多种不同声音展开对话,因而它还算不上真正意义上的复调小说。

---

① [斯洛文尼亚]斯拉沃热·齐泽克:《暴力:六个侧面的反思》,唐健、张嘉荣译,中国法制出版社2012年版,第10页。
② 《白鹿原》第24章。

第十四章　以莫言为代表的
颠覆式书写

如果说新时期前期的"反典范土地革命叙事"只是对原先的"典范土地革命叙事"进行修正、补写或解构,陈忠实《白鹿原》对一些关键问题表现出的态度是含混与矛盾,那么,莫言和严歌苓所进行的是颠覆式书写,即从叙事立场、价值取向到人物塑造、情节设置完全与"典范土地革命叙事""反着写"。

中国当代小说中,1940—1950年代出生的作家有一个特殊现象,就是他们新时期以后的创作与"十七年"及"文化大革命"时期的文学存在显在的、直接的乃至狭义的互文关系。也就是说,他们的许多小说产生于与1950—1970年代文学的直接对话,是以补写、重写或反叛、颠覆的方式传承后者血脉。这是之前和其后的作家所少见的:1930年代作家所受早期文学教育另有其源;1970年代及其以后作家受1950—1970年代文学影响较小,或基本没受其影响;只有20世纪四五十年代出生的作家,"十七年"及"文化大革命"时期对他们的影响根深蒂固。1960年代出生的作家则介乎二者之间。"新历史小说"与"革命历史小说"之间有直接显在的互文关系,而新历史小说的代表作家正多是1940—1950年代出生:陈忠实生于1942年,乔良和莫言都是1955年,张炜1956年,刘震云和严歌苓都是1958年。如果说乔良的《灵旗》、张炜的《古船》、刘震云的《故乡天下黄花》、陈忠实的《白鹿原》等是对"十七年"时期"革命历史小说"的补写或重写,莫言的《红高粱家族》也基本属于此一类型,那么莫言的《丰乳肥臀》《生死疲劳》等则是对"革命历史小说"的颠覆,同时也是对"典范土地革命叙事"的彻底颠覆。

一、《丰乳肥臀》里的土改

莫言的长篇小说《丰乳肥臀》从抗战写到改革开放,具有较长的时间跨度,其中有几章(第25—33章)直接写到了土改和支前。

《丰乳肥臀》里的土改,被写成一场突然降临的灾难,它的发生似乎完全与土地无关,只是为了对稍微有些资产的人的屠杀或虐待。就像海外某些不了解详情的"反典范土地革命叙事"一样,《丰乳肥臀》里的土改与现实中以及小说《暴风骤雨》《太阳照在桑干河上》所写一般工作程序完全不同:没有事先派出工作队,没有深入群众的访贫问苦、思想动员。土改发生的第一个标志是哑巴孙不言"率着区小队,将司马库家的桌椅板凳、坛坛罐罐分送到村中百姓家";紧接着一乘双人小轿抬来一个名叫张京的"大人物",此人比县长、区长官都大,"据说,这个人是最有名望的土改专家,曾经在潍北地区提出过'打死一个富农,胜过打死一个野兔'的口号"。张京到来之后"始终未露面",他不是住在最穷的人家里,或小学校、破庙之类的地方,而是住在地主司马库的大院里,"大门口站着双枪门岗"。由于司马库不在,区干部马上抓起了棺材铺掌柜、卖炉包的、开油坊的、香油店掌柜、私塾先生,总之是一些并不经营土地而以做小买卖为生的人。抓了之后,马上召开群众大会,让最穷的人控诉这几个生意人。首先是磕头虫张德成控诉私塾先生秦二,罪名是他小时候上学时秦二先生用戒尺打过他的手、给他起外号。接着县长鲁立人又宣布枪毙卖炉包的赵六,理由是抗战期间他曾经卖包子给伪军,后来又卖包子给司马库的国民党军。接下来是瞎子徐仙儿控诉司马库霸占自己的老婆,他老婆和母亲为此先后自杀。他提出让司马库的儿子和女儿抵命。而区长上官盼弟揭露是徐瞎子的老婆勾引的司马库,他母亲实际死于血崩,与司马库没关系。在张京的压力下,鲁立人宣布判处司马库的儿子司马粮和女儿司马凤、司马凰死刑,立即执行。由于意见不一,以及上官来弟的干预,哑巴孙不言没有能执行,无辜儿童司马凤和司马凰被突然出现的两个蒙面骑手击毙了。

在《丰乳肥臀》里,由于没有土改分土地、分财物,也就看不到土改之后农民"翻身"的快乐及踊跃参军支前。接下来写大战来临、农民逃难,一片恐怖气氛。又写逃难途中解放军指导员郭保福因为运军粮的王金木轮车车轴断裂掉队,动手打得王金鼻子出血。他看到剃头匠王超推着一辆胶轮小车,便征用了;王超想不开,在树上吊死了。而以往同类题材小说(包括张炜、尤凤伟的相关小说)里常见的"还乡团"对翻身农民与土改干部的血腥报复,《丰乳肥臀》没有正面表现,仅有两处间接交代:一处是第 26 章上官盼弟因母亲不想撤退逃难,对母亲说"渤海区一天内就杀了三千人,杀红眼的还乡团,连自己的娘都杀",她的话马上被母亲质疑:"我就不信还有杀亲娘的人。"另一处是第 33 章,写战后在阶级教育展览上解说员对"还乡团的滔天罪行"的解说词。小说先是引用了解说词里的陈述:"还乡团进行了疯狂的阶级报复,他们在短短的十天时间内,用各种难以想象、令人发指的残酷手段,杀害了一千三百八十八人",继而介绍展览描画的司马库带领"还乡团"活埋人的场面,以及解说员"据幸存下来的贫农老大娘郭马氏揭发"而描述的"还乡团"暴行。然而小说叙述者"我"(上官金童)随即在心里质疑:司马库"他真的会这般凶残吗?"这样,上官盼弟和解说员就都变成了"不可靠的叙述者",她们的讲述就都被打上了问号。郭马氏出场,现身说法。郭马氏比较详细地讲述了自己亲见的"还乡团"成员小狮子活埋幼时玩伴、民兵队长进财一家老小的事件。这次讲述没有被作为"不可靠的叙述"处理。郭马氏讲的是:小狮子与进财是发小,他们的父亲是结拜兄弟,当年一起贩鱼虾赚了点钱,小狮子的父亲买了几亩地;进财的父亲钱被人偷走,没有买地。土改时进财成了民兵队长,他将小狮子的父亲吊在树上追问财物,最后折腾死了。小狮子活埋进财时质问进财自己的父亲究竟有什么罪,进财回答,买了地就是罪。小狮子进一步追问:"谁不想置地?你爹想不想置?你想不想置?"进财无言以对,但宁死不认错、不服软,连喊三声"共产党万岁"。进财的母亲临死喊的却是"共产党啊共产党,俺娘们死在你手里了!"小狮子还要活埋曾经多嘴揭露过他家隐私的郭马氏,司马库发现了,救下了郭马氏。司马库说"该杀的就杀,不该杀的别杀"。所以最后郭马氏对参观展览的人们说"司马库还是个讲理的人"。但因她这句话不符合布展者的要求,"区干部们连推带拉地把郭马氏弄走了"。① 于是,解说词最终还是被解构了。

《丰乳肥臀》并非专门写土改的作品,土改只在全书中占一小部分。但不能说它不是写历史的。莫言小说对历史还是非常关注的,不论是早期的《红高粱》,还是这部《丰乳肥臀》,归于"新历史小说"是没问题的。只是它从不同角度写历史,即,它不是从政治的、经济的宏观的角度再现历史,而是从作者所认为的生命本体角度写历史。对于这部书的作者来说,"活着"和"生育"是最重要的,其他如道德、政治等都应从属于生命。莫言后来写《蛙》批评计划生育政策,也是从这一立场出发。而这种"生命第一"、"活着第一"、"生存第一"的价值观念,已与《红高粱》时期讲究张张扬扬地生、轰轰烈烈地死的观念有所不同。新时期以后生命本体、生命本位价值观的产生有其合理性,因为过去以"历史"和"进步"等名义轻视生命个体的倾向曾经十分严重,并造成过极左灾难。

然而,以此角度描述历史、评价历史,会导致明显的偏颇。《丰乳肥臀》是无法全面地、正确地和历史地展现土地改革这一重大社会历史事件的。《丰乳肥臀》所写土改中的暴力过火、滥杀无辜现象确实发生过,山东在这方面也确实是比较严重的地区,这与康生等人的极左做法密不可分。但是,土改的目的是改变不合理的土地占有状况,解放贫苦农民,使之从经济的、政治的重压

① 莫言:《丰乳肥臀》,北京十月文艺出版社2010年版,第238—328页。

下"翻身"。解放战争中山东农民大量参军或支前,成为解放军的兵源与实质上的后勤部队,这一战争奇观的出现与土改直接相关。被征调的农民虽然未必都像"典范土地革命叙事"所写那么主动、那么踊跃,但其中分得土地财产的贫苦农民因切身利益所系,不会将战争视为与己无关的事件,这应该是没有疑问的。《丰乳肥臀》多用中农视角(上官家应属中农),偶尔用地主视角(司马亭、司马库兄弟视角)叙述这段历史,既弥补了"典范土地革命叙事"的盲区,又造成新的盲点:作品中孙不言、张德成、徐瞎子等最穷的人都被写成怪物或小丑,读者从叙述人那里几乎感受不到任何同情。作品将"典范土地革命叙事"中的"富人都坏,穷人都好",变成了"富人高贵善良,穷人卑鄙阴狠"。地主霸占穷人妻子女儿这类事,或许不会都像《白毛女》《暴风骤雨》所写那样,有可能是穷人妻女自愿(前述"非典范土地革命叙事"对此已有表现),但无可否认,富贵者之所以可以为所欲为、贫贱者之所以没有尊严乃至没有廉耻,不会完全是个人品德问题,应该也与政治经济地位紧密相关。而《丰乳肥臀》相关描写给人的感觉,这种事情的发生是由于富贵者的风流潇洒和贫贱者的寡廉鲜耻。

　　《丰乳肥臀》对土改的描写让人感到不合逻辑,细节真实性也有待考辨。例如那位"大人物"张京来村里时没有骑马,没有坐吉普、卡车,或者像土改叙事作品常见的那样坐马车或牛车,而是坐"双人小轿"。八路军一直讲究亲民、官兵平等,打天下时更是以此相号召,赢得民心。八路军军官乘担架行军或指挥战斗的情况是有的,那是在伤病情况下。莫言写此细节时是否有史实史料依据,尚不得而知。即使有,那应该是罕见特例。张京来到村里后马上就不问青红皂白杀人(甚至没有地主阴谋反抗或群众难以发动等诱因),杀的是没有任何民愤、财产也并不多的小生意人,以及无辜儿童,似乎他是为杀人而杀人,实在莫名其妙。这种情节与写法使人联想到陈纪滢的《荻村传》及姜贵的《旋风》。

　　作品有三处细节值得注意。一是村里召开的唯一一次"诉苦"和"斗争"

合二为一的群众大会上,县长鲁立人与"大人物"张京发言时,作者都将其作了"静音"处理,即,读者只"看见"演讲者的神态,却不知道他们具体说了些什么;二是那两个射杀司马库儿女的蒙面人的突然出现和突然消失;三是大会后鲁立人和上官盼弟的被降职处分。笔者推测,对鲁立人和张京发言内容"静音"或屏蔽,是因作者实在不知该让他们说什么,因为他们做出如此荒唐、不合逻辑之事,即使用"理论"也是难以解释的:"理论"主张的是分配地主的土地,没有说过要镇压卖包子的小生意人;即使此人曾经卖包子给伪军、国民党军,"理论"也会予以谅解,因为最激进的"样板戏"《杜鹃山》都认为,给土豪抬过轿子、推过车子的并不就是土豪;即使此人卖包子给伪军或国民党军确实是错了,也不至于是死罪,并且立即执行。杀了一个卖包子的赵六,对推动村里的土改、发动农民分田分地不起任何作用。而抓没有任何反动言论和行动的教书先生秦二,更是极其荒诞。这样写,只让人感到"大人物"张京是个失去理性的杀人狂魔。将他和鲁立人的话"静音",就既表现他们行为的荒诞,又不必费事为之深文周纳。两个蒙面杀手的出现,更是令人费解:如果他们是司马库派来解救司马凤和司马凰的倒好解释,可他们却是来杀她们的!难道是"大人物"张京事先预见到疯癫了的上官来弟会出面阻挡孙不言行刑?那他大可以公开派那"十八个保镖"去直接开枪,何必费此周折?而鲁立人夫妇被降职,作品没有写明是因为什么。读者可以猜测是因为滥杀无辜,可大家都看见杀人者是两个蒙面人;是因为执行政策不力?这方面也未见任何迹象。总之,这些情节和细节给人的感觉是逻辑混乱,莫名其妙。

二、莫言的书写策略:主观宣泄与"反着写"

莫言"历史小说"中的历史,是一种主观色彩浓烈的历史。它是一种对历史的印象和想象。因此,历史原貌和全貌究竟如何,不是它最关心的。既然只想写出自己心中的历史,便可任凭想象汪洋恣肆,不太讲究细节或史实史料依据。笔者读《丰乳肥臀》中的土改斗争场面,感觉很像"文化大革命"时的批斗大会。对"文化大革命"有深刻印象而不曾经历土改的莫言,照着"文化大革命"的样子写土改,以将"红色经典"或"典范土地革命叙事"颠覆、以"反着写"的方式重写土改,才写成了《丰乳肥臀》这个样子。莫言明确指出:

> 有人认为从八十年代开始我们的文学创作中实际上存在着一个"新历史主义"思潮。有大批的作品可以纳入这个思潮。我的《红高粱家族》,张炜的《古船》,陈忠实的《白鹿原》,刘震云的《故乡天下黄花》,包括叶兆言、苏童的历史小说等,都有一种对主流历史的反思、质问的自觉。为什么大家不约而同地都有这种想法,都用这种方式来写作? 我觉得这就是对占据了主流话语地位的"红色经典"的一种反拨。[1]

其实,莫言的颠覆对象并不限于"红色经典"或"典范土地革命叙事",不限于当时的主导意识形态及其话语体系。它也一贯指向大家习以为常、认为天经地义的道德伦理或美学原则。

莫言对传统伦理观念的颠覆在《红高粱》时期已经开始,以致根据小说改编的电影公映后引起很大争议。在《丰乳肥臀》中,这种颠覆则推向极致。"革命历史小说"虽也有涉及爱情之作,但基本讳谈性。稍微有点越轨的是《苦菜花》,但那在今天看来也完全属于"洁本"。《丰乳肥臀》则通篇充满乱伦和滥交。上官鲁氏分别与自己的姑父、赊小鸭的、江湖郎中、杀狗人、和尚以及瑞典传教士交合,生下一群分属不同身份、不同国籍的父亲的儿女。她与姑父交合竟然是其亲姑姑唆使。后来她又给儿子金童当皮条客,让其与独奶子老金交媾。上官来弟性欲勃发时让亲弟弟金童摸自己乳房,金童则屡次对自己几位姐姐有不伦之念。这种伦理观念的颠覆,在人类进入文明时代以后的中外小说中实属罕见。《檀香刑》里,孙眉娘与县太爷钱丙公然私通。《生死

---

[1]　莫言、王尧:《从〈红高粱〉到〈檀香刑〉》,《当代作家评论》2002年第1期。

疲劳》以及其他一些作品里也不乏私通、搞破鞋之类内容。对这些,作者并不是"批判地"去写,即,这些突破了传统伦理准则的人物并未像"红色经典"及以往中国小说中那样被写成"反面人物",有些还成为带有英雄气的正面角色。

孙郁曾当面向莫言指出,莫言在审美方面一直在向极限挑战。比如鲁迅认为不能写的东西,例如鼻涕大便之类,莫言却写了。事实上,莫言不仅写了,还予以大肆渲染。除了肮脏污秽之物以及极丑之人与物,莫言还以写残酷场面著称:《红高粱》有剥人皮情节,到了《檀香刑》则将这类细节变成全书的重头戏。这些描写无不给读者以强烈刺激。已有许多学者从"审丑"角度研究莫言的这类描写。莫言自己对此有正面阐释,他承认:"鲁迅先生讲的毛毛虫不能写,鼻涕、大便不能写,从美学上来讲毫无疑问是对的"。然而,紧接着他又说:"但文学创作过程当中,一旦落实到每一个作家的创作上来,落实到某一个特定的创作的社会环境上来,有时候这种东西反而会赋予文学之外的意义"。① 由此可见,莫言并未否定鲁迅所讲到过的美学的基本原理,他写丑陋、肮脏、恶心之物,是出于自己独特的创作追求,是在寻求"文学之外的意义",而这种意义与特定的社会环境有关。他引拉伯雷《巨人传》的类似描写及韩国金芝河的"屎诗"为例,指出写这些、这样写的目的,是"对社会上所谓的'庄严'进行亵渎,对一些所谓的神圣的东西进行解构"。因为他不相信这些"庄严"和"神圣",而直到他写作的时候,这些虚假的"庄严"和"神圣"一直占有难以动摇的地位,包括作者本人在内,处于下位的"小人物"一直被压抑,因而内心充满愤怒,非如此不足以发泄怒火,非如此不能撼动那虚假的"神圣"与"庄严"。他承认这些"实际上已经超出了文学的审美范畴","实际上是对整个社会上很多看不惯的虚伪的东西的一种挑战"。②

———————————

① 莫言:《说不尽的鲁迅——2006 年 12 月与孙郁对话》,《莫言对话新录》,文化艺术出版社 2010 年版,第 207 页。

② 莫言:《说不尽的鲁迅——2006 年 12 月与孙郁对话》,《莫言对话新录》,文化艺术出版社 2010 年版,第 207 页。

在不同时期、不同创作阶段,莫言的颠覆式书写有不同侧重、不同叙事策略。发表于 1985 年的《透明的红萝卜》含蓄朦胧、神秘空灵,并无明显的颠覆意图。作者曾说他写这篇小说时"有意识地淡化政治背景,模糊地处理一些历史的东西"①。小说写了人民公社时期的集体劳动,但并不特别突出当时劳动效率的低下;它涉及了社员们的贫穷,却也并不像余华小说以及作者本人后来的作品那样着力渲染这种贫穷。作品中社员们的日常生活也有说说笑笑,也自有其乐趣。黑孩虽然孤苦,但周围的人对他并不乏关爱和温情。政治内涵方面它比较中正平和,也不会与主流意识形态冲突。如果说它也有颠覆,那么它颠覆的只是以往"革命历史小说"中那种过于明确单纯的政治主题。而一年之后陆续面世的《红高粱家族》,给人印象最深的是道德的颠覆(野合、通奸的正面渲染对传统性道德的颠覆)与美学的颠覆(具体展开描写剥人皮等以往被略去或回避的细节),其次是叙述方式和叙事策略的颠覆(不将八路军胶高大队作为主要叙述聚焦点),政治观念的颠覆则隐隐约约、若有若无。

最为典型的颠覆式书写,就是前面已论及的 1995 年发表的《丰乳肥臀》——除了道德颠覆(通奸杂交的肯定性书写)、美学颠覆(审丑代替审美),更为引人注目的是政治价值观念的颠覆。首先,它颠覆了"红色经典"将阶级出身与政治选择直接挂钩的写法:出身于同一中农家庭上官家的来弟、招弟和盼弟,分别嫁给了抗日土匪兼汉奸、国民党军官、共产党政委,她们在作出选择时几乎丝毫没有考虑政治因素和对方阶级立场,乃至民族立场。其次,它也颠覆了"红色经典"那种将政治道德化的常见处理方式。"红色经典"中,坚定的革命者必然品德高尚,"反动"人物则人品低下,人格猥琐,甚至乱伦。在《丰乳肥臀》之前,已有大量"新历史小说"打破了将政治立场与个人品德挂钩的模式。在这个问题上,《丰乳肥臀》与"红色经典"或"革命历史小说"及包括

①　徐怀中、莫言等:《有追求才有特色——关于〈透明的红萝卜〉的对话》,《中国作家》1985年第 2 期。

《红高粱家族》在内的其他"新历史小说"都不相同,又有某些类似之处。反复阅读文本后,笔者感觉,作品里人物的个人品德,似乎隐隐约约仍与其政治身份有一定关系,只不过与"革命历史小说"在价值取向上调了个个儿:司马库大财主出身,是国民党军官,但却是小说倾力塑造的一个堂堂正正的男子汉,是作者最喜欢的人物。① 他虽然好色,但不祸害乡里、不滥杀无辜,慷慨仗义,敢作敢为。所以那些与他有染的女人都是真心真意爱他,不惜为他冒险,甚至献出生命。蒋立人是共产党军队的政委,作品虽未对他进行太明显的丑化,还在某些方面作了某些政治上的修辞处理,例如写他不让部下骂人,注意抓部队纪律;为纪念牺牲的战友将自己的名字由"蒋立人"改为"鲁立人"。但与司马库相比,他总让人感到不那么光明磊落:为促使沙月亮反正,他像绑票一样控制了其女沙枣花,因而来弟说他和鲁大队长"不是东西","拿个小孩子做文章,不是大丈夫的行为"。司马库把他从大栏镇赶走是因这是自己的家乡,并不想消灭他的部队,只施行恐吓战术,"仅仅打死打伤了爆炸大队十几个人",而鲁立人杀回来时,却让司马库全军覆没,杀得血肉横飞,甚至伤及看电影的无辜群众。而且,毕竟是他,为了自保而下令杀罪不至死的小号手马童和完全无辜的司马凤、司马凰。甚至汉奸沙月亮给人感觉个人品德方面也比鲁立人高大些:他追求来弟追求得轰轰烈烈,不论是给上官全家赠送皮衣,还是连夜打来野兔挂在上官家院子里,都可见出他有多么坚决执着。所以岳母说"姓沙的不是孬种",妻子肯为他赴汤蹈火。除了国共双方的两员主将,作品里其他人物也分为两大阵营。主人公母亲上官鲁氏虽然看似中立,其实也应算是司马库阵营的人:她几次解救司马库,在情感上与对鲁立人相比她也更倾向于司马库。与司马库阵营相比,鲁立人阵营的人大多是"反面":作品在写到鲁妻上官盼弟、其女鲁胜利以及哑巴孙不言时,从形象刻画到性格描写都明显带有贬意。虽然也写到了盼弟的良心未泯,但她与其他姊妹还是

① 莫言、王尧:《从〈红高粱〉到〈檀香刑〉》,《当代作家评论》2002 年第 1 期。

判然有别。如前所述,《丰乳肥臀》的价值观念颠覆还表现在对贫富与品德关系的处理方面。自《暴风骤雨》始,大部分"红色经典"给读者灌输的是"地主没有不坏的"的观念,而穷人形象则几乎都是正面的,"他出身雇农本质好"成为先验的结论,个别流氓无产者属于"蜕化变质"。对此,《古船》《故乡天下黄花》和《白鹿原》等早已予以修正,而《丰乳肥臀》进行了彻底颠覆。作品中乔其莎(七姐求弟)说"穷人中也有恶棍,富人中也有圣徒"。尽管莫言没有把富人都写成圣徒,但作品中的"恶棍"或反面角色确多是穷人,例如孙不言、磕头虫、斜眼花、徐瞎子、巫云雨、郭秋生、丁金钩、魏羊角。这种观念颠覆作者是借作品中主要正面形象上官鲁氏之口表达的,这位出身并非贵族的女主人公让儿子挺起胸膛宣言:"我是贵族的后代,比你们这些土鳖高贵!"

由于其颠覆式书写涉及敏感问题,《丰乳肥臀》受到了误解,引来一些左派作家、批评家的猛烈攻击,有的甚至上纲上线,使得莫言本人的生活也受到强烈影响,以致创作上也相对沉寂了一段时期。此后再度引起争议的《檀香刑》,则将颠覆对象重新聚焦于道德,特别是审美,而与主流政治观念并无太多抵牾:《丰乳肥臀》里还出现了正面的外国人形象瑞典神父马洛亚,还写到日本军医救中国产妇和婴儿的情节(哪怕交代了是出于宣传目的),到《檀香刑》里,外国人(德军)又基本都是反面的侵略者形象了。2006年出版的《生死疲劳》虽然也以一个政治观念颠覆开始——土改中被镇压、被爆头的地主西门闹不仅不是恶霸,还是一位"热爱劳动,勤俭持家,修桥补路,乐善好施"的大好人。然而,由于该作用了生死轮回的魔幻式写法,而且此时已有许多作类似颠覆的"新历史小说"作品问世,其政治颠覆就并不显得太刺眼了。而初版于2009年底的《蛙》则不再采用直接颠覆式书写方式,重归"补叙"之路——讲述以往少有人正面讲述的计划生育另一面的故事,而且不忘以人物或叙述人语言为"国家大计"辩护,以便"纠偏",避免政治误解。

三、莫言与其他作家颠覆式
书写的相似与相异

在新时期以后文学中,反叛与颠覆式书写并非莫言独专,它是 1980 年代先锋小说和稍后出现的"新历史小说"的共同特点。但与其他作家相比,莫言的反叛与颠覆显示出比较明显的个性特色。

首先是超越话语颠覆(戏拟)。王朔是较早以对"文革话语"进行戏拟和颠覆而闻名的作家。莫言在肯定这种话语颠覆出现的必然性之后,紧接着就指出了这种颠覆的局限。他指出,这种颠覆、戏拟的审美效果依赖于特定的语言经历,"如果没有这种语言经历的、十八九岁的读者,他不知道是怎么回事,不理解,那就没什么好笑的。"①事实上,王朔参与编剧的、在大陆风靡一时的电视剧《编辑部的故事》在台湾播出效果不佳,就印证了这一说法。

其次是超越社会批判。莫言深知,"要公开地与社会对抗是不行的",而且,单纯地与社会对抗、进行社会批判,只是"一种表层的、对外的抗争"。② 他以俄罗斯文学为例,说明具有超越时空价值的世界上最优秀的文学,往往是超越了单纯的社会批判,而将笔触指向人物以及作者自身灵魂最深处的善与恶,"写到了我们灵魂最深处最痛的地方"③的作品。他与王朔以及 1980 年代其他先锋作家的不同在于,他更多承继了鲁迅及陀思妥耶夫斯基拷问人的灵魂的创作精神,其颠覆和反叛背后有一个确定的价值支撑。

莫言认识到先锋作家对主流话语的敌意或对抗,主要是文学意义、文化意义上的敌意或对抗。包括莫言作品在内的"新历史小说"则将颠覆的主要对象确定为"革命历史小说"或"典范土地革命叙事",意味着它们都属于历史观

---

① 莫言、王尧:《从〈红高粱〉到〈檀香刑〉》,《当代作家评论》2002 年第 1 期。
② 莫言、王尧:《从〈红高粱〉到〈檀香刑〉》,《当代作家评论》2002 年第 1 期。
③ 莫言、王尧:《从〈红高粱〉到〈檀香刑〉》,《当代作家评论》2002 年第 1 期。

的颠覆。这种颠覆，就是将价值支撑从"历史进步"、"社会发展"及社会本位（民族、国家或阶级本位）的核心理念，转换为人道主义和个体生命价值本位。这是绝大部分"新历史小说"的共同之处。然而，在不同作家那里，这一价值支撑的具体表现又各有不同。以土地革命叙事为例，"新历史小说"对《暴风骤雨》及《太阳照在桑干河上》的颠覆式书写，都与张爱玲《赤地之恋》《秧歌》及陈纪滢《荻村传》、姜贵《旋风》有所不同。港台作家土改叙事的政治意图非常明显（《赤地之恋》甚至直接写到时任上海市市长陈毅，而且作为"绿背文学"，还有着美元背景），尽管它们也不乏文化意义。张炜《古船》在以人道主义对土改运动中农民和地主双方的残酷暴力行为都进行反思的同时，也对贫富不均导致社会动荡的历史问题并不回避；刘震云《故乡天下黄花》将历史上的社会冲突解读为权力之争；陈忠实《白鹿原》在批判暴力的同时，更着重于文化建设的思考，并将理想寄托于儒家文化的恢复重建；尤凤伟则从人道主义角度借政治旋涡中小人物的悲剧命运对土改运动本身的合法合理性予以质疑。在以人道话语质疑、解构或颠覆革命话语方面，莫言《丰乳肥臀》和《生死疲劳》与其他作家的相关"新历史小说"并无二致。然而，莫言的作品的价值支撑有其独特之处，那就是将生育和生存置于至高无上地位。这一特征延续到后来计划生育题材的《蛙》。这样，他就与张炜、尤凤伟、刘震云、陈忠实等人的创作区别开来。

说《丰乳肥臀》的反叛颠覆与革命年代的主导意识形态有冲突并非虚言，但莫言本意确实也未必在于政治颠覆，而在文化颠覆、美学颠覆和哲学颠覆。当年一些左派批评家对该作上纲上线的大肆挞伐既有其原因，也可能是误解或曲解了莫言。莫言《丰乳肥臀》与其他"新历史小说"的重要区别在于，它的关注点并不在历史，不在于还原或接近"真实"，也不在于表达文化建设构想，而在于表达一种生命哲学、价值立场。它对旧的主导意识形态的解构主要还是客观效果，虽然也不乏主观意图。

"新历史小说"对"革命历史小说"或"典范土地革命叙事"的颠覆激情与

后者长期作为唯一叙事类型居于主导地位这一事实密不可分。而"革命历史小说"或"典范土地革命叙事"的理念真实(教科书中称作"本质真实")与作家经验或体验真实的明显反差,使得新时期以后作家们的历史文学叙事具有了新的动力和新的生长点。

除了与其他新时期作家共有的心理动因,莫言近乎极端的反叛颠覆,又与其独有的个人早年处境与心理体验相关。看他的作品及各种创作谈可以发现,1950—1970年代记忆中有几点使其难以忘怀:一是饥饿,二是对自己相貌的自我认知导致的自卑及性心理压抑,三是村干部的霸道。而进入部队以后,乃至进入新时期以后,他对一些骨子里充满等级观念的老干部也十分厌恶。所以,我们看到莫言小说多次写到人饥饿时的极端表现,写到性自卑和性压抑以及与之相反的性张扬和性放纵,写到革命干部的另一面。原来的压抑感越强,反叛和颠覆的欲望也就越强。莫言早年的压抑感强于一般人,想象力和反叛欲望也强于一般人。这种过度强烈的反叛颠覆欲望,也使得莫言在书写土改历史时失去了理性、客观、公正的态度。

严歌苓《第九个寡妇》也是一部涉及土改的作品。它对"红色经典"及"典范土地革命叙事"的颠覆与《丰乳肥臀》的不同之处,是通过暗示或直接指涉前者,进而予以解构:小说开头,日伪军包围村子,要求老百姓指认隐藏其间的八路军。日军的办法是让年轻媳妇领回自己的男人,剩下无人领的便是八路了。这个情节原是冯德英《苦菜花》里的著名故事。在《苦菜花》里,农妇都领走了八路军,而舍弃了自己的丈夫,她们的义举表现了"军民鱼水情",表现了爱国主义、大公无私情怀。而在《第九个寡妇》里,虽然有八个村妇也是舍弃丈夫、领走八路,但遭到她们婆婆的痛恨。最后其中之一的槐槐被公婆雇凶斩首,蔡琥珀虽然当了女干部,但人格异化、心理有些变态。只有主人公王葡萄义无反顾领走自己丈夫铁脑,而铁脑由此被怀疑是内奸,当夜八路军就偷偷将其开枪爆头。接下来的土改叙事,则直接指涉《白毛女》:首先是八路军在村里演《白毛女》,继而八路军女兵按照剧情来理解王葡萄与孙怀清家的关系。

而小说所写王葡萄与孙怀清的关系,恰好构成对《白毛女》故事的解构和颠覆:孙怀清是地主,却不是恶霸,而为人厚道;王葡萄是孙家娶来的童养媳,但孙怀清待她如亲生女儿,王葡萄待孙怀清胜过孙怀清的亲儿子。《白毛女》写旧社会把穷人喜儿变成了"鬼",新社会把"鬼"变成人;《第九个寡妇》写土改把地主孙怀清变成了"鬼"(被儿媳秘密藏在地窖里,许多年不见天日)。

《第九个寡妇》的这种颠覆式书写,与《丰乳肥臀》有相似之处,就是生命本位而非阶级革命本位:王葡萄判断是非曲直的依据,完全凭个人直接感受与内心良知,外界各种抽象概念及理论完全与她无涉。另外就是与其他"反典范土地革命叙事"一样,揭示了土改运动中的暴力过火行为。然而,严歌苓的土改书写与莫言也有不尽相同之处:莫言的书写无视日常人伦,甚至有意"冒犯"各种人伦底线,而严歌苓对传统的"仁义礼智信"与"孝道"表现出尊重或皈依。王葡萄对琴师、对孙少勇和冬喜的爱情虽然并不以合法婚姻为基础,但出乎生命的自然需求,并不给人《丰乳肥臀》那种乱伦之感,正因如此,《第九个寡妇》与严歌苓其他作品一样,既有一定现代性,又符合通俗文艺的要求,比较适合改编为电视剧。另一方面,由于主人公王葡萄的性格太鲜明、太鲜活,"历史"被冲淡了,读者不会把《第九个寡妇》当作"历史小说"看,而会当作性格小说看。单论土改书写、历史书写,它与其他"反典范土地革命叙事"相比并无太多特点;只因它塑造了王葡萄这样一种性格,《第九个寡妇》才有了独特之处。

严歌苓善于塑造人物性格、表现人物命运,其作品的情节设置也颇合读者及影视观众口味。然而由于她对历史缺乏全面深入的研究,当其文学叙事指涉历史时,往往在凸显人文关怀的同时忽略了历史理性,缺乏对历史的同情的理解,而只限于以今天推测昨天。

第十五章　赵德发:辩证思考与
对话尝试

除了张炜、尤凤伟和莫言,新时期以后山东还有一位作家的创作涉及土地革命,这位作家就是赵德发。赵德发的长篇小说《缱绻与决绝》是一部以农民与土地的关系为主题的作品。与莫言、严歌苓的颠覆式书写不同,该作在书写土改时,并不采取对"典范土地革命叙事"简单解构和颠覆的方法,而是比较辩证地揭示这一重大社会历史事件的不同侧面,与此前的土地革命叙事构成对话关系。

一、全面客观地呈现革命
前后的乡村社会关系

《缱绻与决绝》第一卷发表于《大家》1996 年第 5 期,1996 年 12 月人民文学出版社出版四卷合一的单行本。从选题及发表时间与发表刊物看,它与莫言《丰乳肥臀》对话或"竞赛"的意味比较明显,而细读文本我们又可发现,它与此前其他诸多同类题材著名小说文本,也有着显在或潜在的对话关系。通过这种对话,作家表达了自己独特的思想和艺术追求。

在对革命前后乡村社会关系的描写方面,《缱绻与决绝》与"典范土地革命叙事"的差异是明显的,但它却并非对之彻底颠覆,而是尽力向生活原生态还原。该作中地主与农民的关系既不像《暴风骤雨》中那样尖锐对立、水火不容,也不像《白鹿原》中那样亲如兄弟。宁学祥是天牛庙最大的地主,他向农民催租、逼债、索礼时冷酷无情,对其他富户也锱铢必较。为了土地,他在同为地主的胞弟宁学瑞急用钱时不仅不帮,还借机大捞一把,后来又对亲侄宁可璧耍无赖。为了生存、为了土地,农民也常常六亲不认,并非"天下穷人是一家":封铁头与封二家为争租费左氏十三亩地虽未完全撕破脸,却结下芥蒂,因为他们存在客观上的利益冲突;贫农封四因为自己的三亩地被宁学祥"准"去,想求亲哥封二拨给他几亩租种,封二却一口回绝。封四被逼得铤而走险,当了土匪。这样的描写,颠覆了《红旗谱》中朱老忠与严志和、朱老明、伍老拔、朱老星们那种穷哥们儿之间慷慨义气关系的描写。

天牛庙人的社会关系虽不是按贫富分成界限分明的两大对立阵营,其恩怨更多由土地造成的实际利害导致,但贫富之间的身份贵贱差异还是明显的。虽然穷人与富人也会有亲戚关系,例如宁学祥与封二、与费大肚子家都是亲家关系,但富人从不会平等看待穷人,宁学祥从未把封二家和费大肚子家当亲戚看待:他的女儿绣绣嫁给封二的儿子封大脚纯属阴差阳错,并非他的本意。绣绣和大脚结婚后,宁学祥一直不认这门亲戚;封二父子去宁家打短割麦,宁学祥突然论起亲戚,为的是不给工钱,而且饭也没让吃饱。他娶银子纯粹为肉欲,而费大肚子只是用女儿换来一点粮食。到后来"亲家"全家揭不开锅,宁学祥却连地瓜干子都不给了。

《缱绻与决绝》里的农民和地主,都是独立的个体、独立的家庭,他们并未结成团体、组成阵线。因此,他们之间的关系也并非固定不变,一切因情势、因利益变化而转移。在被费左氏"抽地"之前,作为邻居的封铁头与封二家关系本来不错,为省钱并图便利,铁头娘每天三次做饭都让儿媳傻挑去封二家取火种。因为"抽地",两家产生了矛盾。租到地主土地的封铁头参与土地革命的目标是争"永佃权",他临时联合的也是有地可租的农户;没有租到土地的费大肚子临时联合缺地种的穷汉要求地主拨地种，又与封铁头一伙发生矛盾。封二也想借机拨点地租种，却被费大肚子拒绝，因为封二已是有地种的中农。封二便又生费大肚子的气。地主之间也互相独立，未见宁学祥与其他地主联合。天牛庙村村民之间的关系，完全是革命前后农村生活的自然状态。

由作品所写乡村社会原生态社会关系可知，土地革命发动者及"典范土地革命叙事"的宣传策略是突出乡村社会关系中地主与农民之间的矛盾，将其视为主要社会矛盾，而将地主与其他地主富农之间、农民与农民之间的矛盾视为根本利益一致基础上的内部矛盾、次要矛盾，予以淡化，或改写，或遮蔽。突出富人之间的相互勾结，渲染穷人之间的心连心、互相帮助和扶持，乃至为"穷哥们儿"牺牲自身利益。如果偶有穷人与地主关系密切，也被写成狗腿子，或蜕化变质，或没有阶级觉悟的愚昧落后。而写穷人之间互相帮衬，则带有理想主义的观念色彩。在这方面，梁斌《红旗谱》与浩然《艳阳天》《金光大道》写法有所不同：梁斌写朱老忠与严志和等穷户关系密切，带有个人义气色彩，并有家族故交为基础，朱老忠与同为穷人的老套子、老栓等就无个人关系；而浩然笔下绝大部分穷汉都是一条心，他们之间没有明显的亲疏远近之分。所以，梁斌的作品属于"非典范土地革命叙事"。而新时期以后某些"反典范土地革命叙事"作品为解构和颠覆"典范土地革命叙事"，特意凸显和渲染了贫富关系和谐的一面：《白鹿原》中地主白嘉轩与长工鹿三的亲密关系给人印象最深，鹿子霖和郭举人也对长工不薄；《故乡天下黄花》中孙老元与长工老冯和老得、李文武与长工老贾相处融洽；《丰乳肥臀》中地主司马亭、司马库兄弟一直庇护穷乡亲，没见他们欺负穷人，或占穷人便宜。这种写法不能说不真实，因为一般来说，雇主要想让雇工为其卖命，必须与之搞好关系；刻薄的雇主也不会得到雇工的真心，而且除非不得已，也无人愿意受其雇。然而，这些作品却没能具体充分揭示贫富之间利益冲突一面。矛盾双方从来都是既相互依存，又相互对立的。如果说"典范土地革命叙事"只突出对立，那么前面各章所论其他"反典范土地革命叙事"则更多突出依存。与之相比，《缱绻与决绝》

在表现乡村社会关系方面写得更为客观、全面、辩证。

宁学祥是《缱绻与决绝》着力塑造的地主形象。按他的家产与人品，他应该属于"典范土地革命叙事"中的"恶霸地主"类型：他家有土地五顷（500亩），牛五犋，家里雇有长工，向佃户出租土地、放高利贷，其弟担任村长，后其子宁可金接任村长，并任民间帮会青旗会头目，在村里有钱、有权、有势。他对长工短工刻薄，他玩弄家里女佣，他儿子玩弄丫头。看中穷人家年轻的女儿，就以粮食诱逼其成亲。他借故克扣长短工工钱，对佃户债户催租逼债，逼得封四当了土匪，宁学祥父子又以通匪罪名将封四残忍刑讯并砍头，逼得封四的妻子与次子自尽、长子逃亡，父子俩身上有十二条人命。但是，宁学祥又与"典范土地革命叙事"中的"恶霸地主"有所不同：黄世仁、南霸天花天酒地，宁学祥却节俭得出奇，还亲自参加劳动；小说开头即写他下乡索礼时还顺路拾粪，拾来的粪肥都倒进自家亲耕的农田，而不倒进租佃出去的土地里。他的自私刻薄不仅针对穷人，也针对其他地主富农，包括自己的女儿、胞弟和亲侄。也就是说，这位恶霸地主是不脱农民本性的地主，是从农民"发展"而来的地主，而非与"农民"无缘的异类。另外，作品除了这位"恶霸地主"，还塑造了一个仁义、侠义地主的形象，即宁学祥的弟弟宁学瑞。宁学瑞身为村长却不欺压村民，最后时刻还为救村民而献出了自己的生命，令人联想到王统照《山雨》中的陈庄主。

与地主形象相对的土地革命积极分子形象，是封铁头与腻味，以及费百岁和封大花。其中铁头与腻味分别是不同阶段的主要带头人。他们在同类题材作品中是非常独特的形象：既不像《暴风骤雨》中赵玉林、郭全海等那样大公无私，又有别于《古船》中赵多多、《诺言》中李恩宽、《故乡天下黄花》中赵刺猬之类流氓地痞，更不是《罂粟之家》中陈茂那种性瘾者，以及《丰乳肥臀》中孙不言之类人形怪兽。封铁头本也是一个地地道道的本分农民，他参与土地革命的目的很简单，就是为了有地种。所以，北伐时期他只为争取永佃权而斗争，争到永佃权便不再想革命；土改初期他作为村长兼村党支部书记，领导了一次"和平土改",对费文勋口称"表叔",肯定其是"开明士绅"。费百岁提出土改干部先挑好地,他还觉得"这样不好";而当费百岁以比别人多操心费力为由坚持时,他也借坡下驴。不过他也只是挑了原先租种费左氏的那十三亩。他反对腻味乱杀人,二人一起为此去区里请示。腻味与铁头的不同,是比铁头心更狠,执行极左暴力路线,带头杀地主富农,还与别的村搞杀人比赛。作品通过客观描写揭示了他产生这种心理的根源:十九年前他父亲被地主少爷残杀,母亲和弟弟自尽,自己流亡他乡,这些给他造成极大的心理创伤。有这种创伤的人自然不同于普通人。在东南乡目睹的土改、临近村庄的极左做法、县区基层领导的误导,也给并不了解党的政策的他以负面影响。但腻味并非流氓地痞,也不贪婪,他闹斗争一场,"要的一点儿不多一点儿不少,就是当年他家让宁学祥'准'去的三亩地"。① 另一位积极分子费百岁分土地时有私心,但面对"还乡团"屠杀时却能挺身而出。

中农封大脚是贯穿全书的最重要人物。如果说"典范土地革命叙事"选取的是贫、雇、佃农立场与聚焦点,"反典范土地革命叙事"一般选取的是被冤枉的地主富农立场与聚焦点,那么可以说《缱绻与决绝》选取的是中农立场与聚焦点,兼及贫、雇、佃农。农民对土地的"缱绻"之情,主要是通过封二、封大脚父子的"创业史"来体现的。封大脚父子的创业史说明:在旧制度下,即使没有天灾人祸、没有恶霸巧取豪夺,农民单凭垦荒和精耕细作,也难以发家致富。凡真正发家致富的,要么是获得外财,要么通过家里有人做官聚敛,要么除了土地另有赚钱方式。

《缱绻与决绝》里地富子女形象类型多样,比较写实:宁学祥之子宁可金是"典范土地革命叙事"中常见的"恶少"类型,还是地主"还乡团"头目;宁学瑞之子宁可璧是吃喝玩乐、不务正业的"败家子"类型;费洪福之子费文典则是有正义感、受革命思想影响而背叛本阶级的革命者类型。同为恶霸地主宁

---

① 赵德发:《缱绻与决绝》,新世界出版社2012年版,第107、104页。

学祥的女儿,嫁给费文典的苏苏与嫁给封大脚的绣绣性格命运皆不相同:苏苏始终与费文典思想情感隔膜,而绣绣与大脚情深意笃,变成了地地道道的勤劳节俭农妇。对土地革命背景下地富子女这样多样化的描写,是此前此后同类作品中不曾见到的。这种处理,既不违人物的阶级出身所决定的思想观念,又符合人性本身逻辑;地富子女不再是简单的阶级符号,也并非为颠覆主导意识形态而有意设置的形象载体。

二、与各类土地革命题材作品的互文关系

细读《缱绻与决绝》,可以明显感觉到它与此前各种涉及土地革命叙事文本的对话关系。首先是柳青《创业史》。作者最早的创作动念,就与《创业史》有关。早在1981年创作起步阶段,赵德发就立志创作一部柳青《创业史》那样的小说。虽然屡屡被退稿,但他矢志不移,"更没忘当不成柳青的耻辱"。①赵德发所写封二、封大脚的艰苦创业与坎坷,可以看作梁三老汉创业梦想的拓展与具体化。而写封二与牛的感情、封大脚对土地的感情,则使人联想到梁斌《红旗谱》《播火记》中对老驴头与牛、严志和与土地的描写。宁学祥节俭而又霸道的性格,以及很长时间舍不得续弦,则使人联想到冯兰池。费大肚子、封铁头到短工市等待雇主,则与《播火记》中朱大贵等人的"应聘"情节呼应。这些都显示出将土地革命斗争予以"日常化"处理的艺术追求。宁学祥晚年看中赤贫户费大肚子的女儿银子,则使人联想到《白毛女》中的黄世仁看中喜儿。

《缱绻与决绝》毕竟属于新时期以后的"反典范土地革命叙事",它与"典范土地革命叙事"的差异还是很大的。开篇即写宁学祥索礼路上不忘拾粪肥田、为保土地牺牲女儿贞洁的情节,"修正"了"典范土地革命叙事"中"恶霸地

---

① 赵德发:《暗度陈仓》,《赵德发文集》第12卷,安徽文艺出版社2018年版,第192页。

主"的性格单一化书写;后面其弟村长宁学瑞为救村民而献身之举,又呼应了"非典范土地革命叙事"王统照《山雨》中的陈庄主。贫雇农斗争地主富农时用"望蒋杆"进行肉体虐待、腻味与封大花随意砍杀地主富农,也是"典范土地革命叙事"所不会出现的情节。

然而,不应忽略的是,这部小说与新时期以来的其他"反典范土地革命叙事"同样有着明显对话关系,也是对新时期以来此类作品的"修正"。

首先是对土地问题的不同态度。虽然变革土地占有状况是土地革命的主要目的和主要内容,但新时期以后其他"反典范土地革命叙事"几乎都不突出土地问题的重要性,有些作品不曾涉及土地重新分配问题,它们将关注焦点更多放在革命斗争中的暴力问题或权力争夺问题方面,读者从中感受不到土地问题的重要性、迫切性。在有些作品中,似乎土地革命发生之前人们安居乐业、过着比较平静的生活,土地革命打破了这种平静,给人们带来巨大精神创伤。如果着眼于占农村人口百分比极小的地主富农,这样说当然没错:对于地主、富农及其子女来说,土改确实是一场灾难——即使不曾遭受肉体暴力,他们原先享有的土地、房屋、钱财被剥夺,精神上从被羡慕尊敬到被歧视,全部或部分丧失公民权,这也是从天堂掉入地狱的巨变。其他"反典范土地革命叙事"就更多聚焦于这遭难的极小部分人,正如"典范土地革命叙事"只写翻身农民的欢乐,而基本不关注被斗争地主富农的感受与命运一样。实际上,从整个中国来说,贫雇佃农所占比例大得多,即使占比不足官方统计的百分之八十,肯定也要比地主、富农和中农多得多,虽然个别地区有中农占多数的情况。与前述两种类型作品不同,《缱绻与决绝》对贫雇佃农、中农、地主和富农在土地革命前后的命运均予以关注,都有具体细致的艺术描写,使读者能由此见识暴风骤雨年代乡村社会全景。它继承的是茅盾社会剖析式现实主义创作方法。在这部作品里,我们既能看到土改给无地少地农民带来的满足与欢乐,也能看到恶霸地主的罪有应得及普通地主富农的罚不当罪;既能看到贫雇农中的本分人,也能看到主客观各种因素及特殊情境导致的崇尚暴力者。不论哪种人，都是以土地为中心，一切恩怨纠葛皆源于土地。

其次是具体呈现了因土地和钱财资源占有而形成的权力关系，以及因这种权力而形成的地主对农民的剥削与压迫。以往的"典范土地革命叙事"在写地主对农民的压迫时，更多突出了地主的品德因素，似乎恶霸地主都是流氓，是天生的恶人。到了"反典范土地革命叙事"中，为给地主翻案，作家又反过来突出了个别地主"善人"的一面，把地主写成仁人君子或仗义疏财的豪杰。《缱绻与决绝》塑造的地主宁学祥也属于恶霸类型，但他的恶并非公然违反日常伦理，相反，他的所有行为几乎都有合法外衣，也大多不违反农民公认的日常伦理。但是，他确实在欺负穷人、剥削穷人：封四欠了他三吊钱，最后利滚利还不清，宁学祥借机将其仅有的土地剥夺抵债，导致封四难以生存，落草为匪；宁学祥家的牛因牛瘟丧命，宁学祥迁怒于给他放牛的郭小说，将郭狠狠揍了一顿，并宣布要扣除其半年工钱；李嬷嬷给宁学祥当了十四年老妈子，私下陪其睡觉，随叫随到，宁学祥每次"很仗义"地给她一块面值二十五文的铜板，等其年老色衰便一脚踢开；他看中贫农费大肚子家的黄花闺女，就用几百斤粮食将其娶来；遇到宁家有婚丧嫁娶，租种他家土地的佃户必须于地租之外再去送礼，不按时送礼他就上门索要；封二父子因为穷，宁学祥不把他们当亲戚看待，封二父子来打短工时，他不仅不给工钱，还不让吃饱。宁学祥这些行为虽然明明白白是欺负人、剥削人，但被欺压、被剥削的穷人又似乎都是自愿，有些似乎还为获得被剥削、被欺压的机会而竞争：因为求租土地的穷人太多，佃户还要为"永佃权"而斗争，乃至佃户之间为此产生矛盾；借他的高利贷，也是别的地方借不到，不借就无法应急；给他当长工、当老妈子，乃至陪睡，似乎也是自愿，"还以为找着了饭碗"①。但是，这种"自愿"结成的契约关系明显不平等，一切都是对拥有土地和财产的人有利，有了土地和财产就有了权力，掌握主动。以《白鹿原》为代表的其他"反典范土地革命叙事"在"纠正"了

---

① 赵德发：《缱绻与决绝》，新世界出版社2012年版，第104页。

"典范土地革命叙事"将地主形象恶霸化、将经济剥削和政治压迫道德化之后,又将土地革命之前贫富之间的契约理想化,忽略了这种制度造成的地权人、债权人对租佃者、借贷者自觉或不自觉的压迫或压抑。《故乡天下黄花》涉及了这种压抑或压迫(例如写到长工老冯和老得为一口袋粮食而为雇主孙老元送了命),但因叙事聚焦在富人、强人之间的权力斗争,这些其实只是捎带涉及、客观显示,并非作者有意凸显。《缱绻与决绝》对贫富之间关系的如此处理,可以看作它与其他"反典范土地革命叙事"的对话意图,看作它对其他"反典范土地革命叙事"的有意"修正"。

第三是以客观态度写出穷人的"坏"。写富人"好"的同时,也写出穷人的"坏",这是新时期以来"反典范土地革命叙事"的特点之一。《古船》塑造了赵多多,《诺言》写出了李恩宽和王留花,《故乡天下黄花》写出了赵刺猬和赖和尚,《丰乳肥臀》写出了孙不言。其中赵多多、赵刺猬和赖和尚虽然出身极其贫苦可怜,但成年后长成了地痞流氓;李恩宽在最后关头良心发现之前,也是个赵多多式的流氓;王留花遭遇不幸,但作者重点写她不幸遭遇造成的变态阴狠,写她"可怜之人"的"可恨之处";孙不言则是个近乎好莱坞电影中大猩猩或人形怪兽形象。《缱绻与决绝》也写到了穷人人性的阴暗一面,却并未将其"流氓"化。给人印象最深的是费大肚子夫妇对女儿银子的态度:银子本是为救全家而卖身给宁家,但当宁家倒台时,他们却要和女儿划清界限。封铁头、费百岁身为村干部,分土地时都有自私打算。腻味和封大花的滥杀无辜,是激起"还乡团"血腥报复的主因。但是,这些有阴暗一面的穷人并非流氓,他们仍然是地地道道的农民,其阴暗行为大多事出有因:费大肚子一家处于最底层,一直挣扎在生死边缘,他们不敢接受和保护女儿、外孙,也是因为其自身生存仍然面临困境,接受女儿、外孙他们可能遭受更大不幸;封铁头和费百岁的自私并不太过分,他们过后或感觉有愧,或以为大家献身获得救赎。腻味的杀人源于家破人亡导致的强烈复仇心理。作品写封大花杀人之外却对个人贞节坚守,并非没有道德底线的"破鞋"类型。只是作品对封大花一个妙龄少女何以能没有太多心理障碍地参加杀人竞赛、"抡起铡刀,一下一下像剁菜一样动作起来",缺乏必要的交代,读者看不出其中的心理和性格逻辑,这是一个缺憾。

《缱绻与决绝》与其他"反典范土地革命叙事"的上述差异,源自作者不同的艺术追求。如果说其他同类作品意在颠覆"典范土地革命叙事",那么该书作者的宗旨不在颠覆,而在对话与还原:它不仅与《暴风骤雨》等"典范土地革命叙事"对话,也与新时期以后其他"反典范土地革命叙事"对话;不是为了"翻鏊子",而是尽量客观地写出土地与农民、农民与地主、农民与农民的关系,写出土地革命给乡村社会各阶级阶层带来的心理冲击及生活变化。

追求客观、中正、平实的作品,一般不及"矫枉过正"、剑走偏锋者易生轰动效应。但以文学史眼光看,如果写得认真、扎实而深刻,这类作品却可能更经得起时间考验,更有长久价值。今天和未来的读者要想通过艺术形象了解农耕时代中国农民与土地的关系,读《缱绻与决绝》定有收获。笔者认为,赵德发这部作品应当引起文学批评和文学史书写的更多关注。

结　　语

在阶级社会里,包括阶级群体在内的不同人群是有着不同利益的。某些人群之间的利益有可能是对立的,特定情况下有可能是不相容的。于是才会有战争,会有暴力革命。暴力革命是在某些认为自己受压抑、利益受损害的人群对现有社会体制不满意,感觉不能忍受,而占据优势位置的利益对立一方又不肯妥协、不肯让利,反抗者认为非用武力不能解决问题的情况下发生的。在旧中国,农村土地私有。虽然全国各地情况不一、差异很大,但土地占有不均的现象确实一直存在。生产力水平极其低下,天灾人祸频仍,加上政治黑暗,贫困人口占绝大多数。无地少地的农民维持基本生存条件,除了向土地所有者租种土地,就是当雇工,或打短工。不论租佃还是当雇工,总体而言,主动权在土地所有者一方,这是毫无疑问的:土地所有者利用这种所有权占有佃农、雇农的劳动,此之谓"剥削",即地租和雇工剥削;若遇灾荒之年或婚丧嫁娶大事,农民花销超过日常消费水平,便需借贷。当时农村并无普及的官方信贷体系,农民只有向有钱者借高利贷;高利贷利率极高,这便是高利贷剥削。地多钱多的人在农村一般社会地位也高,有些头脑较活的人若结交官府,便会形成在乡村基层的势力,构成对贫困者的政治压迫。说传统乡村社会存在着经济剥削与政治压迫,这并非理论虚构,总体上符合社会现实。改变不合理的土地占有现状、改变旧的土地制度,符合占乡村人口大多数的广大贫苦农民的利益。

　　当然,具体到全国各个地区、各个地区的各个村庄,会有各种不同的具体情况。地主并非都是恶霸,大多数地主是凭借土地所有权进行"合法"剥削的。虽然许多地主政治上有权势,但也存在相当多并不擅经营人际关系、只知勤俭发家、刻薄敛财的地主;另外也不乏为人厚道、取财有道、并不贪婪的地主。然而,圣人一样仗义疏财的地主与流氓成性、公然违反日常伦理的地主一样,属于稀见之人。绝大多数地主是凭着沿袭几千年的制度剥削农民,并在政治上形成对贫苦农民的压制。

　　进行土地革命、土地改革虽然对无地少地的农民有利,但势必严重损害占有土地财产较多的地主与富农们的利益。这确实是一场地覆天翻的社会变革,即使政府采取和平赎买方式,在形势复杂的偌大中国来进行,也未必会顺利。而在战争环境和准战争环境中来进行,难度更大。在无法实行和平赎买的情况下进行武力强迫的土地革命、土地改革,于是成了当年唯一的选择。采取这种方式,当时还有彻底摧毁基层封建势力、摧毁旧的价值观念体系,将现代性国家意志高效率贯彻到乡村基层的宏观意图。在土地革命战争时期,这种革命是局部的(限于苏区);在抗日战争时期政策缓和,改为减租减息,而且限于解放区;而到了1946年时,名为"改革"实为"革命"的疾风暴雨般的土改运动在老解放区迅速展开,1949年后又向新解放区推行,往往是十几天、几十天内改变延续了几千年的制度与社会结构,颠覆许多原先认为理所当然的价值观念,这一运动所引起的社会心理震荡是空前的。说地主阶级对这一运动充满刻骨仇恨,既合乎情理,也合乎逻辑。正是考虑到地主阶级会拼死抵抗,土改领导者才以武力作后盾,采取了高压强制手段,并在土改完成之后仍然对被镇压了的地主、富农保持高度戒备,视之为敌人。而在土改过程中,由于担心思想保守、习惯了旧制度而又胆小怕事的农民不敢起来,运动领导者采取阶级启蒙、让农民认识到他们与地主阶级利益对立、唤醒或激发他们对地主的阶级仇恨的方式,通过诉苦会、斗争会,既从经济上彻底剥夺地主,又从政治上彻底斗倒地主。贫苦农民一直以来对土地和财富的欲望被肯定和鼓励、长久压抑的对地主的仇恨被唤醒或激发之后,产生了强烈的冲击力;某些地方政权、地方干部对中央政策错误理解,采取极左路线,在政权尚未稳固、法制尚未健全的情况下,许多地区发生对地主、富农及其子女的暴力过火行为。虽然这类事件持续时间很短,并很快得到制止,但烈度很大,给一些无辜的当事人造成强烈的心灵创伤,形成他们难以磨灭的个人记忆或家族记忆。

无产阶级革命文艺向来是直接为无产阶级政治服务的。为紧密配合土地革命或土地改革运动,那些首先是革命战士的作家们从现实生活出发,以自己亲历的土地革命或土改运动实践为基础,按照党对特定时期各阶级动向与革命任务的理解,创作出被广大农民群众喜闻乐见的文学作品。在作品中,他们舍弃被认为不符合"本质"的生活材料,凸显和强化体现"本质"并能起到工作示范作用、鼓舞士气的内容。这些作品凭着自己生动的大悲大喜情节和给人印象深刻的大善大恶人物,借助行政力量广泛传播,影响深远。也有一些革命作家虽然也很认同并珍惜自己的革命战士身份,但骨子里的文人性格与艺术气质,使之在尽力表现"本质"之时,仍不肯舍弃一些并不尽符合"本质"的生活细节及情感倾向,创作出的革命文艺作品与前一种有或显或隐的差异。

由于意识形态的差异,早在1950年代初,港台地区就出现明显站在土改中被镇压的地主富农一方立场,对这场暴风骤雨、地覆天翻的社会巨变作出不同艺术描写和价值判断的小说。在大陆(内地)地区,1980年代中期以后,也出现迥异于前的对土改运动的书写。这些作品站在人道主义立场,对土改及其以前的土地革命运动采取反思态度,重点揭示了以往同类题材作品中被当作非"本质"因素而忽略或遮蔽的一面。个别作品由于只突出土改中暴力过火一面而忽略了农民土地要求一面、土改后农民生活状况改善一面,分寸有失偏颇。有的作品从一个极端走向另一个极端,只凸显了短时间内出现的翻身农民斗争中的暴力过火一面,忽略或遮蔽了地主阶级对佃雇农的制度性压制与客观性暴力。也有个别作品力求辩证,分别站在农民与地主、富农及其子女后代角度来写,呈现出较全面的视景。

　　历史理性与人文关怀有时相契,有时相舛。历史评价的尺度是"进步""发展",是以社会整体而非生命个体为计量单位的。以历史唯物主义为思想基础的主流文学多突出其相契一面,即,评价历史事件和历史人物时主要看其是否总体上对历史的发展或进步有积极作用,着眼于"大多数"。非主流文学则着眼于生命个体,并不区分少数与多数、必然与偶然,看重反思历史进步的代价。历史与文学、与道德,历史观与道德观的关系,一直是争议不休的问题。在对待土地革命或土地改革运动问题以及对这一社会运动的文学书写上,这种争议性表现得更为明显。而且,还将争议下去。

　　对争议问题进行互文研究,为的就是克服偏见,力求全面客观地看待历史与文学现象。互文性研究不同于单向影响研究,也不同于简单的是非优劣比较;知识社会学绝非相对主义或虚无主义。知识社会学对我们今天社会实践的启示是:不同社会群体应互促共进,各方利益应兼顾并存,不宜强求一方吃掉另一方;它对今天文学创作和文学研究的启示,则是尊重历史、敬畏历史、正视现实。不宜将文学史写成简单的"进化"史。

参 考 文 献

一、理论及研究著作

1. [德]卡尔·曼海姆:《意识形态与乌托邦》,姚仁权译,中国社会科学出版社2009年版。

2. [法]蒂费纳·萨莫瓦约:《互文性研究》,邵炜译,天津人民出版社2003年版。

3. [美]埃里克·欧林·赖特:《阶级》,刘磊等译,高等教育出版社2006年版。

4. [美]詹姆斯·C.斯科特:《弱者的武器》,郑广怀等译,译林出版社2011年版。

5. [美]詹姆斯·C.斯科特:《农民的道义经济学》,程立显等译,凤凰传媒出版集团、译林出版社2013年版。

6. [法]乔治·索雷尔:《论暴力》,乐启良译,上海世纪出版集团2005年版。

7. [美]查尔斯·蒂利:《集体暴力的政治》,谢岳译,上海人民出版社2011年版。

8. [斯洛文尼亚]斯拉沃热·齐泽克:《暴力:六个侧面的反思》,唐健、张嘉荣译,中国法制出版社2012年版。

9. [法]雷吉斯·德布雷、赵汀阳:《两面之词:关于革命问题的通信》,张万申译,中信出版社2014年版。

10. [法]勒庞:《乌合之众:群体暴力与大革命》,李隽文译,江苏文艺出版社2014年版。

11. [美]汉娜·阿伦特:《论革命》,陈周旺译,译林出版社2011年版。

12. [美]费正清、费维恺编:《剑桥中华民国史(1912—1949年)》,杨品泉等译,中国社会科学出版社1994年版。

13. [法]让-雅克·卢梭:《论人类不平等的起源和基础》,邓冰艳译,浙江文艺出版社 2015 年版。

14.［英］露丝·斯科尔:《罗伯斯庇尔与法国大革命》,张雅楠译,商务印书馆 2015 年版。

15.［美］费正清、罗德里克·麦克法夸尔主编:《剑桥中华人民共和国史（1949—1965）》,王建朗等译,上海人民出版社 1990 年版。

16. 罗平汉:《土地改革运动史》,福建人民出版社 2005 年版。

17. 费孝通:《乡土中国》,北京出版社 2011 年版。

18. 杨奎松:《革命》1—4 册,广西师范大学出版社 2012 年版。

19. 杨奎松:《中华人民共和国建国史研究 1》,江西人民出版社 2009 年版。

20. 高华:《革命年代》,广东人民出版社 2012 年版。

21. 陈建华:《“革命”的现代性:中国革命话语考论》,上海古籍出版社 2000 年版。

22.《毛泽东选集》1—4 卷,人民出版社 1991 年版;晋察冀日报社 1944 年版 1—5 卷。

23. 中共保定地委党史研究室编:《保定地区农民运动》,中共党史出版社 1991 年版。

24. 中共尚志市委宣传部等编:《中国土改文化第一村》(内部发行),2003 年。

25. 哈尔滨市政协文史和学习委员会等编:《从光腚屯到亿元村》(内部资料),2004 年。

26. 李金铮:《民国乡村借贷关系研究》,人民出版社 2003 年版。

27. 张学强:《乡村变迁与农民记忆:山东老区莒南县土地改革研究（1941—1951）》,社会科学文献出版社 2006 年版。

28. 张玮:《战争·革命与乡村社会:晋西北租佃制度与借贷关系之研究》,中国社会科学出版社 2008 年版。

29. 王瑞芳:《土地制度变动与中国乡村社会变革》,社会科学文献出版社 2010 年版。

30. 陈翠玉:《西南地区实施〈土地改革法〉研究》,法律出版社 2010 年版。

31. 黄道炫:《中央苏区的革命（1933—1934）》,社会科学文献出版社 2011 年版。

32. 黄俊杰访问·记录:《台湾“土改”的前前后后:农复会口述历史》,九州出版社 2011 年版。

33. 刘建强、谭逻松:《韶山农民运动研究》,湘潭大学出版社 2012 年版。

34. 张英洪:《农民、公民权与国家:1949—2009 年的湘西农村》,中央编译出版社 2013 年版。

35. 秦晖、金雁:《田园诗与狂想曲:关中模式与前近代社会的再认识》,语文出版社 2010 年版。

36. 刘学礼:《乡村革命与乡村建设》,中共党史出版社 2012 年版。

37. 刘学礼:《历史源起与走向合作:中国共产党早期乡村革命》,中共党史出版社 2015 年版。

38. 贺仲明:《一种文学与一个阶层:中国新文学与农民关系研究》,人民出版社 2008 年版。

39. 张鸣:《乡土心路八十年:中国近代化过程中农民意识的变迁》,陕西人民出版社 2008 年版。

40. 黄曙光:《当代小说中的乡村叙事:关于农民、革命与现代性之关系的文学表达》,巴蜀书社 2009 年版。

41. 徐秀丽、王先明主编:《中国近代乡村的危机与重建:革命、改良及其他》,社会科学文献出版社 2013 年版。

42. 王明前:《红旗卷起农奴戟:中国苏维埃土地革命研究》,中国社会科学出版社 2014 年版。

43. 张宏卿:《乡土社会与国家建构:以新中国成立初期原中央苏区的土改为中心的考察》,中国社会科学出版社 2016 年版。

44. 彭冠龙:《在历史与叙事之间:1946—1952 年土改小说创作研究》,四川大学出版社 2015 年版。

45. 程娟娟:《土改文学叙事研究》,中国社会科学出版社 2016 年版。

46. 潘光武编:《阳翰笙研究资料》,中国戏剧出版社 1992 年版。

47. 孙中田、查国华编:《茅盾研究资料》,知识产权出版社 2010 年版。

48. 方铭编:《蒋光慈研究资料》,知识产权出版社 2010 年版。

49. 叶雪芬编:《叶紫研究资料》,知识产权出版社 2010 年版。

50. 赵明、王文金、李小为编:《李季研究资料》,知识产权出版社 2009 年版。

51. 袁良骏编:《丁玲研究资料》,天津人民出版社 1982 年版。

52. 李华盛、胡光凡编:《周立波研究资料》,知识产权出版社 2010 年版。

53. 刘云涛、郭文静、倪宗武、李杰波、唐文斌编:《梁斌研究专集》,海峡文艺出版社 1986 年版。

54. 刘金镛、房福贤编:《孙犁研究专集》,江苏人民出版社 1983 年版。

55. 复旦大学中文系:《赵树理研究专集》,福建人民出版社 1981 年版。

56. 长青、徐国伦编:《马加专集》,辽宁民族出版社 1996 年版。

57. 艾以、沈辉、卫竹兰、李国燦编:《王西彦研究资料》,知识产权出版社 2009 年版。

58. 宋贤邦、王华介编:《蹇先艾、廖公弦研究合集》,贵州人民出版社 1985 年版。

59. 阮援朝编:《阮章竞太行山笔记手稿四种》,中华书局 2017 年版。

60. 丁茂远编:《陈学昭专集》,浙江文艺出版社 1983 年版。

61. 沈承宽、黄侯兴:《张天翼研究资料》,中国社会科学出版社 1982 年版。

62. 黄轶编选:《张炜研究资料》,山东文艺出版社 2006 年版。

63. 陈晨编选:《苏童研究资料》,山东文艺出版社 2006 年版。

64. 李清霞编选:《陈忠实研究资料》,山东文艺出版社 2006 年版。

65. 路晓冰编选:《莫言研究资料》,山东文艺出版社 2006 年版。

66. 吴义勤主编:《刘震云研究资料》,百花洲文艺出版社 2018 年版。

二、期刊、集刊论文及博士学位论文

1. 玄中:《革命与暴政》,《民国》1914 年第 1 卷第 2 期。

2. 凌冰:《〈丰收〉与〈火〉》,《现代》第 4 卷第 2 期(1933 年 12 月)。

3. 王集丛:《姜贵的〈旋风〉》,《中国新文学丛刊 55:王集丛自选集》,台湾黎明文化事业股份有限公司 1978 年版。

4. 李露玲:《回忆歌剧〈白毛女〉在香港的演出》,《人民音乐》1981 年第 5 期。

5. 杨联芬:《孙犁:革命文学中的"多余人"》,《中国现代文学研究丛刊》1998 年第 4 期。

6. 侯建新:《民国年间冀中农民生活及消费水平研究》,《天津师大学报(社会科学版)》2000 年第 3 期。

7. 莫言、王尧:《从〈红高粱〉到〈檀香刑〉》,《当代作家评论》2002 年第 1 期。

8. [美]黄宗智:《中国革命中的农村阶级斗争——从土改到文革时期的表达性现实与客观性现实》,《中国乡村研究》第 2 辑,商务印书馆 2003 年版。

9. 宋杰:《导演王滨与电影〈白毛女〉》,《电影艺术》2004 年第 6 期。

10. 袁成亮、袁翠:《从歌剧到舞剧:〈白毛女〉的变迁》,《党史纵览》2005 年第 6 期。

11. 丁尔纲:《张爱玲的〈秧歌〉及其评论的写作策略透析》,《绍兴文理学院学报》2006 年第 1 期。

12. 孟悦:《〈白毛女〉演变的启示——兼论延安文艺的历史多质性》,唐小兵编:《再解读:大众文艺与意识形态(增订版)》,北京大学出版社 2007 年版。

13. 乔植英:《臧克家与作家王希坚、王愿坚》,《文史哲》2007 年第 1 期。

14. 袁良骏:《张爱玲的艺术败笔:〈秧歌〉和〈赤地之恋〉》,《华文文学》2008 年第 4 期。

15. 杨奎松:《新中国土改背景下的地主问题》,《史林》2008 年第 6 期。

16. 李建欣:《文艺的真实与生活的真实——试谈小说〈暴风骤雨〉和同名纪录片》,《南方论刊》2008 年第 11 期。

17. 黄万华:《"三级跳":战后至 1950 年代初期张爱玲的创作变化》,《社会科学辑刊》2009 年第 5 期。

18. 陈思和:《土改中的小说与小说中的土改——六十年文学话土改》,《南京大学学报》2010 年第 4 期。

19. 姜玉琴:《权力、历史与爱情》,《小灯》,花城出版社 2010 年版。

20. 古远清:《国民党为什么不认为〈秧歌〉是"反共小说"》,《新文学史料》2011 年第 1 期。

21. 韩晓芹:《叙事策略的调整与丁玲的文化尴尬——〈在严寒的日子里〉的版本变迁》,《山西大学学报》2011 年第 6 期。

22. 刘握宇:《农村权力关系的重构:以苏北土改为例 1950—1952》,《江苏社会科学》2012 年第 2 期。

23. 张均:《革命、叙事与当代文艺的内在问题——小说〈暴风骤雨〉和纪录电影〈暴风骤雨〉对读札记》,《学术研究》2012 年第 6 期。

24. 姬晓东:《70 年后,再说王贵与李香香——写在音乐电影〈王贵与李香香〉拍摄前》,《陕西日报》2013 年 8 月 26 日。

25. 秦林芳:《在"主流政治"的规训下——论丁玲〈在严寒的日子里〉的意识倾向》,《扬子江评论》2013 年第 4 期。

26. 陈国和:《流亡者的历史见证与自我救赎》,《华中师范大学学报(人文社会科学版)》2014 年第 2 期。

27. 孟远:《歌剧〈白毛女〉研究》,博士学位论文,中国人民大学,2005 年。

28. 程娟娟:《土改文学叙事研究》,博士学位论文,南开大学,2012 年。

29. 鲁太光:《当代小说中的土地问题——以"土改小说"和"合作化小说"为中心》,博士学位论文,北京大学,2013 年。

三、本书所论主要文学叙事文本

1. 鲁迅:《故乡》,《新青年》第 9 卷第 1 号(1921 年 5 月)。

2. 鲁迅:《阿 Q 正传》,《晨报副刊》1921 年 12 月 4 日—1922 年 2 月 12 日。

3. 鲁迅:《祝福》,《东方杂志》第 21 卷第 6 号(1924 年 3 月)。

4. 王鲁彦:《许是不至于罢》,《小说月报》第 16 卷第 3 号(1925 年 3 月)。

5. 黎锦明:《冯九先生的谷》,《文学周报》1925 年第 242—243 期。

6. 许杰:《赌徒吉顺》,《东方杂志》第 22 卷第 23 期(1925 年 12 月)。

7. 蹇先艾:《水葬》,《现代评论》第 3 卷第 59 期(1926 年 1 月)。

8. 台静农:《吴老爹》,《莽原》1927 年第 2 卷第 14 期(1927 年 7 月)。

9. 台静农:《为彼祈求》,《莽原》1927 年第 2 卷第 16 期(1927 年 8 月)。

10. 台静农:《蚯蚓们》,《莽原》1927 年第 2 卷第 20 期(1927 年 10 月)。

11. 台静农:《负伤者》,《莽原》1927 年第 2 卷第 23—24 期(1927 年 12 月)。

12. 茅盾:《动摇》,《小说月报》1928 年第 1—3 号(1928 年 1—3 月)。

13. 王鲁彦:《阿长贼骨头》,《新生命》1928 年第 1 卷第 4 号(1928 年 4 月)。

14. 蹇先艾:《老仆人的故事》,《东方杂志》第 25 卷第 10 号(1928 年 5 月)。

15. 华汉:《暗夜》,上海创造社出版部 1928 年版。

16. 茅盾:《泥泞》,《小说月报》第 20 卷第 4 号(1929 年 4 月)。

17. 柔石:《为奴隶的母亲》,《萌芽》第 1 卷第 3 期(1930 年 3 月)。

18. 蒋光慈:《咆哮了的土地》,《拓荒者》1930 年第 3—5 期;上海湖风书店 1932 年版(改名《田野的风》)。

19. 沈从文:《丈夫》,《小说月报》第 21 卷第 4 号(1930 年 4 月)。

20. 张天翼:《三太爷与桂生》,收入《从空虚到充实》,上海联合书店 1931 年版。

21. 丁玲:《田家冲》,《小说月报》第 22 卷第 7 号(1931 年 7 月)。

22. 丁玲:《母亲》,《大陆新闻》1932 年 6 月 15 日—7 月 3 日;上海良友图书印刷公司 1933 年版。

23. 茅盾:《春蚕》,《现代》第 2 卷第 1 期(1932 年 11 月)。

24. 茅盾:《子夜》,上海开明书店 1933 年版。

25. 张天翼:《脊背与奶子》,上海良友图书印刷公司 1933 年版。

26. 茅盾:《秋收》,《申报月刊》第 2 卷第 4—5 期(1933 年 4—5 月)。

27. 叶紫:《丰收》,《无名文艺月刊》第 1 卷第 1 期(1933 年 6 月);《火》,《文艺》创刊号(1933 年 10 月)。

28. 茅盾:《残冬》,《文学》第 1 卷第 1 号(1933 年 7 月)。

29. 茅盾:《当铺前》,《现代》第 3 卷第 3 期(1933 年 7 月)。

30. 茅盾:《乡村杂景》,《申报月刊》第 2 卷第 8 期(1933 年 8 月)。

31. 茅盾:《陌生人》,《申报月刊》第 2 卷第 8 期(1933 年 8 月)。

32. 王统照:《山雨》,上海开明书店 1933 年版。

33. 吴组缃:《樊家铺》,《文学季刊》第 1 卷第 2 期(1934 年 4 月)。

34. 吴组缃:《天下太平》,《文学》第 2 卷第 4 号(1934 年 4 月)。

35. 蹇先艾:《乡间的悲剧》,《文学》第 3 卷第 3 号(1934 年 9 月)。

36. 茅盾:《大旱》,《太白》第 1 卷第 1 期(1934 年 9 月)。

37. 茅盾:《戽水》,《太白》第 1 卷第 2 期(1934 年 10 月)。

38. 茅盾:《微波》,《好文章》第 1 卷第 3 期(1934 年 12 月)。

39. 茅盾:《阿四的故事》,《太白》第 1 卷第 6 期(1934 年 12 月)。

40. 王鲁彦:《野火》,《文季月刊》第 1 卷第 1 期—第 2 卷第 1 期(1936 年 6—12 月);上海良友图书印刷公司 1937 年 5 月。

41. 罗淑:《生人妻》,《文季月刊》第 1 卷第 4 期(1936 年 9 月)。

42. 蒋牧良:《集成四公》,《文季月刊》第 2 卷第 1 期(1936 年 12 月)。

43. 沈从文:《贵生》,《文学杂志》第 1 卷第 1 期(1937 年 5 月)。

44. 茅盾:《水藻行》,《月报》第 1 卷第 6 期(1937 年 6 月);[日]《改造》第 19 卷第 5 期(1937 年 5 月)。

45. 丁玲:《东村事件》,《解放周刊》第 1 卷第 5—9 期(1937 年 5 月 31 日—7 月 5 日)。

46. 贺敬之、丁毅等:《白毛女》,1945 年 4 月首演,延安新华书店 1945 年版。

47. 赵树理:《李家庄的变迁》,华北新华书店 1946 年版。

48. 赵树理:《地板》,《文艺杂志》(太行区)第 1 卷第 2 期(1946 年 4 月)。

49. 丁克辛:《一天》,《北方文化》第 1 卷第 6 期(1946 年 5 月)。

50. 木风:《回地》,《文艺杂志》第 1 卷第 4 期(1946 年 6 月)。

51. 赵树理:《李有才板话》,延安《解放日报》1946 年 6 月 26 日—7 月 5 日。

52. 万力:《县政府门前》,《晋察冀日报》1946 年 7 月 14 日。

53. 束为:《红契》,《人民时代》第 2 卷第 3 期(1946 年 8 月 1 日)。

54. 李季:《王贵与李香香》,延安《解放日报》1946 年 9 月 22—24 日。

55. 赵树理:《福贵》,《太岳文艺》创刊号(1946 年 10 月)。

56. 孙犁:《天灯》,《冀中导报》1947 年 2 月 22 日。

57. 峻青:《水落石出》,《大众报》1947 年 4 月。

58. 孙犁:《一别十年同口镇》,《冀中导报》1947 年 5 月 17 日。

59. 孙犁:《王香菊》,《冀中导报》1947 年 9 月 12 日。

60. 孙犁:《香菊的母亲》,《冀中导报》1947 年 9 月 16 日。

61. 韦君宜：《三个朋友》，《人民日报》1947年10月2日、5日。

62. 阮章竞：《赤叶河》，太行群众书店1948年版。

63. 周立波：《暴风骤雨（上）》，佳木斯东北书店1948年版；《暴风骤雨（下）》，佳木斯东北书店1948年版。

64. 丁玲：《太阳照在桑干河上》，东北光华书店1948年版。

65. 赵树理：《田寡妇看瓜》，《大众日报》1949年5月14日。

66. 王希坚：《地覆天翻记》，上海新华书店1949年版。

67. 赵树理：《邪不压正》，《人民日报》1948年10月13日、16日、19日、22日。

68. 马加：《江山村十日》，群益出版社1949年版。

69. 孙犁：《石猴》，《文艺报》第1卷第7期（1949年12月）。

70. 秦兆阳：《改造》，《人民文学》第1卷第3期（1950年1月）。

71. 孙犁：《村歌》，天下图书公司1950年版。

72. 孙犁：《秋千》，《人民文学》第1卷第5期（1950年3月）。

73. 孙犁：《诉苦翻心》，收入《农村速写》，天津读者书店1950年版。

74. 孙犁：《风云初记》一集，《天津日报》1950年9月22日—1951年3月18日；人民文学出版社1952年版。

75. 陈纪滢：《荻村传》，台湾重光文艺出版社1951年版。

76. 高玉宝：《高玉宝》，《新华月报》1952年第7期，《人民周报》1952年第23期；中国人民解放军总政治部文化部1955年版。

77. 陈学昭：《土地》，人民文学出版社1953年版。

78. 孙犁：《风云初记》二集，人民文学出版社1953年版。

79. 张爱玲：《秧歌》，香港今日世界社1954年版。

80. 张爱玲：《赤地之恋》，香港天风出版社1954年版。

81. 丁玲：《在严寒的日子里》，《人民文学》1956年第10期；《清明》1979年创刊号。

82. 梁斌：《红旗谱》，中国青年出版社1957年版。

83. 姜贵：《旋风》，台湾明华书局1959年版。

84. 梁信：《红色娘子军》（故事片），上海天马电影制片厂1960年上映。

85. 孙犁：《女保管》，《河北文学》1962年第2期。

86. 孙犁：《风云初记》（一、二、三集合订本），作家出版社1963年版。

87. 王西彦：《春回地暖》，作家出版社1963年版。

88. 李心田：《闪闪的红星》，人民文学出版社1972年版。

89. 王树元等：《杜鹃山》（京剧舞台艺术片），北京电影制片厂1974年上映。

90. 王愿坚、陆柱国:《闪闪的红星》(故事片),八一电影制片厂 1974 年上映。

91. 梁斌:《翻身记事》,人民文学出版社 1978 年版。

92. 张炜:《古船》,《当代》1986 年第 5 期。

93. 苏童:《一九三四年的逃亡》,《收获》1987 年第 5 期。

94. 尤凤伟:《诺言》,《花城》1988 年第 2 期。

95. 苏童:《罂粟之家》,《收获》1988 年第 6 期。

96. 刘震云:《故乡天下黄花》,《钟山》1991 年第 1—2 期。

97. 陈忠实:《白鹿原》,《当代》1992 年第 6 期—1993 年第 1 期。

98. 尤凤伟:《合欢》,《当代》1993 年第 4 期。

99. 尤凤伟:《辞岁》,《上海文学》1993 年第 10 期。

100. 莫言:《丰乳肥臀》,《大家》1995 年第 5—6 期。

101. 赵德发:《缱绻与决绝》,《大家》1996 年第 5 期。

102. 寒山碧:《还乡》,香港东西文化事业公司 2001 年版。

103. 尤凤伟:《小灯》,《长城》2003 年第 3 期。

104. 莫言:《生死疲劳》,作家出版社 2006 年版。

105. 严歌苓:《第九个寡妇》,作家出版社 2006 年版。

附录:在"恶霸"与"绅士"之间

——现当代文学"恶霸地主"形象的形成与消解

　　"恶霸地主"是 20 世纪中国的一个特有概念,它同时又指代中国现当代文艺作品中一类占有重要地位而又具有特殊性的人物形象。这一概念的形成和消解都有明显的意识形态背景。从 20 世纪 20 年代迄今,在近百年文学史的不同阶段,地主形象呈现出不同面貌。地主形象的审美嬗变与嬗变背后的叙事伦理演变,不仅关系到对相关文学现象的认识,也涉及对相关重要社会历史现象的理解。因此,对它的研究具有重要学术价值和现实意义。新时期以来对现当代文学中地主形象予以专门研究的论文已有多篇,但这些论文或是限于对个别地主形象的分析,或是仅按历史时期与审美类型进行比较简单的归纳分类,或是在作判断下结论时有简单化之嫌。因而,以互文性文本解读的研究方法,对不同时期产生于不同作家笔下的地主形象予以具体分析梳理,以知识社会学视野对之进行更为客观、全面和辩证的研究评价,仍然非常必要。

　　总览现当代文学地主形象的不同塑造方式和不同叙事伦理,笔者发现,"地主"与"恶霸"之间的关系是其中的关捩点。现当代文学中的地主形象之所以特殊,正因有"恶霸地主"这一特殊人物类型。而且,在特定时间段内,这一类型几乎成为地主形象的唯一类型,影响到一两代人的思维方式和日常生活,导致许多学者和读者迄今尚处于对之解构的激情之中。本文的目的,就是要研究"恶霸地主"概念及相关类型文学形象形成和消解的社会背景、意识形态因素及审美的和伦理的动因,以图对不同历史时期地主形象塑造的成败得失有更为客观、辩证而深刻的认识。

一、"典范土地革命叙事"与
"恶霸地主"形象的形成

知名度最广、当代中国大陆读者或观众印象最深的"恶霸地主"形象,主要有《白毛女》中的黄世仁、《暴风骤雨》中的韩老六、《高玉宝》中的周扒皮、《红色娘子军》中的南霸天、《闪闪的红星》中的胡汉三等。① 这类"恶霸地主"形象的共同特点是:1)家有广阔田产,身居高宅大院;2)雇有长工或蓄养奴仆家丁;3)与官府勾结,或自身兼任乡村基层官职;4)品质恶劣,行为不端,公然违反日常伦理,类似流氓或黑社会头子,有的还有汉奸卖国行为;5)对穷苦农民强取豪夺,靠地租或高利贷盘剥农民;6)不仅毫无同情心,还将自己的花天酒地建立在穷人的食不果腹、衣不蔽体、妻离子散之上。上述五个最著名的"恶霸地主",相互之间又有一些差异:周扒皮本人的恶主要体现为对长工刻薄,半夜学鸡叫催长工早下地的做法,其实只是一种诡诈伎俩,周家的威势与霸道主要还是来自他身为保长的儿子周长安,他更多是替儿子顶了"恶霸"之名。黄世仁、韩老六和南霸天则敢于公然违反日常伦理,是流氓或黑社会头子似的恶霸。

虽然"恶霸地主"是 20 世纪才出现的概念,这种集地主身份与恶霸流氓特征于一身的艺术形象,却并非中国现当代文学所独有。古典小说《水浒传》里霸占解珍解宝所猎大虫的毛太公、孔家庄的孔明孔亮兄弟均属此类。问题在于,在古代文艺作品中,恶霸型地主只是地主类型之一,他们与普通地主或

---

① 此外,还有泥塑《收租院》及同名纪录片中的刘文彩。因其并非严格意义上的艺术形象,此处暂不论及。

"厚道"地主并存,并不占主体地位,不是作为主要反面人物而存在。例如同一部《水浒传》中,还有桃花村被强盗欺负的刘太公,仗义疏财、讲究义气的柴进、宋江和晁盖。作者也并未突出他们对农民的地租和高利贷剥削,而突出展现其对农民"残酷的经济剥削和政治压迫"①、显示农民对其暴力反抗的正义性和不可避免性,是现当代"恶霸地主"形象塑造的根本特征。

以凸显阶级对立、阶级斗争为宗旨的"恶霸地主"艺术形象的出现,最早可追溯到华汉(阳翰笙)1928 年发表的中篇小说《暗夜》②。在小说第二章,罗大对父亲老罗伯说"杀完了恶霸田主我们好分土地",大概这是"恶霸"与"田主"(地主)这两个不同的概念首次连接在一起,尽管这只是个临时连接,尚未构成"恶霸地主"这样的固定词组。这部作品也是第一部"典范土地革命叙事"。所谓"典范土地革命叙事",即直接而充分体现主流意识形态对中国乡村社会结构、阶级关系的分析和认识,可作为范本向全民普及并指导实际革命工作的文学叙事文本。其基本特征是:1)充分展示贫富之间尖锐对立、矛盾不可调和;2)地主集恶霸与基层官僚于一身,流氓成性,公然违反日常伦理;3)贫苦农民大多品德高尚,人穷志不穷;4)农民与地主之间武装冲突不可避免,革命暴力代表民意,大快人心。其中,"恶霸地主"形象的塑造是这类叙事文本构成的核心因素:只有地主被塑造成恶霸,贫富对立才会分外尖锐、不可调和,地主与农民之争才会明显带有正邪之争色彩,革命暴力才会成为毫无疑义的必要之物。在《暗夜》之后,又有蒋光慈《咆哮了的土地》③、叶紫《丰收》④等"典范土地革命叙事"相继出现,这些作品中的地主也属于恶霸类型,但与此同时,左翼和非左翼作家的乡村叙事中仍有非恶霸型地主存在,它们对

---

① 毛泽东:《中国革命和中国共产党》,《毛泽东选集》第 2 卷,人民出版社 1991 年版,第625 页。

② 创造社出版部 1928 年 12 月初版。后收入《地泉》时改名为《深入》。

③ 初刊于《拓荒者》1930 年第 3 — 5 期。1932 年由上海湖风书局出版时改名为《田野的风》。

④ 初刊于《无名文艺》1933 年 6 月创刊号。

地主形象的塑造仍有某种"非典范"特征。直到歌剧《白毛女》①出现之后,以塑造"恶霸地主"形象为主要特征的"典范土地革命叙事"才逐步成为中国大陆(内地)乡村革命叙事的主流,"文化大革命"时期"恶霸地主"甚至成为地主形象的唯一类型。上述最著名"恶霸地主"形象都出现于这一历史时段。

在《暗夜》之前,中国现代文学的地主形象中,也出现过具备一定"恶霸"特征者,但这些形象的"恶霸"特征远不及"典范土地革命叙事"中的"恶霸地主"那样明显,其"凶恶"与"霸道"均在一定限度之内。例如鲁迅《阿Q正传》②里的赵太爷,他确实霸道:听说阿Q自称姓赵、是他的本家,就将其唤来,伸手打其嘴巴,还不许其再姓赵;他在未庄有一定权势,地保甘为其驱使,作其爪牙,他的儿子赵秀才也是个"见过官府的阔人"。但是,赵太爷的"恶"并未到公然耍流氓的程度:他没有强抢民女、强夺穷人财产。赵太爷父子在未庄并无行政职务,也未见赵家与官府直接结交、有密切关系。因而,当革命风起、前途未卜的时候,赵太爷居然对阿Q畏惧三分,尊称其为"老Q"。

"典范土地革命叙事"的恶霸地主家常常是花天酒地、奢侈铺张,即使在饥民遍布的时候,他们仍寻欢作乐,不肯收敛。而在《暗夜》之前,早期乡土小说恰恰突出了地主的低调或吝啬一面。例如,《阿Q正传》里赵太爷家虽属未庄首户,过日子却精打细算,对人对己都很"抠门儿"。小说有四次写到赵家晚上的照明问题:第一次是"恋爱的悲剧"一章,写赵府晚上"定例不准掌灯,一吃完便睡觉",只有"赵大爷未进秀才的时候,准其点灯读文章"。第二次是写地保要求阿Q赔偿赵府的五项条件中,首条即是让其赔红烛,"要一斤重的"。赵家将红烛弄到手之后却也舍不得马上使用,"因为太太拜佛的时候可以用,留着了"。第三次是赵家想从进城后重回未庄的阿Q那里买便宜货,家里"新辟了第三种的例外:这晚上也姑且特准点油灯"。第四次是听到城里来

---

① 1945年首演。

② 初刊于《晨报副刊》1921年12月4日—1922年2月12日。

了革命党,惶恐中赵家"晚上商量到点灯"。另外,身为"阔人"而借机赖掉阿Q的工钱和破布衫,可见其并不特别"阔"。再如,黎锦明《冯九先生的谷》①中的冯九是个悭吝至极、舍命不舍财的乡下土财主,对穷乡亲他尽量一毛不拔。论财富,"他的产业已扩充至千四百亩",确称得上"大田主",但他家生活极其简朴:住的是"高不满七尺宽不到两亩的茅屋",家里都是"三腿桌,缺口碗,补丁裤,穿眼鞋";"他的儿侄妇是从前外镇两个贤淑的村姑,说好媒后多不用嫁装也不用排场成礼,用一顶破竹篷轿接来就罢";他自己不好色,鳏居三十年不娶;他要求儿孙在他死后丧事从简,"抬到土洞里一埋就是"。他家的孩子也与他一起从事一定的田间劳动。

早期乡土小说也涉及地主与农民利益上的冲突对立,但由于作品中的地主并不兼有基层官僚身份,也并未与官府勾结成利益共同体,他们虽然比较有钱,却未必有很强的权势。未庄的赵太爷能驱使地保为其服务,算是较有势力者,而王鲁彦《许是不至于罢》②中的王阿虞财主和政治权力的关系并不密切,他"没有读过几年书",仅凭其财富与读书人相交、和自治会长周伯谋以及在县衙门做过师爷的顾阿林要好。至于他家与穷乡亲的关系,由于其本人性格较宽厚,他不仅不欺负穷人,反而不敢得罪乡里。在兵荒马乱的年代,他最怕目无法纪、不顾日常道德伦理的人,比如败兵、土匪、乡间流氓。他的一些乡亲看准他这一软肋,向他借钱吃喝摆阔,他也不敢不借。平时他们村的人们都以王家为荣、以王财主为榜样,而当王家有难时,大家又冷眼旁观。《冯九先生的谷》中的冯九遇到吃大户者威胁时曾用散碎银子请来团总和打手,但与官府关系并不密切。他对人总是笑脸相迎、打拱作揖。对吊打他的饥民和绑票的土匪,他都采取"非暴力主义"。不真正了解他的人还以为他是"懦怯的田主",本乡农民因此而"欺蔑他",为他帮工时常暗占便宜。当然,他是柔中有刚,对来求帮工或来买粮的本乡人他采用"不合作主义"、给软钉子。但他并

---

① 初刊于《文学周报》1925 年第 242—243 期。
② 初刊于《小说月报》1925 年第 16 卷第 3 期。

不敢真的让拿钱临时雇来的打手与饥民开战，并不想开罪乡里。

台静农《蚯蚓们》①虽然开头提到灾荒之年穷人们联合起来向田主们讨借贷，田主们当面应承，暗里"连夜派人进县，递了禀帖"，上面派人将参与"民变"的抓走，还要将其杀头之事，但故事主干却没写灾民与地主之间的冲突，而是写贫民李小向地主借贷不成后，妻子决定弃他而改嫁、他不得不立下字据，将妻子改嫁，也就是卖给一个叫赵一贵的人。这赵一贵未必是地主，更不是恶霸。妻子改嫁虽出于无奈，却属自愿，是她自己主动提出。至于那些没有名姓的"田主们"，作品尽管讽刺批评他们面对灾民冷漠无情、不肯借贷，但并未具体写他们如何为非作歹、流氓成性、祸害乡里。他们没有催租逼债。将来"借贷"（实为吃大户）的灾民们暗自告下，按和平年代的法律来说是一种自卫自保行为，也就是说，他们的行为不合情，却合法。作品将穷人受难的根源主要归之于天灾和政府，而非地主的剥削压迫和个人品德。这一切均与"典范土地革命叙事"有明显差异。另外一位1920年代乡土小说的代表作家蹇先艾1957年对自己早年相关作品的修改，从另一方面说明了这种重要差异。《水葬》初版本中，本没有地主形象，骆毛究竟偷了谁家的东西并未明确交代；村里"向来就没有什么村长……等等名目"，"水葬"小偷是"古已有之"的习俗；围观取笑他的穷人富人都有，临刑的骆毛骂的是所有围观者。而修改本凭空加进了"周德高"这个"恶霸地主"：他"一脸横肉"，"他是曹营长的舅爷，连区长、保长一向都要看他的脸色行事"，家里还养着做打手的家丁。骆毛偷了他家的东西，他竟将其处以极刑——由于没交代"水葬"小偷是当地惯例或习俗，这一做法显得尤为残酷。原刊于《文学》1934年第3号的《乡间的悲剧》在改写为《倔强的女人》后，同样是多出了个"恶霸地主"形象：原作批判的锋芒并未指向地主家，而是针对变了心的祁银②，也间接表现了城市文明对乡下

---

① 初刊于《莽原》1927年第2卷第20期。
② 修改本为祁少全。

人的腐蚀作用;而修改本将祁大嫂①悲剧的原因归之于地主家的阴谋。原作中比较和谐的主佃关系(祁家虽为佃户,却雇得起长工;祁大娘到张家送火炭梅,受到比较热情客气的接待),因了地主的"夺夫"而变得可疑,祁银(少全)变心另娶,也改成张家以势逼迫的结果。

由此看来,《暗夜》问世之前,文学史上并未出现后来意义上的那种"恶霸地主"形象。强取豪夺、花天酒地、迹近流氓的"恶霸地主"形象,是自觉的无产阶级革命意识形态的产物,这一概念及这类形象的形成,是为适应阶级斗争、阶级革命的需要。

二、非"典范土地革命叙事"对地主
形象塑造的"矫正"或补充

"典范土地革命叙事"出现伊始,并未立即在文坛确立其主流地位。即使在左翼阵营内部,它也受到质疑,有些作家则以自己的艺术描写对之予以匡正或补充。最早明确对"典范土地革命叙事"表示不同看法的是茅盾。他在应邀给华汉《地泉》三部曲写的《〈地泉〉读后感》中,在批评蒋光慈作品中"许多反革命者也只有一张面孔","没有将他们对于一件事的因各人本身利害不同而发生的冲突加以描写","把革命者和反革命者中间的界限划分得非常机械"等"严重的拗曲现实"等缺陷后,指出华汉这三部曲"也犯了蒋君所有的那些错误",并说"'脸谱主义'和'方程式'的描写不合于实际的生活,而不合于实际生活的描写就没有深切地感人的力量!"②虽然这篇文章并未直接论及地主形象塑造问题,但其所谓"反革命者"的形象肯定包括了地主。后来在他自己的小说创作中,茅盾就有意塑造不同类型的地主形象,例如《子夜》中吴老

---

① 原作为祁大娘。
② 茅盾:《〈地泉〉读后感》,《茅盾全集》第 19 卷,人民文学出版社 1991 年版,第 331—335 页。

太爷、曾沧海和冯云卿就属于不同性格或品性的地主,除了曾沧海,吴老太爷和冯云卿都算不上恶霸。茅盾也未将农民贫困、乡村破产的原因仅仅归结为地主剥削,更未直接归之于地主本人的道德问题。在"农村三部曲"里,外国资本入侵被视为罪魁祸首。由于危机根源在乡村之外,乃至国门之外,乡村衰落、濒于破产是整体性的,地主也是农村破产的受害者。茅盾虽然没有致力写地主的破产,但不回避对地主受到冲击挤压、生活状况下降的表现,某种程度上也写出了地主的苦衷与无奈。《春蚕》里,"陈老爷家"与老通宝家一样,"两家都不行了"。"老陈老爷也是很恨洋鬼子,常常说'铜钿都被洋鬼子骗去了'"。《微波》写教育公债摊派、米价下跌等因素使城居地主李先生"收了租来完粮,据说一亩田倒要赔贴半块钱"。① 李先生最恨的是奸商,因为他们"私进洋米,说不定还有东洋货"。小说最后,得知中国兴业银行倒闭,"李先生的全部财产,每月的开销,一下子倒得精光",李乃决定明天就回乡下去催租。这揭示了地主催租有时也出于势不得已。茅盾小说里地主与农民的关系未必是尖锐对立、不可调和、非暴力不能解决问题。地主小陈老爷家与老通宝家是世交,老通宝有难小陈老爷也肯出手相助。《秋收》还提到一个高利贷者——镇上的吴老爷,但放贷和借贷都出于自愿,老通宝去借贷还需托亲家张财发说情,而吴老爷也肯通融,只要二分半月息。可见此人虽非善人,但也并非恶棍。《残冬》中有一个不曾出场的张财主,此人虽有恶名"张剥皮",但他的恶行仅限于不许人偷他祖坟上的松树、将骂他的李老虎捉去坐牢,并无公然欺男霸女、巧取豪夺之举。散文《老乡神》中的老乡神虽是作者讽刺的对象,但作者仅限于讽刺其喜欢无聊地恶作剧,想要弄别人最后却被别人耍弄。另外,茅盾认为农业破产、农民贫困化只是1920—1930年代之交这几年的事,因而,它并不一定是封建土地制度的直接结果。

如果说茅盾对"典范土地革命叙事"的"矫正"或"补充"是有意为之,那

①《茅盾全集》第9卷,人民文学出版社1985年版,第29—30页。

么其他左翼作家多因较忠于自己的个人体验或创作个性,而在塑造地主形象时与之自然产生差异。其中,柔石和张天翼的相关作品显现出"五四"精神中关注人性与文化批判方面的影响。柔石《为奴隶的母亲》中,秀才地主"确是一个温良和善的人",穷汉典妻给他是自愿而非强迫,作品给人印象最深的是对穷人境遇的悲悯,而非对地主恶行的展示。张天翼《脊背与奶子》里的长太爷则不过是将鲁迅笔下四铭、高尔础们的潜意识活动付诸实际行动。虽然总体而言左翼文学里地主形象开始明显变为否定的负面价值象征、成为"反面人物",但多数作品中地主的"恶行"仍限于日常伦理范围之内,即,都有一定合法或合道德的外衣,他们的"恶"一般表现为自私、贪吝、冷酷,无怜悯心,或个人情欲膨胀。由于他们一般并不具有基层官僚身份,常常是普通"土财主",所以,他们也有恐惧,也缺乏安全感,他们对穷人的剥夺是"依法"而得,并非强取或无中生有、巧立名目地强占。他们的家族和文化身份往往被凸显,一定程度上冲淡了其阶级色彩。例如,张天翼《三太爷与桂生》里,在闹革命之前,三太爷跟他的佃户还相处不错:桂生是三太爷的本家,种着地不愁吃喝,"玫店的人都说他过的好日子"。"三太爷脾气好,人能干,瞧着人老是笑笑地"。三太爷当然并非善良懦弱之辈,但在农运起来、桂生参与斗争他之后,三太爷还是给桂生机会,"叫他改过"。只因桂生继续与其作对、参与抗租,三太爷才设计做掉了他。《脊背与奶子》里的长太爷固然淫欲旺盛,但还是不得不撑着族长的架子,打着维护家族门风的幌子,曲折地想逞私欲。蒋牧良《集成四公》①里的地主集成四公确实是个高利贷者,是个只认钱不认人的守财奴:他向寡妇讨还债款,蔚林寡妇无钱偿还,他就赶走她的猪,寡妇阻拦,他就"一脚踢翻她在地下"。但这也仅是葛朗台、泼留希金式的贪吝无情——他不只对债户如此,得知自己亲儿子在外赌博,他也无情地将其赶出家门。作品写他的发家是因"几十年来,他平平静静放着债,省吃省用过日子,挣下了这么

---

① 《文季月刊》1936 年 12 月号(第 2 卷第 1 期)。

二百来亩水田,还有千把块洋钱走利息"。

即使与华汉《暗夜》同属"典范土地革命叙事"的蒋光慈的《咆哮了的土地》,在叙事上也存有裂隙。作品写到三个地主李敬斋、胡根富和张举人各自的"恶霸"行为,即:李敬斋"很恶毒地几次鞭打过"王贵才的父亲王荣发;胡根富怀疑帮工刘二麻子的父亲偷了他家一小锭银子,就将其痛打一顿,赖掉其两年工钱,导致后者回家便气死了;胡根富的二儿子发现李木匠勾引自己的妻子,将李木匠痛打了一顿,使其几乎丧命;一个年轻农人的四叔在张举人家干活,只因"犯了一点小事",就被张举人打了一顿赶了出来,连工钱都不给;这位农人的三舅因收成不好而要求减租,张举人硬逼其将小女儿卖给他做丫头;张举人买了王荣发家的猪,本答应年前交一半钱,年后交另一半,王荣发年后去讨要,张举人却赖账。这些行为与后来"典范土地革命叙事"中的恶霸行为几无二致,很可能它也在这方面启发过后来的同类作家,但是,作品开头部分却写革命尚未到来之前,农民们对李敬斋家的富贵是"羡慕而敬佩"的,只是在被进行阶级启蒙以后,青年农民们才"对于那座巍然的楼房不但不加敬慕,而且仇恨了";革命之前,地主少爷李杰还和佃户的儿子王贵才有着真挚的友谊,一如"迅哥"与闰土。这对那些恶霸行为描写多少会有一定解构作用,使人觉得,除了胡根富次子打李木匠这一不论贫富任何丈夫都可能做的事,那些地主清一色的无赖表现似乎有些突兀。

1930 年代"准左翼"①作家的相关描写,也值得关注。首先是王统照,他在《山雨》②里塑造了一个在村里是首户、又兼任庄主的朴实敦厚的老者形象:这位陈庄主不仅不欺诈乡里,还为民请命、舍身护庄。王鲁彦在《野火》③里则塑造了一个不同于王阿虞的"恶霸地主"阿如老板的形象。收田租之外还开米店的有钱的阿如老板,与有势的乡长傅青山相互勾结,具备了"恶霸地主"

---

① 靠近左翼但非正式左翼。
② 上海开明书店 1933 年 9 月初版。
③ 初版时改名为《愤怒的乡村》。

的基本特征。作品中还有"有钱人的心总是黑的"这样"典范土地革命叙事"话语，阿波哥说他"逼起租来，简直就像阎王老爷一样：三时两刻也迟延不得"；但阿如的恶行仍不逾越日常范畴：他与华生冲突，是因华生等人轧米时轧米船上的烟灰和细糠飘进了他的店里，撒了他一身；他想破坏华生的"神井"，也只是为报旧仇而暗中使坏。作品中华生还对向他进行阶级启蒙的秋琴和阿波哥说：

> 不过阶级两字这样解说，我不大同意。我以为穷人不见得个个都是好的，富人也不见得个个都是坏的。①

菊香父亲劝菊香的话虽是被"反引"，却也呼应了上述华生所言：

> 你说穷人比富人好。我也知道有许多人因为有了钱变坏了，害自己害人家，横行无忌……可是你就一笔抹煞说富人都是坏的就错了。富人中也有很多是好的，他们修桥铺路造凉亭施棉衣，常常做好事。穷人呢，当然也有好的，可是坏的也不少。做贼做强盗，杀人谋命，全是穷人干的。②

这种声音的凸显，与"典范土地革命叙事"判然有别。

虽然实际意义上的"典范土地革命叙事"早在1928年《暗夜》出版时即已宣告出现，但直到歌剧《白毛女》公演之后，它才逐渐在解放区和1949—1976年间的中国大陆文艺界获得主流地位。与之相应，"恶霸地主"在此期间成为地主形象的主要类型，到"文化大革命"期间，它几乎成为唯一类型。但这并不是说在此期间解放区或中国大陆的所有土地革命叙事都属于"典范土地革命叙事"、所有地主形象都是"恶霸地主"类型，因为有一些作家由于比较忠实于自己的现实生活经验和实际生命体验，在遵从"典范"示范与尽力适应"一体化"要求的同时，也凭自己现实主义的具体描写，在作品中表现出一些溢出主流规范的内涵，在地主形象塑造方面，显示出不完全等同于"典范土地革命

---

① 《文季月刊》1936年12月号(第2卷第1期)。
② 《文季月刊》1936年12月号(第2卷第1期)。

叙事"的特征。此类作品,笔者姑且称之为"非典范土地革命叙事"。它们主要包括:赵树理的《地板》、丁玲的《太阳照在桑干河上》、孙犁的《秋千》、秦兆阳的《改造》,以及梁斌"秘密"创作于"文化大革命"后期的《翻身记事》。此外,梁斌名著《红旗谱》、丁玲的未完成之作《在严寒的日子里》等在地主形象塑造方面也有不同于"典范土地革命叙事"的特征。

这类作品与"典范土地革命叙事"的最大不同,一是非恶霸型地主在作品中占有重要位置,其给读者的印象不亚于恶霸型地主;二是将地主作为一个生命个体、一个人来写,而不仅仅视之为阶级符号;三是对非恶霸型地主及其子女给予程度不同的同情,写出了"勤俭致富"的可能性。

《地板》里的王老四和王老三都是地主,但均无任何恶行。后者兼任小学教员,是开明士绅,他帮着八路军干部说服对减租不满的王老四。《太阳照在桑干河上》共正面写了李子俊、侯殿奎、江世荣三个地主,以及最后虽侥幸未被划为地主、实际拥有土地却仅次于李子俊的顾涌。这四个人中,李子俊是个性格懦弱的窝囊地主,侯殿奎也并非恶霸,当年还曾帮补过穷本家侯忠全。江世荣虽曾利用职务之便假公济私搞乱摊派、为地租数目与佃户怄气、在雇工工酬数量上耍赖,但他家的地还不及顾涌家多;他的无赖行为虽不合道德,却并不公然违法。他还曾替八路军办过事。钱文贵最后被作为恶霸而斗倒,但钱家只有六七十亩地,分家后只有十几亩,只够中农水平。作品也并未写其地租及高利贷剥削行为。总之,在这部作品中,按土地该是"地主"的却不是恶霸,按品性堪称"恶霸"的却并非大地主。作者将"恶霸地主"许有武、陈武和李功德分别"放逐"到了北京或外村,未作正面描写。秦兆阳《改造》中的王有德是与李子俊有些类似的"废物"型地主,作者认为这样的人是可以通过劳动改造好的。《红旗谱》里的冯兰池虽号称"恶霸",但他的恶行均披着合法外衣,他并未公然耍流氓、违反日常伦理。①《翻身记事》中,三个地主均非"典范土地

---

① 参见阎浩岗:《论〈红旗谱〉的日常生活描写》,《文学评论》2008 年第 4 期。

革命叙事"类型的那种恶霸:刘作谦在灾荒之年对本家族穷人都有照顾,族人刘二青认为"作谦这人还不错"。刘作谦在抗战期间积极配合减租减息,他家还是抗日堡垒户。王健仲也肯帮助穷本家,他父亲王友三治病救人,是个真正的开明士绅。另一位地主李福云虽脾气暴躁、性格强悍,但"他不能承认是恶霸,只可说是土棍毛包",另外两个地主都怵他。在"典范土地革命叙事"中,地主之间、地主与官府之间都是互相勾结、沆瀣一气,而在"非典范土地革命叙事"中地主之间都有矛盾,有些还互为仇家。例如《太阳照在桑干河上》中李子俊受钱文贵的欺负,《红旗谱》中冯老锡与冯兰池家打官司,却肯借给穷人朱老星房子住。《翻身记事》中刘作谦与王健仲关系较好,却都与李福云不睦。

丁玲、孙犁和梁斌都写到过在封建土地制度下勤俭起家的案例:且不说《太阳照在桑干河上》里的顾涌、《秋千》里大娟的爷爷老灿,即使是《红旗谱》里的头号地主冯兰池,作者也写他对儿子说:"你老辈爷爷都是勤俭治家,向来人能吃的东西不能喂牲口,直到如今我记得结结实实。看天冷时候我穿的那件破棉袍子,穿了有十五年,补丁摞补丁了,我还照样穿在身上。人们都说白面肉好吃,我光是吃糠糠菜菜。"他三儿子冯焕堂的打扮,也是破鞋破帽。《在严寒的日子里》对全村首富李财家发家史的描述,尤其值得注意:

> 他们家发财置地也只是近四十来年的事,他父亲兄弟仨都是穷汉,三个人都齐了心,牛一样地在地里受苦,一年积攒几个钱,积多了置几亩地,这样又积钱,又置地,地多了种不过来,忙时就雇人,后来到有二百亩地时,也就雇长工了,李财就在这时出的世。按他的出身,算是地主没有受过罪,可是他家里日子过得太省俭,有钱也不会享福。儿子们只让念小学,还是一样叫下地。那个土里土气,小里小气,缩头缩脑,胆小怕事样儿,要是外村来个生人,不说是地主就认不出来,说出来了还不敢相信呢……老辈子三个人腰都累得直不起来,也没坐着过,啥事不能干了,还背一个筐子拾粪……他们自己承认他

们爱财如命,贪生怕死,可是他们觉得自己是安分守己,老百姓说他们封建剥削,他们也不懂,横竖一切财产,一生心血都在地里,说有剥削,也在地里。①

在《翻身记事》里,地主虽还是被作为"反面人物"来写,但与"典范土地革命叙事"不同,作者写出了他们作为一个生命个体、作为一个人的现实处境、真实思想和细腻感受,写出了他们行为的内在逻辑。作品特别写到,地主放高利贷"在地主阶级专政的法律上是合理合法的,可是在共产党领导下就是万恶不赦的罪行",也就是说,地主的剥削行为起码在革命到来之前是以合法的、日常的方式进行的,他们变为罪犯、成为人民的"敌人",只是因外部形势的变化,并非由于他们自身。叙述语言中有一句话值得注意:

这早晚,又是捉地主,又是挖浮财,未经过改造世界观的人,他会站在地主资产阶级立场上,以人性论的观点去可怜地主。②

这虽然是以"批判的"口气来讲,却让"人性论"的声音有了凸显的机会,客观上写出了非恶霸地主遭遇暴力剥夺时的"可怜"。作品还写刘作谦让女儿大荷花舍身拉拢干部"一切为了人身的安全",并无过多歹意。作品还写,王牛牛斗王健仲时想起后者曾在灾荒年头帮补过自己,心有不忍,随即他又自我批评:"说这话有报恩思想,属于封建思想的范畴,应该在土改运动中进行批判"。③ 梁斌这样写是有意的。按他在该书《后记》里的说法,他认为"虽然同一题材,感受不同,社会生活不同,人物不同,反映在文学作品中的典型环境中的典型性格亦各异"④。丁玲则说,她放弃塑造恶霸官僚地主的形象,是因她想写出"最普遍存在的地主"。⑤ 言外之意是:恶霸官僚地主并非最普遍的地主类型。

---

① 《丁玲全集》第2卷,河北人民出版社2001年版,第523页。
② 梁斌:《翻身记事》,人民文学出版社1978年版,第423页。
③ 梁斌:《翻身记事》,人民文学出版社1978年版,第461页。
④ 梁斌:《翻身记事》,人民文学出版社1978年版,第506页。
⑤ 丁玲:《关于〈太阳照在桑干河上〉的写作》,《人民日报》2004年10月9日。

对比《太阳照在桑干河上》里的黑妮、《翻身记事》里的大小荷花、《在严寒的日子里》初刊本里的李财与《暴风骤雨》里的韩爱贞、《高玉宝》里的英子和淘气,还可看出"非典范土地革命叙事"与"典范土地革命叙事"在地主亲属或子女的描写方面存在的明显差异:前者将地主子女写成与穷人孩子能和谐相处,甚至也追求美好、向往进步的"富二代";后者则将其写成天生的丑类、败类,这正是对其父辈不同塑造方式的延伸。

三、"地主"与"恶霸"的熔断及地主"绅士"特征的凸显

地主可以是"正面人物",这在新时期以前的中国大陆文学中几乎是不可思议的。此前,曾有过"开明士绅"形象,但除了知名度不大的《翻身记事》里的王友三,其他多属于"伪开明",就是以"开明士绅"身份作掩护的暗藏敌人。例如峻青《水落石出》里的陈云樵、冯德英《苦菜花》里的王東芝。而在1986年张炜《古船》发表之后,作为非反面人物的地主形象开始接连出现。不仅如此,后来还出现圣贤化或英雄化、善人化的地主形象,例如《白鹿原》里的白嘉轩、《丰乳肥臀》里的司马库和《第九个寡妇》里的孙怀清。这类地主形象只能出现于一种新类型的土地革命叙事之中,即"反典范土地革命叙事"之中。

"反典范土地革命叙事"与"典范土地革命叙事"的价值取向相反,与"非典范土地革命叙事"有别,关键之一就是地主形象塑造的不同。这类叙事又可分为两个小类:其一是彻底颠覆"典范土地革命叙事",认为被镇压的地主都是被冤枉的好人。其二是在对"典范土地革命叙事"进行补充、"修改"方面做得更直接、更明确,可以说是对"典范土地革命叙事"的"重写",但并未彻底否定"典范土地革命叙事"里一些重要价值观念,即,认为地主中有许多普通人、老实人甚至善良正直的人,也确有真正的恶霸。其叙事重点在前者不在后

者。即使是恶霸，也并非那种流氓式的公然不顾日常伦理的恶棍，他们的恶只是表现为对土地和金钱的贪婪，表现为为了个人土地财产的增加而不讲情面、不顾穷人死活，但他们的催租逼债却并不违法，他们并不一定敲诈或强夺别人财物。

属于前一小类的，有莫言的《丰乳肥臀》和《生死疲劳》、严歌苓的《第九个寡妇》等；属于后一小类的，有张炜的《古船》、尤凤伟的《诺言》、刘震云的《故乡天下黄花》和赵德发的《缱绻与决绝》等。不论前者还是后者，他们有个共同点，就是熔断"地主"与"恶霸"两个概念之间的焊接，意在说明：地主不等于恶霸，恶霸未必是地主。为做到这一点，他们在塑造地主形象时，分别从地主发家史、地主与农民的实际关系、地主的生活作风与人品着手。《古船》里，老隋家是"从粉丝工业上兴旺起来的"，隋迎之是真正的开明士绅，在土改之前就突然感到自己"欠大家的"，主动散尽大部分家产"还账"；《故乡天下黄花》里，李家"一开始是刮盐土卖盐，后来是贩牲口置地，一点一点把家业发展起来的"，孙家"也是刮盐土卖盐、贩牲口置地发展起来的"；《白鹿原》里，白家是开中药收购店铺起家、种植罂粟发家，鹿家靠厨艺发财；《缱绻与决绝》里，宁家先人是靠读书做官挣钱买地。这些都属于合法所得。《诺言》里李裕川、李金鞭有恶霸特征，但李裕川夺取申富贵家三十亩好地用的是"巧取"，即以惩罚奸夫淫妇、维护道义的名义。另外，《诺言》即使写了恶霸地主，也还有吕福良这样的老实本分地主作为"地主"形象的补充。即使是李金鞭、李裕川这样的"恶霸地主"，其"恶"也达不到"典范土地革命叙事"里"恶霸地主"那种流氓成性、耸人听闻程度。因为地主一般是从农民起家，致富之后身上还仍带有农民的一些习性，例如《白鹿原》里白嘉轩仍参加劳动，《缱绻与决绝》里宁学祥早起拾粪。而地主白嘉轩与长工鹿三兄弟般的关系、地主公公孙怀清与童养媳王葡萄父女般的关系，在之前的"典范土地革命叙事"或"非典范土地革命叙事"里都绝不会出现。在《故乡天下黄花》里，地主李文武与长工老贾的关系比较和谐，但李文武年轻时毕竟还有恶霸少爷行径。而在《丰乳肥臀》

里,地主司马亭为人厚道,其弟司马库虽然好色,但做事正大光明、敢作敢为,英雄气十足。隋迎之、白嘉轩、孙怀清、司马亭和司马库都属于绅士君子型地主,是"恶霸"的反面。

"典范土地革命叙事"侧重塑造恶霸型地主、将"地主"与"恶霸"两个不同概念焊接在一起,给读者大众造成地主多是恶霸甚至都是恶霸的印象,这是有意为之的叙事策略,这一叙事策略的动因在文学以外,即,出于发起土地革命、发动农民群众斗争地主以消灭地主阶级及封建生产方式的社会现实需要。

中国共产党领导土地革命或土地改革的目的是消灭封建土地所有制,同时摧毁旧的乡村精英势力,为构建没有剥削和压迫、全民平等、共同富裕的理想社会打好基础。但是,封建生产方式在中国已延续几千年,中国农民又属于思想保守、听天由命的社会群体,在土地革命或土地改革运动之前,他们大多把地主在社会结构中的优势地位视为理所当然,认为佃地缴租、借债还钱天经地义,认为地是地主的,自己要分地主的地是非法的。土改初期一些农民偷偷将分得的土地又退还地主,除了担心形势有变引来报复,也因从道义上自认并不理直气壮。这是进行土地革命的巨大思想障碍。由党派出的工作队从理论上对农民进行阶级启蒙、给他们讲身受剥削和压迫的道理,是社会动员工作的重要一步;只是文化水平普遍很低的农民对理论的接受能力不强,而直感经验与道德情感对他们是非判断和行为选择起更直接的作用。古典文化和民间文艺关于"除暴安良"的叙事深入其心。所以,将"斗地主"的社会行为转换为更为直观的"除霸安良"、"以暴易暴"行动,会产生更直接强烈的效果,易于被农民接受。

斯洛文尼亚哲学家斯拉沃热·齐泽克将人类的暴力行为区分为主观暴力、客观暴力和语言暴力,他所谓主观暴力是指"直接可见的"、"由清晰可辨的行动者所展现出的暴力",是"对事物'正常'和平状态的扰乱";而客观暴力则是"内在于事物的'正常'状态的暴力",它"是无形的",是一种类似于物理学的"暗物质"(dark matter)的"系统暴力"。这种客观暴力作为一种"系统的先天暴力","不单是直接的物理暴力,还包括更含蓄的压迫形式,这些压迫维持着统治和剥削关系,当中包括了暴力威胁。"①

"典范土地革命叙事"将地主形象恶霸化、将政治冲突道德化,实际也是将地主阶级对于农民阶级的客观性系统暴力具象化为主观暴力。这样,农民的道德义愤被激发起来,对阶级剥削和阶级压迫的理性认识与对恶霸流氓的道德义愤融合,产生了强大的行为动力。如果说《暗夜》和《咆哮了的土地》等还由于革命文学早期的幼稚等因素而社会效益有限,那么歌剧《白毛女》的上演在解放区起到空前强烈而巨大的社会作用。关于《白毛女》上演时观剧的八路军战士见到恶霸地主黄世仁丑行而义愤填膺、拔枪射向扮演黄世仁的演员的故事已广为人知。此后,中共中央指示各解放区"多找类似《白毛女》这样的故事,不断予以登载",②地主恶霸化宣传于是全面展开。后来的许多文学文本都从正面或反面直接指涉过《白毛女》,例如《太阳照在桑干河上》与《第九个寡妇》。

将地主恶霸化是特定时期的宣传策略,"典范土地革命叙事"是对这一策略的具体实施。然而,"恶霸"毕竟只是"地主"中的一部分,甚至是其一小部分,非"恶霸"的地主乃至老实巴交甚至窝窝囊囊的地主,以及品德高尚的开明士绅,也是客观存在。因此,时过境迁之后,"典范土地革命叙事"之"表达性现实"与"客观性现实"③之间的差异日益凸显。其实,这种差异当年就已被诸多当事人意识到。比如,常见一些回忆土改或"文化大革命"的文章,谈及"诉苦"时发生的诉苦人发言文不对题的趣事。作家刘震云就多次讲到他的外祖母作为长工与雇主之间关系亲密的往事。《太阳照在桑干河上》和《翻身记事》等"非典范土地革命叙事"以及《白鹿原》《第九个寡妇》等"反典范土

---

① [斯洛文尼亚]斯拉沃热·齐泽克:《暴力:六个侧面的反思》,唐健、张嘉荣译,中国法制出版社 2012 年版,第 1、2、10 页。

② 罗平汉:《土地改革运动史》,福建人民出版社 2005 年版,第 16 页。

③ [美]黄宗智:《中国革命中的阶级斗争——从土改到文革时期的表达性现实与客观性现实》,《中国乡村研究》第 2 辑,商务印书馆 2003 年版,第 66—95 页。

地革命叙事"以自己的具体艺术描写也自觉或不自觉地表现了这种差异。特别是,一些曾作为地富子女遭受误解或歧视多年的人如今拥有了话语权,新时期以后人道主义话语逐渐取代革命话语而占据主流地位,使得"地主"与"恶霸"概念之间的焊接早被熔断。不仅如此,质疑甚至否定土地革命的必要性、反思和批评土改暴力过火行为的声音,在文学创作、文学批评以及历史学和社会学研究领域都时有所见。

如前所述,"地主"与"恶霸"概念直接的有意焊接是特定年代为了特定社会效应而采取的叙事策略,其副作用或负面影响也毋庸讳言,如今将其熔断很有必要。然而,当年"典范土地革命叙事"作此处理,也并非全没有社会依据和理论依据。

与"地主"相关的另一重要概念是"绅士"或"士绅"、"乡绅"。洪深戏剧《香稻米》中的周姓地主就直接被称呼为"周乡绅"。如今一提及"绅士"、"士绅"概念,不知详情者往往联想到英国贵族的"绅士风度",将其当作一个完全的褒义词理解。与此相应,有人认为土改的结果是愚昧野蛮的"痞子"取代了有良好修养的乡村绅士精英而成为乡村统治者。那么"绅士"或"士绅"、"乡绅"究竟是指什么样的人呢?有人考证了这三个概念各自的形成与内涵变化,并对其细微差异予以区分。我们这里姑且按照日常理解,将其作同义词看。明清及其以前,"士绅"主要是指在野的并享有一定政治和经济特权的知识群体,它包括科举功名之士和退居乡里的官员。而到了民国时期,"公众影响和财富替代了科举功名而成为判断绅士的标准,一个家庭只要有一个人做了大官,全家人就都进入士绅的行列。"①不论称"绅士"还是"士绅"或"乡绅",不论这三个基本重合的概念之间有何细微差异、内涵几经变化,一般都承认它们所指代的这类人是以不同方式不同程度地占有一定文化知识资源的、是拥有较多土地和财富的、是与官府有一定联系的,以及由于上述原

---

① 徐茂明:《明清以来乡绅、绅士与士绅诸概念辨析》,《苏州大学学报》2003 年第 1 期。

因而拥有一定势力的。在前现代时期,他们是官府与农民之间的中介。史靖认为:"虽然所有的地主不一定都是绅士,不过绅士则一定是地主并且是大地主。"①笔者认为绅士虽未必是"大地主",却一定是地主无疑。以上述文学文本中的人物为例,《白鹿原》里的朱先生、白嘉轩和鹿子霖,《为奴隶的母亲》里的秀才,《咆哮了的土地》里的李敬斋和张举人,《苦菜花》里的王柬芝,《翻身记事》里的王友三都是典型的绅士;《阿Q正传》里的赵太爷和钱太爷,《红旗谱》里的冯兰池因其儿子的身份也算是绅士;而没有太多文化的《许是不至于罢》里的王阿虞、《冯九先生的谷》里的冯九、《山雨》里的陈庄主,若单看财产或村庄影响力可以算绅士,严格讲却既不能算"劣绅"也不好算"正绅"②,因为他们属于不占有文化资源的"土财主";《白毛女》里的黄世仁、《暴风骤雨》里的韩老六、《红色娘子军》里的南霸天、《高玉宝》里的周扒皮父子,却不能说不算绅士或士绅、乡绅,因为他们的身份符合上述关于绅士、士绅或乡绅的定义。而这后一类人却是典型的"土豪劣绅"。"土豪劣绅"基本是"恶霸地主"的同义语。地主、绅士(或士绅、乡绅)、恶霸(土豪劣绅)几个概念之间的关系如下图:

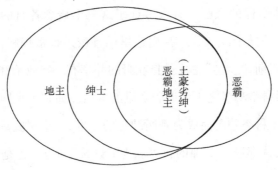

---

① 史靖:《绅权的本质》,费孝通、吴晗等著:《皇权与绅权》,岳麓书社 2012 年版,第 138 页。该书 1948 年 12 月由观察社初版。

② 抗战期间,"开明士绅"一词指代拥护抗日的爱国地主,此"开明士绅"涵义大致相当于"正绅"而又比后者宽泛些。

财富与权力虽然并非一回事,但二者一直有密切关联。在专制制度下,有钱者有势的情况属于常见;而有势有钱的事例,更是较有势无钱的事例多得多。在封建的乡村,地主与官府之间有官民矛盾,地主豪绅与官府勾结一起欺压农民也绝非鲜见的特例。"打倒土豪劣绅"曾是北伐时期国共共同的目标。而近些年史学研究界已有诸多成果揭示出,近代以来"绅士"阶层劣质化倾向非常明显,所以才有了"劣绅"这个专门名词:

> 民国时期,绅士劣质化成为一个严重的社会问题。绅士或成为官员、军阀的爪牙,或以盘剥、欺压民众为能事,绅士走向堕落,败坏了地方社会的肌体,虽然这与绅士自身不无关系,但更多地是社会生态恶化的结果。①

王奇生指出:

> 作为社会恶势力之一,土豪劣绅自然历代皆有。但土豪劣绅凸显成为一个势力庞大的社会群体,却是民国时代特定历史环境下的畸形产物。②

《暴风骤雨》及其以后的土改题材作品传达出"地主都坏"的观念,而早在国共合作的大革命时期,南方就流传着"无绅不劣,有土皆豪"的说法。不论提出这一口号的是谁,起码它说明在当时绅士劣质化已非个别现象,说明土地革命、土地改革之前领导乡村的社会"精英"并非都是朱先生、白嘉轩那样有良好道德修养和文化修养的"正绅",像《李有才板话》里的阎恒元、《李家庄的变迁》里的李如珍那样的土豪劣绅、恶霸地主把持村政、包揽诉讼的现象并非鲜见。恶霸或劣绅并不一定亲自担任村长或保长、甲长之类职务,因为在苛捐杂税繁多的情况下,当官差催粮款捐税可能是个苦差事(尽管也有人能借机获利)。但即使他没有任何职务,他的"势力"足以使其役使担任村长或保长

---

① 阳信生:《民国绅士内涵辨析》,《湖南科技大学学报》2011年第6期。
② 王奇生:《革命与反革命:社会文化视野下的民国政治》,社会科学文献出版社2010年版,第319页。

的人。《太阳照在桑干河上》里，担任甲长的并不是许有武和钱文贵，而是有钱无势的李子俊、非恶霸的江世荣，还有贫农刘乾，而这几人无一不听命于钱文贵和许有武。小说的这些描写，在民国学者的学术研究成果里得到了印证。比《太阳照在桑干河上》早一年问世的胡庆钧《论保长》一文在分析绅士不愿意当保长的原因时说：

> 绅士大体上是一个有钱有势的人，他这份钱势就靠自己传统社会结构里面的权力维持，而这种权力在上级政府的统治之下，只希望得到政府官吏的支持却不愿意受政府权力的干涉。这一个芝麻小官的地位，既不能够装潢自己，却徒然把自己推到政府权力的直接压迫下面，这是绅士所不愿的。绅士在这里表现了他的巧妙才智，把农民一类的人物推了出来，让他出面，自己在幕后作一个牵线人。握住了行使公务的权力。①

这说的是1940年代后期的事。此前像《红旗谱》里的冯兰池那样愿意亲自任村长或其他职务，从中渔利的劣绅也有很多。

在法制概念淡薄的乡村社会，理想状态下可能会有白嘉轩那样的文明精英以传统惯例或乡约治理乡村，但"恶霸"也极容易孳生。《白鹿原》就真实揭示了进入民国时代以后白嘉轩式"正绅"日趋式微、鹿子霖式"劣绅"成为乡村领袖的过程。胡庆钧在肯定传统社会里"少数特殊的例子，为了宗教的虔诚，或者爱人的狂热，一个绅士地主毁家纾难，或者捐资兴学，修桥补路，大做功德，他的言行就成为地方社区各级人民的共同楷模"之后，又接着指出，那种"攫握了地方的威权，他可以不必考虑农民的利益，而只顾及个人或者绅士阶层的利益，这种事例在过去曾屡见不鲜，也就是今天充斥在农村里面的劣绅。"在论及绅士与官吏勾结盘剥压榨农民时，他写道：

> 绅士利益与农民利益分开了，绅士利益得到尊重，政府的征派他

---

① 胡庆钧：《论保长》，《观察》1947年第3卷第17期。

可以不付,抽丁也抽不到绅士的子弟,从而转嫁在农民身上⋯⋯今日
何处不演着这种官绅勾结压榨小民的例子!劣绅变成了腐化政治机
构身上的一个毒瘤,如何能够割治这个瘤,这是今天中国政治上面临
的一个亟待解决的问题。①

当然,乡村"恶霸"既可以是有钱有势的劣绅,也可能是地痞、流氓或土
匪。不论是哪种,乡村"恶霸"并非鲜见,这是事实。虽然黄世仁、韩老六式公
然欺男霸女耍流氓的恶霸很少,钱文贵式靠营构社会关系形成对农民的压迫
势力的恶霸却普遍存在。这正是当年农民们以及读者观众们即使感到"表达
性现实"与自己直接感受到的"客观性现实"不尽一致,也能从心理上接受"恶
霸地主"概念的社会现实依据。"典范土地革命叙事"与"非典范土地革命叙
事"对恶霸地主的描写有它的真实性,"反土地革命叙事"塑造的"正绅"型
地主也有其依据,但需要指出的是,后者塑造的圣人化或善人化地主,也并
不占地主的大多数,正如"典范土地革命叙事"塑造的那种流氓式恶霸地主
不占地主多数。大多数的地主,应该是"非典范土地革命叙事"展现的那种
情况。

除了个别人流氓无赖般公然不顾日常伦理,地主对农民的欺压更多是以
"更含蓄"的制度暴力、系统暴力或客观暴力方式实行的。其实,消灭这种客
观性暴力,要比制止和消灭流氓无赖的主观暴力更为艰难。近代以来暴力革
命思想在中国大行其道,通过革命方式彻底变革社会逐渐成为多数时代精英
的共识,这是因革命者认为既得利益者不会自动让出既得利益(包括土地财
产以及建立其上的种种特权),不仅如此,他们势必拼死维护其利益,不以流
血暴力的方式就无法解决中国积重难返的社会问题。帕斯捷尔纳克在《日瓦
戈医生》里将暴力革命比作外科手术,这个比喻非常贴切。选择外科手术,是
因医生和病人都认为保守疗法无法解除病魔对患者生命的威胁。手术过程中

① 胡庆钧:《论绅权》,费孝通、吴晗等著:《皇权与绅权》,岳麓书社 2012 年版,第 106—
114 页。

流血在所难免,手术失败、病人更快丧命的可能性也存在,术后还可能有后遗症。暴力革命者面临的问题也与此类似。中国土地革命领导者的思想理论基础是唯物辩证法。在涉及关于本质与现象、一般与个别、主流和支流、主要矛盾和次要矛盾等一系列矛盾关系时,他们一般更看重和强调本质、一般、主流、主要矛盾。比如,他们认为地主对农民的剥削压迫这是本质,他们中具体人的道德品性属于"个别"与"现象";土改中的暴力过火现象属于支流和次要矛盾,以土改运动解决重大社会问题是主流和主要矛盾。

乡村中的恶霸不仅危害农民,也影响现代国家意志的贯彻执行,因而,如前所述,中国共产党领导土地革命或土地改革的主要目标是没收并平分地主的土地财产,同时也包括铲除为害乡里的乡村恶霸。"典范土地革命叙事"通过焊接"地主"与"恶霸"两个不同概念,试图将两重任务合而为一,[①]"非典范土地革命叙事"和"反典范土地革命叙事"则有意塑造非地主身份的恶霸、准恶霸形象,例如《太阳照在桑干河上》塑造了按土地占有量并非地主而按其品行确为恶霸的钱文贵,赵树理《邪不压正》塑造了身为土改"积极分子"或党员干部的小旦和小昌等。后者被《古船》《故乡天下黄花》等进一步发挥,塑造出赵炳、赵多多、赵刺猬、赖和尚这类政治上站在地主对立面,却又欺压平民的恶霸形象。"非典范土地革命叙事"和"反典范土地革命叙事"塑造的新型恶霸形象,既可看作对"典范土地革命叙事"中"恶霸地主"形象的解构,也可看作对后者的补充,或是对其"反恶霸"主题的延续。

新时期以后文学解构"恶霸地主"形象、着意塑造非恶霸型地主形象,有其历史的必然性与现实的合理性,因为特定时期将地主恶霸化的叙事策略在起到其推动土地革命运动深入展开的积极作用的同时,也使现实中许多非恶

---

① 其具体做法,一是只塑造恶霸类地主形象而将非恶霸类地主阙如,例如《白毛女》《高玉宝》《红色娘子军》《闪闪的红星》;一是将恶霸类地主作为主要反面形象,非恶霸类地主只是着笔不多的次要人物,例如《暴风骤雨》。但《暴风骤雨》还是通过主要正面人物萧祥和郭全海之口说出"地主都坏",从而将这类地主也予以"准恶霸化",只是让其"恶"停留在"客观暴力"层面。

霸型地主及其子女蒙冤,确曾产生许多负面影响,特别是土改过程中许多令人发指的法律之外的暴力过火行为,尤应引以为戒。但若因此而否认恶霸型地主的存在,或否认由来已久的地主对农民的客观暴力,过于美化前现代的乡绅或乡村精英治理,从而否认土地改革的必要性,也并非实事求是的态度。

后　记

　　我出生在农村,自幼与土地有密切接触。读中小学时同学们填写各种表格,在"家庭出身"一栏,大家分别填写下"贫农"、"中农"和"富农"等,让我感到了我们这些人的某种差异。有的表格还要填写土改前家里有地多少多少亩。我们家是中农,记得填写的当年家庭拥有土地是 18 亩。我们村没有真正的地主,1970 年代初村里开批斗会时,被揪上台的四个老头:一个是富农,一个据说当过伪少尉排长,一个被动参加过国民党,另一个则被称作"地主兼资本家"。这位"地主兼资本家"是被从唐山遣返回乡的,我们原先对他并不熟悉。后来听说他在唐山当过小业主;或许因为赚了钱在村里买过地吧,又给了他一个"地主"帽子。总的来讲,我们这个三百多人口的小村子,贫农和中农多,富农极少,地主则是"拼凑"的一个。我读中学时学校所在的马奇村,倒是有几家真正的地主,人们常念叨的是"南马家"、"北马家"和"协顺家"(协顺成)。后者估计是个铺号票号或堂号之类。在马奇村街上走,能看见一片旧青砖房子,在当年土坯房子占多数的村街上显得比较醒目,人说那就是当年地主家的房子,这些房子已被分给了几户贫农居住。

　　我们 1960 年代出生的人所受的教育,就是从关于土地革命的叙事开始的。我们的小学语文课本,从第一册起,"斗地主"的内容随处可见。"资本家,狗地主,害咱穷人代代苦"是至今能背诵的课文中的语句。所看的电影,也每每有"恶霸地主"形象,黄世仁、南霸天、周扒皮、胡汉三是妇孺皆知的四大坏蛋。于是,从小就将"地主"和"坏蛋"的概念紧紧联系在一起。1979年初,上大学不久,赶上"地富"摘帽;毕业后又读到《古船》《白鹿原》,发现里面的地主与原先心目中的地主对不上号,顿觉新鲜,但也并未因此而怀疑《暴风骤雨》等作品中韩老六等恶霸地主形象的真实性。然而,从1980年代中期开始,文学创作中地主的形象"恶霸"类渐少,突出土改斗争中暴力场面的描写渐多,文学理论批评界"翻案"之论占据主流,有的学者甚至进而质疑《暴风骤雨》和《太阳照在桑干河上》相关描写的真实性,以及作者描写暴力场面时的价值立场。我认为"新历史小说"中的相关描写写出了历史的另一面,值得肯定,但我又不同意因此而否定《暴风骤雨》和《太阳照在桑干河上》艺术描写的真实性与价值观念的历史合理性。

2009年与2010年之交,在厦门大学承办的丁玲研究国际学术研讨会上,我与东道主一位青年学者就《太阳照在桑干河上》中土改叙事的道义问题展开争论,我的小组发言被"晋升"到大会发言。我提交大会的论文会后被《海南师范大学学报》以头条发表,并被人大复印资料《中国现代、当代文学研究》全文转载。文章发表后又有两位学者发表文章,指名道姓与我商榷。这使我下决心更为全面深入地研究土改叙事,并将研究对象扩展为20世纪中国的土地革命叙事。该研究于2015年获得全国哲学社会科学工作办公室批准立项。这是我主持的第二个国家社科基金项目。本书就是该项目的最终结项成果。结项前,本书的许多章节分别在国内学术期刊发表,引起学界关注,产生了较好的社会效应。

该项目的研究对象是20世纪中国人关注的重大问题,还关系到今天许多学者的深刻体验乃至切身利益,不同处境、不同经历的人对相关问题会有不同的价值立场,所以研究难度是很大的,也很敏感。我给自己确定的原则是:努力做到符合规制与学术创新的统一。中国共产党领导的土地革命(包括土地改革),是改变中国历史进程的伟大实践,它以前所未有的规模和彻底性动员了占中国人口绝大多数的农民,使他们获得解放、成为现代国家的主人,使中国大陆的真正统一和民族国家的建立成为可能。没有共产党就没有新中国,没有土地革命就没有新中国。当然,由于土地革命采取的是暴风骤雨而非和风细雨的方式,它震荡了中国农村的各个阶级或阶层,运动初起时往往泥沙俱下,党的历史上出现过"左"倾错误,地方上在执行中央路线时又难免有理解上与操作上的偏差,所以伴随巨大历史变革的不仅有欢乐,也有痛苦,有代价;特别是具体到个体的人和家庭,境遇又各不相同,可以说是有人欢乐有人忧。新时期以前的土地革命叙事主要站在被解放了的贫苦农民或领导革命与变革的干部立场,主要写翻身的欢乐一面;新时期以后,开始有站在运动中受冲击的地主富农及其子女的立场的叙事文本,表现了社会巨变中的另一个侧面。如今的当代文学批评和研究界对这后一种土地革命叙事表同情的居多,而对以《暴风骤雨》《太阳照在桑干河上》为代表的土地革命叙事类型持质疑态度的不少。港台的相关叙事更是明确站在地主或富农一边,对这一变革持否定态度。除了政治立场对立,也由于地理上的隔离,他们的土地革命叙事颇多歪曲事实之处。民众不了解文学界、学术界的具体情况,但对"地主"的看法既有坚持原先的阶级论判断者,也有为之鸣冤叫屈者。

由于本书的研究对象涉及重大社会历史与现实问题,又是文学界、学术界争议最大的领域之一,为解决难题,我首先尽量收集齐全各方面的资料,包括关于土地革命或土地改革的历史资料和文学文本。有些文本在中国大陆难以找到,就请在境外的朋友或学生帮忙:我的博士生王海艳当时正在美国进行对外汉语教学,我请她帮我买到了姜贵的《旋风》、张爱玲的《秧歌》《赤地之恋》,全书复印了陈纪滢的《荻村传》。香港作家寒山碧先生给我寄来他的《还乡》等作品和相关研究资料。我还专程去陈纪滢的家乡安国市(原安国县)查阅当年的土改档案。山东作家赵德发多次接受我的相关采访。我细读了能找到的所有关于土地革命的文学叙事文本,可以说,最具代表性的涉及20世纪中国土地革命或土地改革的作品,我都读过了。历史学界的相关研究成果,我也尽可能多地读了。细读之后发现，不同作家和学者有不同的立场和不同的关注点、聚焦点；而对于同一问题，价值判断差异很大，乃至截然对立。这种差异或对立的形成，既有历史的原因，也有地理的因素；既有学术观点的分歧，也有意识形态的根由；既有文学观念的差异，又有历史经历和现实境遇的不同。大家各执一说，都坚持认为自己所说所写是事实，而且似乎是唯一的真实，因而指对方所说所写为假。为最大限度接近历史本体，公正地、学术地评价相关文学叙述，本人特借鉴了产生于德国的知识社会学的理论，并运用互文性方法，让不同文本就一些关键问题展开"对话"。生活中我们遇到别人为一些事情争执不下，都知道不能只听一面之词，"兼听则明"，应该让不同观点的人都充分阐述自己掌握的事实和所据的理由，这样我们才能接近真相。以知识社会学视野和互文性方法研究 20 世纪中国土地革命叙事，让不同文本展开"讨论"，实际就是要听"多面之词"。具有相关兴趣的研究者以及社会上的广大读者看看不同方面的叙述、听听不同方面的想法和见解。大家可以发现，对于土地革命叙事持不同看法的，不仅仅是两方，而是多方。本书将这多方又划分为三种基本类型，即"典范土地革命叙事"、"非典范土地革命叙事"和"反典范土地革命叙事"。本研究与以往其他学者的相关研究的最大不同，除了理论方法，就是将土地革命叙事的类型由原来的两种改成三种：现有的相关研究，都是将土地革命或土地改革叙事区分为新时期之前以《暴风骤雨》和《太阳照在桑干河上》为代表的"传统土改叙事"和新时期以后的土改叙事两大类，对《暴风骤雨》和《太阳照在桑干河上》写法上的不同研究不够充分；迄今为止当代文学研究界也尚未区分《红旗谱》与《暴风骤雨》《白毛女》之类作品对地主与农民关系写法上的重要差异，而我将丁玲和梁斌以及赵树理、孙犁等人的土地革命叙事专门划出来，称之为"非典范土地革命叙事"，这意味着对这类作品的重新认识和评价。我认为，"典范土地革命叙事"出于促进实际革命斗争的需要而在叙事策略上作了特殊处理，而"反典范土地革命叙事"针对这些处理又予以颠覆式书写，各自强调了矛盾的一个方面。比较而言，介于其间的

"非典范土地革命叙事",或许更辩证一些,在时过境迁之后显得更客观一些,离历史本相更接近一些。专门提出并突出"非典范"一类,也是为避免在对土地革命或土地改革叙事的价值判断方面犯非此即彼的错误。展示"多面之词",也是为促进社会的整合与和谐。

与其他文本一样,本书也是产生于特定历史时期、特定语境中的文本,虽力求全面、辩证、客观,但仍然会受视角、规制以及作者本人经验、思维与学养的限制,存在盲点与谬误。这样说,一方面是希望读者批评指正,另一方面也是想得到理解和宽容。不论书写得如何,我只能是在现有客观条件和自身主观条件之下尽力而为而已。另外需要说明,书稿原有的关于境外土地革命叙事的一章及关于大陆(内地)新时期以后个别相关文本的论述,因不合全书体例而删除。若有读者对此感兴趣,可参阅笔者发表于《厦大中文学报》第9辑(2022年12月)和香港《文学评论》第55期(2018年6月)上的相关论文。

本书从2020年完成初稿,到2022年交付出版社并签订出版合同,曾经多次修改。历经四年,终于出版,心情比以前出书时更为激动。

在本书即将出版之际,我首先要感谢批准该项目立项的国家社科基金项目通讯评审和会议评审专家,感谢结项评审时给予肯定和赞誉的五位不知其姓名的专家!你们是我的知音!希望拙著出版后能遇到更多知音。我还要感谢支持本书出版的河北大学燕赵文化高等研究院,感谢人民出版社为本书提供帮助的各位同仁!学术专著出版不易,没有你们的支持,本书就不会顺利与读者见面。

阎浩岗

2024年7月18日

责任编辑：于宏雷
封面设计：石笑梦
版式设计：胡欣欣

图书在版编目（CIP）数据

中国土地革命文学叙事研究/阎浩岗 著. —北京：人民出版社，2024.12
ISBN 978－7－01－026486－8

Ⅰ.①中… Ⅱ.①阎… Ⅲ.①中国文学-现代文学-革命文学-文学研究
Ⅳ.①I206.6

中国国家版本馆 CIP 数据核字（2024）第 077002 号

中国土地革命文学叙事研究
ZHONGGUO TUDI GEMING WENXUE XUSHI YANJIU

阎浩岗 著

人民出版社 出版发行
（100706 北京市东城区隆福寺街 99 号）

北京中科印刷有限公司印刷 新华书店经销

2024 年 12 月第 1 版 2024 年 12 月北京第 1 次印刷
开本：710 毫米×1000 毫米 1/16 印张：20.75
字数：300 千字

ISBN 978－7－01－026486－8 定价：79.00 元

邮购地址 100706 北京市东城区隆福寺街 99 号
人民东方图书销售中心 电话 （010）65250042 65289539

版权所有·侵权必究
凡购买本社图书，如有印制质量问题，我社负责调换。
服务电话：（010）65250042